Manfred Eichhorn
Wolfsnächte

Manfred Eichhorn

Wolfsnächte

Ein Baden-Württemberg-Krimi

Silberburg-Verlag

Manfred Eichhorn, geboren 1951, ist selbstständiger Buchhändler in Ulm und Autor von Romanen, Erzählungen, Sketschen, Theaterstücken, Gedichten und Kinderbüchern in Schwäbisch und Schriftdeutsch.

Karl-Heinz Hahn,
Erster Kriminalhauptkommissar a. D.,
in Dankbarkeit gewidmet

1. Auflage 2012

Schönbuchstraße 48, D-72074 Tübingen.

Lektorat: Michael Raffel, Tübingen.
Umschlaggestaltung: Christoph Wöhler, Tübingen.
Coverfoto: © Helmut Petrat – fotocent.
Druck: CPI books, Leck.
Printed in Germany.

ISBN 978-3-8425-1216-0

Besuchen Sie uns im Internet
und entdecken Sie die Vielfalt unseres Verlagsprogramms:
www.silberburg.de

Prolog

In der Ferne hörte man ihr Geheul. Sie schrien den Mond an.

»Es sind Wölfe«, sagte die Rainbäuerin.

»Es gibt keine Wölfe bei uns«, erwiderte die Tochter. »Was da heult, sind Hunde.«

»Sie haben ein Schaf gerissen!«

»Du träumst, Mutter!«

»Und morgen reißen sie dich!«

»Es ist der neue Hund vom Metz. Sie haben ihn an die Kette gehängt. Und wenn der heult, dann heulen die anderen Dorfhunde mit.«

»Die Wölfe sind hungrig. Sie kommen bereits bis zum Stall. Und die Hühner sind unruhig.«

»Der Fuchs geht um. Beim Lenzbauer hat er letzte Nacht zwei Hühner geholt. Ihr Hahn hats nicht verhindern können.«

»Es sind Wölfe. Wegen einem Fuchs scharren die Kühe nicht mit den Hufen.«

»Es gibt keine Wölfe bei uns!«

»Kind, du weißt nichts.«

»Lass gut sein, Mutter.«

»Fünf Nächte lang muss man sie noch ertragen, sieben der zwölf Nächte, in denen sie heulen und umgehen, sind schon vergangen.«

»Ein Jahr noch, dann beginnt ein neues Jahrtausend!«

»Der Sturm draußen, hörst du ihn? Es werden viele alte Frauen sterben im Dorf. Sei froh, dass du jung bist.«

»Ich bin auch nicht mehr jung.«

»Aber jung genug, um noch zu begreifen. Ich habe die schwarzen Hunde gesehen. Sie bewachen die Welt der Toten. Sie haben mich gerufen mit ihrem Hundegebell zur Mitternacht.«

»Ich dachte, es wären Wölfe?«

»Wölfe und schwarze Hunde. Nichts weißt du!«

»Geh jetzt ins Bett, Mutter. Ich kümmere mich um alles.«

»Beim Heiligabendläuten habe ich die Schlösser von unseren Türen und Truhen geschmiert. Das wird dir Reichtum bringen.«

»Nicht mir. Wenn, dann wird es doch dir Reichtum bringen.«

»Denk an die schwarzen Hunde. Und denk an die Wölfe!«

»Das sind doch alles nur Märchen. Ein Jahr noch, dann beginnt ein neues Jahrtausend.«

In der Ferne hörte man wieder ihr Geheul.

»Hörst du?«

»Der neue Hund vom Metz, und der vom Lenzbauer heult gleich mit.«

»Die Wölfe kennen die Toten. Sie reden mit ihnen. Fünf Nächte lang werden die Wölfe noch heulen. Dann sind alle Zeichen gesetzt.«

Die Rainbäuerin ging zum Fenster und zog den Vorhang ein Stück weit auf.

»Siehst du den Schein der Windlichter? Mit Fackeln jagen sie am Himmel entlang. Zünde auch du ein Windlicht an. Das wird sie besänftigen. Sie wissen genau, wen sie sich vorknöpfen. Die Guten und Fleißigen werden belohnt, die Bösen bestraft. Was wir gesät haben, werden wir nun ernten.«

Dienstag, 21. Dezember 1999

1

Uwe Schwegler war in Feierlaune. Der Leiter des Dezernats für Wirtschaftsdelikte, illegales Glücksspiel, Betrug, Fälschungen und Falschgelddelikte hüpfte durch den Korridor des Neuen Baus wie ein Schuljunge, für den die Weihnachtsferien beginnen.

Am anderen Ende des Korridors angekommen, betrat Schwegler das Büro des Dezernats 1, zuständig für Mord, nicht natürliche Todesfälle, ungeklärte Leichen und Brandermittlung, welches Klaus Lott, Erster Kriminalhauptkommissar, leitete. Bei ihm saß der Kollege Max Brauchle, Kriminalhauptkommissar und Lotts rechte Hand.

Schwegler, die aktuelle Tageszeitung unterm Arm, betrat das Dienstzimmer, schlug noch im Gehen die Zeitung auf und las ihnen unaufgefordert die allein dominierende Schlagzeile des Lokalsportteils vor: »Das Glück kommt zu dem, der zu warten vermag.«

Als die von ihm erhoffte Reaktion der Kollegen ausblieb, intonierte er noch einmal den geradezu philosophischen Satz und fügte feierlich hinzu: »Am 4. Dezember waren wir Tabellenletzter, und alle hatten uns bereits abgeschrieben. Und jetzt, nach dem 3 : 0-Sieg gegen die Frankfurter Eintracht, der dritte Dreier in Folge. 15. Tabellenplatz. Sechs Punkte von einem Abstiegsplatz entfernt …«

»Ond bloß no drei Punkt zu ma einstelliga Tabellaplatz«, stimmte jetzt Brauchle in Schweglers Enthusiasmus mit ein.

»Das Glück kommt zu dem, der zu warten vermag«, sagte Schwegler zum dritten Mal, und Brauchle fügte aufatmend dazu: »Ond was hemmer net gwartet.«

Beide waren sie Fußballverrückte. Seit ihr Verein, der SSV Ulm 1846, in diesem Jahr in die Erste Fußball-Bundesliga aufgestiegen war, schwebten sie förmlich im siebten Fußballhimmel. Und ihre Götter waren Leandro und Hans van de Haar, Rui Marques und Oliver Otto sowie die übrigen Spieler des rund dreißigköpfigen Kaders – allesamt kurz aufleuchtende Sternchen am Fußballhimmel, die allzu schnell wieder verglühen würden –, angeführt von ihrem Trainer Martin Andermatt, der Zeus unter ihren Göttern.

»Forever, forever, forever now – Ulmer Spatzen, der SSV«, sang Uwe Schwegler jetzt und war nicht mehr zu bremsen. Fehlte nur noch, dass er seinem Feuerzeug eine Flamme entsteigen ließ und diese mit sentimental pathetischer Geste in die Höhe reckte.

Das Klingeln des Telefons durchschnitt die Hymne, die gerade erneut in den Refrain münden wollte. Mit einer entsprechenden Handbewegung bat Lott um Ruhe, denn er musste sich eine Adresse notieren, die ihm von der Notrufzentrale soeben durchgegeben wurde.

Lott legte den Hörer zurück, schaute Max Brauchle vielsagend an und sagte: »In Harthausen hat sich jemand erhängt.«

»Drei Däg vor Weihnächta! Herrgott no amol, für den hot gwieß jemand omsonschd a Gschenkla kauft«, war Brauchles launischer Kommentar.

»Es handelt sich um eine Frau«, klärte Lott ihn auf.

»Kein SSV-Fan«, grinste Schwegler achselzuckend, faltete die Zeitung zusammen und winkte damit als Zeichen des Aufbruchs den beiden Kollegen zu. An der Tür drehte er sich noch einmal um und lächelte: »Und denkt dran, Freunde: Das Glück kommt zu dem, der zu warten vermag.«

Lott und Brauchle griffen nach ihren Jacken und zogen sie noch im Gehen an, dann nahmen sie die Treppe, eilten zum Parkplatz und stiegen in ihren Dienstwagen. Lott setzte sich auf den Beifahrersitz, Brauchle fuhr, so hielten sie es im Allgemeinen.

Der Weg nach Harthausen führte sie über die Weststadt nach Söflingen.

»Jetzt wärad mir schier drhoim«, seufzte Brauchle, als sie an der Leonhardskapelle vorbeikamen, und schaute die Jörg-Syrlin-Straße hoch. Brauchle wohnte im Maienweg, der gleich um die Ecke war. Auch Lott wohnte in diesem Viertel. In der Käthe-Kollwitz-Straße, aber erst seit dem eben vergangenen Herbst. Dort hatten seine Frau Elli und er eine Vier-Zimmer-Eigentumswohnung erworben. Seit Lisa in Freiburg studierte und sich dem Elternhaus allmählich entzog, war ihnen das gemietete Einfamilienhaus in Reutti mit dem dazugehörenden Tausendquadratmetergarten zu groß geworden. Dass er allerdings wieder in Söflingen, dem Ort seiner Kindheit und Jugend, wohnen würde, das hatte er so nicht geplant. Aber Elli hatte alle damit verbundenen Vorteile ins Feld geführt: Stadtnähe, Straßenbahn – ihre Liste der praktischen Errungenschaften, die dieser Wohnungswechsel mit sich bringen würde, schien unbegrenzt zu sein. Selbst die Friedhofsnähe verbuchte sie auf der Habenseite, so dass Lott schließlich keine andere Wahl blieb, als ihrem Wunsch zuzustimmen.

Lotts Blick fiel auf den Kollegen. Brauchle schaute irgendwie wehmütig aus der Wäsche.

»Was ist los, Max?«

»Was soll scho sei?«, antwortete Brauchle ausweichend.

Es war Lott nicht verborgen geblieben, dass es mit der Ehe seines Kollegen nicht zum Besten stand. Das lag sicher auch daran, dass Max sich in seiner Freizeit mehr und mehr dem Fußball verschrieben hatte. Zuletzt trainierte er sogar eine Frauenfußballmannschaft und war dadurch an vielen Abenden und kaum einem Wochenende einmal zu Hause.

Brauchles einzige Tochter, etwas jünger als Lisa, war zudem in diesem Jahr zu ihrem Freund gezogen. Das setzte der Einsamkeit von Brauchles Ehefrau die Krone auf.

»Was macht ihr an Weihnachten?«, fragte Lott absichtslos.

»An schlechta Eidruck«, murrte Brauchle. Bei dieser Antwort schien sein ohnehin großer runder Kopf noch größer und runder zu werden, als hätte sein Unmut nicht genug Platz in ihm.

»Jetzt im Ernst«, hakte Lott nach.

»Frog me net«, wich Max aus.

»Aber du bist doch daheim?«

»I scho.«

»Und Lisbeth?«

»Sie fährt über Weihnachta zu ihrer Mutter. Zumindest droht se drmit. Ond mei Fräulein Tochter lässt sich über d Feiertäg ao net blicka.«

»Max, an der Situation bist du ja nicht ganz unschuldig, oder?«

Brauchle seufzte, sagte aber nichts darauf. Er war bereits auf der Harthauser Straße, auf Höhe der Sportplätze, und gab jetzt mehr Gas. Lott schaute auf die Uhr. Es war kurz nach Mittag.

»Wie war die Adress?«

»Rainbauerhof«.

Max schüttelte den Kopf. »So genau han i s jetzt gar net wissa wella.«

»Dorfstraße 3«, ergänzte Lott.

Brauchle bog hinter dem Ortsschild rechts ab. Von weitem sahen sie einen Streifenwagen auf dem Hof, der wohl der Rainbauernhof war, stehen. Brauchles Suche hatte sich damit erübrigt. Er parkte neben einem BMW, auf dessen Armaturenbrett das Schild *ARZT im Dienst* mit dem dazugehörigen Emblem, der Schlange, die sich um den Aeskulapstab windet, hervorstach.

Lott stieg aus und ging voraus. Gleich wurde er von der Streifenwagenbesatzung, die den Leichenfundort gesichert hatte, empfangen.

»Eine Josefa Pfäffle, sie hat sich im Stall aufghängt, an der obersten Sprosse einer fest verankerten Leiter, die zum Heuboden führt«, informierte einer der beiden, um Korrektheit bemüht, die Kommissare und ging voraus. Die Tote lag rücklings auf dem Stallboden, der Sisalstrick lag noch lose um ihren Hals. Ihre Augen waren einen Spaltbreit geöffnet, die Zunge lag zwischen den Zähnen. Neben ihr kniete der diensthabende Arzt. Lott erkannte ihn sofort. Es war der Maichel

Bernd, sein Schulfreund. Er hatte Medizin studiert und sich später als praktischer Arzt in Söflingen niedergelassen.

Brauchle hatte bereits damit begonnen, die Leiche zu entkleiden, um den Körper nach Spuren einer möglichen Fremdeinwirkung zu untersuchen.

Lott stoppte ihn: »Lass das die KT machen.«

»Warum des?«

»Sicher ist sicher«, gab ihm Lott zur Antwort und rief per Handy im Dezernat 8 an, zuständig für die Kriminaltechnik und den Erkennungsdienst, für Spurensuche und Spurensicherung. Den Dezernatsleiter, Harald Lohner, einen noch sehr jungen Kollegen, bat er, er möge umgehend mit seinen Spezialisten zum Leichenfundort kommen.

Dann wandte er sich an einen der Schutzbeamten: »Wer hat die Leiche entdeckt?«

»Eine Tante der Toten, sie ist drinnen im Haus.«

Lott folgte ihm. Die Haustür stand einen Spalt weit offen. Vom Gang aus führte die erste Tür links in die Küche. Der Polizist ging voran und öffnete. An der Spüle hantierte eine Frau in dunkler Kittelschürze, eher über siebzig als darunter. Ihr Kopftuch war hoch über die Stirn gerutscht, so dass ihre Haare, die von Silberfäden durchzogen waren, sichtbar wurden. Als Lott eintrat, schaute sie ihn kurz an, wandte sich dann aber gleich wieder von ihm ab, um die unterbrochene Arbeit fortzusetzen.

»Mein Name ist Klaus Lott, ich bin von der Kripo in Ulm und hätte einige Fragen. Können wir uns setzen?«

Die Frau trocknete sich die Hände an ihrer Schürze ab, kam zum Tisch und wies Lott still an, unter dem Herrgottswinkel Platz zu nehmen.

»Darf ich Sie zunächst nach Ihrem Namen fragen?«, begann Lott.

»Heiler, Dorothea. Ich bin die Tante von der Josefa, ihre Mutter war meine Schwester. Sie ist verstorben.«

»Sie haben Ihre Nichte gefunden?«

Dorothea Heiler nickte.

»Wann haben Sie Ihre Nichte zuletzt gesehen? Ich meine, als sie noch am Leben war.«

Frau Heiler zuckte die Achseln. »Die ist ja gekommen und gegangen, wie es ihr gepasst hat. Und wir sind ja auch nicht immer da.«

»Wir?«, hakte Lott nach.

»Mein Mann und ich.«

»Wohnen Sie denn nicht hier?«

»Auf dem Rainbauerhof? Nein! Wir haben in Ermingen ein Reihenhaus, hier kümmern wir uns nur um alles, seit die Paula, meine Schwester gestorben ist.«

»Und Josefa, wohnte sie hier?«

»Eigentlich auch nicht. Erst die letzten Wochen hat sie hier fast dauernd übernachtet. Sie hat erst in Stuttgart und dann in Ulm Arbeit gehabt.«

»Was war sie denn von Beruf?«

»Sie würde in Immobilien machen, hat sie immer gesagt. Aber dann hat man ihr gekündigt. Erst in Stuttgart und dann auch in Ulm. Nach gerade mal acht Wochen. Aber dann ist sie wieder öfter hergekommen und hat hier auch geschlafen. Hat ja noch hier ihr Zimmer gehabt.«

»Erzählen Sie bitte, was heute genau passiert ist. Wann haben Sie Ihre Nichte entdeckt?«

»Vor eineinhalb Stunden etwa. Ich hab auch gleich nach meinem Mann geschrien.«

»Und?«

»Er hat die Polizei angerufen.«

»Wo ist er jetzt?«

»Zur Kapelle gegangen. Beten für die Josefa.«

Lott hörte, wie mehrere Fahrzeuge auf den Hof fuhren.

»Das wird Lohner mit seinen Kollegen von der Spurensicherung sein«, sagte er, mehr zu seinem Kollegen als zu der Befragten, und stand auf.

»Frau Heiler, mein Kollege wird jetzt Ihre Personalien und die Personalien Ihres Mannes aufnehmen. Ich bin gleich zurück, dann können wir weiterreden.«

Der Polizist, der bis jetzt an der Tür gestanden hatte, setzte sich an den Tisch, um die notwendigen Angaben zu protokollieren. Lott ging zum Stall hinüber. Brauchle hatte die Spurensicherung bereits angewiesen, vom Ereignisort, dem Aufknüpfpunkt, dem Strangulationsmittel und der Strangfurche am Hals Fotos zu machen. Auch der Körper der Toten wurde fotografiert.

»Wir wissen schon, was zu tun ist«, mokierte sich Lohner, worauf Brauchle sich beleidigt wegdrehte und nichts mehr sagte.

Die Hände der Toten wurden mit Klebeband abgeklebt, um eventuelle Faserspuren zu sichern. Die Auswertung dieser Faserspuren, sofern sie welche fanden, würde durch das KTI, das Kriminaltechnische Institut in Stuttgart, erfolgen.

Die Länge des Stricks wurde gemessen und die Stelle, an der er fixiert worden war, nach Spuren abgesucht.

»Ich sehe nichts, wo sie hätte hochsteigen können«, bemerkte Lohner. »Sie muss doch einen Hocker oder Stuhl dazu benutzt haben.«

»Und wenn sie die Leiter hochgestiegen ist, sich dort oben an der letzten Sprosse festgebunden hat und dann …« Marlies Kaupper von der Spurensicherung sprach nicht weiter, als sie Lohners Kopfschütteln darüber wahrnahm.

»Und warum nicht?«, fragte sie.

»Hast du dir die Hände der Toten angeschaut? Und die Leiter?«

»Immer eins nach dem anderen«, wehrte sich die Kollegin.

»Jede einzelne Sprosse ist völlig verdreckt. Es sieht so aus, als hätte diese Leiter seit Monaten keiner mehr benützt. An den Händen der Toten finden wir aber keinerlei Spuren davon.«

»Vielleicht wurde das Aufsteigemittel ja aus reinem Ordnungssinn oder ganz gedankenlos entfernt«, warf Lott ein.

»Freilich. Ond vielleicht d Stallgass no gschwend kehrt ond alles durchbutzt, was soll ao d Polizei denka, wenns do drenna aussieht wie bei Hempels onderm Sofa.« Brauchles

Kommentar amüsierte alle. Dennoch wurden sämtliche Spuren gesichert.

Als die Kollegen der KT ihre Arbeit getan und den Stall wieder verlassen hatten, bat Lott den zweiten Streifenbeamten, per Funk zu veranlassen, dass das Beerdigungsunternehmen, mit dem die Ulmer Polizei einen Vertrag über den Leichentransport hatte, verständigt würde. Dann ging er zurück ins Haus, wo Frau Heiler immer noch auf ihn wartete.

Lott setzte sich wieder auf den Platz unter dem Kruzifix. »Frau Heiler, als Sie in den Stall kamen, haben Sie da nicht einen Stuhl, Hocker oder Ähnliches bei Ihrer Nichte entdeckt?«

Die Befragte schüttelte den Kopf. »Ich bin gleich rausgerannt und hab nach meinem Mann geschrien.«

»Wo war Ihr Mann zu der Zeit?«

»Im Haus.«

»Und dann?«

»Ich habe vor dem Stall gewartet. Keine zehn Pferde hätten mich da mehr reingekriegt. Die Josefa! Aufghängt im Stall!«

Dorothea Heiler verbarg ihr Gesicht in den Händen und schluchzte leise in diese hinein. Als sie, sich die Augen wischend, wieder aufschaute und in ein Taschentuch schnäuzte, beteuerte sie: »Ich bin nicht mehr da rein, keine zehn Pferde …«

Sie unterbrach den Satz, denn im selben Augenblick erschien ein Mann in der Tür. Er schaute Lott fragend an.

»Mein Name ist Lott, ich bin von der Kripo in Ulm«, kam ihm der Kommissar entgegen. »Sie sind Herr Heiler?«

Der Mann nickte. Zögerlich griff er nach Lotts grußbereiter Hand und setzte sich dann mit an den Tisch.

»Zunächst mein aufrichtiges Beileid, Herr Heiler.«

Herr Heiler nickte abwesend.

»Ich habe leider, wie es der Umstand erfordert, einige Fragen an Sie, Herr Heiler.«

Wieder nickte der Mann stumm.

»Sie waren, nachdem Ihre Frau Sie gerufen hatte, der Erste am Fundort. Was haben Sie getan?«

»I han erscht guckt, ob se no lebt. Aber sie war dod, sonscht hädd i se abgschnitta ... aber so?«

»Haben Sie etwas verändert? Wir haben bei Ihrer Nichte kein Aufsteigemittel, also keinen Stuhl oder Hocker gefunden. Sie muss aber, um sich zu erhängen ...«

Alfons Heiler unterbrach erschrocken Lotts Ausführungen und verneinte: »I han nix weggräumt. I bin ins Haus ond han 110 agrufa.«

»Und dann?«

»Ben i los. Nix wie en d Kapell nauf ond betet. Für dr Josefa ihr Seel. Wer sich so versündigt, hots net leicht en Himmel zum komma. Do brauchts de ganz Fürbitte. Alle Nothelfer muss ma arufa. Ond wer solls doa außer ons. Sie hot ja sonscht niemand.«

»Verwandtschaft hat sie immer gebraucht, die Josefa, auch wenn sie sonst nicht viel von uns gehalten hat«, sagte Dorothea Heiler mit einem bitteren Blick.

»Sag des net, onser Josefa war koi Schlechte.«

»Dich hat sie um die Finger gewickelt!«

»Schwätz doch net raus.«

»Aber verkauft hätte sie trotzdem.«

»Was verkauft?« Lott wurde hellhörig.

»Den Hof«, antwortete Frau Heiler.

Ihr Mann zuckte mit den Achseln, sagte aber nichts.

Lott wäre darauf gern gleich eingegangen, weil er spürte, dass da etwas nicht in Ordnung war, irgendetwas, das mit diesem Hof zu tun hatte. Doch er wusste, wenn er sich jetzt zu weit vorwagte, würden sie für immer dichtmachen.

»Und Sie haben wirklich nichts weggenommen, Herr Heiler? Vielleicht ganz in Gedanken, um Ordnung zu schaffen. Denken Sie nach.«

Alfons Heiler zögerte. »Ebbes scho«, rückte er langsam mit der Sprache heraus.

»Und das wäre?«

Heiler stand auf, öffnete eine Keksdose, die auf der Anrichte stand, und zog ein Blatt hervor. »Ihr Abschiedsbrief.«

»Wo haben Sie den entdeckt?«

»Em Stall. Aufm Strohballa isch er glega.«

»Und wo lag der Strohballen?«

»En dr Stallgass.«

»Neben Ihrer Nichte?«

»A Stückle weiter weg.«

»Mir ist vorhin kein Strohballen aufgefallen. Den müssen Sie mir nachher zeigen«, bat Lott.

Alfons Heiler nickte.

Lott schaute auf den Brief. Um nicht weitere Fingerabdrücke zu hinterlassen, bat er den Streifenbeamten um eine Folie und Schutzhandschuhe. Beides befand sich im Wagen. Eine Minute später kam der Uniformierte mit den gewünschten Utensilien zurück. Lott streifte sich die Handschuhe über, faltete den Brief auseinander und las die mit ungelenker Hand geschriebenen Zeilen:

Der dunkelste Tag, die längste Nacht.
Die Glocken beginnen zu läuten.
Heute ist der Tag des Gerichts.
Ich habe gesündigt, ich bin mein eigener Richter.
Die Strafe ist gerecht. ich bin Mein eigener Henker.
mÖge Gott Mir veRzeihen.
DER Tod ist mein eigenes Urteil.

Josefa

Kaum hatte Lott den Brief zu Ende gelesen, hörte er einen Wagen vorfahren. Er schaute aus dem Fenster und sah, dass es der Leichenwagen war. Brauchle, der die Leiche beschlagnahmt und den Leichensack inzwischen mit dem entsprechenden Anhänger versehen hatte, veranlasste, dass sie in die Friedhofshalle des Ulmer Hauptfriedhofs gebracht wurde. Dort würde man sie unter Verschluss halten, bis der Staatsanwalt sie freigab.

Lott steckte den Brief in die Folie und sagte, Heiler zugewandt: »Können Sie jetzt mit mir in den Stall rübergehen?«

Heiler nickte, stand auf und ging dem Kommissar zielstrebig voran.

Brauchle war gerade dabei, mit Hilfe des Polizisten den Stall zu versiegeln. »Warte noch einen Augenblick«, unterbrach ihn Lott. »Wir müssen noch einmal rein.« Er öffnete die Tür und ließ Heiler vorgehen.

Lott beobachtete ihn. Heiler wirkte verstört. Seine Blicke wanderten unruhig von der einen zur anderen Stelle. Es sah aus, als vermisse er etwas. Plötzlich sagte er: »Der Strohballa isch weg.«

»Wo lag er denn?«

Heiler zeigte auf die Stelle. Sie war nicht weit von dem Platz entfernt, an dem die Tote gefunden wurde. Andererseits war ein Strohballen das denkbar schlechteste Aufsteigemittel, um sich durch Erhängen aus diesem Leben zu verabschieden.

»Do isch er glega. A baar Hälmla liegat doch no do.«

Heiler ging zu der Stelle und kickte die Strohreste zur Seite.

»Wo lagert denn das andere Stroh?«, fragte Lott.

»Es isch nemme viel do. D Viecher send ja alle weg.«

Heiler ging den Kommissaren voran und führte sie in einen Winkel des Stallgebäudes, wo das restliche Heu und Stroh lagerte, aus der Zeit, als der Hof noch Viehwirtschaft betrieb.

»Em Frühsommer hemmers wegdoa. Fuffzeh Küh ond drei Kälbla.«

»Hatte Ihre Nichte das so entschieden?«

»Ja«, antwortete Heiler kurz angebunden.

»Haben Sie den Abschiedsbrief Ihrer Nichte gelesen?«

»Freilich.«

»Und? Für einen Abschiedsbrief klingt der doch seltsam, finden Sie nicht?«

Herr Heiler schwieg. Dann begannen seine Augen zu flackern. Er schluckte. Schließlich sagte er: »Thomastag isch heit.«

»Was heißt das?«, hakte Lott nach.

»Der Tag, an dem Gericht gehalten wird«, antwortete er mühsam, weil hochdeutsch. »Und jetzt hat sie Gericht ghalta.«

Brauchle verdrehte die Augen und klopfte auf seine Armbanduhr.

Lott winkte ab. »Herr Heiler, was hat das mit dem Tod Ihrer Nichte zu tun?«

Heiler antwortete fiebrig: »Sie hat sich selber verurteilt!«

Lott ließ die Antwort im Raum stehen.

»Ond in der Thomasnacht wird onser aller Schicksal nei gwoba, hot zumindest mei verstorbene Schwägerin behauptet«, fuhr Heiler fort, mit etwas fanatischem Gesichtsausdruck, wie Lott fand. Er schaute ihn deshalb fragend an.

»Wie elles weitergoht, so d Paula, zoigt sich heut Nacht.«

Brauchle verdrehte wieder die Augen, brummte ungehalten etwas vor sich hin, und Lott hörte nur den Aberglauben des frommen Mannes heraus. Sie verließen den Stall, der zu Brauchles Erleichterung jetzt endlich versiegelt werden konnte.

»Herr Heiler, wir melden uns wieder. Es gibt sicher noch die eine oder andere Frage zum Tod Ihrer Nichte.«

Der alte Mann nickte, drehte sich um und ging zum Haus zurück.

Die Glocke der Harthauser Kirche schlug zwei Uhr.

2

Vom Kinderkarussell, das auf dem Ulmer Weihnachtsmarkt, nahe dem Stadthaus, aufgestellt worden war, wehten Weihnachtsklänge herüber.

Lott saß an seinem Schreibtisch, auf dem der Abschiedsbrief von Josefa Pfäffle lag.

Er wurde nicht schlau daraus. Und musste sich eingestehen, dass ihm vor lauter Hunger allmählich schlecht wurde. Er sagte sich, dass seine Unkonzentriertheit daher kommen musste.

Den ganzen Advent über war er den kulinarischen Verführungen, die der Weihnachtsmarkt bot, erlegen. Schupfnudeln, rote und weiße Bratwürste, die Feuerwurst nicht zu vergessen. Heute war es nicht anders. Im Moment tendierte er zu Schupfnudeln.

»Kommst du mit oder soll ich dir etwas mitbringen?«, fragte er den Kollegen Brauchle.

Der winkte ab. »I will zerscht fertig werra.«

Lott zuckte mit den Achseln, griff nach seiner Winterjacke und nahm die Treppe. Um diese Zeit war der Andrang an den Buden noch erträglich. Selbst die Apostelgasse konnte man noch zügig passieren. Später, gegen Abend, wäre dort kaum noch ein Durchkommen möglich. Lotts favorisierter Schupfnudelstand war am anderen Ende des Marktes. Zielstrebig machte er sich zu ihm auf, und er musste auch nur eine kleine Weile warten, bis ihm die Spezialität auf einem Pappschälchen kredenzt wurde.

Die Wirtin bediente ihn mit einer Vertrautheit, die nur wirklich guten Stammgästen entgegengebracht wurde. Dass Lott dazugehörte, ließ sie ihn jedes Mal wissen. Lächelnd häufte sie immer noch eine Gabel zusätzlich auf die ohnehin schon gut gemeinte Portion.

Lott verkroch sich in eine der Standnischen. Bei den derzeit herrschenden Temperaturen blieb das Essen nicht lange heiß. Ein paarmal mit der Plastikgabel das Kraut etwas gehoben, schon war die ärgste Hitze entwichen, und er konnte in der ihm gewohnten Geschwindigkeit die Portion bezwingen.

Während er aß, dachte er an Elli. Sie hatte ihm gesagt, dass sie in diesem Jahr den Weihnachtsbaum besorgen wolle. Bisher war das immer seine Aufgabe gewesen. Seit sie die neue Wohnung bezogen hatten, nahm Elli mehr und mehr die gestalterischen wie handwerklichen Arbeiten in die Hand. Selbst jetzt, wo sie über die Zeit des Weihnachtsgeschäfts aushilfsweise in einer kleinen Buchhandlung arbeitete. Ihre Energie schien grenzenlos zu sein. Lott wünschte sich, da mithalten zu können. Er war jetzt 48 und hatte schon vor dem drohenden 50er Angst. Wie schnell waren doch die acht Jahre seit seinem 40. Geburtstag vergangen. Ihm war, als wäre er gestern erst in dieses sogenannte Schwabenalter vorgedrungen. Damals hatte ein grausamer Mord an einem jungen Mann, begangen auf offener Straße ohne erkennbares Motiv, ihm die Feierlaune gründlich verdorben. Eine Gedenktafel auf dem Münsterplatz erinnerte noch heute daran. Es war einer der wenigen Fälle, die er nicht hatte aufklären können.

Lott überlegte, ob er sich noch einen Glühwein holen sollte, entschied sich aber dann dagegen. Vom Glockenspiel des Kaufhauses Abt erklang *Oh du fröhliche* … Er warf die Pappschale in einen der Müllsäcke und schlenderte durch die Gässchen des Marktes. Morgen wäre der Weihnachtsmarkt zum letzten Mal geöffnet, und Lott vermisste ihn schon jetzt. Weihnachtsstimmung auf Vorrat müsste man sich anlegen. Er kaufte sich noch eine Waffel, dann ging er zurück zum Neuen Bau.

Brauchle saß noch immer an seinem Schreibtisch. Er hatte den Bericht weitgehend fertig. Und das ohne Schreibkraft. Lohner hatte indessen veranlasst, dass der Sisalstrick zum KTI geschickt wurde.

»Punkt, Schluss, Feierobend«, sagte Brauchle und stand auf, obwohl es noch früher Nachmittag war. Er erklärte Lott, dass er noch ein Weihnachtsgeschenk für seine Frau brauche. Dass er dabei nicht gerade glücklich ausschaute, deutete auf eine gewisse Hilflosigkeit bei diesem Unterfangen hin.

»Was wünscht sich denn deine Lisbeth von dir?«, fragte Lott.

»Ebbes zum Anzieha dät ihr bestimmt gfalla«, antwortete Brauchle genervt.

»Und an was denkst du?«

»S letscht Johr han ra a Schürz kauft. Des war net grad dr Renner. Also irgend ebbes anders.«

Lott grinste, als Brauchle Hals über Kopf aus dem Büro stürzte, um sich draußen in den Geschäften der Hirschstraße dem Kampf um ein passendes Weihnachtsgeschenk zu stellen. Er hatte für Elli zwar auch noch keines, aber dafür war ja noch Zeit bis zum Heiligen Abend.

Er setzte sich an seinen Schreibtisch, auf dem noch immer der Abschiedsbrief von Josefa Pfäffle lag. Er las ihn noch einmal durch. Und er fragte sich, welchen Grund es denn für sie gegeben haben könnte, freiwillig aus dem Leben zu scheiden.

Der dunkelste Tag, die längste Nacht.
Die Glocken beginnen zu läuten.
Heute ist der Tag des Gerichts.
Ich habe gesündigt, ich bin mein eigener Richter.
Die Strafe ist gerecht. ich bin Mein eigener Henker.
mÖge Gott Mir veRzeihen.
DER Tod ist mein eigenes Urteil.

Josefa

Was hatte sie denn getan, das ein solches Urteil auch nur im Entferntesten rechtfertigte? Welche Sünde hatte sie begangen? Und wer hatte das *Aufsteigemittel* beiseite geräumt? Und diese fast kindliche Schrift! Das alles passte nicht zusammen.

Er las den Brief noch einmal durch. Wort für Wort. Erst jetzt fiel ihm auf, dass einige Buchstaben mittendrin großgeschrieben waren. Er setzte sie zusammen. Sie ergaben ein Wort: MÖRDER!

3

Das Nothemd muss in der Weihnachtsnacht von einem unschuldigen Mädchen auf bloßer Haut getragen werden.

Und alles Ackergerät unter Dach sein, kein Holz darf vor dem Ofen liegen bleiben, kein Bett im Freien gelüftet, alles Verliehene muss wieder im Hause sein. Und stirbt jemand in den Zwölften, so werden im folgenden Jahr zwölf Leichen aus dem Orte folgen müssen.

Gemeinsam stapften sie durch den einige Zentimeter hohen Schnee, dann führte der Weg sie durch ein Waldstück.

So viele Knöpfe einem an einem Kleidungsstück fehlen in dieser Zeit, so viele Geldstücke werden dir gestohlen werden.

»Lass uns zur Kapelle gehen und beten.«

»Wir werden allen Weisungen folgen. An uns soll es nicht liegen.«

Der Weg führte sie aus dem Wald zurück und schnurstracks zur Kapelle hin. Beim Eintreten bekreuzigten sie sich. Dann suchten beide die erste Bank auf und knieten dort nieder.

Heilige Maria Mutter Gottes, bitte für uns Sünder, jetzt und in der Stunde unseres Todes. Amen.

Als sie die Kapelle wieder verließen, hielten sie sich an den Händen. Nachdem sie ein Stück Waldweg hinter sich hatten, ließen sie einander wieder los.

»Gott hat uns verziehen«, sagte er.

»Er wird dich nicht mehr in einen Wolf verwandeln. Du wirst keinen Menschen mehr verletzen und niemand mehr töten«, antwortete sie ihm.

Er lachte. Dann lachte auch sie. Ihr Lachen klang wie das Meckern einer Ziege.

»Habergeiß«, sagte er.

»Sei ruhig, du schwarzer Hund!«

Sie stieß ihm in die Rippen. Er griff ihr unter den Rock.

»Jetzt pfeif nur noch, dann ist das Unglück nicht weit«, protestierte sie lachend und ließ ihn gewähren.

»Mein eigener Richter bin ich«, grunzte er und trieb seine Erregung dem Höhepunkt zu. »Und mein eigener Henker, wenn es denn sein muss.«

Sie stöhnte auf. »Sei kein Narr und gib ein paar Kupfermünzen als Weggeld. Dann ist auch das hier ungeschehen.«

»Halt still, Habergeiß!«

»Geh weg, Ziegenbock!«

Jetzt stieß sie ihn von sich und ordnete ihre Kleider. Die Dämmerung hatte eingesetzt. Zwischen den niederen Fichten lagen Nebelfetzen.

»Die unerlösten Seelen, sie wollen uns ins Verderben führen«, jammerte sie.

»Nicht uns«, sagte er. »Und heute schon gar nicht.«

4

Der frühe Abend war noch abweisender geworden. Zu dem Schneeregen hatte sich ein übler Ostwind gesellt, der hatte die Wolken zerstört. Und der Schneeregen hatte den Staub auf dem Weg, der am Wald vorbeiführte, gebunden.

Dennoch schienen die beiden Männer vergnügt. Einander überbietend, hatten sie zunächst mit ihren Eroberungen geprahlt.

Während der Ältere kräftig voranschritt, bremste der Jüngere und sprach wie ein fiebriges Kind: »Hast du die Augenlider gesehen. Sie haben geflattert. Geflattert wie ein Schmetterling. Und so gezittert, dass ihr Augapfel zu sehen war. Der Mundwinkel eine einzige Talfahrt. Der Kiefer ganz unten. Die Mimik außer Rand und Band und dabei doch so entspannt, als ob sie schliefe. Dornröschen! Dornröschen!«

Er war so begeistert von sich, dass der Ältere ihn rügen musste.

»Der alte Mann aus unserem Dorf hätte dich in die Wüste geschickt und dir einen Arm abgebissen. Aber wenn du wieder vernünftig geworden wärst, hätte er ihn dir wieder nachwachsen lassen. Der alte Mann konnte das.«

»Du und deine Geschichten!«

»Und du gehst zu weit. Dosiere deine Macht. Sonst ergreift sie am Ende noch Besitz von dir.«

»Ach Gott!«

»Demut gehört mit zum Handwerk.«

»Hätte mir dein alter Mann das auch gesagt?«

»Er hätte nicht mit dir gesprochen.«

Sie nahmen jetzt den Weg in die Stadt. Schlugen die Mantelkragen hoch und trotzten dem waagerechten Schneeregen.

»Über jede Sache wächst Gras, auch im Winter«, sagte der Jüngere.

Der Ältere sagte nichts mehr. Er hatte das Gefühl, in einen Tunnel zu gehen, aus dem es kein Heraus mehr gibt.

5

Das spärliche Licht der Salzkristalllampe erhellte das Zimmer. Ellis Kopf lag auf seiner Brust. Ihre Haare waren ein einziges Durcheinander. Jetzt strich sie über sein Glied, als würde sie es segnen. Das tat sie immer, wenn sie derart gesättigt von ihm stieg, dankbar wie einem geliebten Pferd gegenüber, das die gesamte Strecke bis nach Hause durchgehalten hatte.

Lott starrte an die Decke und dachte an Josefa Pfäffle. Arbeit und Privates ließen sich einfach nicht trennen. Warum hatte sie das Wort *Mörder* in ihrem Abschiedsbrief verschlüsselt? Für wen hatte sie das gemacht? Doch nicht für die Polizei. Oder doch? Lott atmete tief durch.

»An was denkst du?«, fragte Elli.

»Wir hatten heute eine erhängte Frau. In Harthausen, auf einem Bauernhof.« Lott erzählte und verschwieg ihr auch den Brief nicht, in welchem Josefa das Wort *Mörder*, als Großbuchstaben getarnt, versteckt hatte.

»Du glaubst nicht an einen Selbstmord?«

»Es ist schon alles sehr merkwürdig«, zweifelte Lott. »Auch ihr Onkel, der gleich, nachdem er seine Nichte erhängt aufgefunden hat, zur Kapelle dort hochgerannt ist, um für ihre arme Seele zu beten. Und dann hat er vom Thomastag dahergefaselt. Dass das der Tag des Gerichts wäre. Und dass sie sich selber gerichtet hätte.«

»Der Thomastag hat mit den Raunächten zu tun«, sagte Elli.

»Ich dachte, die Raunächte wären zwischen Weihnachten und Dreikönig?«

Elli klärte ihn auf: »Es heißt, am 21. Dezember, in der dunkelsten und längsten Nacht des Jahres, wird das Licht geboren. Es gibt auch Raunächte im Jahreskreis, die nicht zu den Tagen *Zwischen den Jahren* gehören. Zum Beispiel dieser Thomastag und die Thomasnacht vor allem.«

»Ist das nicht alles Aberglaube?«

Elli schmiegte sich wieder an Lotts Brust und flüsterte: »Nein, mein lieber Kommissar. Das ist altes, keltisches Wissen und lange vor dem Christentum entstanden.«

»Die Thomasnacht auch?«, warf Lott fragend ein.

»Das Christentum hat aus diesem Wissen ihre eigenen Mythen gestrickt.«

»In der Thomasnacht soll das Schicksal neu gewoben werden. So hat dieser Onkel, recht geschwollen übrigens, dahergeredet.«

»Man glaubte, dass es in dieser Nacht möglich ist, in die Zukunft zu schauen, um das Schicksal ändern zu können. Aus alten Riten der Julnacht ist auch das übernommen worden.«

»*Heute ist der Tag des Gerichts. Ich bin mein eigener Richter und Henker.* So in etwa stand es in ihrem Abschiedsbrief. Kannst du dir einen Reim drauf machen?«

»Der Thomastag war früher auch der Tag der Richter und des Rates. Eine Amtszeit wurde an diesem Tag beendet, oder sie begann an diesem Tag.«

Lott staunte. Elli bemerkte das, wehrte diese wortlose Bewunderung aber mit verhaltenem Stolz ab: »Wir Buchhändlerinnen wissen alles, aber von allem eben nur ein bisschen.«

Lott strich über ihr immer noch zerzaustes Haar. »Aber wo man das Licht löscht, weißt du allemal«, sagte er dabei.

Elli beugte sich aus dem Bett, so weit, dass sie den kleinen Schalter am Lampenkabel erreichen konnte, und knipste das salzkristallene Licht aus. Dann schwang sie sich in die Kissen zurück, küsste Lotts Mund mit Vehemenz, aber ganz und gar unerotisch jetzt, ein Gutenachtkuss, dem nur noch ein gemeinsamer Schlaf folgen durfte.

Lott griff nach Ellis Hand und hielt sie fest, bis er ihren Atem gleichmäßig, von leisen Schnarchgeräuschen begleitet, wahrnahm. Und dachte: So für immer bleiben zu dürfen, wäre Gnade schlechthin. Irgendwann drückte Elli aber dann seine Hand, um sie gleich wieder loszulassen, sich wegzudrehen und in der Seitenlage ihren Schlaf fortzusetzen.

Lott blieb liegen, wie er lag. Draußen heulte ein Hund. Oder waren es zwei? Lott dachte an Wölfe.

Mittwoch, 22. Dezember 1999

1

Von einem Traum eine Nacht lang mit Haut und Haaren geschluckt und darin, wie im Bauch eines Wales, gefangen und erst am Morgen wieder, auf dringlichen Wunsch des Alltags, mit allen Ängsten bepackt, entlassen zu werden. Kann eine Nacht sich denn nicht abschütteln lassen wie ein lästiges Insekt?

Lott schwitzte. Sein Nacken war feucht und fühlte sich kalt an. Sein Atem rasselte.

Kann ein Tag miserabler beginnen?

Er richtete sich auf. Es war schon hell, also mindestens acht Uhr. Er hörte Elli, die sich bereits über die Nordlandtanne hermachte, um diese weihnachtlich zu schmücken. Sie fluchte ein wenig über den zu dicken Stamm, der sich nicht in den Christbaumständer zwängen ließ. Lott stand auf. Die Knie mussten sich erst an das Gewicht seines Körpers gewöhnen. Er wankte ins Bad und erschrak vor dem Gesicht, das aus dem Spiegel ihn anstierte. Er fror. Er wusch sich das Gesicht und ein wenig nur vom übrigen Körper. Die Dusche schreckte ihn. Notwäsche nannte er das. Aber sein Zustand ließ nichts anderes zu.

Er hatte von Wölfen geträumt, die hatten ihn die ganze Nacht über gejagt. Und als er endlich Zuflucht in einem Stall fand, hing dort Josefa Pfäffle, erhängt an der obersten Sprosse der Leiter, und krächzte wie ein dressierter Rabe »*Mörder! Mörder!*« zu ihm herunter.

Lott blieb im Bad. Der Heizlüfter spendete eine angenehme Wärme. Die brauchte er jetzt, so sehr, wie er den Kaffee hinterher brauchen würde. Schwarz und stark musste der sein, eine Droge, die ihm für einen solchen Tag wie dem zu erwartenden angemessen schien.

Um neun Uhr war Lott im Neuen Bau, pünktlich zur ersten Dienstbesprechung. Die hatte heute Vorrang. Noch bevor der Ablaufkalender erstellt und die Mails gesichtet werden mussten. Neue Fälle, in die er sich hätte einlesen müssen, gab es zum Glück nicht. Josefa Pfäffle war, zwei Tage vor Weihnachten, Fall genug. Zudem lag ihm dieser Abschiedsbrief, in dem sie das Wort *Mörder* versteckt hatte, zentnerschwer im Magen. Er hoffte, das KTI hatte eindeutige Befunde vorzuweisen, in welcher Richtung auch immer.

Polizeichef Lander, Max Brauchle, Harald Lohner und Marlies Kaupper saßen bereits im kleinen Konferenzzimmer, als er – gemeinsam mit Schwegler – dazukam.

Lott schaute den Kollegen verwundert an.

»Unser Lander hat gemeint, ich soll mit dabei sein«, gab Schwegler seinem Blick zur Antwort. »Es handelt sich wohl um einen Test, weil ab nächstem Jahr die Dezernate quasi ineinander verschwimmen.«

Beide setzten sich nach den üblichen Höflichkeitsfloskeln mit in die Runde. Noch ehe Lott, wie es eigentlich üblich war, die Dienstbesprechung eröffnen konnte, hatte Lohner bereits das Wort ergriffen.

»Das Problem ist das fehlende Aufsteigemittel. Aber es ist nicht das einzige. Es gibt Anzeichen einer Gewaltanwendung. Blaue Flecke an beiden Unterarmen der Toten. Die allerdings sind so schwach und entweder so alt, dass sie bereits am Abklingen waren, oder aber so wenig heftig, dass es unwahrscheinlich ist, dass sie von einer Gewaltanwendung herrühren, mit der man einen doch relativ kräftigen Menschen, wie es Josefa Pfäffle war, überwältigen und erhängen müsste. Ich habe, nach Rücksprache mit dem Staatsanwalt, die Leiche in die Rechtsmedizin bringen lassen.«

»Hot s Kriminaltechnische Institut sich scho wega eventueller Faserspura gmeldet?«, fragte Brauchle.

»Noch nicht. Das wär nun auch ein bisschen zu viel verlangt«, antwortete Lohner genervt.

Lott hielt den Zeitpunkt für gekommen, seine Entdeckung im Abschiedsbrief der Toten den anderen mitzuteilen. Er hatte den Brief kopieren lassen und verteilte ihn.

»Ein auffallend ungelenk geschriebener Text«, begann Lott. »Und diese ja fast kindliche Handschrift passt so gar nicht zu dem Inhalt des Briefes. Etwas anderes aber ist mir beim erneuten Lesen aufgefallen, ich meine die Großbuchstaben, teils mitten im Wort, die ich auf den Kopien markiert habe und die, zusammengesetzt, das Wort *Mörder* ergeben.«

»Sakra«, staunte Brauchle.

»Das kann, muss aber kein Hinweis auf ein Fremdverschulden sein. Möglich, dass Josefa Pfäffle einen ohnehin dramatischen Abgang noch dramatischer inszenieren wollte.«

»Oder aber sie fühlte sich zu diesem Selbstmord getrieben«, hakte Lohner ein. »Es gibt in ihren Augen einen Schuldigen, den wir jedoch strafrechtlich nicht verfolgen können. Wir müssen alle Möglichkeiten in Betracht ziehen.«

»Der Inhalt des Briefes ist ja richtig gruselig«, meinte Lander kopfschüttelnd. *»Der dunkelste Tag, die längste Nacht, Ich bin mein eigener Richter … mein eigener Henker …* «

»Sie weist auf den Thomastag und die Thomasnacht hin«, klärte Lott die Kollegen auf und gab weiter, was Elli ihm an Informationen gegeben hatte.

Eine Weile herrschte betretenes Schweigen. Dann murrte Schwegler: »In welchem Jahrhundert leben wir eigentlich?« Und gab sich gleich selbst die Antwort: »Im zwanzigsten. Zumindest noch eine Woche lang.«

»Du musst fragen, in welchem Jahrhundert man in Harthausen lebt«, konterte Marlies Kaupper.

Lott lächelte vielsagend. »Der Aberglaube scheint mir tatsächlich der letzte Strohhalm zu sein, an dem das alte Jahrhundert sich noch festklammern will.«

»Hör auf. Mei Tochter isch jong ond glaubt no an Engel ond Goister ond dass en zwölf Johr de halb Welt ondergoht«, entgegnete Brauchle genervt.

Marlies Kaupper grinste. »Man nennt das New Age«, sagte sie.

»Lompagruscht, sag i drzua«, schimpfte Brauchle. »Ond was brengtr? A aufgehängte junge Frau. *Ich bin mein eigener Richter. Mein eigener Henker.* Ja, leck mich doch am Arsch!«

»Lassen wir den Brief jetzt einmal beiseite«, schlug Lohner vor. »Was mir mehr Kopfzerbrechen macht, ist das fehlende Aufsteigemittel.«

»Vor allem, wer es entfernt hat«, spannte Lott weiter den Bogen.

»Die Handschrift prüfen wäre doch der nächste Schritt«, meinte Lander mit Blick auf Uwe Schwegler, der im Dezernat für Wirtschaftsdelikte und Fälschungen mit dieser Untersuchung vertraut war.

Uwe nickte verhalten. »Dazu bräuchte ich zunächst einmal brauchbares Vergleichsmaterial. Darüber hinaus wäre es bestimmt auch nicht falsch, wenn wir das Ganze einmal von der finanziellen Seite aus betrachten würden. Wer hat einen Vorteil von ihrem Ableben? Ums Geld gehts doch fast immer.«

Lander gab seine Zustimmung, räumte aber ein, erst die Ergebnisse sowohl der Rechtsmedizin wie auch die des Kriminaltechnischen Instituts in Stuttgart abwarten zu wollen.

»Und was machat mir solang?«, fragte Brauchle, mit einem Seitenblick auf Lott.

»Wir fahren noch einmal zum Rainbauerhof. Irgendetwas stimmt da nicht, ich habe das Gefühl, dass wir dort etwas übersehen haben.«

Lander stand als Erster auf und verließ bruddelnd die Runde. An der Tür drehte er sich um. »Als ob die Taschendiebstähle auf dem Weihnachtsmarkt unseren Betrieb nicht genügend auf Trab halten würden.«

»Damit zumindest ist ja ab morgen Schluss«, beruhigte ihn Schwegler.

Lander schaute ihn verdattert an. »Ach ja. Heut ist der ja den letzten Tag geöffnet.« Dann ließ er die Tür hinter sich ins Schloss fallen.

»Schaut zu, dass ihr den Befund der Rechtsmedizin und des KTI bis zum Nachmittag auf dem Tisch habt«, sagte Lott zu Lohner und Marlies Kaupper. »Wir setzen uns um 17 Uhr wieder zusammen.«

Brauchle hatte bereits die Jacke an und öffnete Lott, der die seine gerade von der Garderobe griff, die Tür.

»Also bis dann.«

Brauchle und Lott eilten zum Parkplatz und stiegen in den zugeteilten Dienstwagen.

»Was glaubsch denn, was mir gestern überseha hend?«, fragte Brauchle.

»Ich kanns nicht sagen, es ist mehr ein Gefühl.«

»Du moinsch, ebbes basst net zamma?«

»Frag mich nicht, was, aber wir müssen auf jeden Fall noch einmal mit den beiden Alten reden.«

Wenige Minuten später erreichten sie den Rainbauerhof. Längst war Harthausen eingemeindet worden, gehörte zu Ulm und somit auch in den Zuständigkeitsbereich der Ulmer Polizeidirektion. Dennoch hatte Lott das Gefühl, dass diese Nachricht bei den Bewohnern noch nicht so recht angekommen war. Noch immer galten hier die alten Hausnamen, die schon lange, bevor es Hausnummern gab, ihre Gültigkeit hatten.

Die beiden Kommissare stiegen gleichzeitig aus dem Wagen und gingen auf das Wohngebäude zu. Lott bemerkte, wie ein Vorhang zur Seite geschoben wurde, und erkannte Frau Heiler am Fenster. Sie war also da. Und ihr Mann sicher auch. Tatsächlich kamen beide auch gleich zur Tür und ließen die beiden Polizisten eintreten, führten sie in die Stube und boten ihnen wie tags zuvor am Tisch unter dem Herrgottswinkel Platz an.

»Mir hend doch alles gsagt«, begann Heiler das Gespräch, so, als wollte er es damit gleich wieder beenden.

»Der Tod von Frau Pfäffle wirft leider doch mehr Fragen auf, als uns allen lieb ist«, antwortete Lott. »Wir bedauern also, Sie damit noch einmal belästigen zu müssen, aber es geht nicht anders. Der Abschiedsbrief von Josefa, wir werden nicht schlau daraus. *Der dunkelste Tag, die längste Nacht, heute ist der Tag des Gerichts* usw. Nicht dass wir diese Dinge nicht einordnen könnten, aber war denn Josefa Pfäffle tatsächlich mit diesem, nennen wir es einmal Brauchtum, verbunden?«

»Sie eigentlich net, net so wie ihr Mutter«, brummte Herr Heiler.

»Aber warum schreibt sie dann so einen Abschiedsbrief?«

Dorothea Heiler zuckte mit den Achseln und sagte: »Sie war eher ein moderner Mensch. Vielleicht zu modern.«

»Was meinen Sie damit?«

»Naja, sie hat sich halt mit allem Neumodischen ausgekannt. Computer und so. Und was alles dahinter steckt.«

»In der Beziehung hot se eher gsponna«, mischte Heiler sich ein.

»Wie meinen Sie das?«

Frau Heiler kam ihm mit der Antwort zuvor: »Sie war eben anders als wir, ganz anders als meine Schwester.«

»Die Paula war gläubig. Sie hot zwar gsponna, aber sie war gläubig, was ma von der Josefa hot net grad behaupta könna.«

»Aber sie schreibt doch *möge Gott mir verzeihen*. Da kann man ihr doch eine gewisse Religiosität nicht absprechen«, erwiderte Lott.

»Wer woiß, welchen Gott se drmit gmoint hot«, blaffte Heiler.

Seine Frau schaute wütend zu ihrem Mann: »Hör doch auf damit.«

»Ja, ischs denn net wohr? Sie war gwieß koi Schlechta, d Josefa, aber gsponna hot se doch.«

Brauchle, der bis jetzt nichts gesagt hatte, ging dazwischen. »Wir müssten s Zimmer von Ihrer Josefa sehn«, sagte er und bat Heiler darum, ihn hinzuführen.

Der brummte: »Do gibts net viel zum seh, aber bitte.«

Er ging voraus, und Lott war froh, Frau Heiler nun ungestört befragen zu können.

»Frau Heiler, Sie sind nicht von hier?«

»Nein, meine Schwester und ich stammen aus dem Altvatergebirge. Wir sind Flüchtlinge. Sind schließlich in Ulm, im Flüchtlingslager auf dem Kuhberg untergebracht worden. Meine Schwester Paula hat hier auf dem Rainbauerhof Arbeit gefunden. Hat dort den Bauer Pfäffle geheiratet, ein Jahr nachdem seine Frau gestorben war. Die Josefa kam aber erst viel später zur Welt, als man schon geglaubt hat, die Paula könne keine Kinder bekommen. Dann ist es leider nur ein Mädchen geworden, wo der Pfäffle sich doch einen Sohn gewünscht hat, der den Hof einmal hätte übernehmen können.«

»Hat er sie deshalb Josefa taufen lassen?«

»Vielleicht auch, aber Josefa ist am 19. März geboren worden, am Josephstag, da lag es nahe, dass man sie Josefa taufen ließ.«

»Und wie sind Sie nach Ermingen gekommen?«, fragte Lott im Plauderton.

»Erst habe ich in einem Wiblinger Gasthaus bedient. Das war ehrlich kein Zuckerschlecken. Für Kost und Logis musste ich arbeiten, bis spät in die Nacht, obwohl ich erst siebzehn war. Und das Trinkgeld musste ich abgeben. Er hat mich jedes Mal abgepasst, wenn ich in der Gaststube fertig war. Da hat er mir in die Schürze gegriffen und ich musste alles Trinkgeld rausrücken. Ich war ein hübsches Ding und viele der jungen Burschen kamen nur wegen mir und die haben mir Trinkgeld gegeben. Konnten ja nicht wissen, dass der Alte mir das wieder wegnahm. Später bin ich in die Fabrik. Da hab ich auch meinen Alfons kennengelernt. Der hat mich dann geheiratet, gegen den Willen seiner Eltern. Die haben mich nie akzeptiert, bis zuletzt nicht, und die Erminger am Anfang auch nicht. Die wollten alle, dass der Alfons eine aus dem Dorf heiratet. Da gabs viel Streit, aber mit der Zeit hat sich das dann gegeben. Man kann über den Alfons sagen, was man will, aber zu mir hat der immer gehalten, auch wie der Pfarrer sich eingemischt hat und dem Alfons gesteckt hat, dass man doch wissen muss, wen man heiratet, und über mich und meine Familie wusste man ja nichts.«

»Was ist aus Ihren Eltern geworden?«

Dorothea Heiler starrte eine Weile vor sich hin, ihre Augen füllten sich mit Tränen. Sie wischte sie ab, als ob sie sich für diese schämen müsste, dann lachte sie fast und sagte: »Mein Gott, das ist ja alles so lang her, aber es gibt einfach Dinge, die vergisst man nicht. Meine Mutter und meine Großmutter sind während der Flucht gestorben. Meine Großmutter bekam die Ruhr, meine Mutter wurde bei einem Fliegerangriff getötet. Und der Vater ist in Russland gefallen.« Sie ließ diesen letzten Satz eine Weile im Raum stehen, dann sagte sie fast heiter. »Und meine Schwester hat es zur Bäuerin gebracht.«

Im selben Augenblick kamen Brauchle und Heiler zurück.

Lott schaute den Kollegen fragend an.

»I hab s Zimmer für alle Fälle versiegelt, für den Fall, dass mir d Spusi no amol brauchet, und a baar Schriftproba für da Schwegler han i drbei.« Damit reichte er Lott einen Umschlag.

»Herr Heiler, wir würden gerne noch einmal in den Stall. Es könnte ja sein, dass wir etwas übersehen haben.«

»Sie hendn doch selber versiegelt«, antwortete Heiler verwundert.

»Do hend Sie ao wieder recht«, sagte Brauchle. »Aber mir könnat n drnoch ja wieder zubebba.«

Alfons Heiler schnappte sich vom Schlüsselbord den entsprechenden Schlüssel und ging zielstrebig voraus. Brauchle brach das Siegel, öffnete die Stalltür, knipste die Stalllampe an und trat ein. Lott folgte, während Heiler draußen blieb.

»I woiß ja net recht, noch was du suchsch«, meinte Brauchle, der geradezu provozierend gelangweilt um sich blickte.

»Max, das weiß ich selber nicht«, gab Lott zu, während er versuchte, sich die Geschehnisse vor Augen zu führen. Er inspizierte die Leiter, wischte über die Sprossen, stellte sich auf der Rückseite darunter, schaute nach allen Seiten und ging wieder zum Eingang zurück.

»Ond?«, insistierte Brauchle, die Hände in den Taschen.

»Lass uns den Strohballen darunterlegen.«

Brauchle kam der Aufforderung nach. Gemeinsam schoben sie den Ballen zu der Stelle, wo er anscheinend als Aufsteigemittel benutzt worden war.

»Hast du die Stricklänge noch im Kopf?«

»Noi, aber so gscheit war dr Lohner ao, d Länge vom Strick dät grad no so bassa, hot er gmoint, bloß dass der Strohballa nie ond nimmer s Aufsteigemittel war, weil sich der nett so oifach omkippa lässt wie an Stuhl. Hot ao ihn stutzig gmacht.«

»Ich glaube, der Strohballen hat nie hier gelegen. Das Aufsteigemittel war ein Stuhl, zumindest irgendwas Mobiles, was sich leicht wieder entfernen lässt.«

»Aber warom denn om Gotts willa soll sich jemand die Arbeit macha?«, warf Brauchle ein.

»Ich fürchte, das lässt sich rational nicht erklären, im Augenblick zumindest noch nicht«, antwortete Lott und ging weiter in den hinteren Raum, wo sich allerhand Gerümpel stapelte. Heiler, der sich mittlerweile auch in der Stallgasse aufhielt, war ihm gefolgt.

»Do ghert dringend aufgräumt«, brummte er. Dann blieb er plötzlich wie angewurzelt stehen.

»Ist was?«, fragte Lott.

»Dr Beichtstuhl von dr Paula«, sagte er und deutete auf einen Gegenstand, dessen Funktion sich auf den ersten Blick nicht ohne weiteres erklären ließ: eine Mischung aus Stuhl, Tisch und Bank und so gearbeitet, dass einer einem Sitzenden gegenüberkniete, nur durch eine schmale Holzplatte voneinander getrennt, eine Platte, die eine geschnitzte Rosette zierte, durch die man scheinbar verdeckt seine Sünden loswerden konnte.

Lott betrachtete den Beichtstuhl von allen Seiten. Das Erste, was ihm dabei auffiel, war, dass sich dieser im Gegensatz zu dem anderen Gerümpel in tadellosem Zustand befand und obendrein sauber geputzt schien.

Brauchle hatte sich inzwischen neben Lott und Heiler gestellt. »Mein lieber Herr Gesangsverein«, staunte er beim Betrachten dieses eigenwilligen Kunstwerks. Er strich mit der Hand darüber und roch dann plötzlich in die Luft.

»Riechschs ao?«, fragte er geheimnisvoll, Lott zugewandt.

Lott hielt die Nase dicht an den Beichtstuhl. Dann nickte er wissend und sagte: »Desinfektionsmittel.«

»Arbeit für die KT«, schmunzelte Brauchle.

2

Maria und Josef hatten mitsamt dem Kind, den Schafen und dem Esel ihren Stall auf dem Ulmer Weihnachtsmarkt bereits verlassen. Der Andrang auf die Fressbuden aber war ungebrochen. Zu denen, die heute um eine letzte Currywurst, ein letztes Schälchen mit Schupfnudeln oder einfach um eine Rote mit Senf anstanden, gehörte auch Lott.

Während Brauchle die Schriftproben zu Schwegler brachte, damit dieser bereits zur Dienstbesprechung Aufschlussreiches berichten konnte, war Lott, was den heute zu Ende gehenden Weihnachtsmarkt betraf, nicht aufzuhalten gewesen. Nicht allein der kulinarischen Genüsse wegen; er wollte noch einmal Weihnachtsstimmung tanken, sich einen Vorrat davon zulegen, sofern das möglich war.

Ein letztes Mal also aß er Schupfnudeln, zu denen ihn die Standbetreiberin, bei der Lott in den letzten Wochen Stammgast geworden war, eingeladen hatte. Er verabschiedete sich dann auch mit Handschlag und sagte: »Also, bis zum nächsten Jahr.«

Dann schlenderte er die Apostelgasse entlang, die Nikolausgasse und all die anderen Längs- und Quergassen mit ihren anheimelnden Namen, blieb bei den Glasbläsern stehen und bei dem Stand mit den Federengeln. Er kaufte für Lisa handgefertigte Seifen und für Elli einen Opal, jenen Stein, den schon die Griechen schätzten und von dem Plinius meinte, er besitze die positiven Eigenschaften aller anderen Steine zusammen: das zarte Feuer des Karfunkels, das glänzende Purpur des Amethysts, das prächtige Meergrün des Smaragds, das goldige Gelb des Topases, das tiefe Blau des Saphirs, so dass alle Farben in wunderschöner Mischung zusammen glänzten. Bei derart wundersamer Erklärung, die er am Marktstand der Ulmer Schatztruhe erfuhr, konnte Lott gar nicht anders, als sich für einen Opal für Ellis Halskette zu entscheiden.

Zuletzt ging Lott noch zum Stand mit den Süßigkeiten, kaufte Magenbrot und gebrannte Mandeln, nahm ihren Duft mit auf den Weg zum Neuen Bau, wo er pünktlich zur Dienstbesprechung erschien.

Max Brauchle, Harald Lohner, Marlies Kaupper und Uwe Schwegler hatten sich bereits im kleinen Konferenzraum versammelt, als Lott dazukam und sofort die Tüte mit den gebrannten Mandeln in der Runde kreisen ließ.

»Hat Stuttgart sich gemeldet?«

Lohner nickte. Und sagte mit vollem Mund: »Die Faserspuren an den Händen der Toten sind identisch mit dem Sisalstrick. Eine Fremdeinwirkung ist hier also nicht ersichtlich.«

»Dann können wir das zumindest abhaken«, antwortete Lott. »Was ist mit der Handschrift von Josefa?«

Uwe Schwegler begann, sich erst räuspernd, wie es seine Art war, zu dozieren: »Dass sich eine Handschrift unter extremer psychischer Belastung verändert, wissen wir alle. Eine derartige Verzerrung wie im vorliegenden Fall ist mir allerdings in meiner langjährigen Arbeit als Schriftsachverständiger noch nicht untergekommen. Wir haben hier den Abschiedsbrief von Josefa Pfäffle, daneben eine Notiz in ihrem Terminkalender und dann noch einige, sagen wir mal Lesenotizen, aus irgendwelchen Büchern entnommen, die sie anscheinend wichtig genug fand, um sie in einem Notizheft festzuhalten. Ganz eindeutig handelt es sich aber, so unterschiedlich uns die Schriftproben auch erscheinen mögen, um ein und dieselbe Handschrift.«

Schwegler legte alle drei Schriftstücke nebeneinander auf den Tisch, um den Kollegen sein Ergebnis anschaulich erklären zu können. »Das kleine *n* zum Beispiel, das kleine *g* und auffallend auch das große *D* weisen, bei aller Verzerrung im Abschiedsbrief, denselben Schwung aus, sowohl bei der kurzen Terminnotiz wie auch in den umfangreicheren Notizen.«

»Die Frage bleibt aber«, hakte Lohner nach, »warum Josefas Schrift in ihrem Abschiedsbrief derart bizarr daherkommt.«

»Vielleicht stand sie unter Drogen?«, suchte Marlies nach einer Erklärung.

»Die verschlüsselte Nachricht, wenn wir annehmen, dass diese uns galt, lässt doch eher darauf schließen, dass sie bei klarem Verstand dabei war«, hielt Lott dagegen. »Liegt denn noch kein Ergebnis der Rechtsmedizin vor?«

»Nein«, antwortete Marlies.

»Dann fahr ich nachher selber mal hoch.«

»Und was hat es mit dem Beichtstuhl auf sich, von dem Brauchle gemeint hat, dass wir uns den dringend anschauen müssen?«, fragte Marlies.

»Es könnte sich bei diesem ominösen Beichtstuhl der Mutter von Josefa um das Aufsteigemittel handeln«, antwortete Lott. »Die Heilers, sowohl er wie auch sie, waren vollkommen verblüfft, ja schier erschrocken, als sie den Stuhl zu Gesicht bekamen. Frau Heiler hat später behauptet, den seit dem Tod der Schwester nicht mehr gesehen zu haben. Mir scheint aber, dass sämtliche Spuren, soweit es welche gab, abgewischt wurden, denn er roch schrecklich nach Desinfektionsmittel.«

»Wir kümmern uns morgen darum«, sagte Marlies. »Heute muss ich noch auf eine Weihnachtsfeier, außerdem ist es inzwischen ja auch stockdunkel.«

Lott war einverstanden.

Plötzlich stand Simone Czech in der Tür. Sie war im Neuen Bau als Schreibkraft angestellt, half in der Datenstation aus, führte das Protokoll bei Vernehmungen und bei den Dienstbesprechungen einer Sonderkommission.

»Entschuldigen Sie die Störung, aber soeben ist bei der Polizeidienststelle in der Söflinger Straße eine Suizidmeldung eingegangen.«

»Und die wäre?«, fragte Lott ungeduldig.

»Ein Mann hat sich im Keller seines Reihenhauses erhängt«.

»Wo?«

»In Ermingen.«

Brauchle und Lott schauten sich vielsagend an.

»Wer fährt?«, fragte Brauchle.

Lott antwortete: »Immer der, der frägt.«

3

Detlef Glauser, 46 Jahre alt, Verkäufer im Möbelhaus Inhofer, verheiratet, keine Kinder. Die Streifenbesatzung war, wie am Tag zuvor bei Josefa Pfäffle, bereits vor Ort. Der Notarzt, der den Tod festgestellt hatte, war schon wieder weg. Die Todesbescheinigung hatte er dagelassen.

Der Tote, der sich im Keller an einem Heizungsrohr mit einer plastikummantelten Wäscheleine erhängt hatte, lag ausgestreckt auf dem Kellerboden. Das Strangulationswerkzeug lag noch locker um seinen Hals. Die Augen waren auch bei ihm einen Spaltbreit geöffnet, und seine Zunge lag, wie es sehr häufig bei Erhängten üblich ist, zwischen den Zähnen.

Brauchle begann auch hier die Leiche zu entkleiden, um den Körper nach Spuren einer möglichen Fremdeinwirkung zu untersuchen.

»Allmählich krieg i ziemlich Routine bei dem Gschäft«, sagte er launisch, während Lott in der Zwischenzeit Aufnahmen vom Ereignisort, dem Heizungsrohr, der Wäscheleine, der Strangfurche am Hals sowie vom Toten selbst machte.

»The same procedure every day, Max«, feixte Lott.

Einer der beiden Streifenbeamten kam dazu. »Die Ehefrau isch am Durchdrehen«, sagte er und schaute dabei ziemlich hilflos aus der Wäsche.

Lott wollte ihm schon die Nummer eines Seelsorgers geben. Die bekamen solche Situationen, bei denen die meisten Polizisten völlig überfordert waren, leichter in den Griff. Sie waren geschult dafür, fanden die richtigen Worte zum richtigen Zeitpunkt, hatten eine Umarmung parat, eine tröstende Geste, wenn Worte nicht weiterhalfen. Doch ein Impuls hielt ihn davon ab.

»Ich kümmere mich darum«, sagte er stattdessen und ließ sich von dem Beamten in die Wohnung bringen.

Frau Glauser stand vornübergebeugt in der äußersten Ecke des Zimmers, als hätte sie jemand dorthin gekehrt. Zusammengekrümmt. Schluchzend. Die Hände vor ihrem Gesicht. Ein Häuflein Elend. Plötzlich schrie sie los. »Nein! Nein! Und noch einmal Nein!«

Als sie Lott bemerkte, schaute sie auf.

»Warum hat er mir das bloß angetan! Das ist doch nicht recht. Deswegen kann er mir das doch nicht antun!«

Lott ging zu ihr hin, führte sie zur Couch und setzte sich neben sie. »Was genau ist denn passiert?«, fragte er, so einfühlsam wie nur möglich, und griff dabei nach ihren Händen, die sich in ihrem Schoß verkrampften.

»Ich hab für ihn gekocht. Ich koch doch jeden Tag für ihn. Und was macht er? Er isst bei seiner Mutter, dieser Schlange. Sie weiß genau, dass ich für ihn koch, und dann kocht sie sein Lieblingsessen, Linsen mit Spätzle und Wienerle. Und bei mir isst er nichts mehr. Sagt, er hat schon gegessen bei seiner Mutter und wirft mir vor, dass ich schlechter koch als sie, nur weil ich keine Linsen und Spätzle mach.«

»Und dann?«, fragte Lott sachte nach.

Frau Glauser schluchzte laut und gestand: »Dann hab ich ihm eine Szene gemacht. Dass er ab morgen immer bei seiner Mutter essen soll und dass die Weihnachtsgans wohl auch besser seine Mutter machen soll, weil die doch sowieso besser kocht als ich.«

»Und was hat Ihr Mann darauf gesagt?«

»Nix. Einfach in den Keller ist der gegangen. Und als ich nach einer Weile nach ihm geschaut hab, weil ich mich versöhnen wollt, hängt er da.«

Sie schrie wieder los, schrie sich den Schmerz von der Seele.

»Das kann er mir doch nicht antun. Nur wegen einem blöden Streit hängt man sich doch nicht auf und hinterlässt nichts als so einen blöden Zettel.«

Sie griff in ihre Kitteltasche, kramte die Rechnung einer Versicherung hervor und reichte sie Lott. Der schaute sie verwundert an. Da drehte sie die Rechnung um. Lott starrte auf den Text:

Ich bin mein eigener Richter,
mein eigener Henker.
Möge Gott mir verzeihen.

»Ich müsste ihm verzeihen und nicht Gott. Aber von mir schreibt er kein Wort. So gleichgültig bin ich ihm. Davongemacht hat er sich, und mir bleibt die Schande, dass ich schuld an seinem Tod bin!«

An der Tür klingelte es. Frau Glauser wischte sich hastig die Tränen aus dem Gesicht, ein künstliches Lachen flog darüber, dann stand sie auf und öffnete.

Ein älteres Ehepaar stand vor der Tür. Es waren die Heilers.

4

Noch in der Nacht hatte Lott eine Leichenmeldung an die Staatsanwaltschaft geschrieben, in der neben den Personalien, der Sachverhaltsschilderung und den Fotos auch der Vermerk enthalten war, dass ein Fremdverschulden ausgeschlossen werden konnte.

Es ging auf Mitternacht zu, und er saß noch an seinem Schreibtisch und brütete über den Ermittlungsakten der Josefa Pfäffle. Was ihm nicht aus dem Kopf ging, war, dass ein Mensch einen eigenen Beichtstuhl hat, den er zudem überallhin mitnehmen konnte. Vor ihm lag Josefas Notizheft, das für Schweglers Arbeit so wichtig war. Lott klappte das Heft auf und las:

Der Immobilienwert des Rainbauerhofes: DM 450T. Der Grundstückswert DM 600T. Kaufinteresse 80%.

Er blätterte die nächste Seite auf. Was dort stand, brachte ihn ins Grübeln:

Am 21. Dezember 2012 wird ein neues Licht auf der Erde erscheinen und eine Zeitenwende einleiten. Ein fataler Sonnensturm wird alles Leben auf der Erde auslöschen.

Er blätterte weiter und las:

Sie erfanden eine komplexe Hieroglyphenschrift, hatten ausgezeichnete mathematische Kenntnisse und ein verblüffend exaktes astronomisches Wissen.

Die letzten drei Worte hatte Josefa unterstrichen. Es folgte ein neuer Abschnitt, den sie mit dem Wort *Kalender* überschrieben hatte:

Kalendersystem. 2012 ein letzter, umfassender Wandel. Endet exakt am 21. Dezember 2012.

Darunter stand, wie von Kinderhand geschrieben:

Maya – Mayo – Mayonnaise. Vielleicht ist das doch auch alles Käse!

Lott blätterte weiter. Auch die folgenden Notizen handelten von einem möglichen Zeitenwandel oder einem bevorstehenden Weltuntergang. Einen anderen Abschnitt hatte sie mit *Sonne* überschrieben. Darunter stand: *2012 beginnt bereits 12 Jahre früher. Prost Neujahr!* Diesen Satz hatte sie orangefarben markiert. Es folgten Seiten mit belanglosen Kritzeleien. Namen, Orte, Zahlen. Dazu das eine oder andere Strichmännchen. Eins davon mit einem tropfenden Penis, wie man es an Toilettenwänden findet. Ein Name stand dabei: *Ansgar.*

Die folgenden Blätter waren unbeschrieben. Lott ließ sie durch die Finger gleiten, als er plötzlich innehielt. Auf einer der letzten Heftseiten hatte sie eine weitere Notiz vermerkt, die ihm zunächst verborgen geblieben war und die erheblich von dem Vorangegangenen abwich.

Die Schrift war ungelenk wie bei ihrem Abschiedsbrief, und das letzte Wort hatte sie großgeschrieben und noch einmal dick nachgezogen, dass es aussah, als stünde es am Pranger:

Wer an Weihnachten die Treppe scheuert, stirbt binnen eines Jahres. Aber ja doch MUTTER!

Was sollte nun das wieder heißen, dachte Lott, ging zum Fenster und schaute hinaus auf den Münsterplatz. Eine Weile sah er den Standbetreibern zu, die noch immer dabei waren, ihre Hütten abzubauen und diese, zerlegt in Einzelteile, auf Fahrzeuge luden. Einige hatten ihre Arbeit bereits zu Ende gebracht, fuhren los, vielleicht mit wehmütigen Gedanken, vielleicht auch erleichtert, zufrieden oder ernüchtert über den erreichten Umsatz. In Lotts Gedankenwelt aber hatte sich im Augenblick ein einziger Satz Platz verschafft:

Wer an Weihnachten die Treppe scheuert, stirbt binnen eines Jahres!

Lott lachte bitter. Brauchtum, dachte er. Weissagungen und Aberglaube. Aber doch eher Aberglaube. Er stand noch immer am Fenster.

Kleine feste Flocken fielen vom Himmel, eine Mischung aus Schnee und Graupel. Lott ging auf und ab, schaute auf den Münsterplatz und über ihn hinweg. Warum hatte Detlef Glauser sich das Leben genommen? Warum Josefa Pfäffle? Und warum hatten beide derart merkwürdige Erklärungen hinterlassen, die doch keine waren?

Ich bin mein eigener Richter,
mein eigener Henker.
Möge Gott mir verzeihen.

Fast gleichlautende Abschiedsbotschaften, ausführlicher bei Josefa und mit ungelenker Schrift verfasst, im Gegensatz zu Detlef Glauser, dessen Handschrift keinerlei Unregelmäßigkeit aufwies. Eine Kaufmannshandschrift, gestochen scharf und akkurat.

Lott ging zu seinem Schreibtisch zurück, setzte sich, blätterte wieder in Josefas Notizheft und las: *Die Maya glaubten, das Wetter sei schicksalhaft und wesentlich von den Bewegungen der Gestirne abhängig. Deshalb fertigten sie detaillierte Aufzeichnungen an, in denen sie ihre astronomischen Beobachtungen festhielten.*

Und ein paar Seiten weiter hatte sie notiert:

Erdmagnetfeldanomalien bewirken an besonderen Tagen, dass unser Gehirn auch im Zustand unseres Wachbewusstseins psychoaktive, bewusstseinserweiternde Substanzen produziert. Eine Trugwahrnehmung eines Sinnesgebietes, die ohne Reizgrundlage vorliegt.

Was sollte das nun bedeuten?

Lott blätterte weiter, bis zu der Stelle, die ihn zuvor schon seltsam berührt hatte und die nichts mit den Mayas, umso mehr aber mit Josefas Mutter zu tun hatte. Auf der Rückseite des Blattes fand er:

Wer beim Weihnachtsabendessen fehlt, der stirbt im nächsten Jahr. Und darunter Josefas Kommentar dazu: *Ich hatte einfach keine Zeit, verstehst du das nicht MUTTER.*

Donnerstag, 23. Dezember 1999

1

Es war erheblich wärmer geworden, und es regnete. Elli klagte über Kopfschmerzen. Sie nahm ein Aspirin zum Kaffee und sprach von einem Großkampftag. Der Tag vor Heiligabend, so meinte sie, sei in der Regel immer der Umsatzstärkste. Obwohl Elli nur als Aushilfe übers Weihnachtsgeschäft und bis zur Inventur in der kleinen Buchhandlung arbeitete, identifizierte sie sich doch mit deren Sorgen, Hoffnungen und Erwartungen.

Seit in Ulm die Großbuchhandlungen den Markt diktierten, blieb den Kleinen nur der Rückzug in irgendwelche Nischen, in denen sie noch ein wenig mitkonkurrieren durften. Vom Sturm auf die Bestseller allerdings bekam eine Buchhandlung in einer Seitengasse nur die Ausläufer mit, schwache Windchen, mit denen es sich schlecht schippern ließ.

Dennoch war Elli von erstaunlicher Erwartungshaltung beseelt. Sie trieb Lott zur Eile an und drohte, die Straßenbahn zu nehmen, wenn er sich nicht endlich vom Frühstückstisch bequemen würde.

Die Drohung zeigte Wirkung, Minuten später saßen beide im Wagen und waren auf dem Weg in die Stadt.

Lott parkte zwischen zwei Streifenwagen auf dem Parkplatz im Neuen Bau. Elli küsste ihn, bevor sie ausstieg, und sagte, schier euphorisch: »Bis heute Abend dann, Klaus.« Damit wehte sie über den Münsterplatz davon, und Lott hatte noch eine Weile lang seinen Vornamen im Ohr, diesen alemannischen Tonfall, den Elli noch immer hatte: Klaus mit einem *ou*.

Der Münsterplatz wirkte, nachdem in der Nacht die Hütten des Weihnachtsmarktes abgebaut worden waren, wie leergefegt. Allein der mächtige Weihnachtsbaum schuf noch Weihnachtsstimmung. Vielleicht mehr als der ganze weihnachtliche Umtrieb in den Wochen vorher.

Die Münsterglocken schlugen neun Uhr. Eine halbe Stunde Zeit bis zur Dienstbesprechung. Zeit, noch die Mails zu sichten, den Ablaufkalender zu erstellen und die Besprechung der Tagesabläufe vorzubereiten. Er setzte sich an seinen Schreibtisch. Da lag Josefas Notizheft, da lag sein Bericht über die Befragung der Heilers und eine Kopie der Leichenmeldung an die Staatsanwaltschaft in der Suizid-Sache Detlef Glauser.

Lott dachte an das Ehepaar Heiler, wie die plötzlich bei der Witwe Glauser vor der Tür standen. Nachbarn seien sie, klar, Ermingen war ein Dorf, wo trotz Zuzug noch immer jeder jeden kannte.

Er schlug jetzt die Ermittlungsakte auf, die Aussage von Dorothea Heiler über ihre Schwester Paula. Lott las:

Paula Pfäffle ist am Dreikönigstag dieses Jahres an den Folgen eines Schlaganfalls gestorben. Sie hatte bis dahin mit einem gewissen Joachim Knecht, den alle Jockel nannten, den Hof bewirtschaftet. Nach Paulas Tod hat Joachim Knecht den Hof fluchtartig verlassen und lebt seither wieder bei seiner Schwester in Söflingen. Josefa war in den letzten beiden Jahren nur noch besuchsweise auf dem Hof. Erst nach dem Tod ihrer Mutter war sie wieder häufiger auf dem elterlichen Anwesen.

Lott klappte die Akte zu. Und dachte: Sollte bei Josefa Pfäffles Tod ihr jemand kriminell behilflich gewesen sein, so müssen wir die Ermittlung bei der Mutter ansetzen, obwohl die seit Dreikönig bereits tot ist. Es war ein Impuls, ein Gefühl; Lott spürte, dass er etwas spürte. Und er hatte plötzlich keinen Nerv mehr für die Aufteilung der Dienstfahrzeuge, weder für den Ablaufkalender noch für die Tagesabläufe. Ausnahme war die Dienstbesprechung, die für halb zehn anberaumt war, und bis zu der war nicht mehr lange hin.

Er warf noch einen Blick auf die eingegangenen Mails. Keine davon sprang ihm, was ihre Wichtigkeit betraf, ins Auge. So verließ er das Büro, ging ein paar Türen weiter und öffnete die zum kleinen Konferenzraum.

Lohner und Schwegler saßen bereits am Tisch. Schwegler sprach über Fußball, genauer gesagt, über seinen SSV Ulm 1846, was Lohner, der gequält den Ausführungen des Kollegen folgte, offensichtlich wenig interessierte. Er war deshalb froh, als Lott dazukam und hinter ihm, nur Augenblicke später, Marlies Kaupper und Max Brauchle.

Ohne lange Vorreden kam Lott gleich zur Sache: »Beim gestrigen Suizid des Detlef Glauser aus Ermingen konnte ein Fremdverschulden ausgeschlossen werden, so dass die Leichenmeldung nebst Sachverhaltsschilderung, Fotos und dem ganzen Pipapo noch in der vergangenen Nacht an die Staatsanwaltschaft weitergegeben werden konnte. Und dies trotz der merkwürdigen Zeilen, die er hinterlassen hat und die wir bereits aus dem Abschiedsbrief der Josefa Pfäffle kennen: *Ich bin mein eigener Richter. Ich bin mein eigener Henker. Möge Gott mir verzeihen.* Aber der Suizid selbst, aus welchem Anlass er auch immer vollzogen wurde, schließt, wie gesagt, ein Fremdverschulden aus, so dass die Leiche freigegeben werden kann und diese Akte geschlossen.«

Lott klappte damit auch gedanklich die Akte Detlef Glauser zu.

»Gibt es neue Erkenntnisse im Fall Josefa Pfäffle?«

Lotts Frage war an alle gerichtet. Lohner meldete sich zuerst: »Der Obduktionsbericht liegt vor. Josefa Pfäffle stand offensichtlich bei ihrem Suizid unter Drogen. Es klingt alles etwas merkwürdig. Du solltest vielleicht selber mit Banzhaf sprechen. Es handelt sich dabei nämlich nicht um die landläufigen Drogen, also kein Speed, kein LSD etc., sondern um sogenannte Hexenkräuter.«

»Vor allem um Stechapfel, aber auch etwas Bilsenkraut«, warf Marlies ein. »Daraus haben die Hexen früher Flugsalben kreiert.«

Lott horchte auf. Brauchle dagegen schüttelte seinen roten, runden Kopf und brummte: »Herrgott, wo leben mir denn, und vor allem, en welchem Jahrhundert?«

Schwegler lachte. Dann zog er seine Unterlagen hervor und forderte damit Aufmerksamkeit. »Das sind wenigstens reelle Dinge. Da gehts um Erbschaft und Geld. Also, die Heilers sind tatsächlich die einzigen Nutznießer in dieser Sache, weil sie die einzigen nachweislichen Verwandten der Josefa Pfäffle sind und ein Testament von ihr nicht vorliegt.«

»Naja, so viel wussten wir eigentlich auch schon vorher«, bremste Lott Schweglers überschwänglich vorgebrachte Erkenntnis.

»Josefa Pfäffle hat aber außerdem 25 000 Euro hinterlassen. Nicht in Fonds angelegt, nicht in Aktien oder Pfandbriefen, sondern brav, wie unsere Eltern und Großeltern waren, hat sie das Geld aufs Sparbüchle eintragen lassen.«

»Des mach i grad so«, äußerte sich Brauchle verwundert.

»Und auch dieses Geld fließt den Heilers zu, neben den ganzen Wertsachen wie Laptop, Fernseher, naja, die ganze Wohnungseinrichtung eben. Und freilich der Rainbauerhof mit allem dazugehörenden Grund und Boden.«

Lott schaute Schwegler ausdruckslos an. »Und deshalb haben die Heilers ihre Nichte um die Ecke gebracht?«

»Es sollen schon Leute wegen weit weniger Kies in einer solchen Grube versenkt worden sein«, entgegnete Schwegler.

»Aber was ist das mit den Drogen? Können durch die Kräuter halluzinogene Zustände herbeigeführt werden, die jemanden dazu bringen, sich selbst aufzuhängen?«

»Das musst du den Banzhaf fragen«, wiederholte sich Lohner.

»Ich könnte mir zumindest vorstellen, dass, wer unter derartigen Drogen steht, durch sanfte Gewaltanwendung zu diesem Schritt gebracht werden kann«, räumte Marlies ein.

»Täter und Opfer ziehen am selben Strang«, bemerkte Lohner. »Und das im wahrsten Sinne des Wortes.«

»Was hat die Untersuchung des Beichtstuhls ergeben?«, fragte Lott.

»Keinerlei Spuren. Der ist wirklich im wahrsten Sinne des Wortes chemisch rein. Mit Sagrotan behandelt«, antwortete Lohner.

»Kann der als Aufsteigemittel gedient haben?«

Marlies antwortete: »Auf jeden Fall. Aber da weder Fingerabdrücke noch sonst was Brauchbares daran auszumachen waren, kann gut und gerne ein Klappstuhl den gleichen Dienst getan haben.«

»Dann sind wir so weit wie vorher«, kommentierte Schwegler.

»Nicht ganz. Die Sache mit den Drogen bringt uns vielleicht doch einen Schritt weiter. Wer hat ihr diese Kräuter gegeben? Und warum? Und wenn Drogen – warum nicht eine chemische Substanz, sondern Hexenkräuter? Wir sollten Hattler vom Drogendezernat mit ins Boot holen. Und ich geh zu Banzhaf in die Rechtsmedizin.«

»Vergiss nicht, dass morgen Heiligabend ist«, warf Marlies ein. »Da wollen die meisten von uns frei haben, ich eingeschlossen.«

Lott nickte und erwiderte: »Aber heute ist ja auch noch ein Tag.«

»Es gab letzte Nacht einen Einbruch bei einem Juwelier in der Platzgasse, da müssen wir gleich noch einmal hin«, warf Lohner ein.

Und Schwegler schloss sich an: »Für mich hat jetzt erst, wie du dem Ablaufkalender entnehmen kannst, dieser EC-Kartenbetrüger Priorität. Der räumt die Konten von ein paar alten Leuten leer und kauft nach Lust und Laune mit deren Karten ein.«

Lott ärgerte sich im Stillen, dass er seinen Fall nicht in den Ablaufkalender und in die Tagesabläufe eingebracht hatte. Er sah aber ein, dass Schwegler vom Wirtschaftsdezernat sowie auch Marlies und Lohner von der KT und Spurensicherung anderen Aufgaben Vorrang gaben.

»Mit Hattler kannst du derzeit auch nicht rechnen«, fuhr Schwegler fort. »Du weißt ja, Weihnachtszeit ist Drogenzeit«.

»Lass uns die ganze Sache bis nach Weihnachten verschieben«, schlug Lohner vor.

»Das geht nicht«, erwiderte Lott. »Die Staatsanwaltschaft muss schließlich über die Freigabe von Josefas Leiche befinden. Und das können wir nicht bis Dreikönig brachliegen lassen.«

In dem Augenblick klingelte sein Telefon. Als er den Satz zu Ende gebracht hatte, nahm er ab.

Simone Czech meldete sich. »Kommissar Angerer von der Polizeidienststelle in Neu-Ulm ist in der Leitung. Darf ich durchstellen?«

Lott bejahte, und nach den üblichen Höflichkeitsfloskeln kam der Kommissar aus Neu-Ulm zur Sache: »Wir haben dem Polizeibericht entnommen, dass sich gestern Detlef Glauser das Leben genommen hat.«

»Das ist richtig«, bestätigte Lott.

»Detlef Glauser war für heute zur Speichelprobe bei uns vorgeladen. Wir ermitteln, wie Sie wissen, in dem Mord an der jungen Verkäuferin, die im Anschluss an die Betriebsfeier bei Inhofer vergewaltigt und ermordet wurde.«

Lott schluckte. War das vielleicht der wahre Grund, warum Detlef Glauser sich erhängt hatte?

»Wir müssten bei dem Toten noch eine Speichelprobe erheben«, sagte Angerer.

Lott stimmte zu und informierte anschließend den Staatsanwalt darüber. Dann machte er sich mit seinem Wagen auf zur Rechtsmedizin.

2

»Die Einnahme von *Datura stramonium*, also Stechapfel, kann zu pseudohalluzinativen Halluzinationen führen. Das kann bis hin zu wahren Horrortrips und zu Selbstverletzungen gehen.«

Die Aussage von Dr. Erich Banzhaf, dem Leiter der Rechtsmedizin, machte Lott stutzig. Er saß eine Weile vor dem Bericht und erst, als Banzhaf ihm den Arm auf die Schulter legte, eine Geste, die er als Tröstung verstand, schaute er zu ihm hoch, um zu fragen: »Kann es sein, dass Wahnvorstellungen Josefa in den Tod getrieben haben?«

Banzhaf zuckte mit den Achseln. »Möglich ist alles. Wir haben im Magen der Toten außer Stechapfel noch eine andere Substanz gefunden: *Amanita muscaria*, auch Fliegenpilz genannt.«

»Aber die Todesursache war doch eindeutig«, warf Lott ein.

»Sie ist ja auch nicht an einer Pilzvergiftung gestorben. Und auch nicht an dieser krautigen Hexenpflanze, dazu war die Menge, die sie eingenommen hat, schlichtweg zu gering.«

»Aber doch so stark, dass sie zu Halluzinationen geführt hat?«

»Es wäre ungewöhnlich. Im Gegensatz zum Stechapfel wirkt der Fliegenpilz nämlich nicht als Halluzinogen, sondern eher als Delirantium. Aber zusammen mit dem Stechapfel?« Banzhaf ließ den Satz in der Schwebe, ehe er fortfuhr: »Du musst dir das so vorstellen: Die Symptome sind einem Alkoholrausch ähnlich – Verwirrung, Ataxie, motorische Unruhe. Depressionen und Angstgefühle, auch Gleichgültigkeit sind je nach Stimmungslage möglich. Aber auch das Gegenteil: euphorische Zustände bis hin zum seligen Glücksrausch.«

»Ganz egal, in welcher Stimmungslage sich Josefa befunden hat, diese kann doch nicht so weit gehen, dass sich jemand aufhängt?«

»Eine Erhöhung der emotionalen Spannung, Derealisation und eine Veränderung im Raum-Zeit-Erleben können einen solchen Schritt zumindest begünstigen. Und wenn wir die halluzinogene Wirkung des Stechapfels dazunehmen – und ehe ich es vergesse, eine Winzigkeit Bilsenkraut war auch mit dabei – also bei dieser Hexenmixtur …« Wieder ließ er den Satz in der Schwebe, ehe er ihn fast wieder zurücknahm und abwiegelte: »Selbstmord unter Kräuterdrogen? Ich kann mir das nicht vorstellen.«

Lott schluckte: »Und wenn da einer doch nachgeholfen hat?«

»Das herauszufinden, lieber Freund, liegt an dir. Eine hübsche Aufgabe für die Feiertage.« Banzhaf lachte und drückte dem Kollegen die Hand. Als der schon bei der Tür war, rief er ihm hinterher: »Es ist schon vorgekommen, dass derartige Realitätsverkennungen fremde Personen anwesend machen, die nicht wirklich existieren. Auch hypnotische Einwirkungen wären freilich denkbar.«

»Frohe Weihnachten«, sagte Lott.

»Auch dir ein frohes Fest«, erwiderte Banzhaf.

Draußen blieb Lott zunächst unter dem schützenden Vordach stehen. Es regnete inzwischen in Strömen. Er wartete eine Weile, bis der Regen nachließ, dann lief er die Prittwitzstraße ein Stück weit hoch, wo er, nahe der Hochschule, seinen Wagen abgestellt hatte.

Er schaute auf die Uhr, es war kurz vor halb zwei. Er fuhr zurück zum Neuen Bau und las mehrmals Banzhafs Bericht. Als er ihn zu den anderen Akten legte, überkam ihn wieder dieses Gefühl. Es war dieses Kribbeln in den Beinen, dieses Flattern im Magen. Lott spürte, dass er etwas spürte, und war sich plötzlich sicher: Josefa war nicht freiwillig aus diesem Leben gegangen.

Er zog die Jacke wieder an und ging zu der Buchhandlung, in der Elli aushalf. Der Laden war gut besucht, ohne dass sich die Leute darin drängten. Elli stand hinter der Kasse. Eine Buchhändlerin kam gleich auf ihn zu. »Kann ich Ihnen helfen?«

Lott zeigte auf Elli. »Ich möchte meine Frau sprechen.«

Die Buchhändlerin reichte ihm die Hand: »Hallo, Herr Lott, schön, Sie kennenzulernen. Warten Sie, ich löse Ihre Frau gleich ab.«

Lott zog ein Buch aus dem Regal, eine Sammlung mit Aphorismen; er schlug es irgendwo in der Mitte auf und las: *Wer wird denn Angst vor einem Falken haben, sagte der Adler zum Spatz.*

Da stand auch schon Elli hinter ihm und zupfte an ihm herum.

»Ich kann kurz Pause machen. Trinken wir einen Kaffee zusammen?«, fragte sie.

Lott war einverstanden. Und mehr als das. Er brauchte jetzt Ellis Nähe. Eine halbe Stunde Abstand zu seiner Arbeit gewinnen. Elli ging ins Büro und kam in ihrer Regenjacke zurück. Ihr prüfender Griff an die Kleidung signalisierte ihm, dass sie bereit war, ins gegenüber liegende Café Lloyd zu gehen.

Lott bestellte Kaffee und mit Käse überbackene Seelen für beide.

»Schön, dass du dich freimachen konntest«, sagte Lott und hielt dabei ihre Hand.

»Was ist los, Klaus?«

Lott lächelte. Er erinnerte sich gerade an ihre erste gemeinsame Zeit, als sie noch in der Fachbuchhandlung in der Pfauengasse arbeitete und er, noch Student, gerade sein Praktikum im Neuen Bau absolvierte; und er erinnerte sich, wie sie jeden Mittag ihre Pause zusammen in irgendeinem Café verbrachten.

»Hast du noch kein Geschenk für mich?«, bohrte sie scherzend weiter. »Und deshalb ein schlechtes Gewissen? Musst du nicht haben, mein Lieber. Es genügt mir schon, wenn du an Weihnachten keinem Mörder hinterherrennen musst.«

Lott küsste sie. »Keine Angst, dein Geschenk habe ich schon.«

»Und die Mörder?«

Lott zuckte mit den Achseln. »Ich habe Bereitschaft.«

»Dann setzen wir die Bescherung möglichst früh an. Lisa hat im Übrigen auch schon angedroht, dass sie sich danach noch im *Omar* mit Freunden treffen will.«

»Aber ansonsten ist sie daheim?«, hakte Lott nach.

»Aber ja«, lachte Elli, die wusste, dass auch er an Weihnachten seine kleine Familie gerne beieinander hatte. Lisa studierte in Freiburg Germanistik und Philosophie. In den Semesterferien aber wohnte sie bei ihnen, zumindest die meiste Zeit.

»Der Fall Josefa Pfäffle ruht bis nach den Feiertagen«, sagte Lott.

»Auch in deinem Kopf?« Elli war skeptisch.

»Sie hat vor ihrem Tod irgendwelche Hexenkräuter zu sich genommen. Stechapfel und Bilsenkraut, in kleinen Mengen zwar nur, und dazu hat sie noch Fliegenpilze gegessen.«

Elli schüttelte den Kopf. »Die reinste Hexenmixtur.«

»Das hat Banzhaf auch gemeint«, stimmte Lott ihr zu.

»Aus diesen Ingredienzen haben die Hexen früher ihre Flugsalben kreiert. Vielleicht war Josefa ja der Meinung, sie könnte fliegen und der Strick um ihren Hals wäre für sie keine wirkliche Gefahr?«

Lott wies den Gedanken von sich. »Das ist nun wirklich sehr weit hergeholt.«

»War auch nur so ne Idee«, beschwichtigte Elli. »Du musst den Fall lösen, ich muss nur Bücher verkaufen.«

Die Seelen wurden serviert. Sie aßen sie wortlos und spülten sie mit dem restlichen Kaffee hinunter. Lott wischte sich den Mund sauber. »Wie läuft es in der Buchhandlung?«, fragte er.

»Könnte besser gehen«, antwortete Elli knapp.

»In der Hirschstraße geht es zu wie in den Straßen von Bombay. Du kommst nicht durch, ohne mit jemandem in Körperkontakt zu kommen.«

Elli stöhnte. »Gegen die Großbuchhandlung hast du keine Chance. Da kommt ein so kleiner Laden, wie der hier, nicht gegen an.«

Lott erwiderte lächelnd: »*Wer wird denn Angst vor einem Falken haben, sagte der Adler zum Spatz.*«

3

Im Neuen Bau herrschte schon Weihnachtsstimmung. Polizeichef Lander hatte zu einer kleinen Feier geladen, mit warmem und kaltem Büfett und mit einem Mundartautor, der die versammelte Gesellschaft, zu der auch ehemalige Kollegen geladen waren, unterhalten sollte.

Er las eine heitere Weihnachtsgeschichte, wurde hin und wieder durch Lacher, die seinen gezielten Pointen folgten, unterbrochen, als Hattler plötzlich aufstand und den Schulungsraum, in dem die Feier stattfand, verließ. Ihm folgten ein paar Kollegen, was den Autor dermaßen aus der Fassung brachte, dass der seine Geschichte zuerst nicht weiterlesen konnte.

Lander, der über den plötzlichen Aufbruch der betreffenden Kollegen informiert war, ging zu ihm ans Lesepult und klärte ihn auf.

»Der Aufbruch der Herren ist nicht Ihretwegen. Wir haben einen Hinweis bekommen, dass eine Lieferung mit Heroin unterwegs ist. Da mussten sie sofort los.«

Der Mundartautor nickte und brachte seine Geschichte zu Ende.

Lott hörte amüsiert zu und war gleichzeitig froh, nicht dem Rauschgiftdezernat anzugehören, denn Hattler und Konsorten kannten weder Sonn- noch Feiertage, und ihre Überstunden mehrten sich kontinuierlich. Darunter musste jede Art von Privatleben einfach leiden.

Als es draußen zu dunkeln begann, löste sich die Weihnachtsfeier allmählich auf. Für die meisten begannen jetzt die freien Tage.

Brauchle saß noch am Tisch und trank Kaffee. Er saß da und stierte in seine Tasse.

»Was ist los?«, fragte Lott, der sich neben ihn setzte.

»I han no emmer koi Gschenkle für d Lisbeth«, brummte er.

Lott lachte. »Wie wär es mit einem guten Parfüm?«

»Sie mag koi Kölnisch Wasser.«

»Max, ein Parfüm, koi Kölnisch Wasser. Irgendetwas Besonderes. Chanel Nr. 5 oder so etwas. Lass dich halt beraten.«

»Moinsch wirklich?!« Brauchles Miene heiterte sich zusehends auf, und er sagte. »Schannel Nummer fünf hört sich saumäßig gut an.«

Gemeinsam gingen sie in ihr Dienstzimmer zurück, um die Mäntel zu holen.

»Was hasch du noch vor?«, fragte Brauchle.

»Ich will noch einmal zu den Heilers. Ich habe das Gefühl, dass die uns irgendetwas verschwiegen haben.«

»Kannsch wieder amol überhaupt koi End fenda?«, sagte der Kollege kopfschüttelnd. »Willsch, dass i mitkomm?«

»Guck du lieber zu, dass dein Parfüm kriegsch.«

Sie gingen gemeinsam zum Parkplatz und verabschiedeten sich.

»Frohe Weihnachten«, sagte Lott.

»Ond dir a scheene Bescherung«, lachte Brauchle.

»Ich habe Bereitschaft, wenns brenzlig wird, ruf ich dich an«, konterte Lott und stieg in seinen Wagen.

Kaum dass er ihn gestartet hatte, schaltete er das Radio ein. *SWR 4 Schwabenradio. Da sind wir daheim.* Ein Schlager aus den Fünfzigern wartete mit seinem letzten Refrain auf. Dem folgten die Nachrichten. Es war 18 Uhr.

Bundesverteidigungsminister Rudolf Scharping wird mit den deutschen Soldaten der Friedenstruppen auf dem Balkan das Weihnachtsfest feiern. Er wird zunächst Sarajewo besuchen, einen Tag später die Kosovo-Hauptstadt Priština.

Lott schaltete das Radio aus. Auf solche Nachrichten konnte er verzichten. Er überlegte stattdessen, ob er den Heilers etwas von den Hexenkräutern erzählen sollte, die Banzhaf im Körper ihrer toten Nichte entdeckt hatte.

Er fuhr jetzt an Harthausen vorbei. Die spärliche Weihnachtsbeleuchtung verlor sich in der Dunkelheit. Da war Ermingen, wie er bald erfahren sollte, ungleich lichterfroher. Lott hatte einen Augenblick mit dem Gedanken gespielt, beim Rainbauerhof vorzufahren, hatte das aber wieder verworfen. Jetzt stand er vor Heilers Reihenhäuschen in Ermingen und schellte.

Gleich kam Frau Heiler an die Tür. Sie schaute Lott nur verwundert an und sagte kein Wort. Als Lott sie grüßte, nickte sie nur.

»Darf ich hereinkommen?«

Frau Heiler trat einen Schritt zur Seite und bat ihn ins Haus. Sie ging voran ins Wohnzimmer und bot Lott einen Platz auf einem der beiden Sessel an, die um den Fernsehtisch standen. Erst jetzt fragte sie, was ihn denn nun noch hierhertreibe.

»Immer noch der Tod Ihrer Nichte«, antwortete Lott. »Es sind weitere, wie soll ich sagen, ja, Ungereimtheiten aufgetaucht. So wurden im Körper der Toten Substanzen von gewissen Pflanzengiften nachgewiesen.«

Frau Heilers Augen flackerten unruhig. »Was für Pflanzen?«

»Spuren von Stechapfel zum Beispiel.«

»Hexenkräuter«, flüsterte Frau Heiler mehr zu sich selbst.

»Außerdem haben wir in einem Notizheft etwas Merkwürdiges mit Bezug zu Josefas Mutter gefunden, von dem wir nicht wissen, was wir davon halten sollen. Da heißt es einmal: *Wer an Weihnachten die Treppe scheuert, stirbt binnen eines Jahres.*«

Dorothea Heiler schluckte. »Das ist eine lange Geschichte, über die ich eigentlich nicht reden will.«

»Aber vielleicht hilft sie uns, den Tod Ihrer Nichte aufzuklären.«

Lott hörte, dass die Haustür geöffnet wurde. Kurz darauf stand Herr Heiler im Wohnzimmer, und augenblicklich verstummte seine Frau. Er schaute Lott feindselig an, dann blickte er fragend zu seiner Frau.

»Immer noch wegen unserer Josefa. Aber ich habe dem Herrn Kommissar schon gesagt, dass wir auch nicht mehr wissen als beim letzten Mal.«

Ihr Mann brummte. Sein Unbehagen schien ohne Worte auszukommen. Lott wusste, dass Dorothea Heiler jetzt nichts mehr sagen würde. Er stand deshalb auf und verabschiedete sich. Mit ihrem Mann war jetzt ohnehin nicht zu reden, das ließ er Lott allzu deutlich spüren.

Es hatte aufgehört zu regnen. Er konnte sehen, dass in Harthausen alles dunkel war. Auch die Lichter an dem kleinen Tannenbaum waren erloschen. Lott vermutete einen Stromausfall. Er bremste und bog in den Ort ab. Im Schritttempo fuhr er die Dorfstraße entlang. Plötzlich glaubte er, einen Schrei zu hören. Er kam, so schien es ihm, vom Rainbauerhof hergeweht. Ein kurzer, hoher Schrei war das gewesen. Der Schrei einer Frau. Lott fuhr bis zu dem Hof, schaltete den Motor ab und stieg aus. Das Scheinwerferlicht seines Wagens fiel auf das Stalltor. Er prüfte das polizeiliche Siegel, es war unbeschädigt. Er horchte weiter in die Nacht. Der Wind jagte durch die Scheunen. Und dann vernahm er den Schrei eines Käuzchens.

Lott, du siehst Gespenster! Mach endlich Feierabend!

Er atmete tief durch und stieg in seinen Wagen, startete ihn und fuhr los.

Auf dem Weg nach Hause erwog er, ein weiteres Geschenk für Elli zu besorgen, scheute dann aber, sich auf die Suche danach zu begeben. Vielleicht konnte er sich daheim ja noch nützlich machen. Ohnehin war ihm die Wohnung in der Käthe-Kollwitz-Straße noch immer ein wenig fremd. Eine Gelegenheit also, sich ein Stück weit mit ihr vertrauter zu machen.

Die Buchhandlung, in der Elli aushalf, hatte heute ausnahmsweise bis 20 Uhr geöffnet. Vor halb neun würde Elli also nicht daheim sein. Als er ins Wohnzimmer trat, fiel sein erster Blick auf den Weihnachtsbaum. Die elektrischen Kerzen und die Kugeln hatte Elli bereits symmetrisch am Baum drapiert.

Was fehlte, war das Lametta, welches noch verpackt auf der Kommode danebenlag. Das sollte nun Lotts Arbeit werden. Wie er es von seinem Vater gelernt hatte, und wie es im Schwäbischen üblich war, hängte er die Lamettafäden einzeln über die Zweige. Und war damit beschäftigt, bis Elli kurz vor neun Uhr nach Hause kam.

4

»Das Licht kämpft gegen die Finsternis, das Gute ringt mit dem Bösen.«

»Ja, schlag mich. Ich habe es verdient. Ich bin mein eigener Richter, sei du mein Henker. Schlag zu!«

Sie spürte die Rute auf ihrer Haut. Sie schrie auf. Der Schmerz zwang sie dazu zu schreien, sie konnte nicht anders. Dann schlug der Henker wieder und wieder zu. Der Schmerz wurde weniger, Lust trat an seine Stelle und die Genugtuung, gleich sündenfrei zu sein.

Bald kroch sie zu seinen Füßen und bat um weitere Strafe.

Er ließ die Rute noch einmal auf ihre bloße Haut peitschen. Dann ließ er von ihr.

»Ist mir nun vergeben?«

Der Henker nickte, und sie stand auf.

Sie begegneten nun einander, als wäre nichts geschehen.

5

Im Keller der Witwe Patricia Wagenseil hatten sich acht Frauen und vier Männer versammelt. Sie waren unterschiedlichen Alters, saßen dort an zwei aneinandergestellten Tischen. Zu zwölft mussten sie sein, das war die Regel. Keiner mehr und keiner weniger. Nur wenn es zwölf waren, konnten die *Hüter der Wolfsnächte* zu Werke gehen, um der *Wilden Jagd* Paroli zu bieten. Zwölf, das war die Zahl der Wolfsnächte, die vor ihnen lagen und deren Magie sie sich verschrieben hatten.

Auf den Tischen brannten zwölf Kerzen. Und zwölf Kelche, gefüllt mit Wein, standen dabei und in der Mitte des Tisches eine Schale mit frisch geschnittenen Pilzen, denen bereits die rote Haut genommen war. Dazu ein Topf mit Räucherwerk.

Patricia, die Gastgeberin, die einst den Tod ihres Mannes vorhergesagt hatte, weil der im Wolfsmond so laut mit den Türen geschlagen hatte, dass ihn im Sommer der Blitz treffen musste, hob ihr Glas zum Gedenken an Paula Pfäffle, die am Dreikönigstag des Jahres, vor der letzten Wolfsnacht, dem letzten Wolfsmond, von ihnen gegangen war.

»Auf Paula, ohne die es uns, die *Hüter der Wolfsnächte*, nicht geben würde. Sie hat ihren künftigen Mann in den Zeichen des Wolfsmondes gesehen, die Geburt ihrer Tochter wurde ihr durch das Morgenrot am Neujahrstag angekündigt, und später, als sie bereits ein Jahr lang Witwe war, hat sie das Antlitz des Jockel, der ihr Lebenspartner wurde, in der geschnittenen, weißen Zwiebel, die sie in der Heiligen Nacht geschnitten und Salz darauf gestreut hatte, erkannt. Durch sie haben wir gelernt, die Zeichen zu lesen und den Losungen zu folgen. Paula hat uns die *Magie der Wolfsmonde* gezeigt und den *Reitern in den Zwölften* unsere eigene *Wilde Jagd*, die für uns *Das Neue Licht* bedeutet, entgegengestellt. Trinken wir in Dankbarkeit auf ihr Wohlergehen in der anderen Welt.«

Damit nahm sie einen Schluck, die anderen folgten der Aufforderung und tranken ebenfalls, ehe Patricia in ihrem noch immer feierlichen Redeton fortfuhr.

»*Stirbt jemand in den Zwölften, so werden im folgenden Jahr zwölf Leichen aus dem Orte folgen müssen.*«

»Elf sind ihr bereits gefolgt«, merkte Joachim Knecht, den alle nur Jockel nannten, an. »Josefa und Detlef waren die letzten.«

»Hoffen wir doch, dass es dabei bleibt und sich durch Paulas Tod die Prophezeiung, dass zwölf Leute aus dem Dorf sterben müssen, nicht bewahrheitet«, sagte Patricia.

»Eine letzte Leiche wird wohl heuer noch folgen müssen«, beharrte der Jockel und schaute finster in die Runde.

»Hör auf«, sagte Agnes. »Du machst uns Angst.«

»Wer das wohl sein wird?«, fragte mit Unschuldsmine Daniel, der immer mehr zuhörte als selbst etwas beizutragen.

»Zählen denn die Erminger Todesfälle mit dazu?«, fragte Ursa, die neue, die nach Paula Pfäffles Ableben nachgerückt war, beiläufig. Sie war die Tochter der Witwe Wagenseil.

»Harthausen und Ermingen gehören zusammen, so wie Wolfgang und Nathalie zusammengehören. Nathalie wurde in Harthausen geboren und Wolfgang ist, wie du weißt, seit eh und je in Ermingen zu Hause«, gab ihr die Mutter, im Plauderton jetzt, zur Antwort.

Die beiden Genannten lächelten einander an.

»Wie Pech und Schwefel«, sagte Nathalie.

Und Wolfgang: »Wie zwei ineinander verbissene Hunde.«

Die Runde war amüsiert. Sie neckten einander und kicherten. Wie Halbwüchsige. Es dauerte eine Weile, bis der Grund ihres Treffens sich wieder in den Vordergrund drängte: Das Ritual zu vollziehen, die Vorbereitung auf die Wolfsnächte, die vor ihnen lagen. Belastet durch die beiden Suizide, die sich wie ein Lauffeuer in der Gegend herumgesprochen hatten. Da war es schwierig, den Brauchtumsritualen Platz und Wichtigkeit zu geben.

»Wenn alle geliehenen Sachen zurückgebracht und alle Schulden beglichen sind, alte Angelegenheiten geklärt, die Räume geputzt und aufgeräumt sind, dann lasst uns jetzt die Taten der Vergangenheit prüfen und *Geistiges Gericht* halten. Der Wolf wird versuchen, die Sonne zu verschlingen. Das neue Licht will gehütet sein. Lasst uns also vorbereitet sein, auf die Zeit außerhalb der Zeit.«

Patricia Wagenseil unterstrich diese Einstimmung, indem sie das Räucherwerk im Topf entzündete. Den Rauch, der nun emporstieg, fächelte sie in die Runde, um die Anwesenden damit zu reinigen und um, wie sie betonte, die alten Energien abzulösen.

»Rauch steigt hoch, Rauch nimmt alles mit. Wir schaffen einen heiligen Raum. Nun blast eure Kerzen aus! Und besinnt euch in der Dunkelheit auf die Geburt des neuen Lichtes.«

Jockel übernahm mit einer Art Sprechgesang: »Ab heut dreht sich das Schicksalsrad. Und durch die Lüfte braust dahin die *Wilde Jagd* von Anbeginn der Zeit, außerhalb der Zeit.«

Als die Kerzen wieder brannten, vergewisserten sie sich gegenseitig der Losungen, die wieder ins Gedächtnis gerufen werden mussten. Als sie die eigenen Erfahrungen dann eher ungezwungen untereinander austauschten wie Pennäler die Lösungen ihrer Hausaufgaben, herrschte plötzlich die Geselligkeit einer Kegelrunde vor, die den zuvor dominanten schier sakralen Ernst und ebenso auch die aktuellen Ereignisse auf dem Rainbauerhof und bei Glausers vergessen ließ. Erst allmählich kam man dahin wieder zurück.

»Umwandlung negativer Ereignisse, in dem wir die violette Flamme der Reinigung lodern lassen. Und andere Bereinigungs- und Reinigungsrituale. Vor jeder Wolfsnacht ein Ritual oder eine kleine Übung, wie die Stärkung der inneren Stimme. Wir erstellen geistige Wunschlisten. Gehen auf kleine Meditationsreisen und bereiten uns auf das Kommende vor. Nur so sind wir in der Lage, zu begreifen, was in diesen Nächten geschieht.«

»Aber auf was genau, Patricia, müssen wir in diesem Jahr unser Augenmerk besonders richten?«, fragte eine, schulmädchengleich, aus der Runde – Edith, näher der Achtzig als der Siebzig.

Patricia antwortete dann auch wie eine Lehrerin: »Auf die gebannten Seelen, die als Nebelfrauen sich zeigen werden und den einen oder anderen in die Irre, wenn nicht ins Verderben führen wollen.«

»Und was mach ich mit dem wilden Heer, wenn es wieder eindringt?«, wollte Edith wissen.

»Denen gib, wie im letzten Jahr, ein paar Kupfermünzen als Weggeld mit und lass sie weiterziehen. Und für alle gilt: Gewährt ihnen keinen Einlass, wenn ihr nicht krank werden wollt.«

»Meint ihr, die Paula wird uns in den Wolfsnächten erscheinen?«, fragte Ursa.

»Das will ich doch hoffen«, antwortete Jockel ihr.

»Ich will jetzt die Pilze essen, damit die Tiere wieder mit mir reden«, rief Benjamin lachend. Er war, trotz des Namens, der Älteste in der Runde. Die Achtzig hatte er schon ein paar Jahre hinter sich, war rüstig und noch jeden Tag im Wald unterwegs. Jetzt schaute er Patricia herausfordernd an, griff in die Schale und schnappte sich einen der Pilze, schob ihn in den Mund und lachte. Die anderen, Patricia voran, taten es ihm nach.

Dabei sagte Bruni, kräftig und blondgelockt, gerade mal dreißig und die vielleicht hübscheste von allen: »Hört«, sagte sie und konnte ein Kichern nicht unterbinden, »hört die Losung und denkt an Josefa: *Wer beim Weihnachtsessen fehlt, der stirbt im nächsten Jahr.*«

»So ist es eingetreten. Josefa hatte gefehlt beim Weihnachtsessen. Und der Paula damit Kummer bereitet, weil sie wusste, dass sie dann sterben wird.«

Agnes orakelte das, während Benjamin sie amüsiert unterbrach: »Es gibt Ente mit Blaukraut und Kartoffelknödel, Essen auf Rädern zwar nur, aber da fehl ich bestimmt nicht!«

»*Wer an Weihnachten die Treppe scheuert, stirbt ebenfalls binnen eines Jahres*«, gab Ursa die von der Mutter gelernte Losung zum Besten, mit einem gewissen Schauer in der Stimme.

»Einen Teufel werd ich tun«, lachte Walburga, ebenfalls Witwe und trotz ihres nicht erwähnenswerten Alters schon des Öfteren verwirrt.

»Bevor wir auseinandergehen, denkt an eure Aufgaben«, sagte Patricia.

»Ich werde in diesem Jahr den Kreuzweg gehen, damit um Schlag zwölf mir der Teufel erscheint. Und wenn er mich fragt, was ich will, so werde ich Samen vom Farnkraut von ihm fordern, weil es mich unsichtbar macht. Dann werde ich meinem Mann bis ins Bett seiner Geliebten folgen.«

Agnes Winter sagte das, eine Frau von vierundvierzig Jahren, so blond wie Bruni und seit zwölf Jahren mit einem Mann verheiratet, der sie schon jahrelang betrog. Für diese Bemerkung erntete sie Beifall, Zustimmung und Gelächter.

Nur Jockel blieb ernst. Wie bissig er sie anschaute! »Wer im Glashaus sitzt, soll nicht mit Steinen werfen.«

»Willst du mein Richter sein?«

»Sei dein eigener Richter.«

»Dann sei mein Henker.«

Agnes stand auf, zog ihren Pulli über den Kopf und knöpfte sich die Bluse auf. Dann trat sie zum Jockel und kniete sich vor ihm nieder.

»Dann schlag zu und reinige mich.«

Jockel reagierte nicht. Stumm schaute er in die Gesichter der Anwesenden, die Agnes brüskiert bei ihrem Treiben beobachtet hatten. Schließlich sagte Jockel bitter: »Ich muss jetzt nach den schwarzen Hunden Ausschau halten. Sie bewachen die Eingänge in die Welt der Toten. Dort werde ich Paula suchen.«

Freitag, 24. Dezember 1999

1

Der Anruf kam Viertel vor sieben. Elli hantierte bereits in der Küche, Lott stand unter der Dusche, das Radio lief und spielte Weihnachtslieder.

Elli nahm den Anruf entgegen. Er galt, wie sie vermutet hatte, ihrem Mann. Sie trug den Hörer ins Bad, wo ihn Lott, der sich bereits abtrocknete, ans Ohr drückte.

Der Anruf kam von der Wache.

»Herr Lott, bei der Schönstattkapelle, wissen Sie, die kurz vor Harthausen, hat man eine tote Frau gefunden. Sie soll dem Anrufer nach ermordet worden sein. Notarzt und Spurensicherung sind bereits vor Ort.«

»Ist gut, ich komme.«

Lott trug den Hörer zurück, zog sich rasch an und war schon fast bei der Tür, als Elli sich ihm in den Weg stellte.

»Was ist passiert?«

»Eine tote Frau bei der Schönstattkapelle.«

Elli sagte nichts darauf. Sie ging in die Küche und kam mit einer Tasse Kaffee zurück.

»Trink wenigstens einen Schluck.«

Er nahm die Tasse entgegen und trank.

»Schöner Heiliger Abend«, seufzte er und nahm dabei Elli in die Arme.

Elli sagte nichts. Sie wusste, in solchen Situationen konnte man nur das Falsche sagen. Sie erwiderte stattdessen seine Umarmung und ließ ihn gehen.

Draußen war es stockfinster. Lott dachte: Wer um alles in der Welt ist denn um diese Zeit schon an einem so abgelegenen Ort wie der Kapelle nahe Harthausen unterwegs? Wer hatte sie gefunden? Und warum war die Frau dort? Und vor allem, wer war sie und was war mit ihr passiert?

Lotts Überlegungen schlugen Purzelbäume. Und das, noch bevor er überhaupt am Ort des Geschehens angekommen war. Das aber war eine Sache von wenigen Minuten. Der Fundort der Leiche lag ja quasi um die Ecke.

Schon aus einiger Entfernung sah Lott die hektisch zuckenden Blaulichter der Streifenwagen. Ein Krankenwagen mit geöffneten Türen hielt oben auf dem kleinen Parkplatz vor der Kapelle. Uniformierte Beamte sicherten weiträumig den Tatort, sperrten den rechten Fahrstreifen, winkten Lott her und wiesen ihm den schmalen Weg zur Kapelle an.

Er stellte seinen Wagen zwischen dem Krankenwagen und dem Dienstfahrzeug der Spurensicherung ab. Marlis Kaupper und Lohner, beide in ihren Overalls, waren bereits zugange. Es war das typische Bild, das sich vor Lott auftat.

Marlies nahm ihn in Empfang: »Eine Frau aus dem Dorf. Agnes Winter heißt sie, vierundvierzig Jahre alt, verheiratet.«

»Wurde der Ehemann schon verständigt?«

»Die Kollegen sind dabei.«

»Wer hat sie gefunden?«

»Der Mann da drüben.« Marlies zeigte auf einen vollkommen ergrauten Mann, der die Achtzig gewiss schon hinter sich hatte. Scheinbar teilnahmslos schaute er den Polizisten bei ihrer Arbeit zu.

»Sieh zu, dass er nicht weggeht, ich kümmere mich gleich um ihn.«

»Schau dir zuerst das Opfer an, aber ich sag es dir lieber gleich, das ist alles andere als ein schöner Anblick.«

Die Leiche lag, zugedeckt mit einer Plastikplane, unmittelbar vor dem Eingang zur Kapelle.

Lohner, der mit dem Leichenthermometer die Temperatur rektal gemessen hatte, um den Todeszeitpunkt festzustellen, kam auf den Kollegen zu und grüßte. »Sie dürfte zwischen 22 Uhr und Mitternacht ermordet worden sein. Die Leichenstarre ist voll ausgebildet. Bei den Temperaturen dürfte sie pro Stunde um 1 ½ Grad abkühlen.«

Dann warnte er Lott mit denselben Worten wie Marlies Kaupper, entfernte im nächsten Moment die Plane und gab so dem Kollegen den Blick auf die tote Frau frei.

Lott stockte der Atem. In seiner langen Dienstzeit waren ihm doch einige Mordopfer untergekommen, die anzuschauen eine gewisse Abgebrühtheit erforderte, ohne die so ein Job einfach nicht professionell zu machen war. Das Mordopfer hier aber zählte ohne Zweifel zu den bizarrsten. Bis auf ein Lendentuch, das ihren Unterleib verbarg, war die Frau nackt. In ihrem braunen, kurzen Haar steckte Dornengestrüpp. Jemand musste ihr das so heftig in die Kopfhaut gedrückt haben, dass aus vielen kleinen Wunden Blut über ihr blasses Gesicht geflossen war. Ihr Herz schien wie von einem Speer durchstoßen worden zu sein, und auch ihre Hände und Füße trugen die Merkmale der Kreuzigung Christi.

Lott wandte sich kopfschüttelnd ab, und Lohner bedeckte die Tote wieder mit der Plane.

»Die Tatwaffe haben wir bislang noch nicht. Ich kann mir allerdings auch nicht vorstellen, dass sie hier getötet wurde«, meinte Marlies. »Außer an der Toten selbst gibt es nirgendwo Spuren einer Gewaltanwendung, also auch kein Blut. Dazu kommt, dass die Leiche auf dem Rücken lag, die Leichenflecken aber haben wir auf dem Bauch festgestellt. Jemand muss sie hier, nachdem sie bereits tot war, abgelegt haben.«

Lohner nickte zustimmend. »Ich habe bereits veranlasst, dass ein Rechtsmediziner herkommt. Der Notarzt, der die Todesbescheinigung ausgestellt hat, ist bereits wieder weg.« Im selben Augenblick, als Lohner das sagte, fuhr auch der Krankenwagen los.

»Und schau dir das mal an«, sagte Marlies und reichte Lott eine kleine Papptafel, die sie bereits in ein Plastiksäckchen gesteckt hatte. Lott las. Was da in Sütterlinschrift stand, ließ ihm den Atem stocken: *Ich bin mein eigener Richter, mein eigener Henker, möge Gott mir verzeihen.* Kopfschüttelnd wandte er sich ab. Marlies nahm das Papier wieder zu sich.

Plötzlich hatte Lott den alten Mann im Visier. Er ging zu ihm hin und reichte ihm die Hand. Und war gleich überrascht, mit welcher Kraft der den Händedruck erwiderte.

»Guten Morgen, mein Name ist Lott, ich bin Polizist. Darf ich nach Ihrem Namen fragen?«

»Benjamin Stiller.«

»Man hat mich darüber informiert, dass Sie die Tote gefunden haben.«

Der Mann nickte. »Es ist die Agnes Winter vom Dorf.«

»Wann haben Sie sie gefunden?«

»Um vier Uhr in der Früh.«

»Sind Sie immer so bald schon unterwegs?«

»Nicht immer.«

»Und warum heute?«

Benjamin Stiller zuckte die Achseln. »So halt.«

»Sie wohnen auch im Dorf?«

»Neben dem Rainbauerhof wohne ich, den kennen Sie ja. Ich habe Sie nämlich dort schon gesehen. Vor ein paar Tagen, als die Josefa sich umgebracht hat.«

»Ach, ja?«

»Vom Fenster aus habe ich beobachtet, wie Sie die Josefa haben wegbringen lassen. Und nun ist die Agnes auch tot.«

»Warum sind Sie in aller Herrgottsfrühe denn schon zur Kapelle gewandert? Gab es einen konkreten Anlass dafür?«

»Erst hat eine Kuh im Stall geschrien. Da bin ich aufgestanden und hab nachgschaut, ob alle Türen und Fenster verschlossen sind.« Benjamin stockte.

»Und?«, hakte Lott nach.

»Sie waren alle fest verschlossen. Und es war ja auch noch nicht Zeit, dass die Zwölften umhergingen.«

»Wer?«

»Die *Wilde Jagd*, wenn Sie wissen, was ich meine. Aber die Wolfsnächte beginnen erst heute.«

Lott nickte expertenhaft. Ein wenig wusste er ja über die Mythen der Raunächte, die im Volksmund auch als Wolfsnächte bezeichnet wurden.

»Wie spät war es da?«

»Es hatte gerade Mitternacht geschlagen, und ein Hund hat gebellt. Vermutlich der vom Metz. Da hab ich gewusst, jemand wird sterben.«

»Weil ein Hund gebellt hat?«

»Bellt ein Hund in den Wolfsmonden um Mitternacht, so wird jemand sterben, heißt es.«

»Ich dachte, die Wolfsnächte beginnen erst in der kommenden Nacht?«

»Vielerorts glaubt man, sie fangen schon in der Thomasnacht an. Kann ja sein, dass die recht haben.«

Lott schluckte, sagte nichts darauf. Er schaute zum Eingang der Kapelle, wo soeben die beschlagnahmte Leiche von Agnes Winter von Banzhaf untersucht und wenig später bereits abtransportiert wurde. Auch Stiller schaute ihr jetzt hinterher. Ein paar Schneeflocken fielen. Sie tanzten im Licht der Scheinwerfer.

Lott griff die Befragung wieder auf: »Was haben Sie dann gemacht, Herr Stiller?«

»Dann bin ich durchs Dorf gegangen und habe überall das Kreuz geschlagen. Weil der Hund dann kein einziges Mal mehr gebellt hat, bin ich gegen Morgen zur Kapelle, um für die verstorbene Seele zu beten.«

»Sie wussten aber nicht, wer gestorben war.«

»Jede Seele aus dem Dorf muss man vor den schwarzen Hunden retten. Und da lag dann die Agnes vor der Kapelle und hat den Christustod erlitten.«

Als die Spurensicherung ihre Arbeit am Fundort beendet hatte und auch die übrigen Polizeikräfte abgezogen wurden, hatte die Morgendämmerung eingesetzt.

Der Sicherung des Ereignisortes, der Suche und Sicherung von Spuren, die es jetzt zu dokumentieren galt, mussten erste Fahndungsmaßnahmen folgen.

Harthausen, das Dorf, in dem Agnes Winter gelebt hatte, war überschaubar, vermutlich auch die Zahl der Personen, mit denen sie zuletzt Kontakt hatte. Den Ehemann der Toten, Vincent Winter, hatten die Kollegen daheim nicht angetroffen, was ihn zwangsläufig zu einem Verdächtigen machte. Da sich die unaufschiebbaren Maßnahmen im ersten Angriff keineswegs nur auf den Tatort beschränken, hatte die Fahndung nach ihm jetzt Priorität.

Der Verdacht besteht schon, wenn Anhaltspunkte vorliegen, die die Täterschaft der betroffenen Person als möglich erscheinen lassen.

Lott hatte seine Hausaufgaben gemacht. Die eigentliche Ermittlung konnte beginnen.

2

Zur Dienstbesprechung hatten sich exakt um zehn Uhr alle Kriminalbeamten, die am Fundort der Leiche anwesend waren, im Besprechungsraum eingefunden. Mit dabei waren auch Chef Lander, Staatsanwalt Mollenkopf, Pressesprecher Sievers, die Kollegen von der Fahndung, Max Brauchle sowie Simone Czech, die das Protokoll der Dienstbesprechung führen sollte.

In den frühen Morgenstunden hatten die Kriminaltechniker ihre Spuren gesichtet. Im Gegensatz zu den anderen Dezernaten, wo grundsätzlich Schreibkräfte diese Arbeit erledigten, schrieben Lohner, Marlies Kaupper und die anderen Kriminaltechniker ihre Berichte selbst.

In dieser ersten Besprechung ging es vor allem darum, erste Erkenntnisse auszutauschen, damit auch jeder auf dem gleichen Wissensstand in dieser Sache war. Bevor es dazu kam, lag es an Chef Lander, eine Soko einzurichten. Er bestimmte Klaus Lott als Soko-Leiter, Brauchle fiel die Aufgabe des verantwortlichen Sachbearbeiters zu.

Die Staatsanwaltschaft ist die Herrin des Verfahrens. Sie kann Ermittlungsaufträge erteilen, wird aber nie der Polizei sagen, wie sie diese zu erledigen hat. Freilich gab es Ausnahmen; Mollenkopf gehörte zum Glück nicht zu ihnen. Wenn er Konstruktives beitragen konnte, dann tat er es, ansonsten vertraute er voll und ganz den Kollegen der Kripo. Das Einzige, was Mollenkopf immer einforderte, war, stets auf dem neuesten Stand der Ermittlung gehalten zu werden. Dass er bei Dienstbesprechungen dieser Art anwesend war, hatte zudem den Vorteil, dass er erforderliche Durchsuchungsbeschlüsse, bei Gefahr im Verzug, ohne langes Warten besorgen konnte.

Formelle Dinge hatten für Mollenkopf ohnehin Priorität. Er bestand auf aktuellen Ermittlungsplänen, Teilermittlungsplänen, Fallanalysen und transparenten Beurteilungskriterien. Und wenn eine Soko eingerichtet wurde, dann hatte diese gefälligst auch einen Namen zu haben. So wunderte es auch niemanden in der Runde, dass Mollenkopfs erste Forderung lautete: »Die Soko muss betitelt werden. Ich erwarte Vorschläge.«

Brauchle grinste und sagte wie aus der Pistole geschossen: »Soko Stille Nacht.«

Es war üblich, dass der Name der Soko in direktem Bezug zur Tat stand. Dies konnte ein Tatort wie zum Beispiel *Garten, Blauwiese* oder im vorliegenden Fall der Leichenfundort *Schönstattkapelle* sein. Einmal hatten sie sich für den blumigen Namen *Novembermord* entschieden, was ihnen die herbe Kritik der örtlichen Presse einbrachte.

Mollenkopf reagierte seither empfindlich auf derartige Vorschläge, was im vorliegenden Fall hieß, dass er Brauchles Eingebung schlichtweg ignorierte.

Auch Lohners Vorschlag *Kapelle* wurde verworfen; zuletzt entschied man sich dafür, die Soko mit dem Datum der Leichenfindung zu benennen. Es war Mollenkopfs konstruktiver Beitrag: 2412. Das Datum ohne den Punkt in der Mitte. Also eine vierstellige Zahl, schlicht, sachlich und vor allem nicht blumig.

Die weiteren Maßnahmen lagen in Lotts Händen. Er musste den Ermittlungsplan erstellen, kriminalistische Versionen bilden sowie die Beurteilungskriterien zur kriminalistischen Fallanalyse auflisten.

Vorrangig aber war, die Fahndung nach dem Ehemann der Ermordeten einzuleiten, den man zu Hause bisher nicht angetroffen hatte. Die Kollegen der Fahndung agierten eigenständig. Lott musste ihnen nicht sagen, wie sie ihren Job zu erledigen hatten. Ein weiterer, wesentlicher Schritt, um die Ermittlung in Gang zu bringen, lag in den Händen der Kriminaltechnik. Ihre Suche nach dem Tatort hatte Priorität. Das hieß zunächst, das Wohnhaus der Winters auf den Kopf zu stellen, um dort eventuelle Anhaltspunkte für die Tat zu finden.

»Wir brauchen für diese Ermittlung mehr Leute.«

Lotts Forderung, an Polizeichef Lander gerichtet, war unumgänglich.

Die Ermittlungen im Personenkreis der Ermordeten, Nachbarschaftsbefragungen, Zeugen- und Verdächtigenermittlung erforderten einen Personalaufwand, den die derzeitige Soko nicht annähernd abdecken konnte. Schließlich ging es darum, möglichst rasch den richtigen Ausgangspunkt zu finden. Ist der einmal gefunden, so ist die nachfolgende Beweisführung oft spielend leicht.

»Ich habe die neue Kollegin, Oberkommissarin Petra Mai, die eigentlich erst ab dem 2. Januar ihren Dienst antreten müsste, herzitiert. Sie muss jeden Augenblick hier eintreffen.«

Landers fast soldatische Ausdrucksweise erheiterte Lott. Wenn Lander so sprach, zierte er sich meist, einer Aufstockung von Personal und Etat zuzustimmen. In Lotts Logistik aber waren außerplanmäßige Gelder, die beantragt werden mussten, so unumgänglich wie eine zahlenmäßig gut gerüstete Sonderkommission. Er ließ deshalb nicht locker. »Je schneller wir die Kiste hochfahren, umso schneller und günstiger kommen wir zu einem befriedigenden Ergebnis.«

Lander wiegte den Kopf hin und her, versprach dann aber, die notwendigen Schritte in die Wege zu leiten. Er stand auf, verabschiedete sich und ging.

Als Staatsanwalt Mollenkopf kurz darauf die Anordnung einer Durchsuchung für das Wohnhaus der Winters ausfertigte, klopfte es an der Tür, und gleich darauf betrat eine Frau, deren Alter Lott auf Ende zwanzig schätzte, den Besprechungsraum. Sie war kräftig gebaut und hatte im wahrsten Sinne des Wortes strohblondes Haar, das sich wohl gegen jede Art von Frisierversuch erfolgreich zur Wehr setzte.

»Hallo«, sagte sie. »Ich bin Oberkommissarin Petra Mai, ich soll mich bei Herrn Lott melden.«

»Das bin ich«, sagte Lott.

Er stand auf und ging der neuen Kollegin mit grußbereiter Hand entgegen. Dass ihr Händedruck kräftig war, überraschte ihn nicht. Schließlich hatte sie einen athletischen Körperbau, war so groß wie er selbst, also etwa einsfünfundachtzig, hatte breite Schultern und kräftige Beine und Schenkel, die durch die enganliegende Jeans, die sie trug, noch besser zur Geltung kamen. Dennoch wirkte sie sehr beweglich, um nicht zu sagen drahtig.

»Herzlich willkommen, Frau Mai! Tut mir leid, dass wir Sie früher als geplant hier einbinden müssen, aber unser Chef hat Ihnen ja sicher den Grund dafür bereits genannt«, sagte Lott.

»Ist okay für mich. Weihnachten allein zu verbringen, ist ja auch nicht gerade lustig.«

»Wem sagat Se des«, brummte Brauchle mit Leichenbittermiene.

»Darf ich Ihnen erst mal Ihre künftigen Kollegen vorstellen?«, unterbrach Lott und ging mit ihr die Ermittlungsgruppe durch, von Marlies Kaupper angefangen bis zum Kollegen Schwegler. Zuletzt wurde sie Adrian Mollenkopf vorgestellt, der es sich nicht nehmen ließ, die Neue mit einem Bonmot zu beeindrucken.

»Ich bin zwar der Rechtskundige in der Runde, versteh mich aber auch durchaus darauf, links herum zu denken.« Dabei lachte er, hielt gegen Petra Mais Händedruck tapfer dagegen und führte die neue Kollegin zu einem freien Stuhl.

Petra Mai setzte sich und hörte den Ausführungen Lotts zu, der eigens für sie den Mordfall Agnes Winter in wenigen Sätzen zusammenfasste.

»Wann sollen wir die Presse informieren?«, fragte Sievers, der für die Öffentlichkeitsarbeit zuständig war und daher unter den Kollegen häufig nur der Ö genannt wurde.

»Die nächste Zeitung erscheint am Montag; die Leichenöffnung ist für den ersten Weihnachtsfeiertag, also für morgen vorgesehen … ich schlage vor, dann am zweiten Weihnachtsfeiertag eine Pressekonferenz einzuberufen.«

Lotts Vorschlag fand auch Brauchles Zustimmung, der als verantwortlicher Sachbearbeiter sämtliche Details zusammentragen musste, um dann mit Sievers zu besprechen, inwieweit die Öffentlichkeit eingeweiht werden durfte, ohne die Ermittlung zu gefährden. Schließlich hoffte man ja auch, durch den Schritt an die Öffentlichkeit Hinweise zu erhalten, die der Ermittlung zum Durchbruch verhelfen konnten.

Als Lott die Aufgaben verteilt, die Kollegen instruiert und die Fahndung nach Vincent Winter in Gang gesetzt hatte, kam Petra Mai auf Brauchle zu und bat ihn, sich schon einmal in den Fall einlesen zu dürfen.

»Mädle, do bisch zbald dra«, wehrte dieser ab. »Des brengt dich im Moment no net weiter.«

»Okay. Ich bin die Petra, schön, dass wir uns gleich duzen«, konterte die neue Kollegin und fügte hinzu: »Und wann, denkst du, bekomm ich Akteneinsicht?«

Brauchle wurde rot und schaute verwirrt zu Lott herüber.

Der antwortete für den Kollegen: »Ich denke, in ein paar Stunden hat er die bisherigen Ergebnisse zusammengetragen. Im Übrigen finde ich es richtig, dass wir uns bei unserer Ermittlungsarbeit nicht mit Höflichkeiten aufhalten und uns duzen.« Er rief seinen und den Vornamen des Kollegen Brauchle für die neue Kollegin in Erinnerung. Alle nickten sich zu, so dass auch diese Sache abgehakt war.

Mittlerweile waren Kriminaltechnik und Spurensicherung sowie die Kollegen von der Fahndung in Harthausen.

Lott sichtete gerade die Berichte der KT, Petra assistierte ihm dabei und reichte sie an Brauchle weiter, als der Anruf des Fahndungsleiters ihn erreichte.

»Wir haben Vincent Winter in seinem Haus angetroffen.«

»Dann bringt ihn gleich her.«

3

Während Vincent Winter bereits im Verhörraum wartete, saß Lott noch über den zu diesem Zeitpunkt zwangsläufig dürftigen Ermittlungsakten. Außerdem machte er sich Notizen für die bevorstehende Vernehmung.

Unvorbereitet in eine Vernehmung zu gehen, ist einer der unverzeihlichsten Fehler kriminalistischer Ermittlungstätigkeit. Eine solche Blöße durfte er sich auf keinen Fall geben, zumal die neue Kollegin bei der Vernehmung mit dabei sein würde. Er plante deshalb so schulmäßig wie nur möglich vorzugehen, angefangen bei den inhaltlichen Aspekten bis hin zu Vernehmungstaktik und Vernehmungsziel. Schließlich konnte es zu Ad-hoc-Situationen kommen, auf die er reagieren musste. Ziellose Vernehmungen beschränken sich zu sehr auf die Erfassung dessen, was sich im Laufe der Vernehmung anbietet, und es ist nicht auszuschließen, dass dabei die eigentlich interessierenden beweisrechtlichen oder ermittlungstaktischen Informationen nicht gewonnen werden können.

Lott wusste nur allzu gut, dass eine erste Vernehmung immer einen herausragenden Stellenwert hat. Jede weitere Vernehmung ist dann anders geprägt, von neuen Beweissituationen, vom Zurechtlegen neuer Verteidigungsstrategien oder gar vom möglichen Widerruf eines Geständnisses. Alles Faktoren, die dann auch ein anderes kriminaltaktisches Vorgehen erfordern. Lott hielt fest: Was wusste er über Vincent

Winter? Die Personalien hatten die Kollegen erfasst. Er war fünfundvierzig Jahre alt, gelernter Schreiner, derzeit als solcher bei Inhofer angestellt. Er war bisher noch nie mit dem Gesetz in Konflikt gekommen. Laut seiner ersten Aussage hatte Vincent Winter die Nacht bei einer Kollegin verbracht. Mehr war dieser ersten Aussage nicht zu entnehmen. Nichts Näheres über sein Verhältnis zu dieser Kollegin, und nichts Näheres über seine Herkunft und soziale Stellung oder über seinen Lebenslauf. Lott wusste aus Erfahrung, dass eine Erstvernehmung immer auch die Möglichkeit bietet, die Gesamtpersönlichkeit und somit ein mögliches Vernehmungsverhalten auszuloten und Schlussfolgerungen für das weitere methodische und vernehmungstaktische Vorgehen zu ziehen. Er durfte daher keine Fehler machen. Aber wie sollte er dem Vorgeladenen begegnen? Immerhin hatte der seine Frau verloren. Und wenn er nicht der Täter war, dann hatte er einen Verlust erlitten, war somit auch Opfer, dem ein gehöriges Maß an Mitleid gebührte.

Simone Czech riss Lott aus seinen Gedanken. »Herr Winter wartet im Verhörraum!«

»Wo ist Frau Mai?«, fragte Lott.

»Wartet auf Sie in der Datenstation.«

Lott stand auf. Er folgte der Kollegin und holte Petra, die in der Datenstation recherchierte, ab. Gemeinsam betraten sie den Verhörraum.

Vincent Winter saß mit dem Rücken zur Tür. Er saß vornübergebeugt, hatte den Kopf in seinen Händen vergraben. Als er sich aufrichtete und nach den Kommissaren umdrehte, sah Lott, dass er weinte.

»Guten Morgen«, sagte Lott.

Vincent Winter erwiderte mit einem Kopfnicken seinen Gruß. Lott ging auf ihn zu und gab ihm die Hand.

»Mein Beileid«, sagte er. Petra bedachte ihn mit einem ironischen Blick. Sie empfand die Situation als absurd. Schließlich hatte dieser Herr Winter in der Mordnacht seine Frau betrogen und war allein aus diesem Grunde tatverdächtig.

Lott fand dennoch, dass das wichtig war. Die Kontaktphase muss aufgeschlossen und unverkrampft sein. Sie muss genutzt werden, um Gesprächsbereitschaft zu erzeugen. Dazu gehörte auch die Achtsamkeit des Ermittlers, der um eine entsprechende Atmosphäre bemüht sein muss.

Während Lott sich ihm gegenübersetzte, wischte sich Winter die Tränen aus den Augen. Er schnäuzte in ein Taschentuch und schien bemüht zu sein, sich auf die bevorstehende Vernehmung zu konzentrieren.

Petra Mai hatte sich neben Lott gesetzt. Auf dem Tisch stand ein Tonbandgerät bereit. Sie teilte dem Tatverdächtigen mit, dass sie das Gespräch aufzeichnen würde. Herr Winter nickte.

»Beginn der Vernehmung von Vincent Winter, Freitag, 24. Dezember 1999, 11.30 Uhr. Gegenstand der Vernehmung ist die Ermordung seiner Ehefrau Agnes Winter. Ich belehre Herrn Winter darüber, dass er das Recht hat, die Aussage zu verweigern, einen Rechtsanwalt zu beauftragen oder Beweiserhebungen zu beantragen.«

Vincent Winter nickte stumm. Er kämpfte mit den Tränen und hatte sichtlich Mühe, seine Gefühle im Zaum zu halten.

»Herr Winter, sind Sie aussagebereit?«, fragte Lott.

»Ja«, sagte Winter. Dabei wischte er wieder eine Träne, die ihm über die Wange gelaufen war, aus seinem Gesicht.

»Sie können sich vermutlich denken, wie meine erste Frage lauten wird«, begann Lott.

»Sie fragen nach meinem Alibi«, antwortete Winter mit belegter Stimme. Er räusperte sich.

»Richtig«, bestätigte Lott. »Wo waren Sie vergangene Nacht?«

»Ich habe bei einer Kollegin geschlafen.«

»Name?«

»Mandy Fischer.«

»Ihre Geliebte?«

»Nein, etwas Flüchtiges, ein One-Night-Stand, wie man heutzutage sagt.«

»Wusste Ihre Frau davon?«

»Es hätte sie, glaube ich, nicht interessiert.«

»Wie meinen Sie das?«

»Sie ist in letzter Zeit ihre eigenen Wege gegangen. Nicht erst seit gestern. Und das mit Mandy, nun, wir sind uns auf der Weihnachtsfeier nähergekommen.«

»Sie sagen, Ihre Frau ist ihre eigenen Wege gegangen. Können Sie uns das näher erläutern?«

»Ich weiß nicht, ob sie Beziehungen zu anderen Männern hatte. Sie hat es zumindest nie zugegeben, aber mir hat sie sich mehr und mehr verweigert. Einmal bin ich versehentlich ins Bad gekommen, als sie sich gerade abgetrocknet hat. Sie hat sich schnell ein Handtuch umgeworfen, als ob ich sie noch nie nackt gesehen hätte, dabei sind wir seit zwölf Jahren verheiratet. Aber ich habe gesehen, dass sie rote Striemen auf dem Rücken hatte, als ob sie jemand ausgepeitscht hätte. Aber so eine war meine Agnes doch nicht.« Vincent Winter schnäuzte sich. »Aber jetzt … wer hat sie bloß so zugerichtet? Das muss doch ein Verrückter gewesen sein.«

»Sie haben sie identifiziert?«

»Ich musste ja. Und wollte sie auch noch einmal sehen. Wer macht denn nur so etwas?«

»Sie sprechen auf die Merkmale an, die Wunden an Händen und Füßen …«

»Und eine Dornenkrone! Das ist doch verrückt!«, unterbrach Winter. »Das sind doch Verrückte!?«

»Sie meinen, es könnten auch mehrere gewesen sein?«

»Einer allein kann doch nicht so …« Er stockte. Und weinte jetzt richtig.

Lott ließ ihm Zeit, sich wieder zu sammeln.

»Haben Sie einen Verdacht? Sie sprachen von Verrückten.«

»Die Wagenseil und die verstorbene Pfäffle haben da so einen okkulten Zirkel ins Leben gerufen. Vor ein paar Jahren schon. Und denen hatte sich Agnes angeschlossen.«

»War Ihre Frau denn religiös?«

Winter schüttelte den Kopf. »Normal halt. Sonntags ist sie immer in die Kirche gegangen. Aber sonst? Ganz normal, würde ich sagen. Nur um die Weihnachtszeit rum, da ist sie dann zu diesen Spinnern.«

»Wann haben Sie Ihre Frau das letzte Mal gesehen?«

»Gestern morgen, bevor ich zur Arbeit gefahren bin.«

»War irgendetwas anders als sonst?«

»Nein, sie war kühl wie immer in der letzten Zeit, und das einen Tag vor Weihnachten.«

Winter stockte wieder. Plötzlich sagte er: »*Heute Abend wirds bei mir auch spät, aber das stört dich ja nicht,* hat sie gesagt. Ich hatte dafür nur ein Schulterzucken übrig. Dann habe ich mich von ihr mit einem Kuss auf die Wange verabschieden wollen, wie ich das, trotz allem, meistens mache. Aber da hat sie sich weggedreht, und ich hab dann auch die Geduld verloren und bin einfach losgefahren.«

»Wie lange haben Sie gearbeitet?«

»Wir hatten drei Küchen aufzubauen und eine Anrichte. Eine Küche in Ziemetshausen, eine in Pfaffenhofen und die andere in Neenstetten. Die Anrichte gleich in der Nähe, in Aufheim. Wir waren um sechs Uhr mit allem fertig.«

Petra übernahm: »Wann haben Sie sich mit Frau Fischer verabredet?«

»Wir sind uns in der Firma über den Weg gelaufen. Sie ist im Büro beschäftigt und nicht im Verkauf. Sie hatte auch gerade Feierabend. Da sind wir zusammen zur Weihnachtsfeier und dann zu ihr.«

»Und sind Sie die ganze Nacht geblieben?«, hakte Petra nach.

»Ich hatte zu viel getrunken und wollte nicht mehr fahren.«

»Wie hätten Sie Ihrer Frau das erklärt?«

»Es war mir plötzlich ganz egal, ich hatte eine Wut auf meine Frau, weil die so übertrieben reserviert war. Und obendrein überheblich. Ich hätte ihr den Seitensprung ins Gesicht gepfeffert. Ich wollte sie sogar anrufen, um ihr am

Telefon zu sagen, wo ich bin, aber dann habe ich mich daran erinnert, dass sie gesagt hat, sie käme spät heim. Und dann bin ich irgendwann eingeschlafen.«

»In Frau Fischers Bett?«, hakte Petra nach.

»Ja! Wo denn sonst?!«

»Wo können wir Frau Fischer erreichen?«

Vincent Winter nannte die Adresse.

Lott übernahm nun wieder. »Hat Ihre Frau denn gearbeitet?«

»Zwei Tage in der Woche hat sie in der Metzgerei Prenkart ausgeholfen. Nicht, weil sie es nötig gehabt hätte. Die hatte von ihren Eltern genügend vererbt bekommen, dass sie nicht hätte arbeiten gehen müssen. Aber sie hatte den Beruf ja gelernt. Und wollte unter Leute. Meistens hat sie freitags und samstags gearbeitet.«

»Mit wem hatte Ihre Frau denn, mal abgesehen von Frau Wagenseil und ihrem Kreis, regelmäßig Kontakt? Gab es da Freunde, Bekannte, vielleicht doch eine Liebschaft?«

Winter lachte bitter. »Manchmal hätte ich mir gewünscht, es wäre so gewesen. Aber sie ist immer nur übellaunig daheim rumgesessen und hat mir mit ihrer Eifersucht oft das Leben zur Hölle gemacht.«

»Hatte sie denn Grund zur Eifersucht?«

»Ich war nie ein Chorknabe. Aber es war nicht so, wie Agnes mir das vorgeworfen hat. Einen Schürzenjäger hat sie mich genannt, als ob wir im neunzehnten Jahrhundert leben würden. Es ist drei-, viermal in unserer Ehe vorgekommen, dass ich fremdgegangen bin. Und es waren immer Eintagsfliegen, im Fasching und so, und jetzt eben beim Betriebsfest.«

»Sie sagten, dass Ihre Frau in letzter Zeit ungewohnt reserviert und abweisend war. Wann hat das denn angefangen?«

»Im Herbst, irgendwann um Allerheiligen rum. Davor oder danach, ich weiß es nicht mehr. Ich hatte ihr keinen Anlass gegeben. Plötzlich duldete sie keine Zärtlichkeit mehr, nicht die geringste. Kaum, dass wir noch miteinander redeten. Und wenn ich sie darauf ansprach, lachte sie schrill auf und hat mich allein gelassen.«

Lott und Petra schauten einander an. Beide waren zu dem Schluss gekommen, die Vernehmung zu beenden. Lott nickte der Kollegin zu.

»Herr Winter, wir werden Ihre Angaben soweit prüfen. Bitte halten Sie sich, solange die Ermittlung läuft, zu unserer Verfügung.«

»Wann darf ich Agnes denn beerdigen?«

»Sie bekommen Nachricht, wann die Leiche freigegeben wird«, antwortete Petra.

Winter stand auf und nahm von der Garderobe seinen Mantel.

Als er schon an der Tür war, hielt ihn Lott zurück.

»Herr Winter, eine Frage noch. Hatte Ihre Frau zu Josefa Pfäffle Kontakt?«

»Warum fragen Sie? In so einem Dorf kennt zwar jeder jeden. Aber Kontakt? Ich glaube eher nicht.«

Lott nickte und schaute dann Vincent Winter nach, wie der die Treppe zum Ausgang nahm.

4

Elli hatte bereits den Tisch gedeckt. Heiligabend – dazu gehörten auch Bratwürste und Kartoffelsalat als Traditionsessen. Es war halb neun Uhr abends, als Lott nach Hause kam. Kaum, dass er Elli geküsst hatte, streckte er wie hilflos die Arme von sich, als Geste des Bedauerns für diese Situation.

Es klingelte an der Tür. Lisa war da.

»Du hast doch einen Schlüssel«, empfing Elli ihre Tochter.

»Aber keine Hand frei«, antwortete Lisa.

Lott traute seinen Augen nicht. Was Lisa da in dem Korb anbrachte, war ein Hundewelpe, ein kleines, helles Stück

Fell, das nun leise vor sich hin winselte und Anstalten machte, aus dem Korb zu springen.

»Er wollte sich partout nicht als Geschenk verpacken lassen«, lachte Lisa und reichte der Mutter den Korb samt Inhalt.

»Frohe Weihnachten!«, sagte sie dabei.

Lott hob den Hund aus dem Korb. »Jetzt, wo wir keinen Garten mehr haben, schenkst du uns einen Hund?!«

»Er soll ja nicht im Garten herumtollen, sondern euch ein wenig Bewegung verschaffen«, erläuterte Lisa mit einem Augenzwinkern den Hintergrund ihres Geschenks. Elli griff nach dem Hund und drückte ihn an sich.

»Es ist ein Golden Retriever, ein Rüde, zwölf Wochen alt.«

»Hat er auch einen Namen?«

»Das überlass ich euch«, sagte Lisa, die nun ihren Mantel ablegte, sich die Schuhe auszog, in die bereitstehenden Filzpantoffeln schlüpfte und ins Wohnzimmer ging.

»Zubehör samt Fressen liegt noch im Auto«, sagte sie.

Während Lott und Lisa sich um den Hund kümmerten, der neugierig die Wohnung inspizierte, bis er ermüdet unterm Tannenbaum einschlief, war Elli in die Küche verschwunden, um sich ums Abendessen zu kümmern.

»Wie lange hast du denn Zeit?«, fragte Lisa plötzlich den Vater. »Mutter hat mir am Telefon bereits erzählt, was passiert ist. Es wundert mich, dass du überhaupt da bist.«

»Zur Mitternachtsmesse muss ich noch einmal los«, sagte Lott.

Elli servierte das Essen. Lisa sprang auf und half ihr dabei. Bald griffen alle zu, aßen schweigend. Jeder hing seinen Gedanken nach, von Weihnachtsstimmung weit entfernt.

»Wie wars in der Buchhandlung?«

Lott wollte nicht länger seinen Gedanken zu viel Raum geben und brach mit seiner Frage das Schweigen.

»Eine ganze Reihe Panikkäufe hatten wir noch«, berichtete Elli. »Wenn den Leuten nichts anderes mehr einfällt, dann schenken sie halt Bücher.«

Lisa grinste und deklamierte: »Hinz sprach zu Kunz, was

bloß schenkt man seinem Sohn? Wie wärs mit einem Buch, sprach Kunz. Ein Buch, ach nein, das hat er schon.«

Lott und Elli lachten, obwohl beide den Kalauer kannten. Eine Zeitlang schienen die dunklen Gedanken verflogen zu sein; Elli wagte, nachdem der Tisch abgeräumt war, sogar den Vorschlag zu machen, jetzt gemeinsam ein paar Weihnachtslieder zu singen.

Zu ihrem Erstaunen hatten weder ihr Mann noch Lisa etwas dagegen einzuwenden. Es blieb dann allerdings bei drei Strophen »Stille Nacht«. Danach drängte Lisa, man solle jetzt mit der Bescherung beginnen, weil sie noch ins Omar wolle, die alten Freunde treffen. Der Hund schlief, weder der Gesang noch das anschließende Geraschel des Geschenkpapiers schienen ihn zu beeindrucken.

Elli war über den Opal entzückt und Lisa über die handgefertigte Seife, mehr allerdings noch über den Umschlag mit Geld, den Lott ihr mit der Bemerkung, sie solle sich dafür etwas kaufen, zugesteckt hatte.

Lott durfte sich über ein paar Bücher freuen. Eines davon nahm ihn sofort gefangen. Es hieß *Der Schatten des Schwans* und spielte in Ulm, wie er dem Rückentext entnahm. Dann aber wurde er unruhig. Und das, obwohl Elli in ihrer Harmoniesucht alles nur Erdenkliche anstellte, um sie bei Laune zu halten. Aber auch Lisa ließ sich nicht halten. Sie schlüpfte schnell in ihren Mantel, küsste noch geschwinder die Eltern und ließ der Mutter keine Zeit für Einwände. Lott griff indessen zum Telefon und rief Petra an.

5

Das Schreckenläuten hatte begonnen. Bis Mitternacht wird er es hören. Es wird die Macht der Hexen und Geister bannen. Jockel Knecht ging nach draußen, zum Obstgarten hinunter, und band allen Bäumen ein Strohseil um.

»Schlafe nicht, Bäumchen«, flüsterte er. »Schlafe nicht, es verirren sich leicht die gebannten Seelen in dir. Schlafe nicht, Bäumchen!«

Er ging weiter, hügelabwärts bis zu der Erle, die dort stand. Von ihr schnitt er einen Stecken. Mehr als drei Schnitte dafür durfte er nicht brauchen. Sonst war der Stecken wertlos.

Der Baum gab den Stecken frei, nach genau drei Schnitten.

Der Schnee fiel in großen Flocken auf seine Hand. Er schaute zu, wie sie auf ihr schmolzen. Dann ging er ins Haus zurück, holte aus dem Schrank eine Hose, trug sie nach draußen und legte sie auf die schneebedeckte Truhe, in welcher Splitt lagerte.

Er hieb mit dem Stecken drauf ein und rief einen Namen.

Etwa zur gleichen Zeit fuhr Lott an Harthausen vorbei. Auf dem Rainbauerhof brannte Licht.

6

Die Glocken der Harthauser Kirche läuteten die Mitternachtsmesse ein.

Lott sah, dass Petra ihren Dienstwagen gleich am Ortseingang geparkt hatte. Sie saß noch im Auto. Lott hielt dicht hinter ihr. Beide stiegen gleichzeitig aus.

»Was versprichst du dir eigentlich davon?«, empfing ihn die neue Kollegin.

»Ich muss mir ein Bild von Agnes Winter machen, und ich will wissen, in welchem Umfeld sie gelebt hat. Außerdem will ich den Pfarrer um seine Mithilfe bitten.«

Petra zuckte die Achseln.

»Warum beginnt die Mitternachtsmesse eigentlich schon um zehn Uhr?«, fragte Petra kopfschüttelnd.

»In meiner Kindheit war die tatsächlich noch um Mitternacht. Aber davon ist nur noch der Name übriggeblieben.

Der Pfarrer wird wohl schon in der Sakristei sein«, sagte Lott und ging der Kollegin voraus. Zwei Ministranten, die ebenfalls auf dem Weg zur Sakristei waren, begleiteten sie zum Hintereingang. Dort kam der Pfarrer ihnen schon entgegen.

Lott wies sich und die Kollegin aus. Dann brachte er sein Anliegen vor. Der Pfarrer nickte. Lott bedankte sich. Über den Kirchgarten gingen sie zurück.

Von allen Seiten strömten nun Leute in die Kirche.

»Wo kommen die denn alle her? So viele Leute können doch unmöglich in den paar Häusern wohnen«, wunderte sich Petra.

»Es werden etliche aus Ermingen darunter sein. Der Mord an Agnes Winter hat sich bereits herumgesprochen.«

Lott erkannte Benjamin Stiller, der ihn verlegen grüßte und als einer der Letzten ins Gotteshaus drängte.

»Wollen wir jetzt auch?« Lott nahm Petra am Arm und führte sie in den hinteren Teil des Kirchenschiffs. Unter der Empore blieben sie stehen. Die Bankreihen waren alle dicht besetzt. Rechts vorne sah er die Witwe Glauser, deren Mann sich vor zwei Tagen in seinem Heizungskeller erhängt hatte. Das Ergebnis der Speichelprobe, die man dem Toten entnommen hatte, lag noch nicht vor. Sollte die positiv ausfallen, lag der wahre Grund seines Suizids auf der Hand. Dann waren nicht die häuslichen Streitigkeiten das Motiv, sondern eine begangene Straftat, die ihn für viele Jahre hinter Gittern gebracht hätte. Zwei Bankreihen vor der Witwe saßen die Heilers. Die anderen Gesichter waren Lott unbekannt.

Die Messe begann. Petra verdrehte die Augen.

»Bist du nicht katholisch?«, fragte Lott.

»Als ich das letzte Mal eine Messe besucht habe, war ich vierzehn. Inzwischen bin ich aus der Kirche ausgetreten«, antwortete sie.

Die Orgel ertönte, das Eingangslied wurde angestimmt, und bald darauf lauschte die Gemeinde dem Evangelium nach Lukas: *Es begab sich aber zu der Zeit, dass ein Gebot von dem Kaiser Augustus ausging, dass alle Welt geschätzet würde. Und diese Schätzung war die allererste und geschah zu der Zeit, als Quirinus Statthalter von Syrien war. Und jedermann ging, dass er sich schätzen ließe, ein jeglicher in seine Stadt. Auch Josef zog von Galiläa, aus der Stadt Nazareth, hinauf nach Judäa in die Stadt Davids, die Bethlehem heißt, weil er aus dem Hause und Geschlechte Davids war, auf dass er sich schätzen ließe, mit Maria, seiner Verlobten, die gesegneten Leibes war …*

Petra trat von einem Bein aufs andere und konnte nicht verhehlen, wie unangenehm ihr das fromme Getue, das kein Ende nehmen wollte, war.

Plötzlich bemerkte Lott, dass Frau Heiler sich einen Weg aus der Kirchenbank suchte und ins Freie drängte. Er folgte ihr.

»Ist Ihnen nicht gut?«, fragte er.

»Es ist der Weihrauch, mir wird so oft schlecht davon, und heute haben es die Ministranten mit ihrem Räuchern arg übertrieben. Man kriegt ja kaum Luft.«

»Kann ich Ihnen irgendwie helfen?«

»Ach, lassen Sie nur, ich brauch bloß etwas frische Luft.« Frau Heiler atmete tief durch. »Ich glaube, es geht schon wieder.«

»Sie haben sicher gehört, was mit Frau Winter geschehen ist«, bemerkte Lott beiläufig.

Frau Heiler nickte. »Irgendwann musste so etwas ja passieren, erst die Josefa, und jetzt die Agnes.«

Lott wurde hellhörig. »Wie meinen Sie das?«

»So wie man in den Wald hineinruft, so kommt es zurück.«

Lott verstand nicht, schaute Frau Heiler fragend an.

»Wer mit dem Feuer spielt, der wird darin umkommen. Und alle haben sie mit dem Feuer gespielt. Alle! Bei meiner Schwester angefangen. Wen wundert es da, dass einer sich irgendwann einmal die Finger verbrennt …«

»Von wem reden Sie?«

»Als *Hüter der Wolfsnächte* bezeichnen sie sich! Und treiben sich in diesen Nächten draußen herum. Selbst vor dem Friedhof machen sie nicht Halt.«

»Wer?«

»Einige aus dem Dorf! Und angefangen hat alles, weil meine Schwester den Pfäffle geheiratet hat.«

»Erzählen Sie!«

»Nicht so nah bei der Kirche. Kommen Sie zum Hof rüber.«

Sie ging voraus und blieb vor der Haustür stehen, kramte dort nach ihrem Schlüssel, den sie aber nicht fand.

»Ach Gott, den hat mein Mann ja eingesteckt.«

»Bleiben wir hier, die frische Luft tut mir auch gut«, sagte Lott und bat sie weiterzuerzählen.

»Ich habe Ihnen ja gesagt, dass meine Schwester und ich Flüchtlingskinder waren und dass meine Schwester dann auf dem Rainbauerhof als Magd untergekommen ist. Sie war hübsch, die Paula, die hübschere von uns beiden, und der Bauer hat schon immer wieder mal ein Auge auf sie geworfen, was der Bäuerin freilich nicht entgangen ist. Oft haben sie deshalb miteinander gestritten. Einen Schnallentreiber hat sie ihn geschimpft, und er sie ein händelsüchtiges Weibsbild. Weil das auf Schwäbisch so komisch klang, vor allem, wenn die Paula versucht hat, es schwäbisch zu sagen, haben wir oft darüber gelacht. Eines Tages aber hat die Paula nicht mehr gelacht. Es war in den Tagen um Weihnachten … mein Gott, wie lang das jetzt her ist, mehr als fünfzig Jahre ist das jetzt schon her …«

Lott wurde etwas ungeduldig, weil er befürchtete, Dorothea Heiler würde, wie schon einmal, in ihrem Erzählen unterbrochen werden.

»Was ist passiert?«, drängte er deshalb.

»Geschehen ist es am Heiligen Abend. Erzählt hat sie mir es erst ein paar Wochen danach, weil ich nicht lockergelassen habe und sie immer wieder gefragt habe, warum sie sich denn so verändert habe und warum sie nie mehr lachte und nur noch traurig aus der Wäsche guckte.«

»Was ist an diesem Heiligen Abend passiert?«

»Die Rainbäuerin hat die Paula, nachdem beschert war, zu sich genommen und sie gebeten, dass sie, während sie mit ihrem Mann in der Christmette wäre, sich in der guten Stube nackt ausziehen soll, den Besen nehmen und rückwärts von der Tür zum Fenster hin die Stube auskehren soll. Es wird dich niemand sehen, du bist allein im Haus, hat ihr die Rainbäuerin versichert, als die Paula sich verständlicherweise zierte. Du musst mir morgen nur sagen, was du dabei gesehen hast. Sie müssen wissen, dass die Rainbäuerin die Paula sehr gemocht hat und es ihr nicht übelgenommen hat, dass ihr Mann der Paula immer so nachgestiegen ist. Dann hat sie halt getan, was die Bäuerin ihr angeschafft hatte, obwohl sie das Ganze für eine Verrücktheit hielt. Als alle aus dem Haus waren, hat sie sich also ausgezogen und den Besen genommen und so gekehrt, wie die Bäuerin es verlangt hatte. Einmal hat sie dabei aufgeschaut und sieht plötzlich den Rainbauer am Tisch sitzen. Da hat sie schnell ihre Scham bedeckt und ist schreiend in ihre Kammer gelaufen. Am nächsten Morgen hat die Paula der Rainbäuerin dann große Vorwürfe gemacht, weil sie das doch nur gemacht hat, weil dabei angeblich niemand außer ihr im Haus wäre, aber dann wäre ihr Mann plötzlich am Tisch gesessen. Da wäre die Rainbäuerin kreidebleich geworden, hat mir die Paula erzählt, und gesagt hat sie: Mei Ma war mit mir in der Kirch, aber i muss jetzt bald sterba, und übers Jahr wirsch du meinen Platz einnehme. Und so ist es dann wirklich gekommen. Die Rainbäuerin ist gestorben und meine Paula wurde die neue Rainbäuerin.«

Die Kirchenglocke schlug halb elf. Lott hörte versunken ihrem Klang nach, mehr aber noch den Worten von Dorothea Heiler. Und er fragte sich, wie der Tod von Agnes Winter und der von Josefa und vielleicht auch der von Detlef Glauser in Verbindung zu dem, was Paula Pfäffle einst widerfahren war, in Verbindung gebracht werden konnte.

Damals hat alles angefangen. Das waren doch ihre Worte gewesen. Aber was hatte damals angefangen?

»Ich glaube, der Weihrauch hat sich inzwischen gelegt. Wir können wieder reingehen«, sagte Frau Heiler und war schon auf dem Weg zur Kirche.

Lott folgte ihr. Petra hatte klaglos die Stellung gehalten.

Der Pfarrer hob an: »Liebe Schwestern und Brüder in Christi. Sie wissen gewiss alle, welch unglaubliche und grausame Tat unserer Nachbarin, Freundin, unserer Schwester in Christus Frau Agnes Winter widerfahren ist. Wir sind bestürzt und sprachlos darüber. Eine Frau, gesund und in den besten Jahren, wurde jäh aus unserer Mitte gerissen, durch ein Verbrechen, das wohl beispiellos in der Geschichte unserer Heimat ist. Ihr Mörder hat sie nicht einfach getötet, aus welchem Grund auch immer, sei es aus Eifersucht, Raffgier oder einem anderen niedrigen Grund heraus; er hat sie zudem mit den Wunden unseres Herrn gezeichnet. Und damit ist diese verabscheuungswürdige Tat auch eine Tat, die an unserem Herrn begangen wurde. An unserem Herrn wie auch an unserem Glauben. Agnes Winter war eine Gläubige. Ihr Glaube hat ihr Kraft und Zuversicht gegeben, auch in Zeiten der Prüfungen, der Versuchungen, den immer wiederkehrenden dornigen Tagen ihrer Ehe. Bevor wir nun für die heimgegangene Seele unserer Schwester Agnes Winter beten, gebe ich eine Bitte der Kriminalpolizei an Sie weiter. Ein Kommissar der Ulmer Kriminalpolizei und eine Kollegin sind heute hierhergekommen. Alle, die etwas zum Tode von Agnes Winter zu sagen haben und damit zur Aufklärung dieses Verbrechens beitragen können, mögen sich bitte am Ende der Messe bei ihnen melden.«

Alle drehten sich nach den Kriminalbeamten um, ehe der Pfarrer das *Vaterunser* anstimmte, dem ein *Gegrüßet seist du Maria* folgte.

Bald darauf erklangen auch die ersten Orgeltöne, das Ausgangslied wurde gesungen und dann läuteten wieder die Glocken.

Lott und Petra warteten am Ausgang. Fragend blickten sie in die Gesichter derer, die an ihnen vorbeidefilieren mussten. Kaum einer erwiderte die Blicke. Manche murrten einen Gruß, die meisten aber schauten nicht einmal her. Hie und da ein huschender Blick, scheu, ängstlich und misstrauisch.

»Das hat sich ja gelohnt«, raunte Petra, als die Letzten die Kirche verlassen hatten.

»Sie haben Angst«, sagte Lott.

Samstag, 25. Dezember 1999

1

Die Wege des Alltags sind schmal. Und jeder Tag ist eine Gratwanderung, auf der zu beiden Seiten die Abgründe einer Tragödie lauern. Und eine Leiche am Heiligen Abend gehört nun einmal zur traurigen Normalität eines Kriminalbeamten.

Lott lag mit offenen Augen da und starrte in die Dunkelheit.

Er dachte an Agnes Winter. So entstellt sie auch vor ihm gelegen hatte, ihr Gesicht war friedlich gewesen. Und Lott dachte, dass eigentlich alle die Gesichter der Toten, die er in seinem bisherigen Berufsleben schon gesehen hatte, immer friedlich ausgesehen hatten. Ganz anders als in den Fernsehkrimis, wo Leichen sich grundsätzlich mit verzerrtem Gesicht dem Zuschauer präsentierten.

Dann dachte er an Dorothea Heiler und an das, was sie über ihre Schwester erzählt hatte. Er tastete nach Ellis Bettseite, griff ihre Hand und behielt sie für eine Weile in der seinen. Er brauchte jetzt dringend ein bisschen Hoffnung. Und sei es nur die, dass Weihnachten zumindest daheim harmonisch verlief. Harmonie aber war ohnehin Ellis Ressort. Was ihn im Neuen Bau erwarten würde, stand auf einem ganz anderen Blatt.

Lott schloss die Augen. Er wollte an etwas Angenehmes denken. Das ging nur, wenn er die Augen geschlossen hielt. Er fragte sich, welche Erinnerung sich problemlos abrufen ließ, um ihm für ein paar Minuten Wohlbehagen zu bereiten. Sie kam schnell. An einem späten Sonntagnachmittag, Ende November, vor mehr als zwanzig Jahren, wanderte er mit Elli das Nebelhorn abwärts. Vor dem letzten Wegstück begann es plötzlich zu schneien, im Ort gingen die Lichter an, und exakt in diesem Augenblick schien ihm die Welt vollkommen zu sein. Ein derart scheinbar grundloses Glücksgefühl, das er zudem mit Elli teilen konnte, hatte er nie mehr empfunden. Dieses Zusammentreffen gleich mehrerer Stimmungen: Erste Schneeflocken wandern bergab, Lichter im nahenden Dorf beginnen zu leuchten, und an der Hand hält er den Menschen, mit dem er dieses Leben teilt.

Als Lott die Augen wieder öffnete, hatte der Alltag ihn bereits wieder in seinen Bann gezogen. Er dachte an Banzhaf, der gewiss schon mit der Leichenöffnung angefangen hatte, gemeinsam mit einem Präparator. Das Ergebnis war auch für die bevorstehende Pressekonferenz von Bedeutung. Mit den daraus gewonnenen neuen Erkenntnissen würde man vielleicht auch auf die Mithilfe der Bevölkerung zählen können.

Die Glocken von Mariä Himmelfahrt läuteten jetzt. Sie klangen festlich. Lott stand auf und ging ins Bad. Als er zurückkam, hatte Elli bereits den Frühstückstisch gedeckt. Auch sie trug ihren Teil zu der Festtagsstimmung bei. Sie hatte sich ihre dunkelblaue, mit Goldfäden besetzte Bluse angezogen, herübergerettet aus ihren ersten Ehejahren.

Lisa schlief noch, und mit ihr der Hund, der doch ein Geschenk für die Eltern sein sollte. So ganz loslassen wollte sie ihn anscheinend noch nicht.

Lott setzte sich an den Tisch, Elli servierte und setzte sich dann zu ihm.

»Wie hast du geschlafen?«, fragte sie.

»Unruhig, und du?«

»Geht so.«

Plötzlich erinnerte sich Lott an den Traum der vergangenen Nacht. Er war mit Lisa unterwegs gewesen. Da erschien ihnen der Engel aus dem Bild, das über dem Ehebett seiner Eltern gehangen hatte, und führte Lisa und ihn, wie die beiden Kinder auf dem Bild, über die schadhafte Brücke.

Lott trank zwei Tassen Kaffee und aß mehrere Scheiben Weihnachtsstollen. Im Radio lief das Weihnachtsoratorium von Johann Sebastian Bach. Während sie frühstückten, hörten sie zu, als hätten sie alle Zeit der Welt. Oder als müssten sie die wenige gemeinsame Zeit mit allem füllen, was ihnen zur Verfügung stand.

Kurz vor neun Uhr machte sich Lott dann fertig und fuhr zum Neuen Bau.

Petra saß bereits an ihrem Platz und schrieb. So wenig der gestrige Abend ermittlungstechnisch gebracht hatte, es musste dennoch festgehalten werden.

Wenig später stießen die Kollegen dazu, freilich auch Staatsanwalt Adrian Mollenkopf, Pressesprecher Sievers und Chef Lander, zuletzt Lohner, der Banzhafs Bericht in den Händen hielt.

»Die Verletzungen an Händen und Füßen sind postmortal, wurden dem Opfer also nachträglich zugefügt. Der Stich ins Herz, vermutlich mit einem größeren Küchenmesser, war tödlich. Die Verletzungen der Kopfhaut, zugefügt durch einen Dornenkranz, sind allerdings einer vitalen Verletzung zuzuordnen. Die Obduktion hat außerdem ergeben, dass auch Agnes Winter vor ihrem Tod Fliegenpilze gegessen hat. Ihr Mageninhalt wies außerdem Stechapfel und Bilsenkraut auf.«

»Das hatten wir doch schon«, bemerkte Marlies und fuhr fort: »Mein lieber Herr Gesangsverein, da scheinen mir aber einige Leute ganz schön durchgeknallt zu sein.«

Brauchle saß kopfschüttelnd da. Er sagte nichts, aber in seinem runden Kopf schienen die Ergebnisse der Rechtsmedizin ein heilloses Durcheinander zu entfachen. Als verantwortlicher Sachbearbeiter der Soko liefen die Fäden schließlich bei ihm zusammen. Nur sollten sie das auch gefälligst in einer nachvollziehbaren Ordnung tun. Während er sich Notizen machte, fluchte er leise vor sich hin. Draußen war ein Wind aufgekommen, der eine aus der Verankerung gerissene Plane lautstark zum Flattern brachte.

»Was wissen wir?«, fragte Lott jetzt in die Runde, um dann selbst zu resümieren: »Wir haben eine ermordete Frau, Agnes Winter, 44 Jahre alt, sowohl mit vitalen als auch mit postmortalen Verletzungen. Letztere wurden ihr wohl zugefügt, weil der Mörder damit etwas demonstrieren wollte – ein Hinweis; man soll wissen, warum Agnes Winter sterben musste. Diese Inszenierung ist vielleicht für eine ganz bestimmte Person gedacht, eine Person, die diese Nachricht lesen kann. Vielleicht aber auch für das ganze Dorf. Der Fundort der Leiche ist definitiv nicht der Tatort. Die Leiche wurde vor der Kapelle abgelegt und mit den Merkmalen der Kreuzigung Christi versehen. Das deutet auf religiöse Motive hin, kann aber freilich auch eine Trugspur sein.«

»Mir macht der Mageninhalt Kopfzerbrechen«, warf Lohner ein. »Stechapfel, Fliegenpilz und Bilsenkraut. Genau wie bei Josefa Pfäffle. Zwei Tote, die kurz vor ihrem Ableben Hexenkräuter zu sich genommen haben.«

»Detlef Glauser können wir zumindest davon ausschließen. Der hatte keine Hexenkräuter, sondern Linsen mit Wienerle und Spätzle im Magen und hat definitiv Selbstmord begangen«, warf Mollenkopf ein, um wenigstens diesen Fall abgehakt zu wissen.

»Dennoch ist es möglich, dass alle drei Fälle miteinander zu tun haben«, konterte Lott.

Petra grinste. »Harthausen hat weniger Einwohner als die Straße, in der ich gewohnt habe. Und rechnen wir Ermingen dazu, haben wir es immer noch mit einer Paarhundertseelengemeinde zu tun. Da ist diese Erkenntnis wohl nicht allzu weit hergeholt.«

Marlies Kaupper warf ihr einen feindseligen Blick zu.

Und Brauchle kommentierte den: »Mir send ao net auf dr Brennsupp drher gschwomma.«

»Ich wollte niemandem zu nahe treten«, entschuldigte sich Petra Mai.

Lott beschwichtigte: »Die Sache hat ja wirklich was Kurioses. Ein bizarrer Mord, ein Selbstmord, bei dem wir noch immer nicht genau wissen, ob es denn einer war, und ein erwiesener Selbstmord, dessen vermeintlicher Grund der Streit mit der Ehefrau war, sollte der DNA-Test der Neu-Ulmer Kollegen nicht positiv ausfallen. Zwei der Opfer hatten zuvor Rauschdrogen, die einem Hexenkult zuzuordnen sind, eingenommen. Und das Ganze passiert innerhalb weniger Tage in einer Hundertseelengemeinde beziehungsweise im Nachbarort, der auch nicht wesentlich größer ist.« Lott grinste und fügte hinzu: »Der einzige Vorteil dabei ist wohl, dass wir mit den Nachbarschaftsbefragungen schneller durch sind.«

»Dann können wir ja morgen alle freimachen«, bemerkte Lohner sarkastisch.

»Ich habe für die Soko zwanzig weitere Leute angeheuert«, sagte Lander in einem, für ihn zumindest, fast zu burschikosem Ton.

»Die werrad mir ao braucha«, brummte Brauchle.

»Sie stoßen in einer Stunde zu uns. Es sind Kollegen von der Landespolizei in Tübingen mit dabei sowie aus Göppingen und aus Biberach«, erklärte Lander.

Sievers schaute auf seine Armbanduhr: »Die Pressekonferenz habe ich für elf Uhr angesetzt«, erinnerte er die Kollegen.

»Die vergessa mr scho net«, wehrte Brauchle ab, der einer Pressekonferenz absolut nichts abgewinnen konnte. Im Gegensatz zu Mollenkopf, der sich ganz gerne im Rampenlicht der Öffentlichkeit zeigte.

»Inwieweit informieren wir die Presse?«, hakte Sievers nach. »Ich glaube, es wäre an der Zeit, hier mal den Rahmen abzustecken.«

»Nur der Mord an Agnes Winter steht zur Debatte«, antwortete Mollenkopf. »Kein Wort über die Selbstmorde, und die Hexendrogen sollten wir auch erst mal für uns behalten.«

Sievers nickte, und auch Lott und die anderen stimmten dem zu.

Während Sievers nun eifrig einen Text für die Pressekonferenz schmiedete, legte Lott den Ablauf für diesen Tag fest. Die Suche nach dem Tatort musste fortgesetzt werden, etliche Personen vernommen und Alibis überprüft werden. Das Motiv für den Mord an Agnes Winter lag ebenso wie der

Umstand, dass zwei der drei Todesopfer dieselben Rauschdrogen unmittelbar vor ihrem Ableben geschluckt hatten, hinter einer dichten Nebelwand, die es zu durchdringen galt. Es standen Vernehmungen an, die keinen Aufschub duldeten. Sei es die der Mandy Fischer, Vincent Winters angeblichem One-Night-Stand, oder die Benjamin Stillers, der die Tote gefunden hatte. Und die Nachbarschaftsbefragungen, von denen sie sich Hinweise erhofften, die die Ermittlung vorantreiben konnten. Zudem spukte in Lotts Gehirnwindungen noch immer der Gedanke: Wenn wir das Geheimnis um Josefas Tod lüften, dann haben wir auch im Fall Agnes Winter einen Durchbruch erreicht.

Nun aber stand ihnen erst einmal die Pressekonferenz bevor, für die im Schulungsraum alle notwendigen Vorbereitungen getroffen worden waren. Man hatte ein Podest auf der Längsseite aufgebaut, auf dem Lander, Mollenkopf sowie Lott, Max Brauchle und Sievers sitzen sollten. Kurz vor elf Uhr nahmen sie dort ihre Plätze ein.

Die Journalisten erschienen im Pulk. Neugierig, aber von diesem Feiertagstermin nicht besonders begeistert. Neben den drei lokalen Blättern und dem *Schwabenradio* waren auch Vertreter der Presseagenturen sowie Redakteure der *Stuttgarter Zeitung*, der *Stuttgarter Nachrichten* und der *Süddeutschen* vertreten. Sie vernahmen mit professioneller Geduld Landers Begrüßungsworte und lauschten schließlich dem Bericht des Polizeisprechers, der gewohnt sachlich über diesen ungeheuerlichen Fund am Morgen des Heiligen Abends an der Schönstattkapelle bei Harthausen berichtete.

Als Sievers fertig war und an Mollenkopf übergab, der die Aufgabe der Staatsanwaltschaft erläuterte und schließlich Lott als Leiter der Soko, welche man schlicht *2412* betitelt habe, vorstellte, herrschte eine derartige Totenstille, wie man sie bei den ansonsten unruhigen Pressevertretern nicht gewohnt war. Selbst Thürheimer, nie um einen vorlauten Kommentar verlegen, saß stumm da, mit lächerlich offenem Mund.

Als Lott übernahm und über die postmortalen Verletzungen des Opfers referierte, hinter denen vielleicht das Motiv für die Tat zu suchen war, verwarf er plötzlich die zuvor getroffene Absprache mit den Kollegen, nichts über Hexenkräuter und nichts über die beiden Erhängten an die Öffentlichkeit zu bringen. Er plauderte alles aus, was ursprünglich zurückgehalten werden sollte.

Mollenkopf schaute ihn an, und sein Blick enthielt denn auch harsche Feindseligkeit. Landers Kopf schwoll puterrot an. Doch Lott konnte nicht anders, als dieser plötzlichen Eingebung zu folgen. Es war ein Gefühl, das ihm allzu bekannt war: Er spürte, dass er etwas spürte. Jenes Bauchgefühl also, das ihn schon so oft während einer Ermittlung überrascht, aber dann auf die richtige Spur geführt hatte. Genau das passierte ihm jetzt. Ein Stich ins Wespennest könnte es sein, der einige Leute aufscheuchen würde. Und Lott wurde mit einem Male klar, dass sich in einem Dorf wie Harthausen kein Geheimnis für immer verschweigen ließ. Kein Detail ließ er aus. Und je weiter er ausholte, umso mehr erstarrten die Mienen der heimischen und der angereisten Journalisten.

Erst als Lott mit seinen Ausführungen am Ende war und Lander kleinlaut piepste: »Wenn Sie jetzt irgendwelche Fragen haben?«, entstand ein wahrer Tumult. Die Fragen prasselten wie Starkregen auf die Männer auf dem Podest hernieder. Fragen über die Vorgehensweise der Ermittlungsgruppe, der quantitativen wie auch der technologischen Schlagkraft der Soko, ob LKA und LPD die Ermittlung eventuell übernehmen würden, und Fragen, die Lott bereits in seinem Bericht beantwortet hatte, noch ehe sie gestellt worden waren.

Als sie sich wiederholten, hatte Mollenkopf ein Einsehen und beendete die Pressekonferenz mit jovialen Versprechungen, die Öffentlichkeit auf dem Laufenden zu halten, soweit es die Ermittlung nicht gefährde. Kaum aber war der Aufbruch der Journalisten im Gange, wandte er sich wutschnaubend an Lott: »Wir hatten eine deutliche Absprache, Herr Lott!«

»Ich denke, Sie überlassen es mir, wie ich die Ermittlung leite«, konterte Lott, und er erläuterte auf der anschließenden Dienstbesprechung, warum er sich zu diesem Schritt entschlossen hatte: »Es ist eine Flucht nach vorne. Irgendwer wird irgendetwas ausplaudern, was uns weiterhelfen wird. Da bin ich mir sicher.«

Petra Mai, die die Pressekonferenz von unten mitverfolgt hatte, gab dem Soko-Leiter recht: »Wir müssen die Leute aus ihrem Dornröschenschlaf wecken.«

2

»Um Mitternacht hat ein Hund gebellt, also musste jemand sterben.«

»Aber warum grad die Agnes?«

Er wischte sich das blutige Messer an der Schürze ab. »Das liegt nicht in unserer Hand.«

»So jung war die noch.«

»Jetzt sind der Paula zwölf Leichen gefolgt. So wie sie es selbst vorausgesagt hat. *Stirbt jemand in den Zwölften, so werden im folgenden Jahr zwölf weitere Leichen aus dem Ort folgen müssen.*«

Er zog dem Hasen das Fell ab. Das Blut, das sich in dem Eimer darunter gesammelt hatte, schüttete er auf den Misthaufen.

»Ein Sturm wird kommen. Und die *Wilde Jagd* wird umgehen und Gericht halten wie lange nicht.«

»Schlag mich jetzt«, krächzte sie.

»Du wirst es erwarten können.«

»Besser du als die *Wilde Jagd*.«

Er lachte darüber und sagte: »Zieh dich aus. Du Neunmalkluge!«

»Deine Hände sind voll Blut.«

»Deine bald auch.«

Sie ging voran in den Stall. Dort zog sie sich aus, bis sie nackt vor ihm knien konnte. Sie zitterte. Und schnatterte wie eine Gans.

»Der Herr hat andere Wunden ertragen«, sagte er, und malte ihr Wunden aus Blut auf Hände und Füße und zuletzt auf ihr Herz.

»Eine Krone will ich«, krächzte sie weiter ihr Rabengeplapper.

Er schlug ihr ins Gesicht und brüllte sie an: »Du sollst nicht hoffärtig sein, sprach der Herr.«

»Und führe uns nicht in Versuchung«, bat sie und spreizte die Beine.

Er zog sie an den Haaren und warf sie aufs Stroh.

»Sondern erlöse uns von dem Übel«, wimmerte sie und spürte den Schmerz, der die Kälte verscheuchte.

Das Nachmittagslicht fiel durch die hohen Fenster. Eine Weile blieb es auf ihrem Gesicht. Sie suchte ihre Kleider zusammen und zog sich an.

»Und warum hat die Agnes die Dornenkrone bekommen?«, fragte sie, nun mit brüchiger Stimme.

»Sie hat den Herrn verraten, wegen ein paar lumpiger Silberlinge.«

3

Auch die anderen Mitglieder der Soko 2412 fanden Lotts Kehrtwendung, was die Pressekonferenz betraf, richtig. Was da in Harthausen vor sich gegangen war, musste ganz einfach eine Vorgeschichte haben. Und die Vorkommnisse würden sich nicht mehr lange unter dem Mantel des Schweigens verborgen halten. Da war sich Lott sicher. Und alle anderen mittlerweile auch. Selbst Brauchle, der die Öffentlichkeit bei einer Ermittlung gerne außen vor ließ.

Lott gab nun die weiteren Schritte vor, verteilte die Aufgaben. Die Ermittlungshandlungen mussten koordiniert werden, was in Brauchles Arbeitsgebiet fiel. Der gedanklichen Ermittlungsplanung musste ohnehin eine schriftliche folgen, darauf würde schon Mollenkopf bestehen, und das war, anhand des komplexen Untersuchungsgegenstandes, wohl auch erforderlich.

Nachdem all dies nach gut eineinhalb Stunden abgearbeitet war, machte sich jeder an die Aufgabe, die ihm zugeteilt worden war.

»Überprüfen wir also das Alibi von Vincent Winter«, sagte Lott zu Petra, als die anderen den Konferenzraum bereits verlassen hatten.

Petra nickte und griff nach ihrer Lederjacke.

»Fährst du?«, fragte Lott.

»Gerne«, sagte Petra. Sie ging voraus, nahm die Treppe im Eiltempo und lief zu dem ihnen zugeteilten Dienstfahrzeug.

»Mandy Fischer wohnt in Gerlenhofen«, sagte Lott, nannte Straße und Hausnummer und wies ihr, als sie im Ort waren, den genauen Weg.

Mandy wohnte in einem der Wohnblöcke im Oberfeld, gebaut in den späten sechziger Jahren, Teil jener Wohnlandschaften, die dazu beitrugen, dass das einstige Bauerndorf mehr und mehr verstädterte. Petra hielt den Wagen neben dem Garagenkomplex, der zu dem Wohnblock gehörte.

»Wir hätten vorher anrufen sollen«, meinte Petra, während sie auf den Schildchen neben den Klingeln den Namen Mandy Fischer suchte.

Kaum hatte sie geklingelt, meldete sich Frau Fischer auch schon über die Sprechanlage.

»Ja, bitte?«

Lott, der dabeistand, übernahm. »Kriminalpolizei, würden Sie bitte öffnen.«

Der Türöffner surrte, Lott stieß die Tür auf. Frau Fischers Wohnung lag im dritten Stock. Die wartete an der Tür.

»Mein Name ist Lott, das ist meine Kollegin Petra Mai, wir sind von der Ulmer Kripo und hätten einige Fragen. Dürfen wir reinkommen?«

Mandy Fischer öffnete die Tür nun ganz und bat die beiden Kriminalbeamten ins Wohnzimmer.

»Nehmen Sie doch Platz. Darf ich Ihnen etwas anbieten?«

»Danke, es dauert auch nicht lang«, antwortete Lott und nahm auf der Couch Platz. Petra setzte sich neben ihn.

»Ich habe es von Vincent erfahren« begann Mandy Fischer, die für sich selbst ein Glas Wasser geholt hatte und nun den beiden gegenüber Platz nahm. »Eine ganz scheußliche Geschichte, der arme Vincent.«

Mandy Fischer war 35 Jahre alt, hatte aschblondes, schulterlanges Haar, das im Augenblick ein Haarband zusammenhielt. Sie trug schwarze Leggings und ein weites, weißes T-Shirt mit der Aufschrift: *I love NY*, ein Bekenntnis, das durch das rote Herz, in dem der Aufdruck prangte, effektvoll hervorgehoben wurde. Ihre Lippen waren auffallend schmal und blass, die Gesichtsfarbe fahl und trotz eines annehmbaren Körperbaus, bei dem lediglich ein unverhältnismäßig großer Hintern die Proportionen beeinträchtigte, wirkte sie wenig attraktiv, geschweige denn erotisch, und machte, so schlaff wie sie dasaß, auf Lott einen eher faden Eindruck.

Wegen so einer verlässt man nicht Haus und Hof.

Während Lott diesem Gedanken nachhing, hatte Petra bereits ihre Personalien notiert: Mandy Fischer, 1964 als Amanda Bittesheimer in Kelkheim bei Frankfurt geboren. Frühzeitig die Schule verlassen, mit achtzehn geheiratet, 1990 stirbt ihr Mann bei einem tragischen Unfall. Auf Anraten einer Freundin nach Neu-Ulm gezogen, beschäftigt seither bei Inhofer im Büro.

Danach fragte Petra nach Vincent Winters Alibi.

»Er war die ganze Nacht bei mir. Wir hatten beide zu viel getrunken. Es wäre unverantwortlich gewesen, ihn Auto fahren zu lassen. Auch ich hatte mehr getrunken, als die Polizei erlaubt hätte«, sagte sie und schmunzelte über ihre letzte Bemerkung.

»Wann genau hat Herr Winter Sie verlassen?«, hakte Petra nach.

»Er hat noch versucht, daheim anzurufen, aber seine Frau hat nicht abgenommen. Wir haben dann noch gefrühstückt. Gegen neun Uhr ist er gefahren.«

»Seit wann kennen Sie Vincent Winter?«

»Schon länger eigentlich, wir sind ja Kollegen. So vom Sehen, meine ich.«

»Und Ihre Beziehung?«

»Geht seit der Weihnachtsfeier. Gut, er hat schon vorher mit mir geflirtet, mich immer ein wenig herausfordernd angeschaut. Und einmal haben wir dann auch einen Kaffee zusammen getrunken. Aber mehr war da nicht. Erst bei der Weihnachtsfeier, oder besser danach, hat es sich so ergeben.«

»Lieben Sie ihn?«

Auf Petras Frage schien Mandy Fischer nicht vorbereitet zu sein. Sie schluckte. Und ihre grauen Wangen bekamen plötzlich Farbe.

»Lieben Sie ihn?«, hakte Petra nach.

»Was geht Sie das an?!« Mandy Fischer nahm einen Schluck Wasser und stand auf. Sie wirkte plötzlich echauffiert, wandte sich ab, und es dauerte einige Augenblicke, bis sie sich wieder unter Kontrolle hatte.

»Wir sind doch erst seit zwei Tagen zusammen«, antwortete sie nun gefasster und erklärte: »Ich mag Vincent, ob das Liebe ist, das wird die Zukunft zeigen.«

Ihre Gesichtszüge dabei waren so wohlgeordnet wie ein Leitzordner mit Warenrechnungen. Sie schien nun wieder alles unter Kontrolle zu haben, selbst ihre Anteilnahme. »Ich bedauere das wirklich sehr mit seiner Frau.«

»Kannten Sie Detlef Glauser?«, fragte Lott, ohne auf Frau Fischers Bemerkung einzugehen.

»Nein«, antwortete sie bestimmt.

»Er war ein Kollege von Ihnen.«

»Der Name sagt mir jetzt nichts.«

»Ich dachte, weil ... Vincent Winter hat ihn gut gekannt, sie waren fast Nachbarn«, erklärte Lott.

»Ich kenne den Vincent doch erst seit der Weihnachtsfeier«, betonte sie nochmals. Und fragte dann doch: »Was ist mit diesem Herrn Glauser?«

»Er hat sich erhängt.«

Mandy Fischer schlug sich die Hand vor den Mund, als dürfte da jetzt kein Wort heraus, als müsste ihr Entsetzen darüber stumm bleiben. Nach kurzem Verharren in dieser Pose aber griff sie zum Wasserglas und trank. Und sagte dann doch, eher flüsternd: »Um Gottes willen!«

»Frau Fischer, wir müssen Ihre Aussage noch zu Protokoll nehmen.« Nachdem Petra das erledigt hatte, verabschiedeten sie sich und gingen zum Wagen zurück.

»Die sind nicht erst seit der Weihnachtsfeier ein Paar«, raunte Lott in Petras Richtung.

»Und warum ist sie rot geworden?«, fragte Petra, nachdem sie das Fahrzeug gestartet hatte. »Wobei haben wir sie ertappt?«

Lott antwortete mit einem Schulterzucken, ehe Petra den Bogen weiterspann: »Ein unzüchtiger Gedanke, dass der Weg ins Ehebett jetzt frei ist, vielleicht?«

Dabei lächelte sie verschmitzt und bog auf die Hauptstraße ein.

4

Bei Brauchle waren unterdessen einige Meldungen eingegangen.

Eine davon, die Simone Czech an ihn weitergeleitet hatte, ließ ihn aufhorchen. Der Anruf war anonym gewesen. Eine Frauenstimme hatte sich gemeldet und den Namen einer Frau genannt, die angeblich wusste, warum Agnes Winter sterben musste: Patricia Wagenseil. Mehr hatte sie nicht gesagt. Simone hatte gleich recherchiert und Brauchle Adresse und Telefonnummer von Frau Wagenseil durchgegeben. Mehr hatte die Pressekonferenz bislang noch nicht erbracht. Außer der Radiomeldung waren noch keine Informationen an die Bevölkerung durchgedrungen. Die Zeitungen würden ja erst übermorgen darüber berichten. Die Erkenntnisse der Nachbarschaftsbefragungen waren ebenso karg. Vielleicht war der Weihnachtstag auch nicht gerade geeignet dafür. Ein solches Verbrechen aber wie der Mord an Agnes Winter machte auch den Ermittlern einen unbarmherzigen Strich durch alle eigenen familiären Weihnachtspläne.

Dennoch hatte Lott mit den Wünschen der Angehörigen seiner Kolleginnen und Kollegen ein Einsehen und ließ eine zweistündige Pause fürs Weihnachtsessen zu. Er dachte dabei an Brauchles Frau, die nicht zu ihrer Mutter gefahren war, und freilich an Elli. Die hatte ihr geplantes Weihnachtsmenü um zwei Gänge gekürzt. Übrig blieben eine Hühnerbouillon mit Flädle und eine Wildente mit Preiselbeerkompott.

Inzwischen regnete es in Strömen. Die Wetterkundler hatten Recht behalten. Der Schnee war eine Woche zu früh gekommen. Weiße Weihnachten war ein Traum geblieben. Zudem trugen jetzt kräftige Sturmböen zu dieser ungemütlichen Wetterlage bei.

Am Nachmittag traf die Soko 2412 im kleinen Konferenzraum wieder zusammen.

Unter dem Zwang, neue Erkenntnisse anbieten zu müssen, war man versucht, leichtfertig auf andere Versionen überzuspringen, ohne die vorherigen gründlich geprüft zu haben. Dank Lotts straffer Leitung hielt aber auch Brauchle an den Versionen zum Motiv wie auch an der Täterversion, die zunächst als Stufenleiter aufzufassen war, fest. Lott war klar, dass bei diesem ständig wachsenden Ermittlungsdruck die Gefahr bestand, dass bei voller Konzentration auf die Täterermittlung weitere zur Tataufklärung erforderlichen

Versionen und davon abzuleitende Ermittlungshandlungen vernachlässigt werden.

Als dies geklärt war, ging jeder an seine Aufgabe. Lott und Petra Mai sollten die Spur, die die anonyme Anruferin gegeben hatte, verfolgen – also Patricia Wagenseil in Harthausen aufsuchen.

Petra lenkte wieder den Dienstwagen. Auf dem Weg nach Harthausen lächelte sie fortwährend. Als hätte sie sich eine Maske aufgesetzt.

»Ist was?«, fragte Lott.

»Es ist nur so, versteh mich bitte nicht falsch, aber mir kommt es so vor, als würden wir in einem Sandkasten ermitteln. Alles ist so dicht beieinander. Ich hab das noch nie so erlebt.«

»Glaub ja nicht, dass das die Sache einfacher macht«, erwiderte Lott.

Petra lächelte noch immer, als wäre ihr Gesicht mit diesem Ausdruck jetzt eingefroren. Erst als sie den Wagen scharf abbremsen musste, weil sie beinahe die Einfahrt nach Harthausen versäumt hätte, blickte sie Lott entschuldigend an.

Es war gleich das erste Haus auf der linken Seite. Sie stiegen aus dem Wagen. Lott schellte an der Haustür. Eine Frau erschien, deren Alter er auf um die fünfzig schätzte. Sie trug schwarz, ein Festtagsgewand. Ihr schwarzgefärbtes Haar hatte sie zu einem Knäuel zusammengebunden, aus dem einige Strähnen, die sich nicht hatten bändigen lassen, herabfielen. Ihr Gesicht war fast bronzefarben. Auffallend darin waren ihre Backenknochen, die wie zwei Bodyguards hervorstanden, zwischen denen eine herrische Nase wachte.

»Frau Wagenseil?«, fragte Lott.

»Warum fragen Sie?«, antwortete die Angesprochene spitz.

»Mein Name ist Lott, das ist meine Kollegin Mai, wir sind von der Ulmer Kripo und hätten ein paar Fragen. Dürfen wir reinkommen?«

Frau Wagenseil machte die Tür frei und bat die beiden Kriminalbeamten wortlos ins Wohnzimmer, wo sie ihnen einen Platz auf der Couchgarnitur anbot.

»Frau Wagenseil, wir haben einen anonymen Anruf erhalten. Die Anruferin hat uns Ihren Namen genannt und gesagt, Sie wüssten, warum Agnes Winter ermordet wurde.«

»Blödsinn!« Ihre Stimme klang schrill.

»Und Sie haben sich das selbst auch nicht gefragt? Schließlich waren Sie Nachbarn, kannten die Verhältnisse, in denen Frau Winter lebte.«

»Da kann man doch eins und eins zusammenzählen, und am Ende kommt dann nur noch der Vincent in Frage.«

»Und weshalb?«, hakte Petra nach.

»Vielleicht, weil er sie loswerden wollte, bevor sie ihn zum Teufel gejagt hätte. Das Geld war für den Vincent immer das Wichtigste im Leben überhaupt.«

»Aber warum hätte er sich die Mühe dieser Inszenierung machen sollen? Das ergibt doch keinen Sinn«, warf Lott ein.

Patricia Wagenseil schlug die Augen nieder. Lott bemerkte, wie ihre Hände zu zittern begannen. Sie krallte sie ineinander, als müsste sie diese zu einem flehenden Gebet formieren. Dann schluchzte sie und sagte mit ersticktem Ton: »Ich weiß ja auch nicht warum. Es ist so unheimlich. So etwas macht der Vincent doch nicht.«

»Aber Sie verdächtigen ihn doch«, hakte Petra nach.

»Aber nicht, dass er sie derart zurichtet.«

»Warum hat die Anruferin gerade Ihren Namen genannt?«, bohrte Lott weiter. »Und gesagt, Sie wüssten, warum Frau Winter ermordet wurde? Kennen Sie das Motiv wirklich nicht?«

Frau Wagenseil schüttelte vehement ihren Kopf.

»*Ich bin mein eigener Richter, mein eigener Henker. Möge Gott mir verzeihen.* Sagen Ihnen diese Sätze etwas?«

Frau Wagenseil verneinte stumm.

»Es war die Nachricht, die bei Agnes Winter gefunden wurde.«

»Aber sie hat sich doch nicht selbst getötet«, wandte Patricia Wagenseil ein.

»Nein, sie ist ermordet worden. Deshalb können wir uns auch keinen Reim darauf machen«, sagte Lott. »Josefa Pfäffle hat im Übrigen dieselbe Nachricht hinterlassen. Und auch Detlef Glauser.«

Frau Wagenseil vergrub jetzt ihr Gesicht in den Händen. Als flöhe sie. Eine Weile blieb sie so. Dann schaute sie plötzlich erschrocken auf und sagte: »Das macht keinen Sinn. Wir bringen doch das Licht und nicht die Dunkelheit.«

»Können Sie uns das näher erklären?«, drängte Lott.

Aber die Befragte starrte nur stumm vor sich hin.

Petra blickte in Lotts Richtung und deutete an, dass sie die Vernehmung für beendet ansah. Lott nickte ihr zu und stand auf.

»Sollte Ihnen noch etwas einfallen, was uns weiterbringen könnte, rufen Sie bitte an«, sagte Lott und reichte Frau Wagenseil seine Visitenkarte. Sie griff danach und nickte, blieb aber sitzen.

»Wir finden allein hinaus«, sagte Lott und ging mit Petra zur Tür.

Es regnete noch immer in Strömen. Lott rannte förmlich zum Wagen. Und Petra stülpte ihre Jacke schützend über ihr krauses Haar.

Als beide im Wagen saßen, bemerkte Petra: »Ich glaube, die hat eine Scheißangst.«

5

Elli las so gut wie keine Krimis. Schon gar nicht vor dem Einschlafen. *Ein Kommissar im Bett genügt mir.* Das war ihre Rede, wenn Lott sie zuweilen auf ihre Nachtlektüre ansprach. Im Moment las sie den neuen Erzählband von Uwe Timm: *Nicht morgen, nicht gestern.* Die erste Geschichte handelte, wie Elli erzählte, von einem ungewöhnlichen Abendessen, das eine Ehe beendete.

»Unser Essen heute Abend hätte das auch fast geschafft«, sagte Lott und rang ihr damit ein Halblächeln ab.

Einer jener unseligen Streite war dem vorangegangen. Zu Weihnachten ist Alleinsein eben eine Last. Auch für Elli. Zumal es das erste Weihnachtsfest in der neuen Wohnung war und Lisa auch kein Einsehen hatte und sich unbedingt mit Freunden treffen musste. Dass Lott erst gegen zehn Uhr abends heimkam und dann noch am Essen und am seichten Fernsehprogramm mäkelte, dagegen kam selbst Elli mit ihrer Harmoniesucht nicht an.

Und Lotts Laune, die er vom Neuen Bau mitgebracht hatte, war alles andere als das, was man gemeinhin als Weihnachtsstimmung bezeichnet. Dass der Abend sich dort so lange hingezogen hatte, war für die meisten eine nervige Angelegenheit gewesen. Und das, obwohl die Spurensicherung erste wesentliche Ergebnisse vorweisen konnte. Mit Suchhunden hatten sie den Tatort gefunden: Eine Waldlichtung oberhalb der Schönstattkapelle. Marlies hatte sie zu dem Ausspruch verleitet: »Der wirkt wie eine Opferstätte.« Lott brachte diesen Satz nicht mehr aus seinem Kopf. In welche Ermittlung war er da nur hineingeraten! Brauchle, der als verantwortlicher Sachbearbeiter über alle Detailkenntnisse der Ermittlung verfügen und diese allen am Fall Beteiligten zugänglich machen musste, damit alle auf dem gleichen Wissensstand waren, hatte sich völlig überfordert gezeigt. Vielleicht hatte er auch nur Lisbeth, seine Frau, mit der er sich anscheinend ausgesöhnt hatte, im Kopf und fürchtete, die soeben gerettete Ehe wieder zu verspielen. Da Brauchle die Soko auch im Rahmen der Öffentlichkeitsarbeit vertrat und sich mit dem Pressesprecher absprechen musste, wie weit diese informiert werden durfte, gab es mit Sievers eine Auseinandersetzung, die weit entfernt von konstruktiver Ermittlungsarbeit lag. Brauchles runder, roter Kopf schien dabei zu platzen. Es lag in der Luft, dass jeder nur nach Hause wollte.

Einzig Petra hatte sich relaxt gezeigt. Achselzuckend hatte sie bemerkt: »Was soll ich in meiner Wohnung? Auf mich warten da nur Umzugskartons, die ich noch nicht ausgepackt habe.«

Auf dem Weg nach Hause konnte Lott den Tag nicht von sich abschütteln. Der Regen, der nicht nachlassen wollte, trug seinen Teil dazu bei. So hatte Lott nicht mehr zu bieten als verletzende Worte. Und was kann eine liebevoll um Festtagsstimmung besorgte Ehepartnerin mehr aus der Bahn werfen? Da halfen auch seine geheuchelten Rechtfertigungen, die den verletzenden Sätzen gefolgt waren, nicht weiter. Es war an Elli einzulenken. Mit Verständnis und ihrem unstillbaren Drang nach Harmonie. Lott betrachtete seine Frau, wie sie dasaß in ihrem Festkleid, den passenden Pantalons, dem zurechtgescheitelten Haar. Er konnte sie mit einem Mal nur anstarren und staunen, wie bei ihr immer alles zusammenpasste. Auch später, als sie dann, als Teil ihrer Versöhnungsstrategie, miteinander schliefen. Wenn Elli stöhnte, hatte sie auch immer gleich den passenden Gesichtsausdruck parat. Jetzt berührten sie einander aufs Zärtlichste, wie zwei lebendig gewordene Kuscheltiere. Sie legte ihren Kopf in seine Halsmulde und gab vor, einschlafen zu wollen.

Sonntag, 26. Dezember 1999

1

Um 7.15 Uhr ging bei der Landespolizei eine Unwetterwarnung des Deutschen Wetterdienstes ein. Kurze Zeit später wurde diese Warnung an alle Polizeidienststellen im Lande weitergegeben. Das Sturmtief wurde bereits für die nächsten Stunden erwartet. Es galt jetzt, diese kurze Vorwarnzeit zu nutzen. Rund 700 Beamte wurden umgehend aus dem Weihnachtsurlaub in die Reviere zurückgerufen. Sie sollten die 2500 Polizisten, die zum normalen Weihnachtsdienst eingeteilt worden waren, unterstützen. Polizeichef Lander lief aufgeregt durch die Gänge des Neuen Baus.

»Als ob wir nicht schon genug am Hals hätten«, brummte er, mehr zu sich selbst als zu Simone Czech, die neben ihm ging und Mühe hatte, mit ihrem Chef Schritt zu halten. Er unterwies sie, sicherte ihr Unterstützung zu, ließ sie dann aber stehen und verschwand im nächsten Zimmer.

Um 9.30 Uhr ging bei der Wache ein weiterer Anruf ein. Eine Frauenstimme verlangte den Kommissar Lott zu sprechen. Ihr Name war Patricia Wagenseil. Sie wurde vertröstet, es in einer halben Stunde noch einmal zu versuchen, dann sei der Kommissar im Hause.

»Es ist aber dringend!«

Im selben Augenblick passierte Lott die Pforte der Polizeidienststelle.

»Herr Lott, ein Anruf für Sie!«

»Stellen Sie durch, ich bin in meinem Büro.«

Lott nahm die Treppe, immer gleich zwei, drei Stufen auf einmal, ging auch mit Eilschritten in sein Büro, aus dem er bereits das Klingeln des Telefons hörte. Er nahm den Hörer ab und zog sich, während er sich meldete, die Winterjacke aus.

»Hier ist Frau Wagenseil, Sie waren gestern bei mir«, begann die Anruferin das Gespräch.

Lott bemerkte, dass ihre Stimme bebte.

»Ist etwas passiert?«

»Sie haben gefragt, ob ich weiß, warum die Agnes sterben musste.«

»Richtig. Und – wissen Sie's?«

»Nein. Aber der Benjamin wird es vielleicht wissen. Der ist jetzt der Erste Hüter der Wolfsnächte, der die *Wilde Jagd* im Zaum halten muss.«

Lott wusste nicht, ob er über diese Information lachen oder einfach nur kopfschüttelnd darüber hinweggehen sollte. Er entschied sich dafür, die Aussage von Frau Wagenseil wertfrei zu betrachten, und wies sie mit vollem Ernst zurecht: »Warum haben Sie mir das gestern verschwiegen?«

Frau Wagenseil antwortete nicht. Lott vernahm ein Schluchzen.

»Was ist los?«, horchte er nach.

»Ich habe Angst. Heute Morgen lag ein Zettel vor meiner Tür.«

»Und? Was stand auf dem Zettel?«

»Es war eigentlich kein Zettel, eher eine kleine Tafel.«

Lott wurde ungeduldig: »Und, was stand darauf?«

»Ich bin mein eigener Richter, mein eigener Henker, möge Gott mir verzeihen.«

Lott rieselte ein Schauer über den Rücken. *In was bin ich da hineingeraten.*

»Bleiben Sie daheim. Wir kommen zu Ihnen. Und lassen Sie niemand ins Haus.«

»Sie müssen den Benjamin finden«, flehte sie und legte auf.

Lott starrte den Telefonhörer an, ehe er ihn zurück auf die Gabel legte. Er war unschlüssig, ob er sich die Jacke gleich wieder anziehen und allein nach Harthausen fahren oder ob er auf die Kollegen warten sollte. Er entschied sich fürs Warten. Außerdem wollte er die Dienstbesprechung nicht verschieben, was gewiss einigen Unmut bei den Kollegen ausgelöst hätte. Als Nächstes wollte er den Tatort aufsuchen. Dazu brauchte er Marlies Kaupper oder jemand anderen von der Spurensicherung, die ihn entdeckt hatte. Hinzu kam, Patricia Wagenseils Hinweis nachzugehen. Er kramte in seinen Unterlagen nach Benjamin Stillers Adresse.

Zehn Minuten später traf die Soko zusammen.

»Zum Reden bleibt uns jetzt, aus aktuellem Anlass, wenig Zeit«, empfing Lott die Kollegen und unterrichtete sie über den Anruf von Frau Wagenseil.

Brauchle beharrte dennoch darauf, den aktuellen Ermittlungsstand bei der Soko abzuklären. Außerdem passte es ihm nicht, dass der Fall Josefa Pfäffle durch den Mord an Agnes Winter anscheinend ad acta gelegt wurde, wie er sich ausdrückte.

»Entweder wir bleiben auch da dran oder wir geben den Fall ab. Sollen sich doch andere darum kümmern. Von mir aus auch das Dezernat für Sonderfälle in Tübingen.«

»Wenn wir den Fall Agnes Winter gelöst haben, dann wissen wir auch, wie und warum Josefa Pfäffle ums Leben kam«, widersprach Lott.

»Jeder Schritt, der uns im Fall Agnes Winter weiterbringt, bringt uns auch im Fall Josefa Pfäffle weiter!« Lohner blies ins selbe Horn.

Brauchle brummte weiter, doch ließ er sich, für den Moment zumindest, überzeugen.

Lott instruierte nun die Soko, wie sie weiter vorzugehen hatte. Der Tatort musste noch weiträumiger untersucht, die Nachbarschaftsbefragungen mussten ausgedehnt und die Alibis, die sich Mandy Fischer und Vincent Winter gegenseitig gaben, überprüft werden. Vielleicht war der Ehemann ja doch zur fraglichen Zeit irgendwo gesehen worden. Zudem waren zunehmend Hinweise aus der Bevölkerung zu erwarten, da in der Sonntagsausgabe der Tageszeitung bereits über den Mordfall berichtet wurde.

Lott selbst wollte mit Petra Mai die Spur, auf die ihn Patricia Wagenseil gesetzt hatte, verfolgen. Die Unwetterwarnung, die Chef Lander in Unruhe versetzt hatte, stieß bei der Soko auf taube Ohren.

2

Petra startete den Wagen, noch ehe Lott eingestiegen war. Der hatte sich von Lohner beschreiben lassen, wie der Tatort, den inzwischen ein Flatterband umsäumte, zu finden war. Marlies Kaupper sollte später nachkommen. Im Augenblick hatte sie noch eine familiäre Angelegenheit zu klären. Ihre Tochter war in der Nacht an Windpocken erkrankt.

»Zuerst zur Wagenseil«, gab Lott an, als er neben Petra saß und sie aus dem Hof des Polizeigebäudes fuhr und auf die Neue Straße bog.

Das Sturmtief, vor dem Lander gewarnt hatte, schien bereits im Anmarsch zu sein. Nach wenigen Minuten schon bekamen sie es zu spüren. Petra musste das Lenkrad fest in beiden Händen halten. Schon trieb der Sturm einige lose Gegenstände vor sich her, und die wenigen Menschen, die unterwegs waren, schienen gegen diese Naturgewalt ankämpfen zu müssen. Außerhalb der Stadt bogen sich die Bäume so tief, dass sie zu brechen drohten.

Petra nahm die Dorfeinfahrt nach Harthausen und parkte dicht vor Wagenseils Haus. Sie schellte an der Eingangstür der windgeschützten Hausseite. Im nächsten Moment öffnete die Witwe. Sie wirkte nervös.

»Kommen Sie bitte ins Haus«, bat sie, machte ein paar Bemerkungen übers Wetter, um ihrer eigenen Angespanntheit Herr zu werden, ehe sie dann ohne Umschweife damit begann loszuwerden, was sie bedrückte.

»Der Benjamin war gestern noch bei mir. Er hat gesagt, es gibt keine Umkehr. Und das hat mir Angst gemacht.«

»Was hat er denn damit gemeint?«, fragte Lott.

»Es ist so, dass die Paula vor vielen Jahren schon das Brauchtum der Wolfsnächte bewahren wollte. Da sollten alle aus dem Dorf mitmachen, weil man nur so die *Wilde Jagd*, oder die Zwölften, wie sie auch genannt werden, im Zaum halten könne. Sie hat uns mit den Losungen vertraut gemacht. Und immer hat es gestimmt, was sie prophezeit hat. Das hat bei ihr selbst angefangen, als sie ihren Mann, den Witwer Pfäffle geheiratet hat. Und weil die Zeller Waltraud in diesen Nächten ihre Wäsche im Freien gelüftet hat, hat sie im folgenden Jahr Krebs bekommen. Erst hat sie gelacht, die Waltraud, und dann hat sie es selbst erfahren müssen. Die hat der Paula nicht vertraut.«

Petra verdrehte die Augen. Lott wies sie stumm zurecht.

»Und der Hannes vom Loher Hof hat beim Weihnachtsessen gefehlt, weil er sich mit einem Weibsbild, das ein uneheliches Kind von ihm erwartet hat, getroffen hat, und ist, wie es die Paula prophezeit hatte, im folgenden Jahr gestorben. Die Paula hat alle Losungen gewusst, und sie hat gewusst, wie man den dunklen Kräften begegnet und sich schützt vor ihnen. Und deshalb haben sich viele aus dem Dorf und auch vom Nachbardorf ihr angeschlossen.«

»Meinen Sie nicht, dass da nicht auch eine Menge Aberglaube dahintersteckt?«, bemerkte Petra vorsichtig.

»Verlacht haben sie uns. Nicht alle, aber viele. Aber wenn dann eingetroffen ist, was die Paula prophezeit hat, dann sind die ganz still geworden.«

»Bei Josefa und bei Frau Winter hat man Spuren von Stechapfel und Bilsenkraut gefunden. Können Sie uns das erklären?«, forschte Lott.

»Nein, damit haben wir nichts zu tun«, wies Wagenseil ihn zurecht. »Einige haben zwar gesagt, die Paula ist eine Hexe, aber das war die Paula nicht, höchstens im besten Sinne, weil sie so vieles gewusst hat, was andere nicht wissen. Das mit den Pilzen ist ja ganz einfach. Damit ist es leichter, in die astrale Welt einzudringen.«

»In was, bitte?«, fragte Petra ungehobelt nach.

»Die astrale Welt, die unsichtbare Welt. Haben Sie noch nie davon gehört?«

Petra hatte für diese Frage nur ein Achselzucken übrig.

»Hat Josefa auch zu Ihrem Zirkel gehört?«, fragte Lott sachlich.

»Eigentlich schon. Zumindest früher. Aber als die Paula gestorben ist, hat sie sich von uns abgewandt. Plötzlich war das für sie alles nur Humbug. Der Benjamin hat sie lange bedrängt, dass das dem Ansehen der Mutter schaden würde. Aber die Josefa wollte nichts mehr davon wissen.«

Petra übernahm. »Diese Wolfsnächte sind doch nur zwischen Weihnachten und Dreikönig. Was machen Sie denn das restliche Jahr?«

»Wir bereiten uns darauf vor«, antwortete die Witwe. »Das Jahr über treffen wir uns nur sporadisch, um nicht alles zu vergessen. Ab Allerheiligen dann ziemlich intensiv. Da treffen wir uns dann regelmäßig. Die letzten Male fast immer in meinem Keller.«

»Und essen Pilze, die Halluzinationen hervorrufen«, suggerierte Petra.

»Das ist wirklich nicht die Hauptsache dabei. Aber sie verschaffen uns den Zugang zu den Astralwesen. Wir können mit Toten besser in Kontakt treten. Selbst den Teufel kann man treffen, wenn man in der Christnacht auf einem Kreuzweg geht.«

Lott ließ den Satz im Raum stehen. Eine etwas angespannte Stille entstand.

»Sie haben uns wegen Benjamin Stiller angerufen?«, nahm Lott den Faden wieder auf.

»Ich wollte jetzt nicht mehr weitermachen, nach allem was passiert ist. Und das hab ich dem Benjamin gesagt. Und da hat er geantwortet, es gibt keine Umkehr.«

»Und weiter?«

Die Witwe schluchzte, dann hauchte sie mehr, als sie sagte: *»Denk dran, was der Josefa und der Agnes passiert ist.* Dann hat er mich so komisch angeschaut und hat mich stehenlassen.«

»Wo finden wir den Benjamin jetzt?«

»Wenn der nicht daheim ist, ist er im Wald.«

»Und welche Rolle spielt der Benjamin?«

»Er ist der Erste Hüter der Wolfsnächte. Nachdem Paula älter wurde und immer wirrer in ihren Aussagen, hat der Benjamin das übernommen. Das hat zwar dem Jockel nicht gepasst. Aber dann hat er das einsehen müssen. Die Paula hat schließlich wirklich nur noch den Teufel gesehen. Und das überall und immer. Und man hat den bekämpfen müssen. Und nicht nur in den Wolfsnächten.«

»Warum, glauben Sie, haben wir im Mageninhalt von Josefa Spuren von Pilzen gefunden, wenn sie nicht mehr dazugehört hat?«

Frau Wagenseil lächelte. »Es ist wie mit dem Rauchen und dem Trinken. Erst einmal damit angefangen, kann man es nicht mehr lassen. Vielleicht hat sie die Pilze auch mit dem Jockel gegessen, mit dem hatte sie ja noch immer Kontakt. Sie hat nie verstanden, warum er nach Paulas Tod nicht den Hof übernommen hat. Er war doch da zuhause. Und jetzt reißen sich den die Heilers unter den Nagel, die alten Erbschleicher.«

Lott horchte auf. »Sie sind nicht gut auf die Heilers zu sprechen«, bemerkte er.

»Sie geht ja noch. Ist schließlich die Schwester, die beiden haben viel zusammen durchgemacht, kurz nach dem Krieg. Aber er, der Heiler, bigott und geldgierig ist der wie kein Zweiter.«

»Frau Wagenseil, könnten Sie uns eine Liste aller Personen erstellen, die zu Ihrem Kreis gehören?«

Die Witwe nickte. »Es müssen immer zwölf sein, die zum inneren Kreis gehören. Seit die Agnes tot ist, sind es nur noch elf. Nun müsste eigentlich jemand nachrücken, aus dem äußeren Kreis. Aber den gibt es nicht mehr. Es gab nur noch uns zwölf. Und jetzt, da die Agnes tot ist, sind wir eben nur noch elf. Ich schreib Ihnen die Namen auf, sind alle aus Harthausen oder Ermingen, bis auf den Jockel, der jetzt wieder in Söflingen wohnt.«

»Können Sie uns etwas über Jockel Knecht sagen?«

»Er war mal Schullehrer. Ich weiß nicht auf welcher Schule. Aber es geht das Gerücht um, dass er den Schuldienst nicht freiwillig quittiert hat. Der Jockel hatte wohl nicht mitbekommen, dass die Prügelstrafe abgeschafft war und er nicht einfach ein Mädchen übers Knie legen kann.«

Sie griff nach einem Kugelschreiber, notierte auf einem Notizblock die Namen, riss das Blatt ab und reichte es Lott.

Während sie damit beschäftigt war, hatte Lott wie beiläufig gefragt: »Warum musste die Josefa sterben? Haben Sie sich das einmal gefragt?«

Die Witwe wartete, bis sie den letzten Namen geschrieben hatte, ehe sie antwortete: »Sie hätte besser den Losungen folgen sollen, anstatt sich mit dem neumodischen, esoterischen Zeugs zu beschäftigen.«

Lott schaute sie ungläubig an.

»*Spinnt man um Mitternacht einen Faden und knüpft sich diesen um den Hals, so wehrt man dem Bösen und bringt sich nicht um.*«

»Sie meinen, Josefa ist freiwillig aus dem Leben geschieden?«

»Das ist doch erwiesen, oder nicht?«

»Es gibt da noch einige Unklarheiten. Könnte sie denn jemand dazu gezwungen haben, es zu tun?«, fragte Lott.

Die Witwe schaute ihn entgeistert an. Dann zupfte sie nervös an ihrer Weste und meinte abwehrend. »Nein. Die Josefa doch nicht. Wer sollte daran ein Interesse haben?!«

»Die Heilers vielleicht?«

Frau Wagenseil lächelte bitter. »Denen ist einiges zuzutrauen, aber so weit gehen die in ihrer Raffgier dann doch nicht.«

Petras Blick zu Lott signalisierte, dass es an der Zeit war, das Gespräch zu beenden, weil es ihr wichtiger schien, Benjamin Stiller zu suchen.

»Dann gehen wir jetzt ein Haus weiter«, sagte Lott zu der Witwe. »Zu Benjamin Stiller.«

Frau Wagenseil schmunzelte jetzt etwas: »Um diese Zeit ist der sicher daheim, da rollt sein Essen auf Rädern an. Das lässt er sich nicht entgehen.«

Sie stand auf und brachte die beiden Kriminalbeamten zur Tür.

Die Kirchenglocke schlug Mittag.

3

»Warum lachst du, Habergeiß?«

»Ich habe an die Witwe gedacht.«

»Da gibt es nichts zu lachen.«

»Du meinst, weil wir schrumpfen?«

»Du hast keine Achtung mehr vor der Zahl Zwölf.«

»Ich scheiß drauf! Der Sturm ist die Antwort. Ich ruf ihn herbei!«

»Du rufst, wie eine Unke es tut.«

»Sei still, alte Bocksgestalt.«

»Wir werfen weg, was wir geschworen haben zu erhalten. Jetzt triumphiert die *Wilde Jagd*.«

»Wenn du Angst hast, macht sie dich krank. Gib den Reitern Weggeld und lass sie ziehen.«

»Sie halten Gericht, wenn wir es nicht tun.«

»Komm jetzt zum Kreuzweg. Wir müssen einen Tod ankündigen.«

»Bis zur Mitternachtsstunde ist noch lang hin.«

»Du meckerst wie eine Ziege.«

»Und du stinkst wie ein Bock.«

»Hörst du sie? Die Hausgeister werden unruhig.«

»Leg ihnen Dankesgaben auf den Dachboden, dann geben sie Ruhe.«

»Zieh dich aus, Habergeiß!«

»Dann spring auf, alter Bock. Ehe die dritte Wolfsnacht beginnt.«

4

Benjamin Stiller war nicht zu Hause. Lott hatte ein paarmal geklingelt, aber in der Wohnung hatte sich nichts gerührt. Zudem lag die zugeschweißte Styroporschale mit dem Weihnachtsbraten noch vor der Haustür. Essen auf Rädern an Weihnachten. Lott graute vor der Vorstellung, vielleicht einmal selbst darauf angewiesen sein zu müssen.

»Wo kann er bei dem Wetter bloß sein?«, fragte Petra mit einem Achselzucken.

»Er treibt sich gerne im Wald rum, hat er mir gesagt«, antwortete Lott.

»Aber doch nicht, wenns Essen auf Rädern gibt«, war Petras spöttischer Kommentar. Dann trat sie unruhig von einem Bein aufs andere.

»Lass uns gehen«, sagte Lott und verließ die windgeschützte Stelle.

Der Sturm hatte mittlerweile beängstigende Ausmaße angenommen. Petra kämpfte sich zum Wagen vor und startete ihn, als Lott auch eingestiegen war. »Dann schauen wir uns eben erst den Tatort an«, schlug sie vor. »Ich parke am besten vor der Schönstattkapelle.«

Lott stieg ein und schaltete gleich den Polizeifunk ein. Alle Meldungen dort hatten mit dem Sturmtief zu tun. Sämtliche verfügbaren Polizeikräfte sowie Feuerwehr und THW waren bereits im Einsatz.

»Sollen wir nicht besser umkehren?«, fragte Lott.

»Ach was, die übertreiben doch immer«, wehrte Petra ab und nahm den Weg, der steil zur Kapelle hochführte. »Der Tatort ist keine fünfzig Meter oberhalb der Kapelle, hat der Lohner gemeint.«

Als sie aus dem Wagen stiegen, riss der Sturm sie fast mit. Petra nahm es mit Humor und grimassierte, als müsste sie gegen einen Sandsturm ankämpfen.

»Es hat keinen Sinn, wir müssen warten, bis der Sturm nachlässt. Komm mit in die Kapelle.«

»Ach was, im Wald sind wir sicher.«

Lott zweifelte Petras Aussage heftig an, ließ sich aber überreden. Schließlich wollte er nicht als Hasenfuß dastehen. Sie zogen los. Oberhalb der Kapelle war der Sturm tatsächlich erträglich, und so kamen sie gut voran. Von weitem erkannten sie bereits das rotweiße Flatterband, das den Tatort umsäumte.

»Wer sagt es denn«, triumphierte Petra und beschleunigte ihren Schritt. Als sie am Waldrand ankamen, krachten die ersten Bäume um.

5

Auf der Wetterstation am Kuhberg wurden mit Windstärke elf die bislang höchsten Werte gemessen. In Stundenkilometern ausgedrückt also etwa 110. Knapp unter Orkanstärke. Dieser Sturm, dem man den eher harmlos klingenden Namen *Lothar* verpasst hatte, war gerade dabei, Bäume zu entwurzeln, Dächer abzudecken und Telefonmasten zu knicken, als wären es Streichhölzer.

Lander hatte alle Hände voll zu tun, die Einsätze zu koordinieren oder besser gesagt, Einsatzleiter zu bestimmen, die diese Arbeit übernahmen. Polizei, THW und die Feuerwehren waren ständig in Kontakt miteinander.

Eben ging ein Notruf aus der Friedrichsau ein. Auf dem Festplatz gastierte seit gestern ein Weihnachtszirkus. Die hochkarätige Artistentruppe sollte noch bis Dreikönig dort auftreten. Nun hatte der Sturm vor wenigen Minuten eine Wand des Hauptzeltes aufgerissen und blies ungehindert ins weite Rund.

Als die Hilfskräfte eintrafen, waren die dicken Masten, die das Zelt trugen, geknickt. Das Garderobenzelt war den Betreibern schon zuvor um die Ohren geflogen.

Ein weiterer Hilferuf kam von der Deutschen Bahn. Dort ging überhaupt nichts mehr. Nicht nur die Verantwortlichen, auch die Reisenden wurden auf eine Nervenprobe gestellt, denn die nächsten Stunden würden keine Fernzüge mehr nach und von Ulm aus verkehren. Überall auf der Strecke lagen Bäume auf den Schienen. Auch die Räder der Ulmer Straßenbahn standen still. Die Männer von den Stadtwerken hatten sicherheitshalber den Strom der Linie 1 abgestellt. Zahlreiche Straßen mussten gesperrt und von Ästen und Bäumen befreit werden. Selbst auf den Autobahnen 7 und 8 funktionierte der Verkehr nur noch einspurig. Das Technische Hilfswerk, die Feuerwehren und die Polizei mussten den ganzen Nachmittag über Bäume schleppen, Stämme zersägen und Äste beiseiteschaffen. Auf dem Parkplatz bei der Donauhalle hatte Sturm *Lothar* Wohnmobile und Wohnwagen umgerissen. In allen Ulmer Kliniken war der Strom ausgefallen. Überall sprangen die Notstromaggregate an, außer in der medizinischen Uni-Klinik auf dem Eselsberg, die lief nur mit Akkus und Batterien. Dabei hatte man sich monatelang darauf vorbereitet, dass alles funktionierte, falls es in der Neujahrsnacht zum neuen Jahrtausend zu Stromausfällen oder Computerpannen käme. In der Telefonzentrale im Neuen Bau liefen die Drähte heiß. Es war jetzt 15.30 Uhr. *Lothar* tobte noch immer.

6

»Lass uns umkehren!« Lotts Stimme bebte.

Petras Übermut hatte, als die riesigen Fichten um sie herum samt Wurzeltellern aus dem Boden gerissen wurden, der

Angst Platz machen müssen. Nun krallte sie sich an Lotts Schulter fest.

»Mein Gott!«, rief sie.

Aus dem Mund einer bekennenden Atheistin klang das komisch.

Lott antwortete mit einem ironischen Blick, den Petra richtig deutete. Sie revidierte deshalb ihren Schreckensschrei und rief: »Ach du Scheiße!«

Der Lärm der krachenden Bäume schien einen Weltuntergang ankündigen zu wollen. Lott schaute wie paralysiert auf dieses Inferno. Er konnte sich nicht rühren. Nur zuschauen, wie ein Baum nach dem andern diesem Ungeheuer *Lothar* zum Opfer fiel. Zig Meter breite Schneisen schlug der jetzt durch das Waldstück, das unter ihnen lag. Die Fichten fielen wie Dominosteine.

»Lass uns umkehren!« Lotts Stimme klang jetzt bestimmter.

Er packte Petra an der Hand, die Bäume fest im Visier, und ging, Schritt für Schritt, rückwärts in Richtung Kapelle. Dabei zog er die Kollegin an sich, wenn ein Baum ganz in ihrer Nähe zu krachen begann, und ließ sie erst wieder los, wenn sie beide gefahrlos die nächsten Schritte unternehmen konnten.

Der Wald hier war zum Glück so licht, dass der Rückweg ihnen nicht durch unüberwindbare Hindernisse, die der Sturm andernorts errichtet hatte, verwehrt blieb. So erreichten sie schließlich, nach vielleicht zwanzig Minuten oder einer halben Stunde – aber welche Bedeutung hatte die Zeit jetzt schon – unbeschadet die Kapelle.

Ein Bild der Verwüstung tat sich auf, als Lott ins weite Talrund blickte. Ihm stockte der Atem. Gleichzeitig war er froh, dass ihnen die Kapelle, vor der die ermordete Agnes Winter gelegen hatte, Schutz gewährte.

Lott kniete vor dem Marienbild und betete. Es hatte immer schon Momente in seinem Leben gegeben, in denen sich seine katholische Erziehung auf diese Weise bemerkbar gemacht hatte. Tief drinnen, so meinte Lott, sei er doch ein ganz und gar religiöser Mensch, auch wenn er eine Kirche meist nur dann von innen sah, wenn er in deren Umfeld zu ermitteln hatte.

Petra dagegen war es unerträglich, sich in diesem klerikalen Raum aufzuhalten. Sie tappte im sturmgeschützten Vorbau umher, immer die Absicht vor Augen, sich bis zum Dienstwagen durchzuschlagen, um sich per Funk im Neuen Bau zu melden.

»Warte, der Sturm lässt schon nach«, versuchte Lott, nachdem auch er die Kapelle wieder verlassen hatte, Petras Ungeduld zu beschwichtigen.

Die seufzte nur tief, ging dann an der Kapellenmauer entlang bis zum nicht geschützten Ende, um zu sehen, wie dort die Verhältnisse waren. Kopfschüttelnd kehrte sie wieder um.

»Es hat noch keinen Zweck«, murrte sie.

»Ich hoffe nur, dieser Benjamin Stiller war nicht wirklich im Wald«, meinte Lott, nachdem sie eine Weile wortlos nebeneinander ausgeharrt hatten.

Petra zuckte die Achseln. »Ich denke, der kennt sich hier aus und weiß sich zu helfen.«

»Vielleicht hat der Sturm ihn überrascht.«

»Wir geben eine entsprechende Meldung durch, sobald wir wieder zum Wagen können«, bemerkte die Kollegin, krampfhaft bemüht, dabei gelassen zu wirken. Im nächsten Moment aber setzte sie ihr Vorhaben in die Tat um und ging los. Mit einiger Anstrengung schaffte sie es schließlich, zum Wagen zu gelangen.

Ihr Funkspruch wurde an einen Einsatzleiter weitergereicht.

»Wir sind hier in der Schönstattkapelle. Es gibt ein Problem. Wir vermuten, dass sich Benjamin Stiller, den wir in der Mordsache Agnes Winter vernehmen wollten, während des Sturms im Wald hier aufgehalten hat. Bitte stellen Sie einen Suchtrupp dafür ab.«

Das Schnaufen, welches Petra Mai wahrnahm, war schon so voller Ablehnung, dass sie eine Antwort erst gar nicht abwarten wollte.

»Sind Sie denn sicher, dass er sich im Wald aufgehalten hat, oder vermuten Sie das nur?«, brummte der Beamte.

»Naja, es ist wohl mehr eine Vermutung«, räumte Petra kleinlaut ein.

Der Beamte schnaufte wieder. Diesmal klang dieses Schnaufen wie ein Angriff: »Sie wissen schon, was hier läuft. Alle verfügbaren Leute sind bereits im Einsatz. Da kann ich nicht auf einen vagen Verdacht hin die Leute in den Wald schicken und sie unnötig der Gefahr aussetzen, dass sie von einem Baum erschlagen werden.«

»Dann warten Sie eben ab, bis der Sturm vorüber ist!«

»Ich habe keine Leute, die nicht bereits irgendwo im Einsatz wären.«

»Sollen wir selbst suchen?«, fragte Petra ungehalten.

»Sie müssen sich einfach gedulden. Ich habe mir alles notiert.«

Damit beendete er das Gespräch. Petra blieb im Wagen sitzen. *Lothar* schaukelte das Fahrzeug unangenehm hin und her. Dennoch wäre sie am liebsten jetzt losgefahren. Stattdessen mühte sie sich aus dem Gefährt. Sturmböen rissen ihr die Fahrertür aus der Hand. Sie stieg aus und drückte mit aller Macht die Tür zurück ins Schloss. Dann ging sie, um der Sturmgewalt möglichst wenig Angriffsfläche zu geben, in seitlicher Körperhaltung zur Kapelle zurück.

Lott schaute die Kollegin fragend an.

»Die sind alle ziemlich gestresst«, war Petras knappe Antwort.

»Kein Wunder.«

»Wir können zumindest vorläufig nicht damit rechnen, dass einer nach dem Stiller sucht.«

Lott schaute an der Kollegin vorbei und sagte, mehr zu sich selbst als zu ihr: »Vielleicht ist der längst wieder daheim.«

Nach einer weiteren halben Stunde schien *Lothar* allmählich die Luft auszugehen. Er blies nur noch. Die Bäumchen in den Gärten unterhalb der Kapelle, die er kräftig durchgebogen, aber nicht gebrochen hatte, wiegten sich bereits wieder rhythmisch und ohne jede Gefahr, doch noch tödlichen Tribut zollen zu müssen.

»Fahren wir nochmal zu Stiller, um sicherzugehen«, schlug Lott vor.

Petra nickte und machte sich gleich auf den Weg zum Fahrzeug. Das ging jetzt spielend. *Lothar* hatte die Segel gestrichen.

Das kurze Stück Straße bis zur Abzweigung nach Harthausen und die Straße, die zum Haus von Benjamin Stiller führte, waren übersät von abgerissenen Zweigen, von Unrat, der aus den Gärten geweht worden war, und von allerlei Zeugs, das einfach nicht auf die Straße gehörte.

Petra fuhr langsam, musste oft ausweichen, ein paarmal sogar den Kollegen bitten, einen Ast von der Straße zu schaffen. Als sie endlich vor Benjamin Stillers Haus hielten, bemerkten beide die noch immer verschweißte und unberührte Styroporschale mit dem Weihnachtsessen auf Rädern.

Lott stieg dennoch aus und klingelte ein paarmal an der Haustür. Nichts rührte sich da drinnen. Er ging zurück zum Wagen, stieg ein und signalisierte Petra, dass sie losfahren könne.

»Und wohin jetzt?«, fragte sie.

Lott war sich unschlüssig. Einerseits war es vernünftig, zum Neuen Bau zurückzufahren. Andererseits hatte er wieder dieses Kribbeln in den Beinen. Er spürte, dass er etwas spürte. Und es zog ihn geradezu magisch zur Schönstattkapelle hin.

»Lass uns jetzt zum Tatort gehen«, instruierte er die Kollegin.

Petra schaute ihn groß an. »Ist das dein Ernst?«

»Bevor die Aufräumarbeiten dort beginnen, sollten wir doch einen Blick darauf werfen.«

Petra nickte und bog, als es so weit war, zur Schönstattkapelle ab. Der Weg dorthin war weitgehend verschont geblieben. Nur ein paar kleinere Äste, die kein Hindernis boten, erinnerten an *Lothar*, der seine Vorgänger *Wiebke* und *Vivian* zu harmlosen Windchen degradiert hatte.

Sie stiegen aus und gingen denselben Weg, den sie vor knapp drei Stunden bereits eingeschlagen hatten. Nur dass dieser inzwischen beschwerlicher geworden war. Ständig mussten sie über entwurzelte Bäume steigen. Und noch immer knackten die bislang heil gebliebenen recht bedrohlich. Zudem schien es, als verdunkelte sich der Himmel aufs Neue. Bald griff die Dämmerung um sich und legte ihren Schleier über die Lichtung, auf der Agnes Winter hingerichtet worden war. Innerhalb des Flatterbandes waren angesichts dieser Lichtverhältnisse keine Spuren mehr auszumachen.

Lott ging bis ans Ende des abgesteckten Terrains. Plötzlich hielt er inne. Ihm stockte der Atem. Unweit vor ihm sah er eine entwurzelte Fichte, unter der ein Mensch begraben lag. Er ging näher heran und erkannte den Toten sofort. Es war Benjamin Stiller.

Petra, die Lott gefolgt war, legte ihre Hand an die Halsschlagader des Verunglückten. Es war kein Lebenszeichen mehr zu spüren. Im selben Moment bemerkte sie, dass Benjamin Stiller in seiner rechten Hand krampfhaft etwas festhielt. Es war ein Stück Pappe, das ihm auch der Tod nicht hatte nehmen können. Im diffusen Licht konnte sie den Text darauf entziffern:

Ich bin mein eigener Richter, mein eigener Henker. Möge Gott mir verzeihen.

7

Als die Spuren gesichert waren, die Rettungskräfte Benjamin Stiller geborgen hatten und der Leichnam unterwegs in die Rechtsmedizin war, neigte sich dieser Tag bereits seinem Ende zu. Lott fuhr erschöpft nach Hause, ließ sich in seinen Sessel fallen und starrte eine Weile lang auf *Stars in der Manege*, ohne dem Fernsehbild wirklich Aufmerksamkeit zu schenken.

»Schön, dass du da bist, Klaus«, sagte Elli und servierte ihm Räucherlachs mit Meerrettich und Toast, brachte Hagnauer Wein und zwei Gläser zum Tisch und setzte sich dazu. Sie kannte diesen Zustand, in dem sich ihr Mann im Augenblick befand, zur Genüge. Ihn jetzt mit Fragen oder eigenen Bedürfnissen zu konfrontieren, würde gewiss seine Gereiztheit, wenn nicht einen Streit nach sich ziehen. Sie musste jetzt einfach Geduld haben, bis er von selbst zu reden anfing.

Lott fühlte sich derart erschöpft, dass er kaum wahrnahm, was im Fernsehen lief, obwohl unschwer zu erraten war, dass es sich um die alljährliche Zirkusvorstellung der Film- und Fernsehstars handelte.

Er nahm die bereitliegende Fernbedienung und zappte die Elefantennummer weg. Im nächsten Programm waren Nachrichten:

Völlig unerwartet traf am heutigen zweiten Weihnachtsfeiertag das Orkantief »Lothar« Mitteleuropa. »So einen kräftigen Orkan über dem Binnenland haben wir in Deutschland noch nicht erlebt«, sagte die Meteorologin Petra Fechner vom Deutschen Wetterdienst in Offenbach. »Normalerweise entwickeln sich solch kräftige Tiefs eher über See als an Land.« Mit Windgeschwindigkeiten um die 200 Stundenkilometer war der Sturm von Westen her über Frankreich und die Schweiz nach Deutschland gezogen.

Es folgten Bilder der Kathedrale Notre-Dame, die schweren Schaden erlitten hatte, und vom Schlosspark von Versailles, wo rund 10 000 Bäume wie Streichhölzer umgeknickt worden waren.

Dort erreichte der Sturm eine Spitzengeschwindigkeit von 215 km/h. Insgesamt 74 Menschen wurden in Frankreich durch umstürzende Bäume getötet oder kamen bei wetterbedingten Verkehrsunfällen ums Leben.

Auch in Baden-Württemberg hat der Orkan eine Spur der Verwüstung hinterlassen. Bislang wurden dreizehn Todesopfer gezählt, das gesamte Ausmaß der Schäden ist noch nicht absehbar.

Aufnahmen des Naturparks Schönbuch waren jetzt zu sehen.

An der Leni-Hütte bei Bebenhausen rissen die Böen riesige Fichten aus dem Boden.

Als Nächster kam der Tübinger Forstamtsleiter Karl Heinrich Ebert zu Wort und berichtete:

»Die historische Lindenallee bei Tübingen-Pfrondorf existiert nicht mehr.«

Lott schaltete ab. Und widmete sich Elli und der Mahlzeit, die sie ihm bereitet hatte. Und erzählte, wie er *Lothar* erlebt hatte und dass dieser Orkan auch ein Todesopfer in seiner unmittelbarer Nähe gefordert hatte.

»Benjamin Stiller, ein Zeuge, vielleicht sogar Tatverdächtiger im Mordfall Agnes Winter. Erschlagen von einem Baum im Wald, oberhalb der Schönstattkapelle.«

Davon, was sie in Stillers Faust gefunden hatten, sagte er nichts.

Ich bin mein eigener Richter, mein eigener Henker. Möge Gott mir verzeihen. Was um alles in der Welt sollte das denn schon wieder! Lott starrte auf das gefüllte Weinglas und suchte nach einer Erklärung. Hatte sich Stiller selbst gerichtet? War er Täter oder Opfer oder beides? Aber irgendwie hatte er auch keine Lust mehr, darüber nachzudenken. Er stieß mit Elli auf das Weihnachtsfest an, das so ganz anders verlaufen war, als sie sich gewünscht hatten. Dann tranken sie die Flasche Weißherbst und gingen ins Bett.

Nachts hatte Lott wieder Albträume. Und er erinnerte sich daran, dass er die, in der Zeit der Wolfsnächte, auch als Kind schon gehabt hatte. Später dann aber nicht mehr. Einer dieser Schreckensträume krallte noch immer in seinem Gedächtnis. Aber als er jetzt nassgeschwitzt aufschreckte, hatte er wieder von Josefa Pfäffle geträumt. Das Bild, welches ihn aus dem Schlaf gerissen hatte, war aber ein anderes als beim letzten Traum. Ihm schien, als schwebte die Erhängte über ihrem erloschenen Leben.

Montag, 27. Dezember 1999

1

Sturm *Lothar* hatte den Mord an Agnes Winter von der Titelseite gefegt. Selbst im Lokalteil wurde Thürheimers Mordbericht nicht an erster Stelle platziert. Lothars Verwüstungen, vom zerlegten Zirkuszelt in der Au bis hin zu den 500 Düsseldorfer Eishockeyfans, die in Ulm festsaßen und nicht zum Spielort ihrer Mannschaft weiterreisen konnten, wurden alle in Zwei- und Dreispaltern sowie in Kommentarkästchen haarklein erörtert. Die Schuld der Wetterdienste, das Bedauern der Polizei, dass nur wenige die Sturmwarnungen im Rundfunk beachtet hätten, ebenso wie die Bilanz der Feuerwehr, die im Ulmer Stadtgebiet mit 300 Mann und 60 Fahrzeugen im Einsatz gewesen und zu mehr als 300 Einsätzen gerufen worden war.

Dagegen waren der Mord an Agnes Winter und der Aufruf der Polizei an die Bevölkerung um Mithilfe bei der Aufklärung des Verbrechens geradezu Marginalien.

Schwegler erschien im Konferenzraum und schaute gleich ganz und gar expertenhaft drein. »Ein Glück, dass der Orkan an einem Feiertag gewütet hat und nicht an einem normalen Werktag mit Berufsverkehr«, sagte er.

Danach setzte er sich an seinen Platz, kramte die Recherchen hervor, die er über die Vermögensverhältnisse der Tatverdächtigen, soweit gesetzlich machbar, erstellt hatte, und wartete, bis sich der verantwortliche Sachbearbeiter dafür interessierte.

Die Befragung von Patricia Wagenseil, der Tod von Benjamin Stiller und nicht zuletzt ein Anruf der Neu-Ulmer Ermittler hatten Priorität. Kommissar Angerer hatte die Ulmer informiert, dass Detlef Glauser nicht mehr zum Kreis der Verdächtigen zähle. Glauser hatte also nichts mit dem Tod der jungen Frau, die in Senden einem Gewaltverbrechen zum Opfer gefallen war, zu tun. Sein Selbstmord lag anderswo begründet. Vielleicht waren es wirklich die häuslichen Streitigkeiten, die ihn zu diesem Schritt bewogen hatten. Dass seine Abschiedszeilen identisch mit denen der anderen Opfer waren, war zwar mysteriös, dennoch konnte man nicht von einem Fremdverschulden ausgehen.

»Er hat die von Josefa gehört; vielleicht war das Absicht, dass er seinen Abgang derart mystifiziert hat, vielleicht nicht. Aber ich glaube, der Suizid von Detlef Glauser hat mit den anderen Geschehnissen nichts zu tun«, war Lotts abschließende Bemerkung zu diesem Thema.

Wesentlich mehr Zeit nahm die Namensliste der *Hüter der Wolfsnächte* in Anspruch, die Patricia Wagenseil erstellt hatte. Nach dem Tod von Benjamin Stiller waren zehn Personen übriggeblieben, die im Bannkreis dieses obskuren Brauchtums standen. Jede dieser Personen konnte mit dem Mordfall an Agnes Winter, dem zweifelhaften Suizid von Josefa Pfäffle und dem Tod von Benjamin Stiller zu tun haben. Diese Personen zu vernehmen hatte jetzt Vorrang.

Ein weiteres Thema an diesem Vormittag war der vorläufige Bericht zur Erhebung der Spurenlage. Lohner hatte die Anwendung der heuristischen Suchmethode gewählt, bei der der Suchbereich auf den mutmaßlich oder erkennbaren spurentragenden Tatortbereich beschränkt wird. Voraussetzung dafür war, dass Lohner hinreichende Informationen besaß, um den Tatablauf rekonstruieren zu können:

1. Auf welchem Weg hat der Täter den Tatort wahrscheinlich betreten?
2. Wie hat der Täter die Tat ausgeführt?
3. Was wurde am Tatort durch die Tatbegehung verändert; wo müssen welche Spuren gesucht werden?
4. Wo können ggf. latente Spuren der Tat vorhanden sein?
5. Wie hat er den Tatort verlassen?

Lohner argumentierte und erklärte wie aus dem Lehrbuch. Sein Tatortfundbericht brachte die Ermittlung dennoch kaum weiter. Es sei denn, man fand für die magere Spurenauslese entsprechendes Vergleichsmaterial. Anhand dieser Spuren war jetzt klar, dass die Leiche von mindestens zwei Personen vom Tatort an den Fundort gebracht wurde. Da der Tatortbereich nicht auf die spurentragenden Elemente beschränkt werden durfte, war der Aufwand entsprechend hoch gewesen und stand in keinem Verhältnis zum bislang vorliegenden Ergebnis. Lohner gab sich zuversichtlich. »Irgendwas ist bei den Spuren dabei, was uns zum Täter oder zu den Tätern führen wird«, meinte er zuversichtlich.

Schwegler nickte. Dann nestelte er in seinen Unterlagen, bereit, seine Nachforschungen den anderen mitzuteilen.

Petra Mai aber kam mit der Liste der Namen, die sie mit *Die Hüter der Wolfsnächte* betitelte:

1. Patricia Wagenseil
2. Ursula Wagenseil (Ursa), ihre Tochter
3. Nathalie Behrens (liiert mit Wolfgang Sauter)
4. Wolfgang Sauter (liiert mit Nathalie Behrens)
5. Brunhilde Kölbl (Bruni genannt)
6. Walburga Tetzner
7. Edith Braun
8. Daniel Spreng
9. Inge Mader
10. Jockel Knecht
11. Agnes Winter ?
12. Benjamin Stiller ?

Sie hatte die Namen von Simone Czech mit den Adressen ergänzen lassen.

Lott teilte ein, wer wen zu befragen hatte. Jockel Knecht, den einstigen Lebensgefährten der Paula Pfäffle, wollte er sich mit der Kollegin Mai selbst vornehmen. Als die Aufgaben verteilt und jeder instruiert war, unternahm Schwegler einen dritten Versuch, die übrige Soko in seine Ermittlungsergebnisse einzuweihen. Nun waren die Kollegen auch ganz Ohr. Schwegler zog aus einer Klarsichthülle ein erstes Blatt hervor, als ein Anruf der Rechtsmedizin, den Lott entgegennahm, ihn abermals unterbrach.

»Banzhafs Bericht nach ist die Todesursache von Benjamin Stiller eindeutig«, sagte Lott. »Den Benjamin hat *Lothar* auf dem Gewissen.«

2

»Du hast die schönere Schrift!«

»Nein, das Urteil schreibst du, wie du das immer tust. Ich bin nicht deine Dienerin.«

»Du bist eine Magd des Herrn!«

»Wenn schon.«

»Versündige dich nicht. Denk an den Sturm. Sollen die Zwölften noch einmal so wüten?«

»Der Sturm hat alle Spuren verwischt.«

»Gott bleibt nichts verborgen.«

»Die *Wilde Jagd* ist noch nicht vorbei.«

»Ich weiß. Acht Nächte lang noch wird sie ihr Unwesen treiben.«

»Dann ist es Zeit, dass wir handeln.«

Sie kletterten über die entwurzelten Bäume, bis es nicht mehr weiterging. Dann drehten sie um. Im Tal lag ihr Dorf. Er schaute darauf. Sein Blick dabei war mehr von der Vergangenheit als einer Zukunft geprägt. So viele Erinnerungen spukten mit einem Male in seinem Kopf. Die Bäume liegen wie gefallene Soldaten, dachte er, gefallen durch die *Wilde Jagd*.

»Ich habe die schönere Schrift, meinst du?«

Er schaute sie nur an und sagte nichts darauf. Die blasse Dezembersonne, die sich doch noch über den Horizont gewagt hatte, stach ihm ins Gesicht.

Das Haus, das sie im Visier hatten, aber lag im Schatten.

»Schreib jetzt das Urteil!«, herrschte er sie an.

»Was redest du denn, du hast es doch längst geschrieben.«

3

Joachim Knecht ließ sich verleugnen. Aber Lott wusste, dass er zu Hause war. Er hatte eine Männerstimme wahrgenommen, als er die Türklingel drückte. Nun stand eine Frau im Türrahmen und wollte ihn abweisen.

»Der Herr Knecht ist nicht da«, log sie. Und Lott sah, dass sie log.

Er zeigte ihr seinen Dienstausweis, stellte sich selbst und seine Kollegin vor.

Die Frau, blond, um die vierzig, hatte blaue Augen, eine niedrige Stirn und eine etwas zu kurze Nase. Ihr Gesicht war mager, die Lippen schmal und fein geschwungen. Sie zupfte an ihrem rosafarbenen Kleid, in dem sie ein wenig albern wirkte, und wiederholte fast schluchzend ihre Behauptung.

»Ich glaube Ihnen nicht«, erwiderte Lott.

»Davon wollen wir uns selbst überzeugen«, sagte Petra scharf.

Lott schaute die Kollegin strafend an. Das ging dann doch zu weit. Petra hob entschuldigend die Achseln. Im nächsten Augenblick schlurfte ein Mann zur Tür.

»Sie wünschen?«

»Sie sind Herr Joachim Knecht?«, fragte Lott.

Der Mann, trotz seines Alters, Ende sechzig wohl, gutaussehend – kräftig, braungebrannt, mit vollem, wenn auch ergrautem Haar – nickte.

Lott zeigte ihm seinen Dienstausweis und machte sich und die Kollegin routiniert bekannt.

»Sie kommen wegen der Agnes?«

»Wir ermitteln im Mordfall Agnes Winter«, konkretisierte Lott. »Können wir drinnen reden?«

Knecht nickte abweisend, machte aber sogleich Anstalten, die beiden hereinzubitten. Die Frau war zuvor schon zurück ins Haus gehuscht. Wie eine Maus, die einen Moment lang sich den Krallen einer Katze entzogen hatte.

»Sie fragen nach meinem Alibi?«, fragte Knecht forschend, während er den beiden mit entsprechender Handbewegung Platz anbot.

»Unter anderem«, erklärte Lott.

»Ich war hier, mit Walburga. Die kann das bezeugen. Nicht wahr, Walburga?!« Er rief den letzten Satz in Richtung Küche, ohne eine Antwort zu bekommen.

»Ihre Schwester?«, fragte Lott

»Nein, Walburga ist eine Freundin.«

»Aber das hier ist doch die Wohnung Ihrer Schwester?«

»Meine Schwester ist verreist über Weihnachten. Die kommt erst nach Dreikönig wieder, wenn die Schule anfängt. Sie ist Lehrerin hier an der Meinloh-Schule.«

Walburga hatte sich mittlerweile wieder herangetraut und bestätigte zaghaft und mit rotgewordenen Wangen, dass sie in der Nacht zum 24. Dezember bei Jockel Knecht gewesen sei.

»Wir sind erwachsene Menschen«, begegnete Knecht den prüfenden Blicken Petra Mais.

»Wann haben Sie Agnes Winter zum letzten Mal gesehen?«

»Am 23. Am Abend. Da hatten wir unser Treffen bei der Wagenseil.«

»Sie gehören beide der Gruppe an, die sich *Hüter der Wolfsnächte* nennen?«, nahm Lott den Faden seiner Befragung wieder auf.

»Seit Paulas Tod ist es damit nicht mehr weit her«, antwortete Knecht abfällig. »Das Ganze verkommt mehr und mehr zu einem Kaffeekränzchen, in dem sich ein paar verrückt gewordene Dorfleute wichtigmachen wollen.«

»Wie dürfen wir das verstehen?«, hakte Petra nach.

»Nehmen wir bloß diese Wagenseil. Hat zu Paulas Zeiten den Mund nicht aufgekriegt, jetzt glaubt sie, die Herrin zu sein. Oder Ursa, ihre Tochter. Eine Rotzgöre, die keine Ahnung hat, was in den Wolfsnächten tatsächlich passiert. Die denkt doch, das ist so eine Art Halloween.«

»Und Benjamin Stiller?« Lott horchte.

»Der wartet nur auf die schwarzen Hunde. Für ihn sind die Wolfsnächte nichts anderes als Hundegebell. Dass sie die Eingänge in die Welt der Toten und Untoten bewachen, davon hat er keine Ahnung. Für ihn galt allein die Losung: *Hört man ihr Bellen, so stirbt noch jemand in dieser Nacht.*«

»Sie erscheinen um Mitternacht auf Kreuzwegen«, flüsterte Walburga plötzlich, zur Überraschung aller, und fügte, mit leicht irrem Gesichtsausdruck, hinzu: »Ich habe ihren kalten Hauch gespürt.«

»Benjamin Stiller ist gestern von einem Baum erschlagen worden. Er ist tot«, sagte Lott.

Knecht und Walburga sahen sich an. Walburga mit offenem Mund.

»Der *Lothar* hat ihn erschlagen«, erläuterte Petra und zelebrierte diesen Satz förmlich.

Knecht rümpfte die Nase: »*Lothar*, ein dümmerer Name ist denen nicht eingefallen. Gibt es einen harmlos klingenderen Namen als Lothar?«

Petra grinste. Sie dachte an Lothar Matthäus. Hübsch war der. Aber harmlos? Der konnte doch eine ganze Abwehr auseinandernehmen. Als Fußballbegeisterte war für sie der Name Lothar immer mit dem des Bayernstars verbunden.

»Da waren doch andere Kräfte im Spiel. Die Paula hätte gewusst, woher dieser Wind, aus dem ein Orkan gewachsen ist, geweht hat.«

Lott staunte über die bildhafte, fast poetische Ausdrucksweise von Joachim Knecht.

»Was, glauben Sie, hat Herr Stiller veranlasst, trotz des Sturms in den Wald zu gehen? Das war doch glatter Selbstmord«, fragte Lott.

Petra blickte Lott mit heiterer Miene an. So als wollte sie sagen: Da müssen wir uns schon an die eigene Nase fassen, mein lieber Lott.

»Der war doch immer im Wald«, unterbrach Knecht den nonverbalen Gedankenaustausch der beiden Kommissare. »Die ganze Zeit hat der im Wald herumgespukt, selbst mitten in der Nacht.«

»Aber von den Nebelfrauen wollte der nichts wissen«, mischte sich Walburga wieder ins Gespräch ein. »Und über die Irrlichter hat der nur gelacht. Dabei führen die einen in die Irre und ins Verderben.«

Petra schaute einen Moment lang amüsiert, dann riss sie sich am Riemen und fragte Walburga ganz ernst: »Können Sie uns etwas über die anderen Hüter der Wolfsnächte sagen?«

An ihrer Stelle antwortete Knecht: »Da wären zum einen die Turteltäubchen Nathalie und Wolfgang. Kochen immer ihr eigenes Süppchen. Wissen alles besser. Dann der Daniel, dieser Schnösel, tut immer so, als könnte kein Wässerchen ihn trüben. Aber ich traue ihm nicht. Hinter ihm steckt das Böse.«

»Die Inge …«, warf Walburga zaghaft ein.

»Ja, die Inge. Die ist noch so, wie die Paula sich die *Hüter der Wolfsnächte* gewünscht hat. Und die Edith auch, die vielleicht, weil sie alt ist.«

»Du sagst nichts über die Bruni?« Walburgas Gesichtsausdruck hatte sich plötzlich verändert. Sie schaute Knecht herausfordernd an.

»Die Bruni ist auch in Ordnung. Sie ist halt, wie sie ist«, wiegelte Knecht ab.

»Ein Flittchen ist die Bruni. Wir hätten sie hinauswerfen sollen.« Walburga war laut geworden.

»Sie kommt mit den Winterelfen klar.« Knecht versuchte, sie zu beruhigen.

»Eher mit den Fruchtbarkeitsgeistern«, höhnte Walburga. Ihre Augen funkelten jetzt und ihre Blicke stachen.

Eifersucht, diagnostizierte Petra.

»Eine Habergeiß ist die und du ein Hurenbock!«, geiferte Walburga.

»Seid still!« Knechts Zurechtweisung klang wie eine Drohung. Augenblicklich fiel Walburgas Aufbegehren wie ein Kartenhaus in sich zusammen.

Lott beobachtete gespannt, wie weit dieser Disput noch gehen würde. Aber Walburga hatte bereits kapituliert. Geduckt schlich sie davon. Aus der Küche hörte man gleich darauf das Klappern von Geschirr, zu dem sich, in kurzen Abständen, ein lautes Schluchzen mischte.

»*Ich bin mein eigener Richter, mein eigener Henker. Möge Gott mir verzeihen.* Was hat es damit auf sich?«, fuhr Lott mit seiner Befragung fort.

»Das hat nichts mit den *Hütern der Wolfsnächte* zu tun«, wehrte Knecht ab.

»Sondern?« Lott horchte.

»Keine Ahnung«, sagte Knecht und stierte dabei Lott an.

Er lügt. Er will seinen Blick aufrecht halten. Lott kannte dieses Stieren von unzähligen Verhören her. Er wusste, dass Knecht ihm etwas verheimlichte, was diesen Satz betraf. Aber er wusste auch, dass es falsch wäre, ihn jetzt darauf festzunageln.

Stattdessen fragte Petra: »Herr Knecht, erklären Sie uns doch, was es mit den *Hütern der Wolfsnächte* auf sich hat. Uns ist klar, dass es dabei um eine Art Brauchtum geht. Aber was genau ist Ihre Aufgabe dabei?«

»In diesen Nächten gerät vieles außer Rand und Band«, sagte Knecht und lehnte sich dabei zurück, als müsste er weit ausholen, um der Kommissarin auch nur annähernd die Wolfsnächte erklären zu können. »Kräfte, die das Jahr über ruhen, gelangen in den Raunächten, die wir als Wolfsnächte bezeichnen, zu unglaublicher Kraft. Diese Nächte existieren außerhalb der Zeit. So können alle dunklen Mächte darin in die Schicksale der Menschen eingreifen. Ihre Gesetze sind klar. Wir haben die Losungen dazu, um ihre Kraft in deren eigenen Schranken zu halten. Das ist die eigentliche Aufgabe der Hüter. Paula hatte das alles erkannt und hat ihr Wissen an uns weitergeben.«

»Steckt da nicht auch eine ganze Menge Aberglaube dahinter?«, warf Petra ein. »Ich meine, in einer Woche beginnt ein neues Jahrtausend. Das, was Sie mir erzählen, klingt doch mehr nach Mittelalter als nach dem 21. Jahrhundert.«

Nun war es Knecht, der amüsiert dreinschaute. Oder auch mitleidig. »Sie haben keinen blassen Dunst, was zwischen Himmel und Hölle alles passiert. Euer Glaube an die Wissenschaft, an die Technik hat euch stumpf gemacht. Die feinstofflichen Tore der Anderswelt, die in den Wolfsnächten weit offen stehen, bleiben für Leute wie Sie für immer verschlossen.«

Petra nickte, hatte aber doch Mühe, ihr Gegenüber ernst zu nehmen.

Lott unterbrach. »Bei Benjamin Stillers Leiche hat man, wie schon bei Agnes Winter, dieselbe Nachricht gefunden. *Ich bin mein eigener Richter, mein eigener Henker. Möge Gott mir verzeihen.*«

Joachim Knecht erbleichte. »Auch bei ihm?«, stammelte er.

»Ja«, antwortete Lott kühl. Und machte Anstalten zum Aufbruch. Petra schloss sich ihm an.

»Bitte halten Sie sich zu unserer Verfügung«, sagte Lott und reichte Knecht die Hand. »Sollte Ihnen noch etwas einfallen, was uns weiterhelfen würde, rufen Sie uns an.«

Petra gab ihm die Visitenkarte des Dezernats. Dann verabschiedeten sie sich.

»Ich denke, wir laden die anderen vor«, meinte Lott, während sie in den Wagen stiegen. Unterwegs zum Neuen Bau erreichte sie ein Funkspruch: »Kommt schnell her, wir haben da was für euch!«

4

»Der Winter und seine Freundin sind nicht erst seit gestern ein Paar«, empfing Lohner die beiden. Und Brauchle nickte vehement mit seinem hochroten Kopf.

»Deswegen jagst du uns her?«, fragte Lott grinsend in Brauchles Richtung und fügte, den besonders roten Kopf des Kollegen betrachtend, hinzu: »Die Nachricht hat dich scheints ganz schön mitgenommen.«

Petra lachte.

»Blödsinn! I war beim Dokter wega meim Kreiz. Der hot mr a Spritz geba. Drvo han i jetzt an Grend wie an Feuermelder.«

Petra schaute ihn Mitleid bekundend an und lachte erneut los.

»Von wem kam der Hinweis?«, fragte Lott, schon wieder um Sachlichkeit bemüht.

»Irgend a Arbeitskollegin von der Frau Fischer. Es stoht alles em Bericht.«

»Und warum die Hektik?«, fragte Petra achselzuckend.

Im selben Augenblick kam Schwegler zur Tür herein. Er hatte Petras Frage noch mitbekommen und kam Brauchle zuvor.

»Bei mir drüben sitzt der Ex von der Josefa Pfäffle. Ein Manfred Richter. Ich hab mir gedacht, das nimmst du besser selber in die Hand.«

»In Ordnung«, sagte Lott und gab Petra mit einer Geste zu verstehen, dass er sie gern mit dabeihätte.

Sie holten Josefas Exfreund aus Lohners Büro und gingen mit ihm in den kleinen Konferenzraum. Ohne lange Vorrede, die er vermutlich bei Schwegler schon losgeworden war, drückte er Lott Josefas Brief buchstäblich in die Hand. Dann nahm er auf dem ihm zugewiesenen Stuhl Platz und beobachtete Lotts Reaktion.

Lott faltete den Brief auseinander und las:

Lieber Manfred,

dies ist kein Brief, in dem ich Dich um Versöhnung bitte, noch ist es der klägliche Versuch, Deine Liebe zurückzugewinnen, so sehr mir diese auch fehlt. Ich weiß schließlich um die Mystik des gebrochenen Herzens, das im Schattenreich meiner Seele nach Halt tastet. Aus dieser Lage kann ich mich nur selbst befreien. Dieser Brief erfleht also nicht die Wiederkehr Deiner Liebe. Dennoch erfleht er Deine Hilfe. Denn nun bin ich wirklich im Bann des Bösen. Nur Du kannst mich da rausholen. Du findest mich auf dem Rainbauerhof.

Deine Josefa

Lott reichte den Brief wortlos an die Kollegin weiter.

»Ich hatte Schluss mit ihr gemacht, na und? Ich bin nicht verantwortlich dafür, was passiert ist. Jeder ist für sich selbst verantwortlich. Das hat sie ja selber geschrieben.«

»Sie haben auf den Brief nicht reagiert?«, wunderte sich Lott.

»Nein!«

»Sie sind auch nicht zum Rainbauerhof gefahren?«

»Nein!«

»Es war ein Hilferuf«, hakte Petra ein.

»Wenn schon, ich wollte nichts mehr damit zu tun haben.«

»Mit was?« Lott wurde hellhörig.

»Mit diesem Unsinn. Die hat doch Gespenster gesehen. Plötzlich war ihre Mutter wieder das Maß aller Dinge.«

»Erklären Sie uns das doch bitte«, bat Lott.

»Naja, dieses okkulte Zeugs.«

»Was verstehen Sie unter okkultem Zeugs?«, wollte Petra wissen.

»Diese Wolfsnächte«, antwortete Richter gehemmt und leise, als wäre es ihm unangenehm, dieses Wort auszusprechen.

»Wie lange waren Sie mit Josefa zusammen?«, fuhr Lott fort.

»Knapp zwei Jahre.«

»Dann haben Sie Josefas Mutter ja gekannt.«

»Die Frau war vollkommen dement. Oder schizophren. Ich weiß nicht. Auf jeden Fall war sie nicht mehr ernst zu nehmen.«

»Aber Josefa hat sie doch ernst genommen?«

»Ich glaube nicht. Erst später, als die Mutter schon unterm Boden war.«

»Was hat sie über ihre Mutter gesagt?«, fragte nun Petra.

»Dass sie trotz allem eine weise Frau gewesen sei. Und dass sie ihre Mutter ein Leben lang wohl verkannt hätte.«

»Wie kam es zu dieser Kehrtwende?«

»Der Freund der Mutter, dieser Jockel, hat ihr wohl diesen Floh ins Ohr gesetzt.«

Petra und Lott schauten einander an. Eine angespannte Stille entstand. Lott durchbrach sie und fragte plötzlich: »Von wem haben Sie erfahren, dass Josefa tot ist?«

Richter zögerte. »Ich habe es in der Zeitung gelesen«, sagte er schließlich.

»Da wurde Josefas Name nicht genannt«, klärte Petra ihn auf.

»Vielleicht habe ich auch einfach eins und eins zusammengezählt«, sagte er, nun wieder ganz gefasst.

Lott nickte. Und fragte: »Dürfen wir den Brief behalten?«

»Natürlich«, antwortete Richter.

»Wir werden dann nur noch Ihre Personalien aufnehmen«, sagte Petra, stand auf und begleitete Manfred Richter zu dem Kollegen, der dafür zuständig war. Dann kam sie zu Lott zurück.

»Warum hat er uns den Brief gezeigt?«, fragte sie.

Lott zuckte die Achseln.

»Vielleicht um von sich abzulenken?« Petra stellte ihre Vermutung offen in den Raum.

»Warum kann nur er sie da rausholen, verstehst du das?«, rekapitulierte Lott seinerseits.

Nun war es Petra, die keine Antwort darauf wusste.

5

Sie kniete vor ihm, schaute auf, suchte seinen Blick. Und hoffte, dass er nicht allzu viel von ihr forderte.

Er schnarrte einen Befehl. Dem folgte sie nur zögernd. Er schlug ihr ins Gesicht und düngte damit sein Herz mit immer neuer Gewalt.

Mit trunkenem Lächeln sah er danach auf sie herab, wie sie seine Befehle jetzt befolgte, als gäbe es Fleißbildchen, wenn sie es nur richtig machte.

Ihr Blick zu ihm war jetzt nur ein flüchtiger Augenaufschlag, der gleich wieder hinter ihren Lidern verschwand, als wollte sie den dort gefangen halten.

Als er sie entließ, zupfte sie ihr Kleid aus zuckrigem Babyrosa zurecht. Mit dem hatte sie viel jünger erscheinen wollen, als sie war.

Sie ging ins Bad und wusch sich den Mund, der nicht sauber wurde von ihm. Im Schlafzimmer riss sie sich selbst das Kleid vom Leib. Und kostümierte sich schwarz. Mit einer Leichenbittermiene, wie sie nur zu Beerdigungen kleidsam ist, ging sie zurück zu ihm.

»Wie lange soll das noch gehen?«, fragte sie.

Sie fragte das, weil sie wusste, dass er zu neuen Schlägen jetzt nicht mehr aufgelegt war.

»Das Schwarz steht dir gut zu Gesicht«, lächelte er.

Und sie dachte: Er trägt eine Maske, wenn er freundlich ist.

»Du bist meine Dienerin«, sagte er, noch immer mit mildem Ausdruck, als täte ihm das eben Geschehene leid.

»Und eine Magd des Herrn«, antwortete sie und dachte dabei, dass er sterben musste; es war der einzige Ausweg.

6

Die beiden Männer saßen unter dem Vordach einer stillgelegten kleineren Baufirma. Sie warteten. Der Jüngere wurde ungeduldig. Traute sich aber nicht, etwas zu sagen. Er wusste, dass ihm das nur eine Rüge einbringen würde.

Stattdessen bat er den Älteren, ihm eine Geschichte zu erzählen, damit die Zeit schneller vergehe.

Und der Ältere erzählte: »In dem Dorf, in dem ich aufgewachsen bin, kam der Tod noch persönlich vorbei. Man starb nicht einfach. Man wurde von ihm abgeholt. Er holte einen heim. Und der Tod kam auch nicht einfach so hereingeplatzt, wie ein störender Gast, sondern er meldete sich an. Immer am Abend vorher. Da klopfte er dann an die Tür. Und man öffnete, und keiner stand davor, dann wusste derjenige, dass der Tod ihn morgen abholen würde. So geschah es bei allen im Dorfe. Starb da jemand, so hatte er am Abend zuvor ein Klopfen an seiner Tür vernommen, von einem, der erst am nächsten Tag über die Türschwelle treten würde.«

7

»*Tiere, die man sonst selten zu Gesicht bekommt, die sich aber in den Wolfsnächten zeigen, wie Ratten oder Mäuse, sollte man meiden, denn Krankheitsdämonen oder übelwollende Kräfte könnten sich hinter ihnen verbergen.*«

Petra Mai kam das soeben laut Gelesene nur schwer über die Lippen. Kopfschüttelnd saß sie Lott gegenüber und zitierte weiter aus dem vor ihr liegenden Buch: »*Wer Bettzeug und Wäsche im Freien lüftet, hat mit Krankheiten zu rechnen, da sich die Wilden, die in den Wolfsnächten umherziehen, in der Bettwäsche verfangen.*«

»Vielleicht basiert dieser Aberglaube ja auf Erfahrungen«, erwiderte Lott mit einem entwaffnenden Lächeln auf den Lippen.

»Entschuldige mal, ich komme aus der Großstadt«, gab sich Petra empört, »da hat man das Mittelalter mittlerweile überwunden. Aber hier scheint es ja noch richtig lebendig zu sein.«

Sie warf dem Kollegen die Broschüre *Wolfsmonde – Ein hilfreicher Wegweiser durch die zwölf Wolfsnächte* auf den Schreibtisch und stand auf, um sich Kaffee aus der Thermoskanne in ihre halbleere Tasse nachzugießen.

Lott nahm den Ratgeber zur Hand, schlug ihn wahllos auf und las:

Haare und Nägel in den Wolfsnächten zu schneiden bringt Unglück. Man muss dann im neuen Jahr mit Kopfschmerzen und Nagelentzündungen rechnen.

Und weiter:

Besen sollten unbedingt in den Wolfsnächten gebunden werden, weil man mit ihnen Krankheitsdämonen und böse Geister aus dem Haus fegen kann.

»Na, wenn da nichts dran ist«, feixte Lott und klappte das Buch zu.

Schwegler, der Inge Mader in der Zeugenvernehmung hatte, kam aus dem Verhörraum zurück und reichte Brauchle wortlos das Protokoll. Zu Lott bemerkte er: »Die Handschriften auf den Papptafeln, die wir bei Stiller und der Winter vorgefunden haben, und die ihr von der Frau Wagenseil bekommen habt, sind identisch. Alle in Sütterlin-Schönschrift. Nur Josefa und Detlef Glauser haben ihre Abschiedsgedanken eigenhändig geschrieben.«

»Das heißt, jemand treibt ein makabres Spiel mit der Angst dieser Leute«, bemerkte Petra Mai.

»Oder er legt Trugspuren am laufenden Band, um uns zu verwirren«, meinte Lott.

»Und überhaupt dieser Text: *Ich bin mein eigener Richter, mein eigener Henker. Möge Gott mir verzeihen.* Was bedeutet der?« Petras Frage wanderte von Lott zu Schwegler.

Lott antwortete: »Es deutet einiges darauf hin, dass damit der Thomastag gemeint ist, an dem Gericht gehalten wird. Andererseits erscheint mir das einfach zu simpel.«

»Vielleicht trifft das auch nur im Fall Josefa Pfäffle zu. Ihr Abschiedsbrief war ja ausführlicher. Und sie starb ja auch in der Thomasnacht«, vermutete Schwegler.

»Ond wie gohts jetzt weiter?«, brummte Brauchle aus dem Hintergrund.

»Lohner und ein Kollege sind bei diesem Liebespaar, die sich auch zu den *Hütern der Wolfsnächte* zählen. Petra und ich vernehmen Daniel Spreng«, gab Lott zur Antwort.

»Und ich?«, fragte Schwegler

»Du nimmst dir die Tochter von Frau Wagenseil vor. Dann hätten wir die wenigstens bald alle durch.«

Brauchle schüttelte seinen roten Kopf und brummte zum wiederholten Male: »In welchem Jahrhundert lebet mir bloß?!«

Lott blieb ihm die Antwort schuldig. Dafür griff er, mehr aus Verlegenheit als aus Interesse, erneut zu der Broschüre, die auf seinem Tisch lag, und schlug sie auf.

Elstern, die in den Wolfsnächten geschossen werden, sollen zu Pulver verbrannt werden. Das hilft gegen das kalte Fieber.

Er klappte das Büchlein zu. Und dachte mit einem Male: Diese Verbrechen haben mit den Wolfsnächten nicht das Geringste zu tun.

8

Mandy Fischer zog die Vorhänge zu. Das frühe Dämmerlicht dieser Tage kam ihr entgegen. Scheu schlüpfte sie ins Bett zurück, wo ihr Geliebter auf sie wartete. Und verkroch sich darin, als wollte sie augenblicklich unsichtbar werden. Vincent genoss Mandys Scheu förmlich. Denn unsichtbar, wie sie nun mit dem Kopf unter der Bettdecke plötzlich war, tat sie Dinge, die Agnes ihm stets verweigert hatte. Keine Körperzone schien für Mandys Zunge tabu zu sein. Sie durfte dabei nur ihren eigenen Körper nicht sehen, geschweige denn ihn nackt zeigen.

Vincent verschränkte die Arme hinter seinem Kopf und dachte, während er Mandy gewähren ließ, an Agnes: Wie hatte die sich nur immer angestellt! Als hätte er die Pest am Leib. Und zuletzt hatte Agnes Striemen auf dem Rücken gehabt. Wie wenn sie einem Sadisten in die Hände gefallen wäre. Das passte doch überhaupt nicht zusammen!

Mandy stöhnte plötzlich. Vielleicht nur, um auf sich aufmerksam zu machen. Ihr rotgewordener Kopf tauchte jetzt wieder auf. Sie blinzelte, als hätte sie Jahre in dieser Dunkelheit verbracht. Und hatte mit einem Male auch etwas zu fordern.

Vincent brachte Mandys leichten Körper in die richtige Stellung und vergrub ihn dann unter sich. Er war stolz auf die Geräusche, die er ihr dabei entlockte. Er hätte sie aufzeichnen mögen und dann immer wieder abspielen. Diese Lustlaute waren seine Trophäe. Agnes hatte nie gestöhnt, geschweige denn geschrien. Ein lautloses Gerammel war das jedes Mal gewesen, dem bestenfalls ein abschließendes Grunzen folgte, wenn das Ganze einigermaßen zufriedenstellend für sie verlaufen und endlich zum Ende gekommen war.

Mit Mandy war das anders. Die zerging unter ihm. Und war nach dem letzten Schrei quasi nicht mehr vorhanden.

Verkroch sich Hals über Kopf wieder unter der Bettdecke, als wäre das ihr zugewiesener Platz.

Vincent atmete einmal tief durch. Und war rundum zufrieden. Diese graue Maus, die er sich längst schöngeredet hatte, bot ihm eine verlässliche Geborgenheit. Was wollte er mehr?

Er schlug jetzt die Bettdecke zurück und legte Mandy frei. Die wehrte sich kichernd, wollte nicht, dass ihr pralles Gesäß so sichtbar wurde, und zog sich gleich wie ein Embryo zusammen.

»Die Polizei wird nicht lockerlassen«, sagte Vincent.

»Du warst die ganze Zeit bei mir«, piepste Mandy.

»Das genügt denen nicht.«

Mandy schnurrte: »Du warst die ganze Zeit in meinem Bett.«

Vincent nickte und sagte nach einer Weile gemeinsamen Schweigens: »Die Ehe mit Agnes war doch ein Witz geworden!«

»Ein schlechter Witz!«, blies Mandy ins selbe Horn.

»Sie hockt auf dem Geld und ich geh arbeiten wie ein Idiot. Aber letztendlich gehört ihr alles. Das Haus. Die Grundstücke. Sogar Wald. Und wenn sie sich scheiden lässt, gehört nichts davon mir, obwohl ich es zusammengehalten hab.«

»Jetzt gehört ihr gar nichts mehr«, flüsterte Mandy und kroch dabei ein Stück höher zu ihm.

»Ich verkaufe alles, wenn es so weit ist. In das Haus bringen mich keine zehn Pferde mehr.«

»Und wenn ich das Haus haben will?«

»Was willst du denn damit?«

»Ein Heim für uns schaffen. Sind noch Hypotheken drauf?«

»Da waren noch nie Hypotheken drauf«, entgegnete Vincent. »Alles Familienbesitz, von ihrer Seite natürlich.«

Mandy grinste: »Eine Bittesheimer wohnt nicht länger in einem Wohnblock.«

»Willst du deinen Mädchennamen zurück?«

»Der Name Winter gefällt mir besser.«

»Wir kaufen uns eine Eigentumswohnung. So ein Haus macht nur Dreck.«

»Ich will aber auf dem Land wohnen. Mit Garten und Katzen und mit Wald, der einem gehört.«

»Nicht dieses Haus!«

»Wir müssten es ausräuchern.«

»Fang du nicht auch noch mit dem Hokuspokus an.«

»Entschuldige, Vincent.«

Sie kam jetzt hochgekrochen, bis zu seinen Kopf, und knabberte an seinem Ohr.

»Hab Vertrauen«, hauchte sie.

Er drückte sie fest an sich. »Mein Leben fängt jetzt noch einmal von vorne an.«

»Ja«, seufzte sie. »Und meines auch.«

Sie hob den Kopf und schaute zu Vincent, dessen Augen feucht waren.

»Weinst du wegen der Agnes?«

»Nein«, antwortete Vincent, »um mich weine ich.«

9

Joachim Knecht ging mit schnellen Schritten auf den Rainbauerhof zu. Plötzlich hielt er inne. Und horchte. Ein Käuzchenruf hatte die Stille durchbrochen und ihn aufgeschreckt. Dem folgte Hundegebell. Knecht ging weiter, um das Stallgebäude herum, und schaute in das Fenster auf der Rückseite unterhalb des Heustadels. Er hatte Licht darin gesehen. Jetzt aber war alles dunkel. Er ging zurück durch den Obstgarten und stürzte in dem Gewirr abgebrochener Äste, die der Sturm heruntergerissen hatte. Mühsam kroch er auf allen vieren weiter und richtete sich erst am Gartentor wieder auf. Die Hände schmerzten ihn. Er wischte sie an den Hosenbeinen ab. Wieder sah er ein Licht flackern. Diesmal kam es aus dem Nebengebäude des Hofes. Er raffte sich auf, um dort hinzugehen, als er eine Hand auf seiner Schulter spürte. Ruckartig drehte er sich um. Aber da war niemand. Angst kroch an ihm hoch. Er wollte weg, nur noch weg. Da schlug die Kirchturmuhr Mitternacht.

Knecht besann sich mit einem Male wieder darauf, warum er hier war. Er wischte die Angst aus seinen Gedanken und eilte zur Dorfstraße. Es war höchste Zeit, dass er zum Wegkreuz kam. Mit schnellen Schritten ging er bis zur Flurkapelle, lauschte in die Nacht. Und hörte Wolfsgeheul. Dann Schritte. Knecht drehte sich um, diesmal langsam, vorsichtig, als dürfte er niemanden verärgern, zu wem auch immer diese Schritte gehörten.

»Paula?«, flüsterte er, während er Kopf und Rücken drehte.

Aber da stand nicht Paula, sondern eine Gestalt, deren Erscheinung ihn bis ins Mark erschütterte. Es war der leibhaftige Teufel. Er sah genau so aus, wie Paula ihn ihm geschildert hatte: eine Bocksgestalt. Gehörnt. Mit Augen aus glühenden Kohlen. Und aus seinem riesigen Maul heulte ein Wolf.

Das Antlitz des Teufels! Knecht war ihm nicht gewachsen. Fliehen wollte er. Egal wohin. Nur weg, weg von hier. Aber seine Beine bewegten sich nicht. Sie schienen an diesem Kreuzweg festgenagelt zu sein. Da schubste der Teufel ihn plötzlich, und Knecht konnte laufen. Er rannte dem Wald zu, stolperte aber mehr, als er rannte, fiel das eine ums andere Mal auf die nasskalte Erde. Und blieb schließlich liegen und schaute zum Sternenhimmel hoch. Da zeigte sich das wilde Heer, furchterregend aus Nebelfetzen steigend. Dann hörte Knecht wieder die Wölfe. Und dann nichts mehr. Es war die vierte Wolfsnacht.

Dienstag, 28. Dezember 1999

1

»Hm … aber das Delikt an sich«, erwiderte Lander. »Oder ist der neue Erlass unseres Justizministers noch nicht zu dir vorgedrungen?«

Schwegler antwortete mit einem Achselzucken.

»Schon wer Waren klaut, deren Wert zehn Mark überschreitet, bekommt es künftig mit dem Staatsanwalt zu tun. Kleinkriminalität dürfe nicht länger verharmlost werden, so unser Minister. Mollenkopf hat schon die Hände über seinem Kopf zusammengeschlagen. Und wir sind auch betroffen davon!«

Lott war ungewollt Zeuge der kleinen Auseinandersetzung der beiden geworden, als er den kleinen Konferenzraum betrat und von den Kollegen nicht gleich wahrgenommen wurde. Die neuen Justizbeschlüsse, von denen die Rede war, waren Lott nicht neu; zudem standen im kommenden Jahr eingreifende verwaltungstechnische Änderungen ins Haus, von denen man noch nicht wusste, was für Auswirkungen sie auf den Einzelnen haben würden. Landers Erregung war also verständlich. Und Lott dachte, dass angesichts der laufenden Ermittlungen diese Befürchtungen nur stören konnten. Dass Entscheidungen der Justizministerien von Leuten getroffen wurden, die keine Ahnung von der täglichen Praxis hatten, war zudem ein offenes Geheimnis.

Um Lander vom Thema abzulenken, fragte er deshalb forsch: »Hat meine Soko jetzt noch einmal Zuwachs bekommen?«

Lander blitzte ihn zornig an: »Und von wo bitte? Ich kann keine Leute aus dem Ärmel zaubern!«

»Schon gut, war nur eine Frage. Wir kommen schon zurecht.«

Lander schien besänftigt. Ruhig zog er jetzt aus einer Aktenmappe ein Dokument hervor und reichte es Lott. »So sehen ab Januar 2000 unsere Dezernate aus. Das heißt, Dezernate gibt es dann ja nicht mehr, Kriminalinspektionen heißt das künftig!« Er schlug förmlich die Hände über dem Kopf zusammen, während Lott den Schrieb überflog.

Die bisherigen Dezernate:
D 1 – Kapitalverbrechen / Mord / Ungeklärte Leichen / Nicht natürliche Todesfälle / Brandermittlung
D 2 – Raub / Diebstahl /Erpressung
D 3 – Wirtschaftsdelikte / Betrug / Falschgelddelikte / Fälschungen / Ausweisfälschungen / Illegales Glücksspiel
D 4 – Rauschgiftdezernat
D 5 – Sitte / Sexueller Missbrauch
D 6 – Jugendkriminalität / Vermisstenfälle
D 7 – Fahndung / Verdeckte Ermittlungen
D 8 – Kriminaltechnik und Erkennungsdienst / Spurensicherung und Spurensuche
D 9 – Datenstation / Kriminal-Aktensammlung
DST – Staatsschutz
Dezernat B/OK – Bandenkriminalität / Organisierte Kriminalität

Diese bisherigen Dezernate werden durch folgende Kriminalinspektionen ersetzt:
***Kriminalinspektion 1** – umfasst die Dezernate D 1 – Kapitalverbrechen, D 5 – Sitte, D 6 – Jugendkriminalität, DST – Staatsschutz*
***Kriminalinspektion 2** – umfasst die Dezernate D 2 – Raub/Diebstahl, D 4 – Rauschgift, D-B/OK – Bandenkriminalität / Organisierte Kriminalität*
***Kriminalinspektion 3** – Alle Wirtschaftsdelikte*
***Kriminalinspektion 4** – D 7 – Fahndung, D 8 – Kriminaltechnik, D 9 – Datenstation*

Lott wiegte den Kopf hin und her. Er wusste freilich um die neuen Beschlüsse und fand sie nicht unbedingt verkehrt. Die übergreifenden Zuständigkeitsbereiche waren schließlich auch von Vorteil. Leid taten ihm natürlich die Dezernatsleiter, die nun gezwungenermaßen abgesägt wurden. Um Lander etwas Wind aus den Segeln zu nehmen, sagte er flapsig: »Es wird alles nicht so heiß gegessen, wie es gekocht wird.«

»Schreibtischfurzer«, bruddelte Lander im Hinausgehen.

Lott lächelte ihm verständnisvoll hinterher. Dann kümmerte er sich um den Ablaufkalender, warf einen Blick auf die Einteilung der Dienstfahrzeuge und holte bei Brauchle die Protokolle der letzten Vernehmungen.

Bei Simone Czech waren weitere Hinweise aus der Bevölkerung eingegangen, die zwar wenig vielversprechend waren, denen man aber dennoch nachgehen musste. Den Kollegen aus Krumbach, mit denen die Soko aufgestockt wurde, fiel diese Aufgabe zu. Lott blätterte im Protokoll der Vernehmung, die Lohner mit Nathalie Behrens und deren Freund Wolfgang Sauter geführt hatte. Eine einzige Stelle darin hatte Lott aufhorchen lassen. Nathalie hatte auf Lohners Frage, aus welchen Beweggründen man sich den *Hütern der Wolfsnächte* anschließe, geantwortet: *Ein jeder sucht und findet darin den eigenen Weg.*

Im Gegensatz zu Wolfgang Sauter, der eine halbe Seite lang über Brauchtum und Religion und über die keltischen Ursprünge dieses gelebten Brauchtums palaverte, schien Nathalie das Ganze als eine Art Selbsterfahrung zu verstehen. Ein Standpunkt, den ihr Freund vehement zu glätten und in die eigene Richtung zu schieben versuchte.

Ein jeder sucht und findet darin den eigenen Weg.

Lott sinnierte: Bedeutet das nicht, dass alle Mitglieder dieses Vereins aus einem anderen Grund diesen Hokuspokus mitmachen? Stellt diese Gemeinschaft ihren Mitgliedern eine Spielwiese zur Verfügung, auf der sie nach Lust und Laune mit all ihren okkulten Macken herumtollen dürfen? Benützt da jemand diese Spielwiese, um auf perfide Art und Weise sein ganz eigenes Spiel zu treiben, das mit den Wolfsnächten nicht das Geringste zu tun hat? Liegt hier vielleicht der Hund begraben, der Agnes Winter und Josefa Pfäffle das Leben gekostet hatte und vielleicht auch Benjamin Stiller – und womöglich war der nicht der Letzte in der Reihe?

Lott wurde in seinen Gedanken unterbrochen, als Petra Mai an seine Seite trat, um ihm mitzuteilen, dass Daniel Spreng im Verhörzimmer wartete.

Schwegler hatte in der Zwischenzeit Ursa Wagenseil vernommen. Das Protokoll der Vernehmung lag noch nicht vor, auch wenn Brauchle bereits ungeduldig mit den Fingern auf seinen Schreibtisch trommelte.

2

Daniel Spreng saß, den Rücken der Tür zugewandt, die Arme um die Stuhllehne geschlungen, im Verhörzimmer und drehte sich auch nicht um, als Lott den Raum betrat.

Erst als Lott grüßte, machte er sich die Mühe, Stuhl und Kopf ein paar Grad in die andere Richtung zu drehen. Dabei wirkte er keinesfalls unhöflich, eher versunken in Gedanken. Und dann erschrocken oder ertappt, als der Kommissar ihm die Hand reichte. Da stand er sogar auf, nickte höflich, als er den Gruß mit einem unsicheren Händedruck erwiderte und sich dann wieder setzte.

Artig, dachte Lott. Ein Ausdruck, den man eigentlich nur auf das Verhalten von Kindern anwendet. Und er wunderte sich, warum ihm gerade dieser Begriff in den Sinn gekommen war. Denn kindlich wirkte dieser Mittdreißiger gerade nicht. Sein hervorstehendes Kinn hatte etwas Herrisches, das zwar im krassen Gegensatz zu dem blonden, bis zum Halsansatz fallenden Haar stand. Doch auch die Augen, graugrün, die jetzt Lotts Blick standhalten wollten, strahlten wenig Vertrauenerweckendes aus. Eine Kälte strahlten die aus. Sie stachen jetzt richtig. Und dann nahmen sie plötzlich wieder einen ganz anderen Ausdruck an: Wärme. Oder etwas Ähnliches, das sich über die zuvor demonstrierte Kälte wie ein Schleier gelegt hatte.

Etwas stimmte mit der Psyche dieses Mannes nicht. Lott spürte das, denn er spürte, dass er etwas spürte. Ein Bauchgefühl, ein untrügliches Zeichen für ihn, dass etwas nicht stimmte. Aber noch konnte er freilich nicht einordnen, was ihm an Daniel Spreng missfiel. Eine Zeugenvernehmung diente schließlich nicht dazu, bereits im Vorfeld Schlüsse zu ziehen, die man hernach wieder zu revidieren hatte. Diese operative Befragung, die Lott bevorstand, diente zunächst einmal zur Orientierung, um festzustellen, ob Spreng überhaupt Angaben zu den Ereignissen machen konnte. Und wenn ja, ob dies relevante Informationen waren, die zur Aufklärung der Fälle führen könnten. Er überflog die Daten: Daniel Spreng, geboren am 13. April 1965 in Ulm. Abitur am Kepler-Gymnasium, Studium der Psychologie in München. Ledig. Wohnhaft in Ulm-Ermingen.

Lott begann: »Herr Spreng, Frau Wagenseil hat uns eine Liste zukommen lassen, auf denen die *Hüter der Wolfsnächte* aufgelistet sind, auch Ihr Name ist dabei. Erzählen Sie uns doch, wie und wann und auch warum Sie sich der Gruppe angeschlossen haben.«

Daniel antwortete, wie Lott feststellen konnte, wortgewandt: »Was sucht ein Psychologe bei so weltabgewandten und, Sie entschuldigen den Ausdruck: leicht verwirrten, wenn nicht gar verrückten Menschen? Das habe ich mich selber gefragt, vor ziemlich exakt einem Jahr, als Josefa mich da hingeschleift hatte.«

»Sie kannten Josefa Pfäffle?«

»Hier kennt doch jeder jeden. Aber darüber hinaus waren wir auch befreundet. Und eine winzig kurze Zeitlang sogar ein Paar.«

»Was verstehen Sie unter einer winzig kurzen Zeit?«

»Unsere Beziehung hielt nicht einmal einen Monat lang.«

»An was lag es?«

Daniel zuckte die Achseln. »Ein anderer Mann, neue Interessen, ein Wohnungswechsel. Ich denke, von allem etwas.«

»Und Sie? Wie haben Sie die Trennung aufgenommen?«

Daniel lachte auf. »Das war bei Gott nicht die große Liebe. Wir hatten beide eine nicht ganz leichte Zeit hinter uns und waren, wie wir Psychologen sagen, im Mangel und wollten einfach nicht allein sein. Uns beiden war von Anfang an klar, dass das keine Beziehung auf Dauer sein würde.«

»Aber den *Hütern* sind Sie treu geblieben?«, fragte Lott mit ironischem Unterton.

»Ja, irgendwie hatten die mich doch fasziniert.«

»Ich finde es ungewöhnlich, dass ein Mann mit Ihrer Bildung …«

Daniel unterbrach: »Warum sind Menschen in einer solchen Form religiös, schließen sich zusammen? Alle aus einem gemeinsamen, für die meisten Menschen nicht nachvollziehbaren Grund! Was treibt sie dazu, nachts auf Friedhöfen herumzugeistern? Und mit Hilfe von harmlosen Drogen in eine Geisterwelt einzutauchen? Und das immer nur zwölf Tage im Jahr. Von Weihnachten bis Dreikönig. Diese Fragen haben mich beschäftigt, ja. Nicht mehr losgelassen. Und zuletzt war ich richtig fasziniert.«

»Waren die Erkenntnisse, die Sie daraus gewonnen haben, denn so faszinierend?«

»Dass Menschen verführbar sind, weiß ich nicht erst seit meinem Studium. Das aber, was hier passiert, hat archaischen Charakter. Verführt nicht von einer Idee, die ein Phantast in die Welt gesetzt hat, sondern durch die Wiederentdeckung des Torwegs in eine astrale Welt, die in diesen Tagen eigentlich für jedermann offen steht. Sie werden lachen, aber ich selbst bin schon dem Wode und seinem Jäger zu Fuß, samt seinen Hunden, begegnet.«

Lott schluckte. Er wusste wirklich nicht, ob Daniel Spreng ihn verarschte oder ob er wirklich an diesen Wolfsnächte-Spuk glaubte. Er wollte deshalb die Vernehmung in eine andere Richtung lenken.

»Herr Spreng, was machen Sie beruflich?«

»Im Augenblick nichts. Ich gönne mir derzeit ein Sabbat-Jahr.«

»Und zuletzt?«

»War ich beim TÜV als verkehrspsychologischer Gutachter tätig.«

»Ihre Aufgabe dort?«

»Ich hatte über Wohl oder Wehe zu entscheiden. Also, ob einer nach dem Idiotentest seinen Führerschein wiederbekommt oder nicht.«

»Keine leichte Aufgabe.«

»Bei Gott nicht.«

»Herr Spreng, wie gut kannten Sie Agnes Winter?«

»Zu ihr hatte ich wenig Kontakt. Da stimmte die Chemie nicht, wie man so schön sagt. Sie war auch immer verschlossen. Mir gegenüber meine ich.«

»Was war Ihr erster Gedanke, als Sie von der Ermordung der Agnes Winter erfahren haben?«

Daniel Spreng schien eine Weile darüber nachdenken zu müssen. Dann sagte er: »Da haben welche ein übles und dilettantisches Schauspiel inszeniert.«

»Warum dilettantisch?«

»Der religiöse Anteil daran ist nicht echt. Die Wunden Christi! Die entstammen nicht einem krankhaften, religiösen Ritual. Die wurden hingeschustert.«

»Sie haben die nicht gesehen. Wie kommen Sie zu diesem Schluss?«

»Das liegt doch auf der Hand. Die Hälfte wäre mehr gewesen. Da sind welche schlichtweg übers Ziel hinausgeschossen.«

»Sie gehen von mehreren Tätern aus?«

»So viel Irrsinn hat in einem einzigen Gehirn keinen Platz«, meinte Daniel und fuhr fort: »Nehmen wir einmal an, der Ehemann steckt hinter der Tat. Er inszeniert das

Ganze, um von sich abzulenken. Er aber macht schlichtweg zu viel. So wird seine Inszenierung absurd.«

»Ich zweifle auch, dass Josefa Selbstmord begangen hat. Was meinen Sie, als Psychologe?«, fragte Lott und horchte gespannt.

»Es war ein Suizid. Hundert Pro!«, sagte Daniel Spreng entschieden.

»Warum sind Sie sich da so sicher?«

»Josefa war labil. Und ich fürchte, sie litt zuletzt auch unter Depressionen.«

Lott schluckte. Eine derart überzeugte Antwort hatte er nicht erwartet. Nach einer Weile stand er auf und sagte: »Herr Spreng, das wärs fürs Erste. Wenn wir weitere Fragen haben, melden wir uns. Sollte Ihnen noch etwas einfallen, was uns weiterhelfen könnte, rufen Sie mich an.«

Er brachte Daniel Spreng zur Tür und ging für einen Moment zurück, setzte sich und dachte: Der Mann weiß mehr, als er preisgibt.

3

Frau Heiler öffnete die Haustür. Erst beim wiederholten Schellen hatte sie die Klingel gehört, da sie den Staubsauger an hatte. Vor der Tür stand Manfred Richter.

»Kann ich reinkommen?«, sagte der, ohne einen Gruß voranzuschicken.

Frau Heiler nickte und machte den Weg in die Wohnung frei.

Und fragte: »Was willst du?«

»Josefa hat noch etwas, was mir gehört.«

»Alles hat die Polizei mitgenommen.«

»Das sicher nicht.«

»Dann schau nach, ich habe nichts dagegen.«

Plötzlich stand Alfons Heiler hinter ihm, als wäre er aus dem Nichts aufgetaucht. Richter erschrak.

»Mach bloß, dass du fortkommsch«, herrschte Heiler ihn an. »Du hosch bei ons nix mehr verlora!«

»Das würde euch so passen«, wehrte sich Richter. »Aber da habt ihr die Rechnung ohne den Wirt gemacht.«

»Dann sag, was du willsch, und dann hau ab.«

»Geld, so wie es ausgemacht war. Und jetzt erst mal den Schlüssel zum Rainbauerhof.«

Heiler ging zum Schlüsselbrett und griff nach einem Bund, an dem drei Schlüssel hingen. Den warf er Josefas Exfreund zu.

»Aber von Geld war net die Rede.«

»Ihr seid mir so Pharisäer!« Manfred Richter schüttelte mit ungläubigem Grinsen den Kopf.

»So weit hädds halt net komma dürfa.«

»Ach, auf einmal? Was du nicht sagst!«

Frau Heiler drängte sich vor. »Dass die Josefa tot ist, das ist nicht unsere Schuld.«

»Du hosch se aufm Gwissa«, schrie ihr Mann dazwischen.

»Scheinheiliger gehts wohl nicht! Aber glaubt ja nicht, dass ihr damit davonkommt.« Damit ging Manfred Richter zur Tür und schlug sie hinter sich zu. Dann stieg er in seinen Wagen und fuhr zum Rainbauerhof.

4

Lott ging über den Münsterplatz. Da stand noch immer der Weihnachtsbaum. Kurioserweise hatte der den Jahrhundertsturm unbeschadet überstanden. Ohne die Weihnachtsbuden, die wochenlang den Münsterplatz besetzt hatten, wirkte der Platz nun im wahrsten Sinne des Wortes wie leergefegt. Allein der Baum beharrte noch auf Weihnachtsstimmung. Ansonsten zeigte sich die Stadt nüchtern belebt und allein vom Konsum beseelt. Zwischen den Jahren hatten die meisten Leute frei. Schulferien waren auch. Die freien Tage nutzten viele, um nicht passende Weihnachtsgeschenke umzutauschen, die Kühlschränke neu zu füllen oder um ihre Geldgeschenke auszugeben. Im Einzelhandel herrschte also Großbetrieb, auch in der Buchhandlung, in der Elli aushalf. Studenten, die anderswo ihr Studium absolvierten und lediglich besuchsweise in ihrer Heimatstadt weilten, saßen auf den orangefarbenen Hockern entlang der Bücherregale und schmökerten, als Lott den Laden betrat.

Elli kam ihm gleich entgegen. Und empfing ihn mit den Worten: »Du bist ja ausnahmsweise pünktlich!«

»Kannst du weg?«, fragte Lott.

»Ja«, nickte Elli, ging kurz ins Büro zurück und kam mit ihrem Mantel wieder, den sie im Gehen anzog.

»Ich hätte Lust auf Fisch«, sagte Lott.

»Einverstanden«, stimmte Elli zu.

Dass man dafür in die Fischgaststätte Heilbronner ging, war klar. Die war seit gut zweihundert Jahren in der Rebengasse untergebracht und längst kein Geheimtipp mehr. Zum Bestellen musste man sich anstellen. Lott erschrak, als er die Menschenschlange, die bis zur Eingangstür reichte, sah.

»So viel Zeit haben wir wohl beide nicht«, seufzte er und machte am Eingang kehrt. Elli folgte ihm und bugsierte ihn dann in Richtung Stadthaus. Dort gab es als Tagesessen Linsen mit Wienerle und Spätzle. Eine annehmbare Alternative, wie Lott fand.

»Nimmst du dasselbe?«, fragte er, darauf hoffend, dass Elli bejahen würde, weil für ihn dann zumindest ein weiteres Wienerle abfallen würde. Elli begnügte sich aber mit einem Salat.

»Schade«, kommentierte Lott schmunzelnd.

Als das Essen serviert wurde, erkannte Lott ein paar Tische weiter den Exfreund der toten Josefa Pfäffle. Er saß mit einer jungen Frau am Tisch, mit der er sich wild gestikulierend unterhielt.

»Ist was?«, fragte Elli, die den veränderten Gesichtsausdruck ihres Mannes bemerkte.

»Hat mit dem Fall zu tun«, sagte Lott und schob ein Stück Wurst in den Mund.

»Und darüber darfst du ja nicht reden«, seufzte Elli.

Lott nickte und fragte, um vom Thema abzulenken, nach Lisa.

»Die kümmert sich noch um den Hund. Ich fürchte, sie wird ihn wieder mitnehmen, so wie die an ihm schon hängt.«

»Du fürchtest oder du hoffst?«, feixte Lott.

Elli antwortete mit einem vielsagenden Lächeln.

»Ist Lisa heute Abend da?«

»Ja.«

»Dann werde ich mich bemühen, dass ich zum Abendessen daheim bin.«

»Er hat sich zwar bemüht, es aber leider nicht geschafft. Soll ich ihr das sagen?«, konterte Elli.

Lotts Blick wanderte wieder zu Manfred Richter und zu der blonden, äußerst hübschen jungen Frau, die ihn mit wütenden Augen anblitzte. Richter schien sich wehren zu wollen und redete beruhigend auf seine Begleiterin ein. Im nächsten Augenblick aber stand die Blondine auf, rauschte mit einem Schimpfwort auf den Lippen davon und ließ Josefas Exfreund, der ihr wie ein begossener Pudel nachschaute, zurück. Dann rief er die Kellnerin und beobachtete, wer alles Zeuge dieses Streits geworden war. Dabei fiel sein Blick auch auf Lott. Sichtlich erschrocken nickte er dem Kommissar zu und hob, als würde er sich den Auftritt seiner Begleitung auch nicht erklären können, die Schultern.

»Deine Linsen werden kalt«, mahnte Elli.

Lott aß, ohne eine Miene dabei zu verziehen, weiter. Als er wieder aufschaute, war Richter bereits gegangen.

Draußen wirbelten indessen einzelne Schneeflocken über den Platz. Die Wolken hatten ein graues Dach über die Stadt gezogen. Elli schaute auf die Uhr und sagte, dass es Zeit für sie sei, in die Buchhandlung zurückzugehen. Vor dem Café trennten sie sich.

Im Neuen Bau wartete Schwegler mit verschmitzter Miene.

»Die Frankfurter haben einen unerlaubten Transfer gemacht. Der kostet denen Punktabzug. Fünf Punkte mindestens.«

Lott wusste nicht, was der Kollege da redete, ahnte aber, dass es sich dabei um Fußball handeln musste.

»Schön«, sagte Lott lapidar.

»Außerdem haben wir eine neue Spur«, fuhr Schwegler fort, dem Lotts Desinteresse an der Bundesliga nicht verborgen geblieben war.

»Und die wäre?«

Schwegler setzte ein triumphierendes Lächeln auf und sagte: »Agnes Winter hat zehntausend Mark an Daniel Spreng überwiesen.«

Das ergibt keinen Sinn.

Lott stand auf und ging zum Fenster. Noch immer wirbelten Schneeflocken über den Platz.

Was hatte Agnes Winter mit Daniel Spreng zu schaffen?

»Vielleicht ein Darlehen?«, sagte Lott, während er sich wieder Schwegler zuwandte.

Doch er zweifelte, dass es sich dabei um eine bloße Gefälligkeit handelte. Nach Sprengs Aussage stimmte doch die Chemie zwischen den beiden nicht.

»Wir müssen mehr über diesen Daniel Spreng wissen«, sagte Lott.

Vom Flur her drang lautes Gezeter. Ein Ladendieb, der bei Hertie eine Uhr hatte mitgehen lassen, beteuerte lauthals seine Unschuld.

5

»Im ungewissen Schneelicht einen Geißfuß hinter sich zu erblicken, das kann einem eine ganz schöne Angst einjagen«, sagte Ursa, noch immer etwas bleich vor Angst und Entsetzen. Andererseits war sie bereits erleichtert, das überlebt zu haben, aber auch stolz, davon berichten zu können. »Ein Kreuzeszeichen um das andere habe ich geschlagen, den ganzen Weg lang, von der Kapelle bis zum Haus.«

Die Mutter schaute sie groß an. »Was suchst du auch um die Zeit dort! Nach all dem, was passiert ist!«

»Den Jockel wollt ich treffen. Wir waren verabredet, aber er ist nicht gekommen.«

»Lass den Jockel!«

»Ich hab nichts mit ihm! Überleg mal, wie alt der ist!«

»Und warum wolltest du ihn treffen?«

»Dort, wo der Mord geschehen ist, treibt es den Wode mit seinen 24 wilden Hunden hin.«

»Ihr spielt mit dem Feuer!«

»Ich wollte nur wissen, ob alles fauler Zauber ist, was du mir erzählst.«

»Die Wolfsnächte sind heilige Nächte, vergiss das nicht. Und die gilt es zu hüten.«

»Der Teufel war hinter mir her. Was ist daran heilig?«

»Die Tore der Anderswelt sind geöffnet, da wird nicht nur das Licht geboren, da fallen auch die Schatten auf die Erde.«

»Ach Mutter, ich weiß nicht. Ich glaube, ich will das nicht mehr.«

»Noch bis Dreikönig, Kind, dann ist die Zeit des Todes und der Dunkelheit wieder vorbei. Und dann für immer. Hab noch so lange Geduld. Wir dürfen nicht noch weniger werden.«

6

Die Dienstbesprechung war für 15 Uhr vorgesehen, hatte sich aber um eine Viertelstunde verzögert, weil Petra Mai wegen des Mietvertrags für ihre Wohnung aufgehalten worden war.

Sie stöhnte und verdrehte dabei die Augen: »Sind eigentlich alle Schwaben so dermaßen umständlich wie mein Vermieter?«, fragte sie in die Runde und klagte: »Der wollte wirklich alles ganz genau wissen.«

»Ein Gschaftlhuber halt«, klärte sie Brauchle auf.

»Ein Erbsenzähler«, übersetzte Lott.

Lander, der vor der Dienstbesprechung die Soko noch über einige Details der neuen Richtlinien des Justizministeriums, die ab Januar in Kraft treten würden, in Kenntnis setzen wollte, trommelte ungeduldig auf die Tischplatte. Als er dann endlich losgeworden war, was jeder ohnehin längst wusste, verließ er eiligen Schrittes den Konferenzraum, als ginge ihn der Stand der Ermittlung nichts an. Dafür hatte Staatsanwalt Mollenkopf anklingen lassen, dass ihm noch immer kein detaillierter Ermittlungsplan vorlag und auch der Teilermittlungsplan Lücken aufwies, die er so nicht akzeptieren könne.

Brauchle verlor darüber kein Wort, sondern kam gleich zur Sache und unterrichtete die Soko, die durch zwei Krumbacher Kollegen Verstärkung bekommen hatte, über den Stand der Ermittlung. Die Krumbacher notierten sich alles, während die anderen nur zuhörten. Schließlich würden sie später nachlesen können, was Simone Czech, die das Protokoll führte, für sie festgehalten hatte.

Schwegler hatte recherchiert, dass der letzte Anruf, den Agnes Winter erhalten hatte, von Joachim Knecht war. Damit gehörten Uwes Nachforschungen ohne Zweifel zu den aufschlussreicheren Informationen. Zumindest im Augenblick. Knecht musste umgehend zur einer weiteren Vernehmung geladen werden. Ob Lotts Zeugenvernehmung mit

Daniel Spreng sie weiterbrächte, würde die weitere Ermittlung in dieser Richtung zeigen – und ob Lotts Beobachtung im Stadthaus-Café von Belang sein könnte, stand noch in den Sternen.

Die Befragungen von Inge Mader und Edith Braun waren dagegen mehr oder weniger im Sande verlaufen, wie dem Bericht zu entnehmen war: Inge Mader hatte sich lediglich übers Räuchern ausgelassen. Myrrhe desinfiziere und gebe Ruhe. Thymian reinige und stärke die Energie von Räumen. Wacholder vertreibe die Krankheitsgeister und alle Dämonen. Kampfer lösche sämtliche Informationen im Haus, und Weihrauch bringe Segen. Darüber hinaus sollten Besen gebunden werden, weil man mit ihnen alle bösen Geister und vor allem die Krankheitsdämonen aus dem Haus fegen könne. Über den Tod der Josefa und der Agnes hatte sie nichts sagen können oder wollen. Hatte gleich wieder davon angefangen, dass die Myrte für Reinheit und Klarheit sorge und außerdem den Frieden bringe. Und wer Styrax räuchere, der öffne sich für die Liebe. Dabei hatte sie gelacht wie ein Mädel. Nur keine Schulden machen, sondern Schulden zurückzahlen, war Edith Brauns Anliegen. Nur wer seine Rechnungen bezahlt habe und alle alten Angelegenheiten geklärt, sei vorbereitet auf die Wolfsnächte und könne als Hüter dieser heiligen Nächte der *Wilden Jagd* entgegentreten. Nur müsse man zuvor alles in Ordnung gebracht haben. Alles aufgeräumt und geputzt. Und die Engel um ihren Segen bitten. Über Agnes Winter hatte sie gesagt: Sie war zu schwach. Konnte nicht mehr orakeln. Sie hat sich nicht vorbereitet. Die *Wilde Jagd* hat sie überrannt und die schwarzen Hunde haben sie gebissen. Und jetzt ist sie tot. Das Vermächtnis der Toten – *Ich bin mein eigener Richter, mein eigener Henker. Möge Gott mir verzeihen* – war beiden fremd. Das habe mit den Wolfsnächten nichts gemein. Die Ursa ist ein Lausemädel, hat die Inge noch eingeworfen, als von den anderen Hütern die Rede war. Über alle anderen aber sagten beide nichts.

»Altweibergewäsch«, seufzte Petra abschließend.

Lott informierte die Kollegen über die weiteren Ermittlungsschritte und verteilte die Aufgaben. Er selbst wollte sich Brunhilde Kölbl vornehmen. Petra Mai sollte ihn dabei begleiten. Die schmunzelte, als sie den Dienstwagen anließ, und sagte: »Die soll ja die Hübscheste von dem Haufen sein.«

7

Bis alle Ängste ausgeschwitzt sind, wird die Blau noch eine Menge Wasser zur Donau tragen.

Jockel Knecht starrte zur Decke. Er wusste nicht, wie er in sein Bett gekommen war. Sein linkes Bein schmerzte. Das andere fühlte sich taub an. Und er hatte Fieber. Aber er war in Sicherheit. Der Teufel war von ihm gewichen, nur die Angst harrte noch bei ihm aus. Die würde er so schnell nicht wieder loswerden.

Bis alle Ängste ausgeschwitzt sind …, dachte er.

Er hatte den Wode gesehen. Die *Wilde Jagd.* Und dem Teufel ins Maul geschaut. Aus dem Maul hatte ein Wolf geheult. Diese Bocksgestalt! Gegen die war er doch machtlos gewesen. Ein Wunder, dass er noch am Leben war.

Ich habe getan, was immer von mir verlangt wurde.

Das Dämmerlicht des Spätnachmittags fiel ins Zimmer, als wollte es ihn zudecken. Er schaute zur Uhr. Kurz vor vier Uhr war es.

Er versuchte aufzustehen. Ein Schwindel erfasste ihn da, der ihn herumdrehte, als wäre er ein Kreisel. Dann schrie er um Hilfe.

Als die Tür geöffnet wurde, erschrak er und war doch gleich wieder beruhigt.

Walburga schaute durch die halbgeöffnete Tür.

»Jockel?«, sagte sie, fragend und erleichtert.

Dann trat sie an sein Bett und setzte sich auf die Kante. Legte die Hand auf seine Stirn.

»Du hast Fieber«, flüsterte sie.

»Wie komme ich hierher?«

»Der Daniel hat dich hergebracht. Du hast fürchterlich ausgesehen.«

»Gegen die *Wilde Jagd* komm ich nicht an und gegen den Teufel schon gar nicht.«

»Du warst beim Rainbauerhof.«

»Ich war beim Wegkreuz, da ist er mir begegnet.«

»Ich hol dir Wasser, du musst etwas trinken.«

Als Walburga mit einem Glas Wasser zurückkam, hatte Knecht sich aufgesetzt.

»Du musst die Leute zusammenrufen«, sagte er.

Walburga nickte und führte das Glas an seinen Mund. Knecht trank und hustete. Dann legte er sich wieder zurück.

»Eine Bocksgestalt ist der Teufel, wie Paula ihn beschrieben hat«, sagte er.

»Man muss das Böse nicht heraufbeschwören«, sagte sie.

Jockel antwortete nicht. Er schaute Walburga nur an. Als erwarte er, dass sie irgendetwas sagte, das seine Angst verscheuchen würde. Aber Walburga sagte nichts. Sie nahm das halbleere Glas und stellte es auf den Nachttisch.

»Wir sind keine zwölf mehr. Das macht uns schwach«, sagte sie dann doch plötzlich.

»Die Paula bräuchten wir«, antwortete er.

»Sie ist tot, Jockel, begreif das endlich.«

»Wo hat der Daniel mich gefunden?«

»Auf dem Rainbauerhof, wie ich dir schon sagte.«

»Und was hat er gesagt?«

»Eine Nachricht war in deiner Hand. Du weißt, was draufstand.«

Jockel schüttelte den Kopf. »Nein«, sagte er.

Walburga griff in ihre Schürze und reichte ihm die kleine Papptafel.

Ich bin mein eigener Richter, mein eigener Henker. Möge Gott mir verzeihen.

Jockel erschrak. Und dachte: *Bis alle Ängste ausgeschwitzt sind, wird die Blau noch eine Menge Wasser zur Donau tragen.*

»Was erschreckt dich?«, fragte Walburga verwundert. »Du hast das doch selber geschrieben!«

8

Bruni Kölbl war nicht zuhause. Lott hatte ein paar Mal an der Haustür geklingelt, ohne dass sich etwas gerührt hätte.

»Die isch glaub verreist«, meinte die Nachbarin, die ihren Kopf aus einem der Fenster des Nebenhauses steckte.

»Wissen Sie das genau?«, hakte Lott nach.

»Sie hot ihren kloina Reisekoffer drbeighet«, erklärte die Nachbarin.

»Wann war das?«

»Heit morga om de achte rom.«

»Wissen Sie auch, wohin sie verreist ist?«

»Do frogat Se mi jetzt zviel. Koi Ahnung. Sie hot bloß guada Morga gsagt ond isch dann drvo.«

Lott bedankte sich und stieg in den Wagen.

»Was jetzt?«, fragte Petra.

Lott zuckte mit den Achseln. »Ich würde sagen, zurück ins Büro.«

Petra lächelte. Und Lott dachte, während er die Kollegin betrachtete, dass er, gemessen an der Kürze ihrer gemeinsamen Zeit, schon eine Vertrautheit mit ihr registrierte, die ihn verblüffte, gleichzeitig aber auch verunsicherte. Eine gemeinsame Arbeit erforderte auch Distanz.

Verlegen erwiderte er ihr Lächeln: »Kommst du klar in deiner neuen Wohnung?« Und wollte dieses Lächeln gleich wieder zurücknehmen.

Aber die Kollegin kam ihm zuvor. »Willst du sie dir anschauen?«, fragte sie zurück. »Ich müsste ohnehin auf einen Sprung hin, etwas abholen.«

Lott nickte und sagte lapidar, mit nüchternem Tonfall: »Einverstanden.« Und er schaute hinüber zu ihr. Musterte sie. Ihre blauen Augen, die dünne, spitz zulaufende Nase. Und ihr Haar, das auf dem Kopf lag, als würde es da nur gezwungenermaßen liegen.

Sie blinzelte jetzt, hatte seinen Blick gespürt, der abgeklärt wirken wollte, aber in dem sie doch ein schüchternes Verlangen zu erkennen glaubte. Plötzlich war dieser Blick aber weg.

»Dieser Spreng geht mir nicht aus dem Kopf«, sagte Lott geschäftig. »Was sucht einer wie der bei diesen Orakeltanten?«

»Das ist ja wieder typisch«, ereiferte sich Petra. »He, da sind auch Männer dabei. Vergiss das nicht. Ich meine, der hat einfach Anschluss gesucht.«

»Der sieht nicht schlecht aus. Hat Psychologie studiert. Ich meine, der hätte sich auch einer etwas zeitgemäßeren Gruppe anschließen können.«

»Die Liebe vielleicht?« Petras Wimpern begannen zu flattern.

»Du meinst Bruni Kölbl?«

»Vielleicht auch die Ursa, oder Nathalie. Sind doch alle ganz hübsch«, fand die Kollegin.

»Naja.« Lott rümpfte die Nase.

»Also hör mal. Tu nur nicht so, als hättest du keinen Blick mehr dafür übrig.«

Lott zuckte mit den Achseln und ging nicht auf die Bemerkung ein. »Daniel Spreng ist über Josefa dorthin gelangt. Anfänglich aus Neugier, wie er behauptet; zu Studienzwecken sei er da hingegangen. Dann fand er es plötzlich spannend, faselte von den Dingen zwischen Himmel und Erde, die jenseits aller Psychologie lägen. Aber das klang mir zu aufgesetzt, um wirklich glaubhaft zu sein.«

Petra bog in die Ochsengasse ab. Lott erinnerte sich, dass dort sein Schulfreund Manfred Erdmann gewohnt hatte. Und die Lissy Molfenter, die damals Klassensprecherin war. Und wie der Maichel Bernd gedroht hatte, ein Klassentreffen organisieren zu wollen.

»Wohnst du hier irgendwo?«, fragte Lott.

»Gefällt dir die Gegend nicht?«, fragte Petra, die etwas Abfälliges in Lotts Frage vermutete, zurück.

»Da habe ich ein Stück meiner Kindheit verbracht«, klärte Lott sie auf.

»Ach was?!«, staunte die Kollegin, fuhr den Wagen rechts ran und stieg aus. »Wir sind da.«

Lott stieg aus dem Wagen und schaute so verwundert, als wäre er zum ersten Mal in dieser Gegend.

»Hier oben, im Dachgeschoss, wohne ich«, sagte Petra und zeigte zum Dachfirst.

»Das Haus gab es zu meiner Zeit noch nicht.«

Lott staunte selbst darüber, dass ihm, obwohl er in dieser Stadt zuhause war, solche Veränderungen verborgen geblieben waren. Vor seinem geistigen Auge sah er sich mit dem Erdmann Manfred am Ausschank der Mosterei Molfenter eine Cola trinken, bis ihn die Kollegin aus seinen Gedanken riss.

»Also, komm mit in mei guads Stüble«, parodierte sie Brauchles Ausdrucksweise.

Oben angekommen, kramte sie den Schlüssel hervor, schloss auf und ging voraus. Außer der Kochnische, die bereits eingebaut war, hatten die beiden Räume wenig Wohnliches zu bieten. Die Umzugskartons standen noch so, wie die Möbelpacker sie abgeliefert hatten, herum, und einzig die Matratze unter dem Dachfenster, mit dem Bettzeug darauf, war ein Indiz, dass hier bereits jemand eingezogen war.

»Machs dir gemütlich«, lachte Petra.

Lott schaute zum Schlafplatz. Petra wurde rot. Dann hievte sie einen Karton von einem der beiden Korbsessel.

»Ich dachte eigentlich an den Sessel«, kokettierte sie jetzt. Unbefangen, wie es ihre Art war. Denn rot werden, so hatte Lott sie gleich eingeschätzt, das passte so gar nicht zu ihr.

Sie suchte jetzt in irgendeiner Tasche und murrte: »Ich muss noch zum Einwohnermeldeamt.« Und murrte weiter: »Bürokratie« und »Schriftkram«.

»Wenn dir die Bürokratie nicht liegt, hättest du einen anderen Beruf ergreifen müssen«, meinte Lott.

Petra stöhnte einen Laut Zustimmung. Dann hatte sie das gesuchte Papier in einer der Taschen entdeckt, wedelte damit beifallheischend vor Lotts Nase herum und ließ den Kollegen wissen, dass sie bereits wieder in Aufbruchsstimmung sei.

»Wenn wir die Ermittlungen abgeschlossen haben, kannst du dich darum kümmern«, sagte Lott mit einem Rundblick auf die Umzugskartons. Dass da noch ganz andere Arbeiten auf Petra warteten, war nicht zu übersehen.

Sie setzte Lott im Neuen Bau ab und fuhr dann weiter zum Einwohnermeldeamt.

Noch bevor er die Treppe zu seinem Büro nehmen konnte, traf er den Kollegen Schwegler. Schon wieder in Hochstimmung.

»Die Frankfurter haben einen unerlaubten Transfer getätigt. Jetzt ist es amtlich. Das gibt mindestens sechs Punkte Abzug. Da kommt auch der DFB nicht drumrum.«

»Gute Nachrichten!« Lott lachte es dem Kollegen förmlich ins Gesicht. Wann begriff Schwegler denn endlich, dass Fußball ihn nicht im Geringsten interessierte?

»Nie mehr Zweite Liga, nie mehr, nie mehr …« Schwegler war wieder einmal nicht zu bremsen. Er schwebte geradezu aus dem trutzigen Gebäude, hinaus in die Ulmer Stadtluft, die trotz Winterpause von Schweglers Fußballhysterie geschwängert schien.

Als Lott wenig später allein in seinem Büro saß, schob er alle Ermittlungsunterlagen zur Seite, zog ein DIN-A-4-Blatt aus einem der Schreibtischfächer und erstellte eine Matrix, in die er sämtliche Personen, die im Bannkreis der Verbrechen standen, scheinbar willkürlich setzte. Nicht tabellarisch, sondern eher in der Form des neuen Computerprogramms, dem Mind-Map-Verfahren, bei dem mittels graphischer Tools Fakten vernetzt dargestellt und ihre Einflussmöglichkeiten nachvollzogen werden. Dabei entsteht sozusagen eine Landkarte, die sehr gut die Beziehungen der vorhandenen Daten und Informationen visuell darstellt. Lott stand mit seinem Computer aber auf Kriegsfuß. So vertraute er ganz seiner Methode, zog Linien, welche die Namen miteinander verbanden. Er betrachtete das Bild: Alle Fäden schienen bei einem zu landen. Bei Joachim Knecht, den sie Jockel riefen.

9

Irrlichter. Törichtes Feuer. Oder *ignis fatuus*, wie der Lateiner sagt. Selbstentzündliche Gase seien es, freigesetzt bei der Verwesung organischer Stoffe, besagte die wissenschaftliche Erklärung. *Das ist Unsinn! Im Moor führen sie die Gutgläubigen in den Tod. Und ich habe sie in diesen Nächten auf dem Friedhof gesehen. Mit einem kalten Hauch kamen sie dahergerannt. Wie kleine Winde. Sie wollen uns erschrecken und in die Irre führen.*

Was hat der Jockel da geredet?

Patricia Wagenseil hatte Wacholder geräuchert. Und ein Stück der Angelikawurzel dazugegeben. Damit alles ein wenig heller wird. Dieser Raum, der in der Dunkelheit steckte. Ein Raum, den sie mit Krankheitsgeistern und Dämonen teilte. Ihre Tochter war vor einer halben Stunde gegangen. Nathalie und Wolfgang hatten ihr eine Absage erteilt. Auf Edith und Inge wartete sie noch. Sie hatten sich verspätet. Draußen heulte ein Sturm, der hörte sich an, als hätte der Wode seine Hunde losgelassen. Der Raum wurde nicht heller. Der Wode reitet einen großen Schimmel, das weiß sie.

Und dass ein Jäger zu Fuß und vierundzwanzig wilde Hunde ihm folgen.

Der Raum wird nicht heller. Da kann noch so viel Wacholder brennen. Und die Angelikawurzel ist zu klein für den großen Wode auf seinem Schimmel. Jetzt hat sie Angst. Die Zäune draußen stürzen krachend zusammen. Die Hunde heulen und schnaufen. Kommen dem Wode nicht hinterher. Einer bleibt vielleicht liegen. Den holt der Wode dann in einem Jahr wieder ab. So lange kann der schlafen oder tot sein. In dieser Nacht darf man keine Wäsche draußen hängen lassen. Die Hunde würden sie zerreißen. Und ein Brot darf man auch nicht backen. Die Hunde würden es riechen. Und wenn eine Tür offen steht, würden sie alles Essbare verzehren.

Inge und Edith standen jetzt vor der Tür. Und keine Hunde. Und kein Zaun krachte mehr. Patricia hieß die beiden willkommen. Inge hatte Holunderwein mitgebracht, und Edith hielt eine Tüte mit Weihnachtsgebäck in der linken Hand, mit der anderen ertastete sie Patricias Stirn.

»Du hast Fieber, meine Liebe«, sagte sie dann.

»Es ist nichts«, wehrte die Gastgeberin ab und bat darum, schnell ins Haus zu gehen, damit sie die Tür wieder verschließen konnte. Sie zupfte dabei Inge nervös am Ärmel ihres Mantels. Und zog sie herein. Edith huschte hinterher. Wie ein Irrlicht. Wie ein törichtes Feuer blinkten ihre Augen. Zumindest sah es Patricia so.

»Du hast Fieber«, wiederholte sich Inge.

Und Patricia wollte wegrennen. Irgendwohin.

Edith hielt sie zurück, nahm sie in ihre Arme. Da merkte Patricia, dass die Edith kein Irrlicht war. Und Inge gab ihr zu trinken.

»Die Hunde fressen uns die Haare vom Kopf, wenn wir die Tür nicht richtig schließen«, lachte die Gastgeberin jetzt schon wieder.

»Das wäre gerade noch zu verkraften«, meinte Edith. Und erklärte, indem sie erzählte. »Dem Bäuerle aus Allewind haben seinerzeit Wodes Hunde das ganze Haus leergefressen. Wie hat das Bäuerle da gejammert und geklagt. Und ist gleich zum Wode gelaufen und hat sich darüber beschwert und gesagt, der Wode müsse den Schaden ersetzen, den seine Hunde angerichtet haben. Der Wode hörte sich das an, dann brachte er dem Bäuerle einen toten Hund. Wirf den Kadaver in deinen Schornstein, befahl er dem Bäuerle. Das tat wie ihm geheißen. Da platzte der Balg und lauter blanke Goldstücke fielen heraus.«

Patricia lächelte. Inge schenkte allen Holunderwein ein. Und prostete ihnen zu.

»Wo steckt deine Ursa?«, fragte Edith. »Es ist ratsam, dass in dieser Nacht die Töchter bei ihren Müttern bleiben. Der Jäger zu Fuß schleppt sie sonst ab.«

»Sie ist mit dem Daniel weg«, erklärte die Hausherrin. Und erschrak. Im selben Moment begannen draußen die Hunde zu heulen. Und dann hörten die Frauen einen Schrei, der klang wie der Todesschrei eines Mädchens.

Es war die fünfte Wolfsnacht.

Mittwoch, 29. Dezember 1999

1

Briefe an die Nachwelt. *Am 31. Dezember um 12 Uhr wird in Rottweil in einem Festakt vor dem Kapellenturm die Millennium-Postbox im Boden eingemauert. Bis kurz vorher haben Briefschreiber noch die Möglichkeit, eine schriftliche Nachricht an die Nachwelt in den 600 Kilogramm schweren, aus Edelstahl bestehenden Briefkasten zu werfen. Am 21. Dezember 2099 wird die Postbox wieder geöffnet und die Briefe an die Adressaten verschickt. Die Aktion »Schreib mal für die Leser in 100 Jahren« stammt vom Rottweiler Kulturamtschef. Die Postbox fasst 10 000 Briefe.*

Elli hatte ihm die Zeitung ans Bett gebracht. Und ihm gleich diese Seite aufgeblättert mit den *Briefen an die Nachwelt.* Lott las den kleinen Artikel mit etwas Widerwillen. Mit nüchternem Magen sich um die Welt zu kümmern, war ihm nicht möglich. Schon gar nicht um die Welt in hundert Jahren.

»Und, was hast du deinen Nachkommen mitzuteilen?«, fragte Elli, und ihr hüpfte ein schon munteres Lächeln dabei von den Lippen. Und sie zweifelte gleich: »Ob die Leute in hundert Jahren überhaupt noch lesen können, geschweige denn unsere Sprache verstehen?«

Lott hatte dafür nur ein Schulterzucken übrig. Er war noch müde und eigentlich für diesen Tag noch nicht geschaffen. Geschweige denn für einen Tag in hundert Jahren. Erst der Kaffeeduft, der von der Küche herwehte, schubste seine Lebensgeister in den letzten 29. Dezember dieses Jahrtausends.

Elli war da aus ganz anderem Holz geschnitzt. Schlag sechs Uhr war sie bereits auf den Beinen und stand auf diesen so fest und zuversichtlich, noch ehe der Morgen graute. Lott dagegen wankte erst viel später ins Bad, um dort seinen täglichen Ritualen nachzukommen. Der prüfende Blick in den Spiegel. Die Rasur. Das Duschen, sofern er keine Notwäsche vorzog. Die ersten Worte holperten dann auch schwer über die Lippen. Als müsste er allmorgendlich sich erst wieder ans Sprechen gewöhnen. Auch das Zeitunglesen war eigentlich erst möglich, wenn Kaffee und Brötchen im Magen waren. Dass Elli ihn an diesem Morgen mit dem Zeitungsartikel, diesem Aufruf, Briefe an die Nachwelt zu verfassen, konfrontierte, hatte ihn deshalb ein wenig muffig gemacht. Er dachte jetzt an Josefa und an Agnes Winter und daran, dass dieses alte Jahrhundert sich mit aller Macht dagegen zu wehren schien, plötzlich Vergangenheit zu sein.

Nach dem Frühstück fuhr er mit Elli in die Stadt. Sie war noch wenige Tage in der Buchhandlung beschäftigt, er hatte für halb neun die erste Dienstbesprechung anberaumt.

Die erste gute Nachricht war, dass der Aufenthaltsort der Bruni Kölbl jetzt bekannt war. Sie hatte ein Zimmer in einem Allgäuer Hotel gebucht. Bis Neujahr. Brauchle hatte sofort veranlasst, sie zur Zeugenbefragung herzubeordern. Danach könne sie ihren Urlaub ja fortsetzen. Sie hatte keinen Versuch gemacht, sich der Befragung zu entziehen, nur darum gebeten, diese auf morgen zu verschieben.

Ein weiterer Hinweis kam von der Notrufzentrale. Dort war am frühen Morgen die Meldung eingegangen, man habe einen Mann in der Einfahrt zum Rainbauerhof tot aufgefunden. Als eine Streife und ein Notarztwagen dort vor Ort waren, hatten sie aber keinen Toten vorgefunden. Der Anrufer wollte anonym bleiben, sagte aber, dass er glaube, der Jockel Knecht sei das. Aber er habe sich nicht so nahe herangetraut, weil er ja nicht wissen könne, was ihn dort erwarten würde.

»Und?«, fragte Lott. »Habt ihr die Sache verfolgt?«

»Joachim Knecht ist zu Hause. Krank zwar, wie Frau Tetzner, seine Freundin, sagte, aber doch am Leben«, informierte Petra Mai die Kollegen.

»Was hast du noch über Daniel Spreng rausgefunden?« Lotts Frage war an Schwegler gerichtet.

»Bis auf die Tatsache, dass Agnes Winter ihm zehntausend Mark überwiesen hat, nichts Neues. Vielleicht eins noch am Rande: Ursa hatte angedeutet, dass sie den Daniel des Öfteren mit einem Russen gesehen hat. Den hat er sogar einmal mitgebracht. Aber das wollte dann ihre Mutter, die Frau Wagenseil, nicht.«

»Emmerhin a weitra Spur«, stärkte Brauchle dem Kollegen den Rücken, um ihm dann gleich in denselben zu fallen: »Ao wenns vielleicht bloß a ganz kloina isch.«

Schwegler zog die Lippen kraus. »Ich bin eben gründlich, was man nicht von allen hier behaupten kann.«

Lott schlichtete den nervigen Disput: »Wir finden heraus, wer dieser Russe ist. Möglich, dass der uns mehr über Daniel Spreng erzählen kann.«

Lohner nickte. Und wartete auf Lotts Instruktionen.

Schwegler warf ein: »Wenn Geld das Mordmotiv ist, kommen im Fall Agnes Winter doch nur der Ehemann, allenfalls noch seine Mandy in Frage, oder dieser Daniel Spreng, der sich vielleicht noch mehr als diese zehntausend geliehen hat.«

»Eine Kuh, die man melken kann, schlachtet man doch nicht.« Petras abgedroschener Vergleich fand Brauchles Zustimmung.

»Des Motiv isch am End vielleicht gar koi Motiv. Ond für a Verbrecha aus Habgier isch des ganze Dromrom z kompliziert. S Mädle hot recht: A Kuh, die ma melka ka, schlachtet ma net.«

»Was heißt kein Motiv«, versuchte Lott Brauchles Aussage zu korrigieren. »Ein Motiv gibt es immer. Nur weil es vielleicht nicht zu den klassischen wie Habgier, Eifersucht et cetera zählt, ist die Bildung von Versionen zum Motiv des Täters bestimmend für die Hauptrichtungen der Ermittlungstätigkeit und der Täterermittlung.«

Petra Mai schaute den Kollegen groß an. Dass Lott gerne ins Dozieren kam, das kannte sie so noch nicht.

»Stellen wir im Mordfall Agnes Winter folgende Versionen zum Motiv der Tat auf: *Täter beging die Straftat aus persönlicher Rachsucht; Täter handelte aus sexuellen Motiven; Täter beging die Tat aus Geldgier; Täter und Opfer kannten sich; die Tat sollte zur Verschleierung von begangenen Straftaten dienen; Täter wählte das Opfer zufällig aus.* Versionen zum Motiv können zu vielfältigen indirekten Hinweisen auf den Täter führen. Im Fall Agnes Winter und im Fall Josefa Pfäffle könnten wir das Motiv *Täter beging die Tat aus religiösen Gründen* hinzufügen.«

»Oder der Täter hot ganz schlicht oina an dr Waffel«, brummte Brauchle dazwischen.

»Geldgier, Brauchle«, unterbrach Schwegler. »Es geht doch fast immer nur ums Geld. Genau wie im Fußball.«

Lohner verdrehte die Augen: »Gibt es bei dir eigentlich irgendetwas, bei dem du deinen Fußball außen vor lassen kannst?«

»Wie gehen wir weiter vor?« Petra wurde ungeduldig.

Lott instruierte: »Bruni Kölbl muss vernommen werden. Und diesen Russen müssen wir ausfindig machen. Vielleicht hilft der uns weiter. Ich habe mich mit Sprengs Chef verabredet. Außerdem gibt es neue Hinweise aus der Bevölkerung, denen wir nachgehen müssen. Und für wann habt ihr den Knecht vorgeladen?«

Als die Aufgaben verteilt waren, schlüpfte Lott in seine Jacke, nahm die Treppe zum Ausgang und ging zu Fuß bis zur Karlsstraße. Dort war der TÜV untergebracht.

2

»Daniel Spreng hat bei uns als freier Mitarbeiter auf Honorarbasis gearbeitet«, antwortete Otto Schempp, der Chef des Hauses, auf die Frage, in welcher Form Spreng für den TÜV tätig war.

»Das ist möglich?«, staunte Lott.

»Natürlich! Die meisten glauben ja fälschlicherweise, der TÜV wäre eine staatliche Einrichtung. Sie vermutlich auch?«

Lott nickte unsicher.

»Sehen Sie! Wir haben lediglich staatliche Aufgaben übernommen, sind aber, wirtschaftlich gesehen, ein privates Unternehmen. Wir haben etliche freie Mitarbeiter, vor allem bei den psychologischen und medizinischen Gutachtern.«

Lott griff den Faden auf: »Daniel Spreng hat sich ein Jahr Auszeit genommen, wie er uns ...«

Herr Schempp unterbrach: »Wie bitte?«

»Ein Sabbat-Jahr!«

»Nein, dieser Daniel! Das ist wirklich die Höhe!«

»Was stimmt daran nicht?«

»Rausgeschmissen haben wir ihn natürlich!«, empörte sich Schempp.

»Aus welchem Grund?« Lott wurde hellhörig.

»Der hat sich seine Arbeit nicht nur von uns entgelten lassen. Der hat zweimal kassiert.«

»Hat er Gutachten gefälscht?«

»Sagen wir einmal, er hat sie dahin geschönt, dass der Antragsteller auf diese Weise unverdient wieder seinen Führerschein bekommen hat. Und Herr Spreng hat sich diesen Liebesdienst gut bezahlen lassen.«

»Aber entscheidet nicht die Führerscheinstelle darüber?«, hakte Lott nach.

»Herrin des Verfahrens ist freilich die Führerscheinstelle in Ulm, unser Herr Schneider in Persona, aber zu 99,9 Prozent wird die Vorgabe des Gutachters umgesetzt. Somit entscheidet letztendlich der Gutachter.«

»Und diese Macht hat Daniel Spreng ausgenützt«, konstatierte Lott.

»So ist es.«

»Gibt es darüber Unterlagen?«

»Nein, wir haben die Angelegenheit intern geregelt. Wäre das an die Öffentlichkeit gelangt, hätte der Vorfall womöglich Schule gemacht.«

»Wie ist das Ganze denn aufgeflogen?«

»Herr Vadim Solnikov hat den Stein ins Rollen gebracht. 3,0 Promille. Der hat mit seinen Geschichten den Laden hier ganz schön aufgemischt. 3,0 Promille und geht schnurgerade hier durchs Büro und erzählt ohne Zungenschlag. Jeder andere liegt da doch im Koma.«

Lott lächelte bitter. Als Koma-Saufen bezeichnete man unter Jugendlichen diesen abartigen Wettkampf, der nicht selten tödlich endete. Und er horchte bei dem russischen Namen auf.

»Der hätte nie und nimmer seinen Führerschein zurückbekommen dürfen«, ereiferte sich Schempp. »Aber die Führerscheinstelle hatte da schon entschieden. Und das Urteil rückgängig zu machen, das hätte doch zu viel Staub aufgewirbelt. Zumal es rechtlich fragwürdig gewesen wäre.«

»Es handelte sich aber um eine Straftat, die Sie hätten melden müssen«, warf Lott ein.

»Wirklich nachweisen konnten wir dem lieben Daniel ja nichts. So haben wir uns offiziell einvernehmlich getrennt.«

»Ist dieser Russe hier in Ulm gemeldet?«

»Zuletzt war er das«.

»Herr Schempp, wir ermitteln in einem Mordfall. Wenn Ihnen zu Herrn Spreng oder auch zu dem Russen noch etwas einfällt, bitten melden Sie sich. Jeder Hinweis kann wichtig sein.«

»Ist der Daniel denn verdächtig?«

»Darüber kann ich nichts sagen.«

Lott stand auf, bedankte sich, reichte Herrn Schempp seine Karte und verabschiedete sich.

3

Der Anruf ging um 11.30 Uhr bei der Zentrale ein. Simone Czech leitete ihn an Brauchle weiter. Der setzte die Maschinerie in Gang.

Ein Forstbeamter hatte in den frühen Morgenstunden eine junge Frau aufgegriffen, die ziellos im Wald umhergeirrt war. Völlig verstört sei die gewesen, hatte der Forstbeamte berichtet, nicht einmal ihren Namen konnte die sagen. Er hatte sie dann mit zu sich genommen und die Polizei verständigt.

Brauchle ahnte wohl, dass die junge Frau mit den Geschehnissen der letzten Tage in Verbindung stand, und rief, nachdem er eine Streife losgeschickt hatte, Lott auf dem Handy an.

»Die khert gwieß zu dene Gspennade«, mutmaßte Brauchle.

»Ich fahr gleich hin. Sag bitte Petra Bescheid, ich möchte sie dabeihaben.«

Lott drückte das Gespräch weg, ging zu seinem Wagen und fuhr los. Dass er Petra bei der Vernehmung dieser jungen Frau dabeihaben wollte, hatte einen einfachen Grund. Die würde zu einer Frau gewiss mehr Vertrauen haben als zu ihm. Das Gespräch mit Herrn Schempp, das eben noch mit all seinen wunderlichen Details in ihm gespukt hatte, war plötzlich verflogen. Stattdessen stellte er Überlegungen an, wer diese junge Frau sein könnte. Er nahm die Abzweigung, die zur TSG-Sportstätte und dann weiter nach Ermingen führte. Nach wenigen Minuten war er beim Forstamt. Ein Streifenwagen parkte bereits davor und zu seiner Verwunderung auch der Dienstwagen, der Petra Mai zugeteilt war.

Die Tür zum Forstamt stand offen, Lott trat ein. Eine ältere Frau führte ihn in das Zimmer, in dem Petra, die Streifenbeamten sowie die junge Frau und der Forstbeamte, der sie hierhergebracht hatte, versammelt waren.

Lotts Blick fiel sogleich auf das Mädchen, das geistesabwesend auf einem Stuhl saß. Petra saß neben ihm und hielt seine Hand. Lott erkannte die junge Frau sofort, es war Ursa Wagenseil, Patricia Wagenseils Tochter.

»Ich bring kein Wort aus ihr raus«, sagte Petra. »Sie steht noch immer unter Schock und braucht dringend ärztliche Hilfe.«

Lott nickte. Und bat den Streifenbeamten, einen Krankenwagen zu rufen. Dann nahm er einen Stuhl und rückte ihn dicht an Ursa heran, nahm ihre Hände in die seinen, was sie widerstandslos geschehen ließ, und fragte: »Was ist passiert, Ursa?«

Sie schaute ihn teilnahmslos an. Als Lott seine Frage wiederholte, erweiterten sich Ursas Pupillen plötzlich, ihr Mund zog sich zu einer Schnute zusammen, und dann schnappte sie nach Luft, als wäre die ihr soeben entzogen worden.

»Ganz ruhig«, hauchte Petra und strich dabei über Ursas Haar. Aber die wollte sich jetzt nicht beruhigen. Oder konnte nicht. Lauthals schrie sie los und krallte sich dabei in Lotts Händen fest.

»Ganz ruhig«, sagte Petra nun mit festerer Stimme. Und Lott hielt Ursas Hände und wartete, bis deren Schreie in ein Schluchzen mündeten und sie mit erstickter Stimme einen Satz herauswürgte, bei dem Lott zweifelte, ob er ihn richtig verstanden hatte.

»Der Jäger hat mich genommen«, hatte Ursa gesagt.

Der Forstbeamte, dessen erschrockener Blick Lott traf, hatte offensichtlich dasselbe gehört. »Ich hab nix gmacht«, beteuerte er, während seine Arme hilflos vom übrigen Körper abstanden.

Lott lächelte: »Ich glaube nicht, dass Sie mit dem Jäger gemeint sind.«

»Aber welcher Jäger ...?« Er brachte den Satz nicht zu Ende.

»Ich denke auch nicht, dass ein wirklicher Jäger damit gemeint ist«, unterbrach ihn Petra und wandte sich dann an Ursa. »Was für ein Jäger?«, fragte sie.

Aber Ursa hatte bereits wieder eine Wand zwischen sich und die Welt geschoben, hinter der sie schweigend verharrte.

Einige Minuten später fuhr der Krankenwagen vor und mit ihm ein roter Golf, aus dem Ursas Mutter stieg.

»Ich habe sie angerufen«, sagte Petra auf Lotts fragenden Blick.

Patricia stürzte auf ihre Tochter zu, griff deren Kopf mit beiden Händen, als fände sie so leichter Zugang zu ihr und die Antwort auf ihre eindringliche Frage: »Was ist passiert, Ursa?«

Ursa schluchzte und suchte Zuflucht in den Armen der Mutter. Blieb ihr die Antwort aber schuldig.

»Ein Jäger hätte sie genommen, hat sie behauptet«, antwortete der Forstbeamte und fügte, etwas beleidigt hinzu: »Ich kann mir nicht vorstellen, dass einer unserer Jäger so was …«

Er konnte den Satz nicht zu Ende bringen.

»Der Jäger?« Patricia Wagenseil schrie dies förmlich heraus. Und wurde kreidebleich.

»Was ist?«, hakte Petra nach.

Patricia ließ die Tochter los und taumelte zu dem Stuhl, der unweit neben ihr stand. Als sie sich setzte, erklärte sie mit gebrochener Stimme: »Es muss der Jäger zu Fuß sein, der mit seinen 24 Hunden dem Wode folgt.«

»Jetzt mal im Ernst!« Petra wurde ungehalten. »Das sind doch Hirngespinste.«

»Sind es nicht. Sie haben ja keine Ahnung«, erwiderte Patricia. Und fügte mit trauriger, resignierter Miene hinzu: »Wir kommen nicht dagegen an. Und wenn wir noch so viel Licht in diese Nächte schicken. Das Dunkle ist stärker. Und diesmal ist auch der Tod ihr Gefährte.«

Mittlerweile hatte der Notarzt Ursa untersucht und veranlasst, dass sie in die Klinik gebracht wurde. Eine Beruhigungsspritze, die er ihr gegeben hatte, zeigte bereits Wirkung. Die Mutter versprach Ursa mitzukommen. Die Sanitäter brachten eine Trage, betteten Ursa darauf und trugen sie zum Wagen.

»Sie wissen gar nichts«, sagte Patricia Wagenseil zu Petra. Und folgte empört den Sanitätern in den Krankenwagen.

Petra atmete tief durch. »Wir müssen wissen, ob sie vergewaltigt wurde«, sagte sie, dem Notarzt zugewandt. Der nickte, während er seine Tasche packte, und versprach, den Bericht der Untersuchung an die Polizeidienststelle weiterzuleiten.

4

»Vadim Solnikov, 1944 in Russland geboren. Seit einem Jahr erst in Deutschland. Als Fahrer bei UPS beschäftigt. Seit Oktober allerdings arbeitslos. Ist in Ulm gemeldet. Keine Vorstrafen.«

Schwegler hatte recherchiert und gab Lott die Adresse des Russen. Und signalisierte Petra, dass sie keine Zeit zu verlieren hätten.

»Ruländerweg 97.«

Petra fuhr, Lott wies ihr den Weg. Über die alte Eisenbahnbrücke, durch die Wanne, am Söflinger Bahnhof vorbei und dann links zum Eselsberg hoch.

»Es muss einer von den Wohnblocks sein, die der Stadt gehören. Sozialwohnungen«, informierte Lott die Kollegin.

Petra Mai parkte unmittelbar davor. Sie stiegen aus, überquerten einen kleinen Innenhof, in dem drei Jungen Fußball spielten. An der Haustür überflogen sie rasch die Namen an den Türklingeln. Solnikov wohnte im ersten Stock. Lott schellte. Nichts rührte sich. Auch beim zweiten Mal keine Reaktion. Petra drückte jetzt gleich mehrere Klingelknöpfe auf einmal. Und meldete sich mit: »Kripo Ulm. Bitte öffnen Sie.«

Lott schaute die Kollegin kopfschüttelnd an. Im nächsten Moment surrte der Türöffner. Sie nahmen die Treppe und klopften an Solnikovs Tür. Nichts tat sich. Im selben Augenblick ging die Tür der gegenüberliegenden Wohnung auf. Eine Frau streckte ihren Kopf durch den Türspalt und sagte: »Dr Herr Solnikov isch scheints net drhoim. Scho a baar Tag lang han i ihn nemme ghört. Er isch nämlich net grad hälenga auf dr Welt. Was do oft für an Krach isch, wenn der mit seine Saufbrüder zammahockt.«

»Wann haben Sie den Herrn Solnikov denn das letzte Mal gesehen?«, fragte Lott.

»I han net auf da Kalender guckt. Aber es isch gwieß no net Weihnachta gwea.«

»Riechst du das nicht?« Petra war nahe an Solnikovs Wohnungstür und roch durch die Türritzen einen unflätigen Gestank.

»I hans ao scho grocha. A komisches Gschmäckle, wenn Se mi frogat.«

Mittlerweile war die Nachbarin auf den Flur getreten. Sie war um die siebzig, klein, drahtig, mit strähnigem grauem Haar. Rigoros drängte sie sich jetzt an Petra Mai vorbei und roch ebenfalls an Solnikovs Tür.

»A kaputts Floisch, wenn Se mi frogat.«

»Ruf die Kollegen, wir müssen in die Wohnung«, sagte Lott.

»Dr Hausmoischter hädd an Schlüssel, er wohnt Parterre.«

Petra deutete Lotts Blick richtig, hüpfte die Treppe abwärts und kam wenige Augenblicke später mit dem Hausmeister zurück, der die Tür zu Solnikovs Wohnung aufschloss.

»Warten Sie bitte draußen«, sagte Lott zu den beiden Hausbewohnern. Und machte einen Schritt in den Hausflur. Petra folgte ihm. Beide griffen zu ihren Waffen und hielten sie schussbereit, während Lott die Klinke der Glastür, hinter der sich eine kleine Küche befand, herunterdrückte und öffnete. Außer einigen Gläsern in der Spüle war die Küche aufgeräumt. Keine Essensreste, keine Pizzaschachteln, kein ungewaschenes Geschirr, schon gar kein Unrat. Lott ging einen Schritt zurück, während Petra nun die Tür zum Wohnzimmer aufstieß. Sie schaute sich um, entdeckte nichts Auffälliges und signalisierte dies dem Kollegen, der an ihr vorbeiging und mit gezogener Waffe die nächste Zimmertür aufstieß. Es war das Schlafzimmer. Ein ungemachtes Bett, Unterwäsche, die auf dem Boden verstreut lag. Auf dem Nachtkästchen ein Buch in russischer Sprache. Gegenüber dem Futonbett ein Kleiderschrank, durch dessen offene Schranktür ein Koffer lugte. Auch hier nichts Auffälliges.

»Der Gestank kommt da raus«, bemerkte Petra plötzlich und ging schnurstracks zu einer vierten Tür am Ende des Hausflurs. Sie stieß die Tür zurück, während Lott mit gezogener Waffe bereitstand.

»Gott!«, rief sie aus. Mit gedämpftem Entsetzen.

Im gleichen Augenblick erkannte auch er den Grund für ihren Ausruf.

»Gott, hat der mich erschreckt!«, rief sie noch einmal, diesmal allerdings eher aufatmend.

Lott ging an ihr vorbei und betrachtete das *corpus delicti*: ein ausgestopfter Wolfskopf mit aufgerissenem Maul, der ihn da anstarrte, das Fell noch am Schädel dran, aber ohne Körper.

Lott grinste schadenfroh. Und ging mutig dem Wolfsteil entgegen.

»Der riecht aber nicht«, stellte Lott fest.

»Der Gestank kommt eher aus der anderen Ecke«, meinte Petra und deutete hinüber. Was da roch, waren nicht die heiklen Hinterlassenschaften einer Katze, die an der Sohle eines Gummistiefels klebten. Der beißende Geruch entsprang dem Nachtspeicherofen daneben. Lott roch, dann zog er sein Schweizermesser aus der Tasche, bog den Schraubenzieher heraus und schraubte die vordere Ofenwand ab. Der Grund des üblen Geruchs blieb ihm nicht lange verborgen: Eine Maus hatte sich in den Heizdrähten verfangen und schmorte vor sich hin. Lott befreite den winzigen Leichnam und entsorgte ihn in einer Plastiktüte, die er später dem Müllschlucker übergeben würde. Dann brachte er den Nachtspeicherofen in seinen ursprünglichen Zustand zurück.

Das kleine Zimmer diente offensichtlich als Abstellraum. Kisten waren an den Wänden gestapelt, ein Regal mit Wodkaflaschen zierte die gegenüberliegende Seite, ansonsten aber lagerten hier keine weiteren Lebensmittel.

»Es wäre interessant, das Ganze hier von oben nach unten zu kehren«, meinte Petra.

»Wir haben gegen Solnikov nichts in der Hand. Mollenkopf wird dir keinen Durchsuchungsbeschluss für das hier geben«, antwortete Lott.

»Er steht ja auch nicht unter Mordverdacht«, seufzte die Kollegin, als bedauerte sie das.

Schon zum Gehen bereit, fiel Lott eine Urkunde ins Auge, die über einer Christus-Ikone rechts neben der Tür hing. Der Text war in russischer Sprache. Lott nahm die Urkunde von der Wand.

»Na na«, rügte ihn Petra.

»Ich will wissen, was da draufsteht«, rechtfertigte sich Lott.

5

Mittlerweile war die Nachricht, dass Ursa Wagenseil vergewaltigt worden war, bei der Polizeidienststelle eingegangen. Details der medizinischen Untersuchung hatte Brauchle in seinen Ermittlungsakten vermerkt. In seiner Funktion war Brauchle vom Schreibtisch nicht mehr wegzubringen. Fluch und Segen zugleich. Ein Umstand, den Brauchle auf seine Art beschrieb: »Den Scheißdreck hosch draußa wie drenna!«

Dass Staatsanwalt Mollenkopf ihn mit dem noch ausstehenden Bericht über den Stand der Ermittlung nervte, brachte das Fass zum Überlaufen.

»Wo nix isch, isch halt nix«, bruddelte er.

Dass die Ermittlung inzwischen Fortschritte gemacht und vor allem an Umfang gewonnen hatte, stimmte Mollenkopf gnädig. So konstatierte er nur noch, dass in Sachen Ursa Wagenseil nun wegen Vergewaltigung ermittelt würde.

»Des wird ja emmer luschtiger«, sagte Brauchle bitter. »Gega Harthausa ond Erminga isch Chicago ja dr reinste Kurort. Wenn mr amol von dr Einwohnerzahl ausgangat.«

Schwegler gab ihm Recht. »Mord, ein Suizid, bei dem wir nicht wissen, ob es einer war. Mysteriöse Todesfälle. Und jetzt eine Vergewaltigung.«

»Ond alles in ond om Harthausa rom«, ergänzte Brauchle.

Es war früher Nachmittag. Die Sonne mühte sich redlich durch die winterliche Nebeldecke, als Lott und Petra Mai im Neuen Bau erschienen und von Brauchle über den Ermittlungsstand unterrichtet wurden. Die Nachricht über die Vergewaltigung war für beide wie ein Schlag ins Gesicht. Nun hatte sich ein weiteres scheußliches Verbrechen in die Vorkommnisse der vergangenen Tage eingereiht.

»Wir müssen die Soko nochmal aufstocken«, forderte Lohner.

Lott wehrte ab. Er spürte, dass jetzt nicht die Quantität entscheidend war. Sie hatten die Fährte der Verbrechen noch nicht wirklich entdeckt. Ein roter Faden zog sich durch all diese Gewalttaten. Aber weder der Verursacher noch ein Motiv waren im Focus ihrer Ermittlung. Einen Moment lang spielte er mit dem Gedanken, einen Profiler vom LKA hinzuzunehmen. Dann verwarf er ihn wieder. Er spürte, dass er die Aufgabe selbst lösen musste. Er spürte, dass er etwas spürte. Und dieses untrügliche Zeichen gab ihm mit einem Mal wieder Selbstvertrauen.

»Wir haben bei der ganzen Geschichte irgendetwas übersehen«, sagte er.

»Vielleicht hilft der Russe uns weiter«, meinte Petra.

Brauchle wurde hellhörig. »Raus mit dr Sproch, Mädle«, sagte er.

»Du bekommst den Bericht«, antwortete die Kollegin.

Lott berichtete in wenigen Sätzen, was sie in der Wohnung Solnikovs vorgefunden hatten, gab Schwegler die Urkunde und bat ihn: »Lass dir das bitte übersetzen.«

Außerdem teilte er der Soko mit, dass Daniel Spreng sich kein Sabbat-Jahr gegönnt, sondern dass der TÜV aus naheliegenden Gründen auf Sprengs weitere Mitarbeit verzichtet hatte.

»Du bekommst das Ganze schriftlich, Max«, sagte er zu Brauchle.

Dann wandte er sich an die versammelte Soko: »Manchmal hat man etwas ganz dicht vor den Augen und sieht es doch nicht. Ich meine, es geht uns vielleicht im Augenblick gerade so. Wir sehen den Wald vor lauter Bäumen nicht. Was uns weiterhelfen könnte, ist vielleicht die Distanz, die nötig ist, damit wir den Wald als Ganzes erkennen.«

»Du sprichst in Rätseln, Klaus, aber ich weiß, was du meinst«, sagte Lohner.

»Verdammt nochmal, so schlau kann doch der Täter nicht sein, dass wir ihn nicht kriegen«, tönte Schwegler, um sich und den Kollegen Mut zu machen. Und fuhr fort: »Die Frankfurter glaubten ja auch, sie hätten die Weisheit mit Löffeln gefressen, aber die haben die Rechnung ohne den DFB gemacht.«

Lohner verdrehte die Augen. Lott bat um Aufmerksamkeit und instruierte die Soko über die weiteren Ermittlungsschritte.

Draußen hatte der Nebel wieder die Oberhand. Die letzten Tage dieses Jahrtausends würden kalt und vor allem neblig bleiben. In Ulm sowieso.

6

»In unserem Dorf wohnte ein Mann, der hieß Piotr. Aber alle nannten ihn nur *Die falsche Tür*. Er erzählte nämlich jedem, dass er durch eine falsche Tür gegangen wäre. *Ich wollte dieses Leben nicht, dieses Leben war ein Irrtum.* Immer wieder hat er so lamentiert. *Ich habe die falsche Tür erwischt.* Und jedem, ob der das hören wollte oder nicht, erklärte er, dass jede Seele die Tür zum nächsten Leben selber wählt. Aber freilich kann es passieren, so wie es ihm passiert ist, dass sich die Seele vertut und die falsche Tür wählt. Eine letzte Chance wäre dann der frühe Kindstod, hat er gemeint, da hätte die Seele noch etwas Spielraum, wär noch nicht so verhaftet mit diesem Körper, der sie ein Leben lang einsperrt. *Aber selbst meinen eigenen Kindstod habe ich verpasst, die letzte Gelegenheit, um dem ungebetenen Leben noch zu entgehen.*«

»Und warum hat er seinem Leben nicht später ein Ende gemacht?«

»Piotr hat es so erklärt: *Legst du später Hand an dich, dann stirbst du nicht wirklich. Du lebst weiter, nur ohne Körper. Das aber macht keinen Sinn. Denn dann gibt es für eine Ewigkeit keine Tür mehr, durch die du gehen kannst, nicht einmal durch eine falsche.*

Piotr ist sehr alt geworden. In unserem Dorf hörte man noch, was die Alten zu sagen haben. Und so hörten sie auch auf Piotr und auf das, was er zu sagen hatte. Auch wenn sie oft darüber verwundert waren. Einmal hatte ein junger Mann aus dem Dorf eine schlechte Tat begangen. Man ging zu Piotr, um seinen Rat einzuholen, welche Strafe dafür angemessen wäre. Da sagte Piotr: *Es gibt das Böse nicht, für was also soll er sühnen.* Und einem anderen, der sich rühmte, ein so guter Mensch zu sein, dass er das Lob des ganzen Dorfes verdient hätte, dem sagte er: *Es gibt das Gute nicht. Es gibt nur falsche und richtige Türen. Und ich bin durch die falsche Tür gegangen.*«

Der Jüngere ging eine Weile lang schweigend neben dem Älteren her. Als sie zum Waldrand, oberhalb des Rainbauerhofes, kamen, fragte er: »Was willst du mir damit sagen, Vadim?«

»Hast du einmal darüber nachgedacht, ob du nicht auch durch die falsche Tür gegangen bist?«, antwortete der.

7

Josef Knecht hielt es nicht länger im eigenen Bett. Es drängte ihn nach draußen. Er musste zum Rainbauerhof. Sich dort erinnern, was in der vorletzten Nacht mit ihm geschehen war. Das konnte er nur an Ort und Stelle. Sämtliche Gliedmaßen schmerzten ihn noch. Aber die Schmerzen würden ihn nicht aufhalten. Er zog sich Hose und Jacke an, stieg in seine Winterstiefel und warf sich den Mantel über die Schultern. Er war allein im Haus. Die Schwester weit weg, wie immer während der Wolfsnächte, und Walburga war, nachdem sie gestritten hatten, nach Hause gegangen. Vom Haus seiner Schwester bis zum Rainbauerhof war es gerade mal eine halbe Stunde Wegzeit. Und die Füße trugen ihn noch, das merkte er gleich. Er hatte sich erholt. Stundenlang war er nur dagelegen und hatte versucht, sich zu erinnern, was in der vierten Wolfsnacht mit ihm geschehen war. Aber das Einzige, an das er sich wirklich erinnern konnte, war der Wolfskopf, der aus dem Maul des Teufels schrie. Aber davor? Er hatte doch etwas gesehen, was ihn stutzig gemacht hatte. Nicht am Wegkreuz, da nicht, da hatte er auf Paula gewartet. Aber dann war ihm nicht Paula, sondern der Leibhaftige in Bocksgestalt erschienen. Aber davor, als er Licht aus dem Fenster des Rainbauerhofes sah.

Knecht ging jetzt den Blauweg entlang. Über den Fluss zog dichter Nebel. Es sah aus, als hauchte da jemand in die kalte Nachtluft. Aber das Bild schreckte Knecht nicht. Er war mit der Natur vertraut. Und mit den Geistern einer jeden Wolfsnacht auch. Nicht aber mit der Bocksgestalt, die ihn in den Schmutz getreten hatte. Er zweifelte plötzlich, ob er wirklich durch das Tor zur Anderswelt gegangen oder ob er auf eine Maskerade hereingefallen war. Er ging jetzt den Weg zur Harthauser Straße hoch, dann folgte er dieser bis zur Ortsstraße. Von dort aus konnte man schon den Rainbauerhof sehen. Knecht sah, dass im Stall wieder Licht brannte. Und erinnerte sich plötzlich: Es waren zwei Gestalten, die er dort, für einen Augenblick nur, durch das schmutzige Fenster hatte sehen können. Ein Mann und eine Frau. Und die Frau schrie. Oder schrie nur das Käuzchen? Schnell war das Licht wieder erloschen, und dann flackerte im Nebengebäude ein zweites auf. Auch darin Gestalten. Eher irdisch als von einer anderen Welt. Aber an mehr konnte er sich nicht erinnern. Nur an das, was folgte: ein Wolfskopf, der aus dem Maul des Teufels schrie.

Knecht blieb jetzt stehen und atmete tief durch. Sein Herz klopfte mit einem Male, als wollte es ihn warnen. Und ein eisiger Angstschauer rieselte ihm über den Rücken. Dann atmete er noch einmal tief durch und ging auf den Rainbauerhof zu.

Es war die sechste Wolfsnacht.

Donnerstag, 30. Dezember 1999

1

Elli hatte Wehmutsgefühle. Dass übermorgen ihr letzter Tag in der Buchhandlung sein würde, machte sie wortkarg. Ihre melancholische Stimmung bedurfte einer Aufmunterung. Lott sagte: »In der neuen Wohnung wartet doch genügend Arbeit auf dich.« Das war nicht gerade das, was Elli hören wollte. Aber sie wusste natürlich, dass es ihr nicht langweilig werden würde. Ihre Stimmung rührte aber auch daher, dass sie mit der Inhaberin der Buchhandlung litt. Bei der übermächtigen Konkurrenz war zu befürchten, dass die kleine Buchhandlung auf der Strecke bleiben und das Jahr 2000 nicht überstehen würde.

Lisa war mit dem Hund unterwegs gewesen und kam zurück, klagte darüber, dass der Hund den Sinn des Gassigehens noch nicht kapierte. Sie war überrascht, dass ihr Vater noch so gemütlich am Frühstückstisch saß.

»Habt ihr euern Fall schon gelöst?«, fragte sie scherzhaft herausfordernd.

Lott hatte dafür nur ein Schulterzucken übrig. »Kümmre du dich um dein Studium«, antwortete er, nachdem er seine Kaffeetasse abgesetzt hatte.

Nun war Lisa mit dem Schulterzucken an der Reihe. Dann setzte sie sich ebenfalls an den gedeckten Tisch. Elli servierte ihr und schürte die Harmonie noch ein wenig. Ihre Harmoniesucht verdrängte jetzt alle Gedanken an die Buchhandlung und die Wehmut legte sie auf Halde.

Jetzt sprach sie von früher, als Lisa noch klein war. Alle möglichen lustigen Begebenheiten fielen ihr plötzlich ein. Lott lächelte höflich. Lisa sah man an, dass sie das vergangene Leben peinlich berührte.

»Weißt du noch, wie du damals …?«

Lisa lenkte ab und gab vor, dringend in die Stadt zu müssen.
»Ich kann dich mitnehmen«, sagte Lott.

Lisa nahm das Angebot, dem sich auch Elli anschloss, an. Kurze Zeit später saßen sie gemeinsam im Wagen. Lisa hatte, wie sie es aus Kinderzeiten gewohnt war, auf dem Rücksitz Platz genommen. Während sie so in die Innenstadt fuhren, dachte Lott, dass sie von außen betrachtet eine ideale Familie darstellten. Aber gab es denn die überhaupt: die ideale Familie, die ideale Ehe? Schlummerte nicht in jedem die Angst, etwas zu versäumen? Und der Wunsch, irgendwann auszubrechen aus diesem Gefüge, das selbstangelegte Korsett abzustreifen, um sich wieder in der Sehnsucht nach Freiheit zu suhlen. Dann dachte er an die Heilers und an Josefa Pfäffle und deren Mutter, an Patricia Wagenseil und an die Ehe der Winters, bei der die Ehefrau grausam ermordet worden war, während ihr Ehemann, sofern er nicht der Täter war, in einem fremden Bett, bei einer vielleicht halbfremden Frau die Nacht verbracht hat. Verglichen damit waren die Ehe mit Elli und seine kleine Familie doch vorzeigbar.

Lott parkte den Wagen im Innenhof des Polizeigebäudes und verabschiedete sich dort von Elli und Lisa. Elli hatte noch in der Buchhandlung zu tun, Lisa wollte in die Stadtbibliothek. Er schaute den beiden nach, wie sie gemeinsam das hohe Tor, das zum Münsterplatz führte, passierten. Und er dachte: Vielleicht war sein Glück nur müde geworden, sprang nicht mehr so recht an, hatte sich eines Schlendergangs bemächtigt. Zumindest aber war es noch vorhanden. Klein geworden und leise zwar, wie eine Melodie, die sich von ihrem Hörer verabschiedet. Dann nahm er die Treppe zu seinem Büro. Und dachte dabei: Das Leben rennt mir davon wie ein schnellerer Läufer. Könnte ich den nur überholen und auf ihn zurückblickend sagen: So weit war doch alles ganz schön!

Als er die Türklinke zu seinem Büro herunterdrückte und dann gleich Schwegler breitbeinig dasitzen saß, war jede Poesie gewichen.

»Ich komme mit dem Vincent Winter und dieser Mandy nicht klar«, tönte er mit einem Vorwurf in der Stimme.

»Womit hast du, einmal abgesehen vom Tabellenstand deines Vereins, Probleme?«

Schwegler überhörte Lotts ironische Bemerkung und antwortete bierernst: »Der Winter erbt förmlich alles und diese Mandy scheint ein Finanzgenie in Sachen Sparsamkeit zu sein.«

»Und womit kommst du nicht klar?«

»Die beiden wären doch das klassische Mörderpaar. Berechnend; alle Unwägbarkeiten räumt Mandy, die den Überblick nie zu verlieren scheint, aus dem Weg. Und dieser Vincent ist ein Spieler. Risikobereit, und wenns drauf ankommt, skrupellos.«

»Den Vincent schätze ich anders ein, ich habe ihn ja verhört. Ein Spieler vielleicht, aber skrupellos?«

»Es ist ja auch nur mein Bauchgefühl!«

»Ich dachte schon, du hättest was herausgefunden«, antwortete Lott belustigt.

»He, wer bezieht sich denn immer auf sein Bauchgefühl!«

Lott grinste ihm bleckend entgegen: »Nicht jedes Bauchgefühl führt zu einem Ergebnis. Häufig ist so ein Bauchgefühl auch nur ein verquerer Furz.«

»Ach ja, bei dir auch?«

»Gewiss!«

»Das beruhigt mich ja.«

»Also, was passt nun faktisch nicht zusammen, oder besser gesagt: Was haben wir gegen die beiden in der Hand?« Lott versuchte dem Gespräch eine konstruktive Wende zu geben, als das Haustelefon läutete. Er nahm ab. Simone meldete sich mit einer Stimme, die Katastrophen ankündigt.

»Auf dem Rainbauerhof hat sich wieder jemand erhängt«, sagte sie.

2

Es war wie ein Déjà-vu. Auf dem Rainbauerhof stand ein Streifenwagen und daneben Bernd Maichels BMW. Lott betrachtete wieder eine Zeitlang in Gedanken versunken das Schild auf dem Armaturenbrett: ARZT im Dienst, mit der Schlange um den Aeskulapstab. Und dachte dabei, dass der Maichel Bernd schon als Kind wusste, dass er einmal die Medizinerlaufbahn einschlagen würde. Die Streifenbesatzung, die den Leichenfundort gesichert hatte, kam Lott und den KTlern Lohner und Marlies Kaupper, die Lott mit ihrem Dienstfahrzeug gefolgt waren, entgegen.

»Der Mann hat sich mit einem Sisalstrick an der obersten Sprosse der Leiter, die zum Heuboden führt, aufgehängt«, informierte einer der beiden Streifenbeamten die Kollegen von der Kripo. Als Lott in die Stallgasse trat, erkannte er den Toten sofort. Es war Manfred Richter, der Exfreund von Josefa Pfäffle. Er lag, wie vor wenigen Tagen Josefa, rücklings auf dem Stallboden. Auch bei ihm lag der Sisalstrick noch lose um seinen Hals. Ebenfalls um den Hals war ein rotes Geschenkband gebunden, an dem ein Pappschild mit jener Aufschrift hing, deren Wortlaut Lott mittlerweile in Fleisch und Blut übergegangen war: *Ich bin mein eigener Richter, mein eigener Henker. Möge Gott mir verzeihen*. Lott las mit einem Schauder die Nachricht und sah dann in Richters Augen, die einen Spalt breit geöffnet waren, und auch auf Richters Zunge, die zwischen den Zähnen lag.

Neben dem Toten kniete der Maichel Bernd.

»Ich dachte, wir sehen uns erst wieder beim Klassentreffen«, sagte Lott schmunzelnd.

Bernd Maichel schaute hoch und lächelte zurück.

»Was haben wir nicht für Scheißberufe«, sagte er dann. Aber so, dass Lott gleich merken sollte, dass diese Bemerkung nicht ernst gemeint war. Denn dass sie beide ihre Berufe als Berufung sahen, lag auf der Hand.

»Ist das jetzt ein neuer Volkssport?«, sagte der Arzt bitter und deutete auf den Sisalstrick.

Dem hatte Lott nur ein Schulterzucken entgegenzusetzen. Still gab er dem Schulfreund die Hand, zum *Grüß Gott* und *Ade* zugleich. Und wünschte dann noch einen guten Rutsch für den Jahrhundertwechsel; ein Wunsch, den der Maichel Bernd gleich erwiderte.

Während der Arzt anschließend den Totenschein ausstellte, hatten Lohner und Marlies bereits damit begonnen, die Leiche zu entkleiden, um den Körper nach Spuren einer möglichen Fremdeinwirkung zu untersuchen. Die Hände des Toten wurden mit Klebeband abgeklebt, um eventuelle Faserspuren zu sichern. Sollten sie welche finden, würden diese zur Auswertung nach Stuttgart ins Kriminaltechnische Institut geschickt werden. Marlies maß die Stricklänge, und Lohner suchte die Stelle, an welcher der Strick befestigt worden war, nach Spuren ab.

»Diesmal hat wohl die Leiter als Aufsteigemittel herhalten müssen«, bemerkte Lohner.

Marlies betrachtete die Handflächen des Toten und stimmte Lohner zu.

»An den Handflächen sieht man es deutlich, der ist die Leiter hochgestiegen und hat sich an der obersten Sprosse erhängt.«

»Sieht ganz so aus«, sagte Lohner bestätigend.

Als die Kollegen der KT ihre Arbeit getan und den Stall wieder verlassen hatten, veranlasste Lott, dass das entsprechende Beerdigungsunternehmen verständigt wurde, um die Leiche abzuholen.

Er stand dabei in der Stallgasse neben dem Toten und dachte daran, wie Manfred Richter bei ihm im kleinen Konferenzraum gesessen hatte.

Dies ist kein Brief, in dem ich Dich um Versöhnung bitte, noch ist es der klägliche Versuch, Deine Liebe zurückzugewinnen, so sehr mir diese auch fehlt …

Lott hatte den Brief Josefas an ihren Exfreund so oft gelesen, dass er ihn fast auswendig konnte. Besonders der Satz:

Ich weiß schließlich um die Mystik des gebrochenen Herzens, das im Schattenreich meiner Seele nach Halt tastet, hatte sich ihm ins Gedächtnis gebrannt, wie auch die letzten Zeilen: *Denn nun bin ich wirklich im Bann des Bösen. Nur du kannst mich da rausholen. Du findest mich auf dem Rainbauerhof.*

Und dann erinnerte sich Lott an Richters rechtfertigende Äußerung: *Ich hatte Schluss mit ihr gemacht, na und? Ich bin nicht verantwortlich dafür, was passiert ist. Jeder ist für sich selbst verantwortlich.* Ausdruck unseres egoistischen und selbstgerechten Zeitgeistes, dachte Lott.

Die *Hüter der Wolfsnächte* hatte Richter für okkultes Zeugs, für Unsinn, gehalten. Und über Josefa, die eine Zeitlang seine Geliebte war, gesagt: *Die hat doch Gespenster gesehen. Plötzlich war ihre Mutter wieder das Maß aller Dinge.* Und diesen Floh, dass die Mutter eine weise Frau gewesen wäre, habe ihr der Jockel ins Ohr gesetzt.

Jetzt erinnerte sich Lott auch daran, wie Manfred Richter bei der Befragung damals unsicher geworden war, als er darauf angesprochen wurde, woher er von Josefas Tod wusste. *Aus der Presse*, hatte er geantwortet. Aber da wurde Josefas Name nicht genannt. Und dann dachte Lott: Dieser Mensch ist nie und nimmer freiwillig aus dem Leben geschieden. Er wurde dazu gezwungen, in welcher Weise auch immer.

Als Lott den Leichenwagen vorfahren hörte, verließ er das Stallgebäude und überließ den Angestellten des Beerdigungsinstitutes das Terrain. Die Leiche, die er zuvor beschlagnahmt und mit dem entsprechenden Anhänger dafür versehen hatte, musste in die Friedhofshalle des Ulmer Hauptfriedhofs gebracht werden. Dort würde man sie unter Verschluss halten, bis der Staatsanwalt sie freigab. Es lag allerdings auf der Hand, dass sie zuvor obduziert werden würde.

3

Bruni Kölbl wartete an der Wache, bis sie gerufen wurde. Petra Mai holte sie dann aber selbst dort ab und nahm sie mit ins Verhörzimmer. Bruni war nervös. Sie zupfte an sich herum, schaute gehetzt in alle Richtungen und hatte Probleme, ruhig auf dem ihr zugewiesenen Platz sitzen zu bleiben. Ein Signal für die Kommissarin, eine aufgeschlossene, unverkrampfte, von gegenseitiger Achtung geprägte Atmosphäre zu schaffen. Schließlich soll die erste Kontaktphase dazu genutzt werden, Gesprächsbereitschaft zu erzeugen, einen inneren Draht zu der vernehmenden Person herzustellen. Das Lehrbuch empfiehlt hier, das Gespräch zunächst auf allgemeine, situationsabhängige Probleme hinzulenken. Petra Mai beherzigte dies.

»Es tut mir leid, dass Sie Ihren Urlaub unseretwegen unterbrechen mussten«, sagte Petra Mai in entschuldigendem Ton.

Bruni lächelte und zupfte noch immer an sich herum. »Man kann ja nicht einfach davonlaufen. Von dem allem, was hier passiert ist, meine ich. Ich hätte vielleicht gar nicht wegfahren dürfen. Aber ich hatte Angst.«

»Wovor?«

Bruni öffnete ihre Handtasche und zog ein Pappschild in der Größe eines Briefumschlags hervor, das sie ängstlich, wie die Androhung eines Mahnbescheids, mit spitzen Fingern der Kommissarin reichte.

Petra Mai las: *Ich bin mein eigener Richter, mein eigener Henker. Möge Gott mir verzeihen.*

»Wann haben Sie das erhalten?«

»Es ist schon ein paar Tage her. Es lag auf meinem Kopfkissen.«

»Haben Sie einen Verdacht, wer das gewesen sein könnte?«

»Die Inge und die Walburga waren an dem Tag bei mir. Und der Daniel. Dem habe ich auch das Schriftstück gezeigt.«

»Und? Wie haben sie darauf reagiert?«

»Die Walburga hat geschluckt, aber der Daniel hat nur den Kopf geschüttelt. Und mich beruhigt, ich solle mir keine Sorgen machen. Und mir geraten, das nur oft genug zu lesen. Dann verschwindet die Angst davor ganz von selbst, hat er gemeint. Aber das hat nichts geholfen. Nicht bei mir. Ich hab an die Agnes denken müssen und an die Josefa, die auch diese Nachricht bekommen haben. Das hat mir Angst gemacht. Und dann bin ich ins Allgäu gefahren, weil die Angst immer größer bei mir geworden ist.«

»Wie stehen Sie zu Daniel Spreng?«

»Er ist ein lieber Kerl. Wenn auch etwas labil.«

»Inwiefern?«

»In Geldsachen zum Beispiel.«

»Hat er Geld von Ihnen geliehen?«

Bruni errötete. »Eigentlich hock ich ja auf meinem Geld. Aber ihm hab ich aus der Patsche geholfen.«

»Mit wie viel?«

»Zehntausend«, hauchte Bruni, und errötete von neuem.

»Das ist viel Geld«, bemerkte die Kommissarin.

Bruni nickte. Und senkte den Blick. Als sie ihn wieder hob, bemerkte Petra ein paar Tränen auf ihren Wangen.

»Der hat mich irgendwie rumgekriegt«, schluchzte Bruni.

»Hatten Sie auch eine erotische Beziehung mit ihm?«

Bruni nickte wieder. Und gestand: »Ja, ich hab mich auf ihn eingelassen. Sogar, als es ums Geld ging. Da bin ich auch schwach geworden.«

Petra schwieg, ließ den Satz eine Weile im Raum stehen, ehe sie fragte: »Frau Kölbl, wann hat sich Herr Spreng das letzte Mal bei Ihnen gemeldet?«

»Vor drei Tagen.«

»Und welche Beziehungen hatten Sie zu den Toten? Zu Agnes Winter zum Beispiel?«

»Wir haben uns nur bei den Sitzungen der *Hüter* getroffen. Privat hatten wir kaum Kontakt.«

Petra stand auf. »Ich glaube, das wars fürs Erste. Bitte rufen Sie mich an, wenn Ihnen noch irgendetwas einfällt, was uns weiterhelfen könnte.«

Bruni nickte und stand nun auch auf, zog ihre Jacke an und reichte der Kommissarin die Hand. »Soll ich mich melden, wenn der Daniel wieder bei mir auftaucht?«

Petra lächelte: »Wäre nicht verkehrt.«

»Ich werde sehen«, lächelte Bruni zurück.

»Noch eine Frage: Kennen Sie Vadim Solnikov?«

Bruni überlegte, dann schüttelte sie vehement den Kopf: »Nein, den Namen habe ich noch nie gehört.«

4

Lott traf im Neuen Bau ein, als Bruni Kölbl ihn gerade verlassen hatte. Der Kommissar schaute ihr noch nach, wohl ahnend, wer da den Festungsmauern entschwand, um in der Weite des Münsterplatzes sich den beißenden Ostwind um die Nase wehen zu lassen.

Petra Mai, die den Bericht ihrer Vernehmung tippte, bestätigte ihn.

»Und?«, hakte Lott nach.

»Auch sie hat dem Daniel Spreng Geld geliehen, und sie hatte was mit ihm.«

»Dann schreib das mal schön«, sagte Lott flapsig und setzte sich dann an den eigenen Schreibtisch, um einen vorläufigen Bericht über Richters Suizid zu formulieren. Er kam damit nicht weit, denn Minuten später meldete Simone Czech übers Haustelefon das Ehepaar Heiler an. Lott wunderte sich, ließ aber die beiden in den Verhörraum bringen, wo er das Ehepaar empfing.

»Wir möchten eine Selbstanzeige machen«, stammelte Frau Heiler.

Ihr Mann, dem sie mit ihrem Satz zuvorgekommen war, blieb dann nur noch der Part des Echos. Dabei tappte er unruhig von einem Fuß auf den anderen.

»Ich höre«, sagte Lott und horchte neugierig.

»Es ist wegen dem Manfred. Wir wissen, dass er sich erhängt hat.« Wieder war Frau Heiler schneller mit dem Wort. Ihr Mann konnte nur noch ergänzen: »D Frau Wagaseil hots ons gsagt.«

»Und was hat das mit Ihrer Selbstanzeige zu tun?«, fragte Lott mit zerfurchtem Gesicht nach.

Nun war es die Frau, die herumdruckste. Und darauf wartete, dass ihr Mann mit dem Geständnis herausrückte.

»Mir send schuld, dass ers doa hot«, sagte der schließlich.

Lott horchte.

»Mir hend ihn drzua brocht, dass er onser Josefa aufm Gwissa hot. Ond jetzt hot ihn selber s Gwissa plogt.«

»Wollen Sie damit sagen, dass Sie ihn dazu angestiftet haben, Josefa zu ermorden?«

»Om Gotts willa, noi!«

»Was dann?«

Herr und Frau Heiler schauten sich an. Eine Augenauseinandersetzung war das. Wer von beiden jetzt damit herausrücken sollte, was mit Manfred Richter ausgehandelt worden war. Es traf Frau Heiler.

»Der Rainbauerhof soll doch erhalten bleiben«, sagte sie. »Das habe ich meiner Schwester noch am Sterbebett versprechen müssen.«

»Eigentlich hot sie ihn ons vermacht«, warf Herr Heiler ein.

»Mir, ihrer Schwester, hat sie den Rainbauerhof vermacht«, korrigierte ihn seine Frau. »Aber nicht testamentarisch. Das war nicht mehr möglich. Und die Josefa hat mir das nicht geglaubt. Ausgelacht hat sie mich. Und gesagt, dass sie den Hof auf jeden Fall verkaufen wird. Sechshunderttausend wäre der Hof wert, hat sie gesagt. Und sie wollte mit dem Geld in ein anderes Land. Nach Kanada. Oder nach Amerika. Zusammen mit einem Freund.«

»Mit Ansgar«, ließ Herr Heiler verlauten.

»Sie hat ja in Immobilien gemacht. Aber den Hof verkaufen, dazu hatte sie kein Recht, weil die Paula ihn eigentlich mir vermacht hat. »

»Ond am Sterbebett hot sies doch der Paula versprecha müssa, dass der Hof net verkauft wird«, warf Herr Heiler ein und erklärte: »Wenn mir des Versprecha nämlich net halted, kommt ein Fluch über ons.«

»Und das hat uns Angst gemacht. Denn die Paula konnte das«, sagte Frau Heiler.

»Oin verflucha, des hodd se kenna.«

»Armut sollte über uns kommen, wenn wir es zulassen, dass der Hof verkauft wird. Aber Armut will ich nicht nochmal erleben, die habe ich hinter mir. Und die Paula wusste auch, was Armut heißt.«

»Und was sollte Herr Richter jetzt genau tun, um die Josefa davon abzubringen?«, fragte Lott.

»Er hat einen Einfluss auf unsere Josefa gehabt«, sagte Frau Heiler und schaute dabei ihren Mann an.

»Ao wenn er mit ihr scho nemme ganga isch, aber an Einfluss auf onser Josefa hotr khet.«

Lott schaute die beiden kopfschüttelnd an. Er spürte, dass die ihm etwas verschwiegen. Und er forschte nach: »Erklären Sie mir das bitte! Da steckt doch noch mehr dahinter.«

Alfons Heiler druckste wieder herum, ehe er es ausspuckte: »Er hot wohl was gega sie en dr Hand khet.«

»Sie hat sich etwas zuschulden kommen lassen«, versuchte Frau Heiler den Faden weiterzuspinnen. »Wir wissen nicht genau, was es war. Aber der Manfred hat immer wieder gesagt, die Josefa tut, was ich will.«

»Noch immer«, warf ihr Mann hochdeutsch ein, da es sich um ein Zitat zu handeln schien.

»Es hat wohl mit ihrer alten Firma zu tun. Der Manfred hat nur gesagt, wenn das rauskommt, dann kann meine Josefa nicht mehr auswandern.«

»Domols hot er no *meine Josefa* gsagt«, fügte Herr Heiler an.

»Dann haben wir ihm Geld versprochen, wenn er die Josefa dazu bringt, den Hof nicht zu verkaufen«, gestand Dorothea Heiler.

»Ond a wertvolles Bild.«

»Josefa hat behauptet, dass das Bild wertvoll wär, weil das die Paula immer gesagt hat. So recht habe ich nie daran geglaubt. Damals, als wir auf der Flucht waren, hat fast jeder irgendetwas mitgenommen, in der Hoffnung, es wäre so wertvoll, dass es einem den Start in die Zukunft erleichtert.«

»Was war das denn für ein Bild?«

»Eine Radierung. Wir haben es aus dem Altvatergebirge mitgebracht. Eigentlich ein hässliches Bild. Unsere Mutter hat gesagt, es wäre wertvoll, obwohl es hässlich war. Ich wollte das damals verkaufen, obwohl ich nicht an einen Wert glaubte; aber die Paula hat das nicht geduldet. Sollten wir alles verlieren, haben wir immer noch das Bild, hat sie gesagt. Und das haben wir einmal erzählt, als der Manfred da war. Und der wollte dann das Bild schätzen lassen.«

»Und wo ist das Bild jetzt?«

Herr Heiler zuckte die Achseln. »Im Stall hemmers versteckt. Zerscht vor ond zletscht für de Manfred. Er hots wohl gfonda ond mitgnomma.«

»Es ist auf jeden Fall nicht mehr da, wo wir es für ihn versteckt haben«, erklärte Frau Heiler.

»Haben Sie Herrn Richter auch Geld gegeben, nachdem Josefa tot war?«

»Om Himmels willa, noi!«, empörte sich Alfons Heiler. »So doch net!«

»Da hätten wir uns ja mitschuldig gemacht«, schloss sich die Gattin der Empörung ihres Mannes an.

»Noi, der hot koin Pfennig von ons griagt, aber des Bild, des hot er sich ja wohl scho gnomma khet.«

»Wir haben kein Bild bei der Leiche gefunden.«

»Des isch jetzt grad gleich«, brummte Herr Heiler.

»Die Josefa hätte mir glauben müssen, dann wäre das alles nicht passiert«, seufzte Frau Heiler resümierend.

»Mit was für a Strof müssa mr rechna?«, fragte Alfons Heiler mit bebender Stimme.

»Wir nehmen Ihre Aussagen zu Protokoll«, antwortete Lott. »Ich sehe allerdings keine strafbare Handlung in dem, was Sie getan haben. Aber letztendlich wird das Gericht das entscheiden, sollte es doch zu einer Anzeige von Seiten der Staatsanwaltschaft kommen.«

Die Heilers standen noch immer wie angewurzelt. Selbst, als Lott sich schon von ihnen verabschieden wollte.

»Ist noch etwas?«, fragte er deshalb forschend.

»Wenn mir scho grad am Beichta send. I hädd nomol a Gständnis zum macha«, stotterte Heiler.

Lott horchte gespannt. Und wartete.

»Den Strohballa domols, den han i onder d Josefa gstellt. I han nochgucka wella, ob se no lebt. Ond henderher han i selber nemme gewisst, han i ihn jetzt standa lassa oder wieder wegdoa. So durcheinander war i.«

Lott verkniff sich ein Schmunzeln. Und fragte dann: »Haben Sie auch bei dem Beichtstuhl Ihre Finger mit im Spiel gehabt?«

Heiler nickte verschämt. »Dr Paula ihr Beichtstuhl, auf den isch se wohl gstiega, der isch genau onder ihr glega. Aber des kann ma doch net dulda, dass die Josefa den Beichtstuhl ihrer Mutter nemmt, om sich aufzumhänga.«

»Sie haben ihn verräumt und hinterher die Spuren abgewischt«, half ihm Lott auf die Sprünge. »Aber die Stalltür war doch versiegelt?«

»Durchs Fenster henda ben i nei. Aber mitm Tod von onsrer Josefa hend mir sonst nix zum doa.«

Lott seufzte. Er war froh, dass dieses Geständnis ein wenig Licht in Bezug auf das Aufsteigemittel im Fall Josefa Pfäffle gebracht hatte. Auch wenn das für die laufende Ermittlung nicht gerade den Durchbruch signalisierte.

Als die Heilers das Polizeigebäude wieder verlassen hatten und Lott ihnen vom Fenster aus nachschaute, wie sie, verprügelten Hunden gleich, über den Münsterplatz schlichen, empfand er mit einem Male Mitleid mit den beiden. Sie hingen wohl nicht aus Habgier am Rainbauerhof, sondern aus Angst, der Fluch der Paula könnte sie aus dem Grab noch treffen. Dann dachte er an Manfred Richter und daran, dass der nicht der Typ war, der sich aus Gewissensgründen das Leben nahm. Später, als Lott schon wieder an seinem Schreibtisch saß, kam ihm der Name Ansgar in den Sinn. Und er erinnerte sich: Der Name Ansgar stand in Josefas Notizbuch.

5

Der Himmel über der Uniklinik am Oberen Eselsberg verdunkelte sich. Schneefall war angesagt. Ursa schaute in die fast schwarze Wolke, die über dem gegenüberliegenden Krankenhaustrakt hing. Und wollte dann plötzlich aufstehen und davonrennen. In dieses Dunkle hinein. Als sie merkte, dass ihre Beine sie nicht trugen, dass es ihr nicht einmal möglich war, aufzustehen, um allein aufs Klo zu gehen, sank sie in die Kissen zurück. Und weinte. Leise diesmal und beinahe entspannend. Als löste sich da irgendwas. Vielleicht waren es aber auch die Tabletten, mit denen sie vollgestopft worden war, die dieses Relaxtsein vortäuschten.

Kurz darauf kam die Psychologin Dr. Heide an ihr Bett.

Nachdem ihr der ärztliche Befund mitgeteilt worden war, hatte sie sich gleich um Ursa gekümmert. Ihr klarzumachen, dass sie sich, was immer auch geschehen war, jetzt in Sicherheit befinde, war nicht leicht gewesen. Ursa hatte geschwiegen. Und an die Decke gestarrt. Und dann wieder losgeschrien. Davonlaufen wollte sie, aber das nicht wirklich, sondern nur innerhalb des Bettes. Da hatte sie gestrampelt, und der ganze Körper hatte gebebt und gezittert. Eine Beruhigungsspritze hatte sie schläfrig werden lassen. Und dann die Tabletten, die sie ans Bett fesselten. Sonst wäre sie jetzt aufgestanden und in das Dunkle hineingelaufen. So aber griff sie nach der Hand der Psychologin und starrte dabei doch weiter an die Decke.

»Haben Sie gut geschlafen?«, fragte Dr. Heide.

Ursa schien darüber nachdenken zu müssen. Schließlich nickte sie.

»Haben Sie noch Schmerzen?«, fragte die Psychologin.

Auch da war sich Ursa nicht sicher. Sie schaute nur. Erst ins Leere, dann zur Psychologin. Eine Antwort gab sie nicht. Auch ihre Blicke verrieten nichts. Dr. Heide strich ihr übers Haar und wechselte zum vertraulichen Du.

»Willst du mir etwas erzählen?«, fragte sie.

Ursa nickte.

Im selben Augenblick betrat Dr. Claus Manteufel, Professor für forensische Psychologie, das Krankenzimmer. Er hatte etliche Studien über die psychischen Folgen bei vergewaltigten Frauen verfasst und unlängst ein Buch darüber veröffentlicht. Nun setzte er sich ans Bett zu Ursa, ignorierte die Kollegin.

»Ich bin noch nicht fertig«, wehrte sich die Psychologin.

»Doch«, antwortete der Professor und scheuchte dabei die Kollegin wie eine lästige Fliege aus seinem Blickfeld.

Ursa schaute den Mann, der nun plötzlich an ihrem Bett saß, mit großen Augen an.

»Du bist ein tolles Mädchen«, sagte der.

Dr. Heide verdrehte die Augen. *Was sollte das denn?! Gehörte das zu Manteufels Strategie?*

Der Professor fuhr unbeirrt fort: »Du willst mir jetzt etwas erzählen?«

Ursa schüttelte vehement den Kopf. Und schloss die Augen.

»Du musst keine Angst haben. Du bist hier in Sicherheit. Und ich bin ein Freund.« Ursa zog sich weiter in ihr Schneckenhaus zurück, drehte dem Professor den Rücken zu. Und weinte dann leise.

»Ursa, du bist ein tolles Mädchen und ein tapferes dazu. Nun brauchst du nur noch den Mut, auch darüber reden zu können, was dir widerfahren ist.«

Ursa reagierte nicht.

»Wie sah der Mann aus, der dir das angetan hat?«, bohrte Manteufel weiter.

Jetzt drehte Ursa sich um und schaute den Professor an.

»Beschreib ihn mir: War er groß, war er alt, war er jung?«

Ursa schwieg, weinte nicht mehr. Klagte auch nicht. Ihr Blick war jetzt ausdruckslos, ging durch den Professor hindurch.

Der reagierte mit gespielter Ruhe und fragte suggestiv: »Er hat dir wohl sehr wehgetan?«

Ursa drehte sich wieder um, tat so, als wollte sie jetzt schlafen.

Da stand der Professor auf und sagte zu der Kollegin, die aus dem Fenster schaute: »Versuchen Sie Ihr Glück«, und verließ grußlos das Krankenzimmer.

Was für ein Arschloch. Den interessiert das Mädchen nicht. Der hat allein seine Studien im Kopf, mit denen er bei seinen Vorlesungen brillieren will und Material sammeln für ein nächstes Buch. Der ist so kalt wie eine Hundeschnauze. Dr. Heide schaute ihm nach und war außer sich. *Angeber*, dachte sie. *Ein widerlicher Angeber. Du bist ein tolles Mädchen. Ja, großartig!*

Draußen hing noch immer die dunkle Wolke wie eine Bedrohung über der Klinik. Nun war es die Psychologin, die davonrennen wollte, in das Dunkle hinein, als Ursa sich plötzlich zu ihr wandte und sagte: »Es war der Wode und der Jäger zu Fuß mit seinen 24 Hunden. Aber ein Hund ist jetzt tot.«

6

Mandy Fischer hatte sich entschuldigen lassen. Sie sei krank. Die Sekretärin sollte das weitergeben. Dann zog sie sich an, fuhr zur Bank und ließ sich die Kontoauszüge ausdrucken. Zufrieden betrachtete sie den Kontostand. Der wenigstens war in Ordnung. Nun war es allein Vincent, der ihr Sorgen machte. Seit dem Tod seiner Frau war er ein anderer. Ständig nervös. Selbst nachts schreckte er hoch und rief nach ihr. *Agnes!* Sie konnte den Namen schon nicht mehr hören. Jetzt, wo endlich alles in Ordnung schien, wurde er sentimental und drehte alles um. Als hätte Agnes ihn je geliebt. Und er sie. Und wenn, dann war das doch lange vorbei. Und für Vincent war es die Hölle gewesen. Zumindest das letzte Jahr.

Mandy Fischer stieg in ihren Wagen, verstaute die Papiere und fuhr los.

Je näher sie an Harthausen herankam, desto langsamer fuhr sie. Sie wollte an nichts vorbeifahren, ohne es in sich aufgesaugt zu haben. Schließlich würde das künftig ihr Weg sein. Vor Vincents Haus hielt sie an. Sie stieg aus und kramte den Hausschlüssel, den Vincent ihr gegeben hatte, aus ihrer Tasche. Ein Schutzengel als Schlüsselanhänger, wie sinnig! Sie spürte jetzt ihr Herz schlagen, während sie den Schlüssel im Schloss drehte und daran dachte, im nächsten Moment das Haus zu betreten, das ihr künftiges Zuhause sein sollte. Herzklopfen, das kannte sie eigentlich nicht. Nicht wirklich. Nicht einmal, wenn Vincents Hand an ihren Schenkeln hochkroch. Oder wenn sie, die Devote mimend, auf eine dezente Demütigung hoffte. Sie hatte, das wusste sie, immer alles im Griff. Immer alles unter Kontrolle. Auch dieses neue Leben würde sie nach ihren Vorstellungen gestalten, es im Griff haben, wie sie auch Vincent im Griff hatte, der noch immer der festen Überzeugung war, er sei derjenige, der ihr gemeinsames Leben fortan bestimmen würde.

Ihr Herzklopfen war eher das eines Kindes, das vor einer verschlossenen Tür darauf wartete, dass sich diese auftat und sich dahinter ein Weihnachtsbaum mit hundert Geschenken für es darunter zeigte.

Kaum hatte Mandy Fischer aber den ersten Schritt in ihr neues Zuhause getan, gewannen ihre Alltagsempfindungen die Oberhand. Es roch muffig in der Wohnung. Und es war kalt. Eine muffige, kalte Wohnung, und wie sie gleich urteilte, mit Möbeln zugestellt, die allesamt auf den Sperrmüll gehörten. Da war noch viel zu tun, damit daraus ein *Mandy-Fischer-Haus* wurde.

Trotz der Kälte riss sie jetzt sämtliche Fenster auf. Und wagte, nachdem sie sämtliche Räume durchschritten hatte, wie ein Feldherr ein annektiertes Land, einen Blick nach draußen.

Dort mühte die Sonne sich redlich durch die Nebeldecke. Viel Zeit hatte sie nicht mehr dazu, denn sie neigte schon bedenklich gegen Westen und berührte dabei die Baumkronen des nahen Waldes, der seit jeher im Besitz der Winters gewesen war.

7

Zur abschließenden Dienstbesprechung an diesem Tag hatte Schwegler die Übersetzung der Urkunde, die sie in Vadim Solnikovs Wohnung entwendet hatten, mitgebracht. Es handelte sich dabei um das Zertifikat einer Petersburger Hypnoseakademie. Als Schwegler den übersetzten Text las, war es Lott, als erführe er in diesem Moment ein *Satori*, eine kleine Erleuchtung: *Vadim hat seine Opfer hypnotisiert!*

Die Kollegen der Soko hatten wohl die gleiche Eingebung. Nur Lohner bremste: »Jemand wird dahin hypnotisiert, dass er sich erhängt? Leute, das kann ich mir beim besten Willen nicht vorstellen. Und was ist mit Agnes Winter? Wie soll die hypnotisiert worden sein, um so dazuliegen, wie wir sie gefunden haben?«

Auch Petra zweifelte. Lott wusste selbst nicht mehr, ob er seinem Bauchgefühl trauen sollte. Ein Mord oder ein Selbstmord unter Hypnose, war das denn überhaupt möglich? »Lasst uns das doch recherchieren«, sagte er in die Runde. Und dachte an Banzhaf von der Rechtsmedizin. Der wusste doch in solchen Dingen immer Bescheid, auch wenn die Hypnose nicht unbedingt in sein Ressort fiel. Er teilte seinen Entschluss der Soko mit. Lohner nickte.

Petra stand auf und sagte: »Es wird ja auch hierzulande so etwas wie eine Hypnose-Schule geben. Ich check das mal.«

Auch Schwegler, der mittlerweile seine Unterlagen zusammengeräumt hatte, wollte in Sachen Hypnose etwas beitragen. »Wir sollten die rechtliche Seite bei einem Delikt, bei dem das Opfer hypnotisiert wurde, klären«, meinte er.

»Oder bei dem der Täter, unter Hypnose gesetzt, seine Tat nur aus diesem Zustand heraus begehen konnte«, fügte Petra hinzu.

»Herrgott, isch des alles kompliziert«, brummte Brauchle und warf eine Akte krachend auf seinen Schreibtisch. »Es könnt doch alles so oifach sei: Mord aus Eifersucht, oder wega mir aus Habgier. Aber gradlinig. Ond mit ma Gständnis. So dass bloß s Gricht no a Arbeit drmit hot, obs jetztat Totschlag oder Mord war. Do wär mei Gschäft als verantwortlicher Sachbearbeiter oifach. Ond i könnt mit meiner Lisbeth Silvester feira.«

Lott legte eine Hand auf Brauchles Schulter und sagte aufmunternd: »Des kriegen wir schon hin, Max.«

»Müsst mr halt alle a weng schneller schaffa«, antwortete Brauchle so ernsthaft, dass alle lachten. Dass sie wegen ihm lachten, munterte Brauchle nun wirklich auf.

Kurz vor 18 Uhr ging die Soko auseinander. Lott rief in der Rechtsmedizin an, um sicherzugehen, dass Banzhaf noch da war. Der meldete sich dann auch höchstpersönlich.

»Schön, dass du noch da bist«, sagte Lott.

»Eine Minute später und du hättest Pech gehabt«, antwortete Banzhaf.

»Dein Pech, wenn du trödelst«, feixte Lott, kam dann aber gleich zur Sache: »Erich, ich brauch deine Hilfe.«

»Schieß los.«

»Kennst du dich mit Hypnose aus?«

»Es ist eine Weile her, dass ich …«

Lott unterbrach: »Dann warte. In zehn Minuten bin ich da.«

Lott hörte noch ein Seufzen nachhallen, ehe er auflegte. Dann griff er nach seiner Jacke, nahm mit raschen Schritten die Treppe, eilte zum Parkplatz, stieg in das ihm zugeteilte Dienstfahrzeug und fuhr los.

Bis zur Prittwitzstraße dauerte es wirklich nur ein paar Minuten, zumal kaum Verkehr war. Banzhaf erwartete ihn bereits an der Eingangstür.

»Ich halte hier als Einziger noch die Stellung«, empfing er Lott mit einem herzhaften Händedruck. »Meine Kolleginnen und Kollegen sind allesamt schon im nächsten Jahrtausend.«

»Was immer das bringen wird«, orakelte Lott.

»Jetzt komm erst mal rein«, sagte Banzhaf, wies dem Kollegen den Weg ins Büro und bot ihm dort einen Platz abseits vom Schreibtisch an. Dann rollte er den eigenen Stuhl in Lotts Nähe, setzte sich und fragte neugierig: »Nun sag schon, was du so Wichtiges auf dem Herzen hast.«

»Es geht um Hypnose«, antwortete Lott. »Wir haben bei einem der Beteiligten, Vadim Solnikov, in der Mordsache Agnes Winter und dem angeblichen Selbstmord der Josefa Pfäffle die Urkunde einer Hypnose-Akademie gefunden, die besagt, dass Solnikov mit Bravour eine Ausbildung als Hypnotiseur abgeschlossen hat. Meine Frage ist nun: Ist es möglich, dass Menschen unter Hypnose Verbrechen begehen oder dass sie so weit hypnotisiert werden können, dass sie sich selbst umbringen?«

Banzhaf schaute ein wenig ratlos drein. Dann zuckte er mit den Achseln und sagte: »Menschen unter Hypnose tun die unglaublichsten Dinge. Sie trauen sich zum Beispiel vor anderen zu singen oder zu tanzen. Sie legen im positiven Sinne ein unglaubliches Potenzial frei, denn mit Hilfe der Hypnose findet manch einer den Schlüssel zu seinem Unterbewusstsein, wobei die mentalen Kräfte durchaus profitieren. Aber dass man unter Hypnose sich selbst erhängt? Kann ich mir ehrlich gesagt nicht vorstellen. Und Agnes Winter hat sich ja wohl nicht selbst so zugerichtet.«

»Vielleicht standen ja einmal der Täter und einmal das Opfer unter Hypnose«, gab Lott zu bedenken.

»Das glaubst du doch selbst nicht!«

»Ehrlich gestanden, nein. Dennoch werde ich das Gefühl nicht los, dass die Hypnose da irgendwie mit im Spiel war.«

»Bei den beiden Toten habe ich ja Spuren von Stechapfel im Mageninhalt gefunden. Vielleicht in dieser Verbindung? Aber das ist alles wirklich hypothetisch«, räumte Banzhaf ein.

»Wir müssen ganz einfach diesen Solnikov finden. Ob der nun der Mörder ist oder auch nicht«.

Banzhaf lächelte. Und sagte: »Gehen wir noch was trinken? Es ist vermutlich die letzte Gelegenheit in diesem Jahrhundert.«

Lott grinste zurück: »Wie wärs in den *Drei Kannen*?«

»Einverstanden!«

8

Knecht saß zitternd im Keller und traute sich nicht wieder nach oben. Er saß zwischen den Einmachgläsern seiner Schwester und den Kartoffeln, die er dort in Kisten eingelagert hatte. Nur die kleine Laterne, mehr Wegweiser als Lichtquelle, hatte er angezündet. Er hatte Angst. Und ihn fror. Aber einfach so in der Wohnung darauf zu warten, dass sie kämen und ihn töteten, das konnte er nicht. *Sie haben mich gesehen und erkannt.* Immer wieder ging ihm das durch den Kopf. Dann murmelte er den Satz wie ein Mantra vor sich hin: »Sie haben mich gesehen und erkannt.« Und dann machten andere Gedanken dem Mantra Platz: *Warum bin ich nur zum Rainbauerhof gelaufen? Die Paula ist tot und kommt auch in den Wolfsnächten nicht zurück.*

Er kannte jetzt das Geheimnis des Wolfskopfs, der aus dem Maul des Teufels schrie. Und er wusste, was in der vierten Wolfsnacht mit ihm geschehen war. Aber was half ihm das jetzt. Er konnte sich niemandem anvertrauen. Schon gar nicht der Polizei. Die würden ihm keinen Glauben schenken. Wie will man auch so etwas beweisen. Er musste fliehen. Jetzt. Sofort.

Knecht stand auf und rieb sich die Hände. Das sollte die Kälte ein wenig von ihm fernhalten. Im Kellerschrank hatte er noch einen Mantel hängen, der war nicht mehr vom Feinsten, aber doch noch so, dass man ihn tragen konnte. Im Schrank roch es nach Mottenpulver. Knecht nahm den Mantel und schlüpfte hinein. Der Geruch störte ihn nicht. Die Hauptsache war doch, dass er nicht mehr fror. Aber die Kälte ließ sich so leicht nicht vertreiben. Sie kam von innen. Da halfen weder Mantel noch Händereiben. Die Kälte hatte von ihm Besitz ergriffen. Sie war in ihn geschlüpft, wie eine unerlöste Seele, die alle Wärme aus ihm sog.

Knecht löschte jetzt die Laterne und schlich in der Dunkelheit in die Wohnung zurück. Im Küchenschrank hatte er Geld liegen. Das würde er auch im Dunkeln finden. Und dann ein Taxi rufen, das ihn zum Bahnhof fuhr. Das war sein Plan. Vorsichtig ertastete er das Schlüsselloch, schloss auf, öffnete die Tür einen Spaltbreit und schloss die Tür, als er drinnen war, wieder zu. Er schlich in die Küche, zum Schrank, nahm das Geld und schlich zurück ins Wohnzimmer. Er nahm den Telefonhörer zur Hand und rief ein Taxi. So weit zumindest war sein Plan aufgegangen. Jetzt wagte er sogar einen Blick durch die Gardinen auf die Straße. Dort standen zwei Männer. Sie standen abseits der Straßenlaterne.

Ihre Gesichter waren nicht zu erkennen. Aber Knecht wusste, wer die beiden waren. Er setzte sich für einen Moment auf das Sofa und überlegte, ob er das Taxi wieder abbestellen sollte. Dann verwarf er den Gedanken wieder. Ohnehin dürfte das Taxi bereits unterwegs zu ihm sein. Noch einmal schaute er jetzt durchs Fenster. Die beiden Männer waren weg. Vielleicht weitergegangen. Knecht zitterte wieder. Vor Erregung jetzt, denn er hörte das Taxi vorfahren. Schnell fasste er allen Mut, eilte zur Tür und hinaus und dem Taxi entgegen, das in seiner Nähe hielt. Er rannte die wenigen Schritte, die ihn noch von der rettenden Wagentür trennten. Aber noch bevor er diese greifen konnte, fuhr das Taxi davon. Knecht schrie, gestikulierte wütend dem in die Dunkelheit gleitenden Fahrzeug hinterher, als er hinter sich plötzlich Schritte wahrnahm. Er drehte sich um. Und blickte in das grinsende Gesicht des Mannes, vor dem er geflohen war. Der andere Mann näherte sich Knecht jetzt von der Seite her, öffnete im selben Augenblick seine Umhängetasche und schaute Knecht dabei mit triumphalem Blick an. Jockel Knecht blieb einen Moment lang wie hypnotisiert stehen: ein Kaninchen im Visier der Schlange. Die Kirchenglocke von Mariä Himmelfahrt, die zur vollen Stunde schlug, riss ihn aus seiner Lethargie. Die Glockenschläge schienen seine Lebensgeister zu wecken. Denn er begann plötzlich zu rennen, die Straße hinunter bis zum Klosterhof. Und dachte dabei: *Die siebente Wolfsnacht darf nicht mein Tod sein.*

Freitag, 31. Dezember 1999

1

B*rot statt Böller.* Mein Gott, in jedem Jahr derselbe Aufruf. Aber angesichts der auf über 200 Millionen Mark geschätzten Ausgaben für Feuerwerkskörper zu diesem Silvester könnte man sich ja durchaus vorstellen, den Jahrtausendwechsel auch mit etwas Bleibendem für die Menschen in Not zu beginnen. So zumindest mahnte die Vorsitzende der Deutschen Welthungerhilfe Ingeborg Schäuble im Leitartikel der heutigen Tageszeitung. Schließlich hungerten noch immer weltweit fast 800 Millionen Menschen, darunter 200 Millionen Kinder. Auf derselben Seite klagte auch Tierschutzpräsident Wolfgang Apel, der erklärte, die sinnlose Silvesterknallerei sei mit dem Tier-, Natur- und Menschenschutz nicht vereinbar. Er forderte den gänzlichen Verzicht auf Böller.

Auf der Lokalseite war zu lesen, wie Prominente aus Ulm und Neu-Ulm den Jahrtausendwechsel feiern würden. Ivo Gönner, Ulms Oberbürgermeister, ganz gemütlich daheim mit seiner Familie. Kein Wunder, nach einem Wahlkampf mit Hunderten von Terminen. Aber einen Blick aufs große innerstädtische Feuerwerk würde er schon riskieren: »Aus sicherer Entfernung, ich werde mich auf irgendeinen Hügel stellen.« Die Neu-Ulmer Oberbürgermeisterin wollte sich mit Freunden treffen. Ohne ihren Hund *Strolch,* den sie vorsichtshalber aufs Land gebracht hatte, wo es nicht so knallte. Martin Andermatt, der *Ulmer-Spatzen*-Trainer, würde im großen Kreise im Wiley-Club feiern. Dorthin, zu einer ganz großen Silvester-Party, hatte Unternehmer und Sponsor Walter Feucht geladen.

Lott fragte sich, warum er das las. Es interessierte ihn doch nicht wirklich, dass Rudolf Dentler, Ulms selbsternannter

König, eine außerordentliche Thronrede, oder die Dekanin Gabriele Burmann einen Silvestergottesdienst in der Petruskirche hielt, um anschließend bis zwei Uhr dort zu bleiben, zur Nacht der offenen Kirche, in der sie Einsame und Menschen, die diesem besonderen Jahreswechsel mit Ängsten entgegensehen, willkommen heißen wollte.

Dieser Blick ins Guckloch fremder Privatleben war ihm doch ganz und gar zuwider. Vielleicht aber, so dachte Lott, lag das heute daran, dass er nicht wusste, was diese Nacht für ihn vorgesehen hatte. Zumindest aber wusste er nun, was die anderen vorhatten. Wie er selbst diesen Abend verbringen würde, stand noch in den Sternen. Nur eines war ihm klar: Wenn die Münsterglocken das neue Jahrtausend einläuteten, würde er mit Elli darauf anstoßen.

Lott legte die Zeitung weg, trank eine letzte Tasse Kaffee und machte sich auf den Weg zum Neuen Bau.

Dort wartete Petra Mai bereits mit dem Ergebnis ihrer Recherchen: »Entweder sind die dort alle total bescheuert, oder aber die Hypnose ist die sicherste Methode, jemanden um die Ecke zu bringen!«

»Von wem sprichst du?«

»Von den Leuten in dieser Akademie. Die bilden dich zum Hypnotiseur oder auch zum Hypnosecoach aus. Und hast du das erst mal intus, so kannst du Leute dazu bringen, dass sie unter jedes beliebige Schriftstück ihre Unterschrift setzen, und wärs das eigene Todesurteil. Freilich kannst du auch Frauen vergewaltigen und Leute dazu bringen, den perfekten Mord oder Selbstmord zu begehen! Vorausgesetzt freilich, dass der Hypnotiseur sein Opfer in einen sogenannten somnambulen Zustand versetzt, in dem er Halluzinationen erzeugen kann, der das Opfer dazu bringt, zum Beispiel ...«

»... sich selbst aufzuhängen«, unterbrach Lott die Kollegin.

»Zumindest nach Ansicht von Herrn Teichmann, der diese Akademie ins Leben gerufen hat und sie leitet. Wobei er freilich die Einschränkung gemacht hat, dass Leute mit solch kriminellen Energien in seiner Akademie keinen Platz hätten.«

»Eine Liste von den Leuten, die dort ausgebildet wurden, brauchen wir dennoch«, meinte Lott.

»Die hab ich bereits«, sagte Petra ein wenig triumphierend, als wollte sie dafür ein Lob haben.

»Und? Ist dir da jemand aufgefallen?«

Jetzt triumphierte die Kollegin wirklich: »Ja!«, sagte sie und machte dann eine Pause.

»Lass dir nicht alles aus der Nase ziehen!«, reagierte Lott ungeduldig.

»Daniel Spreng.«

Lott schluckte. »Dann lass uns mal diese Akademie näher unter die Lupe nehmen.«

»Die haben bis Dreikönig geschlossen«, wehrte Petra ab, »aber ich habe die Handynummer des Leiters.«

»Dann mach mal.«

Petra wählte die Nummer, wechselte ein paar Worte mit dem Angerufenen und teilte Lott dann mit, dass sie gleich in die Akademie kommen könnten. Herr Teichmann erwarte sie dort.

»Dann nichts wie hin«, sagte Lott und eilte auch schon zur Treppe, wo ihm der Kollege Uwe Schwegler entgegenkam.

»Falsche Richtung«, lachte der und stellte sich Lott ein wenig in den Weg. »Ich habe nämlich ein paar Neuigkeiten, da ziehts dir die Schuhsohlen hoch.«

»Punkteabzug für Frankfurt?«, höhnte Lott.

»Leider noch nicht«, antwortete Schwegler bierernst.

»Dennoch, Uwe, bis später, wir haben einen dringenden Termin«, antwortete Lott gehetzt.

Und Petra ergänzte: »Hypnose-Akademie!«

Kopfschüttelnd ließ Schwegler die beiden vorbei. Bis zur nächsten Dienstbesprechung war ja noch Zeit. Dann aber würde er die Bombe platzen lassen.

Die Fahndung nach Vadim Solnikov und Daniel Spreng wurde eingeleitet und mit den Neu-Ulmer Kollegen, bei denen Lander um grenzüberschreitende Hilfe gebeten hatte, verstärkt.

2

Die Hypnose-Akademie des Herrn Teichmann war in den ehemaligen Festungsanlagen am Kuhberg untergebracht. Als Petra und Lott ankamen, herrschte dort ein aufgeregtes Treiben, weil in dem Gemäuer auch eine Laienbühne beheimatet war, die ihrer Silvesteraufführung entgegenfieberte.

Frederick Teichmann wartete bereits am Tor. Er war ein Mann um die vierzig. Er hatte langes braunes Haar, das er zu einem Pferdeschwanz zusammengebunden hatte. Eigentlich passte weder der dunkelgraue Anzug noch die blassblaue und wenig kleidsame Krawatte zu seinem sonstigen Äußeren. Mit grußbereiter Hand ging er der Ermittlerin entgegen. Petra kicherte einen Gruß und stellte dann Lott als ihren Kollegen vor.

»Ich hatte noch Schriftzeugs zu erledigen, deshalb macht es keine Umstände, wenn Sie Fragen zu meiner Arbeit haben«, sagte der Hypnoselehrer beschwichtigend, als Petra ihr Bedauern, ihn am Silvestertag stören zu müssen, äußerte. »Folgen Sie mir also getrost in die heiligen Hallen.«

Ein Mädchen im Ritterkostüm, das aus einer Garderobe gestürzt kam, rempelte Lott an und entschuldigte sich gleich dafür. Lott lachte. Das Kostüm war zu drollig.

»Was spielen Sie denn heute?«, fragte Lott.

Das Mädchen drehte sich um und rief: »Karl Valentin!« Dann rannte sie weiter, als hätte sie Angst, sie könnte ihren Einsatz verpassen.

Petra und Teichmann waren inzwischen schon bei den Räumlichkeiten der Hypnose-Akademie angelangt und warteten auf Lott. Teichmann schloss die Tür zu seinem Büro auf und bat die beiden herein.

»Dieser Daniel Spreng, nach dem sie gefragt haben, war nur kurze Zeit bei uns. Er hat nicht einmal den ersten Seminarteil abgeschlossen.«

»Wann war das?«, fragte Lott.

Teichmann blätterte in seinen Unterlagen. »Er hat sich für das Einstiegsseminar im Herbst '97 angemeldet und hat es auch bezahlt. Hat es aber, wie gesagt, nicht abgeschlossen.«

»Gab es Gründe dafür?«, hakte Petra nach.

»Er ist nach dem fünften oder sechsten Abend einfach nicht mehr gekommen. Ich glaube, er hat sich bei uns gelangweilt. Zumindest hat er sich in dieser Richtung ein paarmal negativ geäußert. Ich glaube, es war ihm zu wenig spektakulär, was wir hier machen. Er hatte sich vielleicht mehr Showeffekte erhofft, womit man auf Partys angeben kann. Aber wir bilden hier ja vor allem auch Hypnosetherapeuten aus, die in ihrem Heilberuf die Hypnose bei der Behandlung ihrer Patienten einsetzen. Aber Sie sind ja auch hier, weil Sie etwas Spektakuläres vermuten.«

»Sie glauben also nicht, dass ein skrupelloser Mensch, der diese Kunst beherrscht, einen perfekten Mord oder Selbstmord mittels Hypnose initiieren könnte?«

»Ich denke, der Mythos von dem bösen Hypnotiseur, der posthypnotische Suggestionen einsetzt, um jemanden zum Begehen eines Verbrechens zu verleiten, gehört in den Bereich der Fabel, denn auch hypnotisierte Personen scheuen vor Handlungen zurück, die sie moralisch verwerflich finden.«

»Das hat sich aber bei unserem ersten Telefonat noch ganz anders angehört«, staunte Petra. »Da waren Sie sich noch ganz sicher, dass ein geschulter Hypnotiseur jemanden dazu bringen kann, dass dieser zum Beispiel unter jedes beliebige Schriftstück seine Unterschrift setzt. Oder auch, dass so einer Frauen gefügig macht und somit keine Spuren einer Vergewaltigung hinterlässt. Und auch der perfekte Mord oder Selbstmord wäre mittels Hypnose möglich, haben Sie behauptet, vorausgesetzt, so waren doch Ihre Worte, dass der

Hypnotiseur sein Opfer in einen sogenannten somnambulen Zustand versetzt.«

Teichmann schaute verlegen von Petra zu Lott und dann auf den Boden. Und dann an den beiden vorbei in die Weite. »Die Sache ist die«, druckste er herum, »so etwas darf nicht laut werden, das schadet doch nur unserem Ruf.«

»Also ist es doch möglich«, forschte Lott.

»Die Hypnose ist ein paradoxer, geistiger Zustand, der in einer Person durch eine andere mit Hilfe von Techniken hervorgerufen wird, mit denen die Aufmerksamkeit gebündelt und die Operationen des normalen Bewusstseins außer Kraft gesetzt werden. Hypnose ist paradox, weil Menschen unter Hypnose sich weniger ihrer selbst bewusst und weniger selbstgesteuert sind als normalerweise, aber über geistige Fähigkeiten wie das Ertragen von Schmerzen verfügen können, die das normale Maß überschreiten.«

Lott unterbrach ihn: »Herr Teichmann, entschuldigen Sie, wenn ich Ihren Vortrag unterbreche, aber uns interessiert lediglich, ob die Leute, die Sie ausgebildet haben, die Fähigkeit besitzen, mittels Hypnose ein Kapitalverbrechen zu begehen.«

Teichmann zögerte, dann antwortete er, wieder dozierend: »Durch Suggestion können unter Hypnose oder anschließend an den hypnotischen Zustand Sinnestäuschungen herbeigeführt werden. Der hypnotisierten Person können in diesem Zusammenhang unfreiwillige Verhaltensweisen abgefordert werden.«

»Sie meinen damit, dass man Hypnotisierte als Werkzeuge benutzen kann?«, sagte Petra und horchte.

»Das ist nicht der Sinn der Hypnose«, erwiderte Teichmann. »Die Hypnose selbst soll das Werkzeug sein. Früher hat man die Hypnose sogar in der Chirurgie als analgetische Methode eingesetzt. Und Freud nutzte die Hypnose psychotherapeutisch zur Behandlung von Hysterie ...«

»Herr Teichmann ...«, unterbrach Lott, aber Teichmann ließ sich nicht unterbrechen und fuhr fort: »In der Psychotherapie zum Beispiel beim Durchbrechen von Suchtgewohnheiten wie Rauchen oder beim Aufspüren einer vergessenen, vergangenen Lebensphase.«

»Man kann also Hypnotisierte als Werkzeug benutzen?«, unterbrach Lott nun erfolgreich.

»Ja«, antwortete Teichmann zögerlich.

»Und wie geschieht das?«, hakte Petra nach.

»Meistens durch einen Hypnose-Auslöser. Das kann ein einzelnes Wort sein oder eine Wortkombination. Es gibt viele Möglichkeiten, Halluzinationen zu erzeugen.«

»Es ist also doch im Bereich des Möglichen, dass sich jemand unter diesem Einfluss selbst tötet?«, fragte Petra, geradezu suggestiv.

Teichmann gab sich kleinlaut: »Es ist möglich, aber nicht wahrscheinlich.«

»Woran erkennt man denn einen hypnotisierten Menschen?«, wollte Lott wissen.

»Am Flattern der Augenlider zum Beispiel. Manchmal zittern die Lider so schnell, dass der Augapfel des Hypnotisierten zu sehen ist. Besonders auffällig ist die Gesichtsmuskulatur. Sie zeigt sich derart entspannt, dass das Gesicht asymmetrisch wirken kann, da die Mimik nicht mehr kontrolliert wird. Die Mundwinkel gehen nach unten, manchmal sackt der Kiefer herunter wie im Schlaf. Die Atmung ist tief und regelmäßig. Ähnlich wie vor dem Einschlafen können die Gliedmaßen zucken.«

»Wie lange hält dieser Zustand an?«

»Bis der Hypnotiseur den Probanden aus der Trance zurückholt.«

»Oder der Proband tot ist?«, hakte Petra bissig nach.

»Richtig. Auch das würde das Ende des somnambulen Zustandes bedeuten«, antwortete Teichmann kühl. »Aber wie gesagt, ich glaube nicht an den bösen Hypnotiseur.«

»Das klang bei unserem ersten Zusammentreffen noch anders«, trug ihm Petra noch einmal nach.

»Da habe ich mich einfach zu weit aus dem Fenster gelehnt. Nennen sie es Imponiergehabe. Es tut mir leid, wenn ich Sie da auf eine falsche Fährte gelockt haben sollte. Denn wie gesagt, Daniel Spreng hat noch nicht einmal das Einstiegsseminar hier fertig gemacht.«

»Sagt Ihnen der Name Vadim Solnikov etwas?«, fragte Lott.

Teichmann überlegte nicht lange. »Nein, nie gehört.«

»Sind Sie sich da ganz sicher?«

»Wer soll das sein?«

»Einer, der sein Handwerk auf Ihrem Gebiet zu beherrschen scheint. Er hat ein Diplom einer russischen Hypnose-Akademie, sogar eines mit Auszeichnung. Kennen Sie diese Institution? Ist die seriös?« Lott zeigte ihm die Übersetzung des Diploms.

Teichmann war sichtlich beeindruckt. »Das ist eine der ersten Adressen für uns. Wenn er dort gelernt hat, ist er wirklich gut. Aber der Name Solnikov sagt mir wirklich nichts.«

»Das wärs dann«, sagte Lott und machte Anstalten zum Aufbruch. »Ich bedanke mich für Ihre Hilfe, und haben Sie keine Angst. Ihre Aussagen tauchen allenfalls im Protokoll unserer Ermittlung auf, und darauf hat die Presse keinen Zugriff.«

Petra verabschiedete sich mit einem Augenzwinkern: »Ihre erste Version war wirklich einen Deut spannender.«

Teichmann erwiderte ihr Lächeln. Das war nun auch entspannter. Fast so, als hätte Petra ihn ein wenig hypnotisiert.

3

Patricia Wagenseil saß am Bett ihrer Tochter. *Mit den Hütern der Wolfsnächte ist es ein für alle Mal Schluss, muss es einfach Schluss sein.* Sie dachte das immer wieder. Ein gedachtes Mantra, während Ursa schlief. Als Dr. Heide dazukam, stand die Mutter auf und ging ihr entgegen. Mit fragendem Gesicht.

»Sie macht Fortschritte«, beruhigte die Psychologin die Mutter.

Die atmete gleich ein wenig leichter. Für nichts war sie jetzt so empfänglich wie für Hoffnung.

»Wann darf sie wieder nach Hause?«

»Lassen Sie ihr Zeit. Ich denke, Ursa fühlt sich hier sicherer als daheim.«

»Nach Dreikönig ist sie auch daheim wieder sicher. Da hört der Spuk auf. Ein für alle Mal. Muss einfach aufhören.«

Die Psychologin schaute sie ein wenig mitleidig an. Dann sagte sie: »Frau Wagenseil, Ihre Tochter ist von einem Mann vergewaltigt worden, nicht von einem Gespenst.«

»Wir stehen vor einem großen Wandlungsprozess, noch hat die dunkle Seite die Macht. Doch das Licht ist bereits geboren. Noch wenige Tage, dann blühen die ersten Schneeglöckchen in meinem Garten.«

Während Frau Wagenseil das sagte, schaute sie zum Fenster. Und dann ging sie dorthin, als wollte sie das jetzt schon prüfen.

»Man sollte jetzt ein paar der Speisen mit den Naturwesen teilen. Ein kleiner Teller würde genügen. Den stellt man an die Wurzeln eines Apfelbaums, damit wieder Fülle ins neue Jahr einziehen kann.«

»Bleiben Sie bei Ursa, wenn es draußen zu knallen beginnt?«, fragte die Psychologin.

Frau Wagenseil schaute sie verklärt an. Dann sagte sie, ohne Dr. Heide dabei anzuschauen: »Die Nacht steht für die Austreibung böser Geister und für die Vertreibung des Geistes des alten Jahres, müssen Sie wissen. Ich habe geweihtes Räucherwerk, mit dem ich unser Haus räuchern muss. Die Dämonen austreiben. Das kann nicht bis zum Neujahrstag warten, ich könnte sonst das Glück mit hinausfegen.«

Beim letzten Satz schmunzelte Frau Wagenseil.

»Sie bleiben also nicht hier?«

»Doch, doch! Ich kann ja meine Kleine nicht den Dämonen überlassen«, antwortete Patricia Wagenseil und hatte den Blick dabei wieder auf die Fragende gerichtet.

»Lassen wir Ursa jetzt schlafen. Der Schlaf wird ihr guttun«, sagte Frau Dr. Heide und reichte der Mutter die Hand. »Wir sehen uns gewiss später noch. Ich habe Bereitschaft.«

Dann ging sie zur Tür. Die Mutter setzte sich jetzt auf die Bettkante. Und schaute dann wieder zum Fenster. Das Wolkenheer machte ihr erst Angst und dann nicht mehr. *Es ist die Nacht der Dämonen, die ich heute noch austreiben muss.*

4

Jockel Knecht lag tot in seinem Bett. Die Hände gefaltet auf der Bettdecke. Die Augen geschlossen. Walburga stand daneben. Und kniete dann plötzlich. Und betete: *Herr, gib ihm die ewige Ruhe und das ewige Licht leuchte ihm.* Wer ihn da so aufgebahrt hatte? Sie fragte sich das, während sie nach einer Kerze Ausschau hielt. Die Kerze fehlte, aber sonst war der Leichnam gerichtet. Vielleicht hatte er noch die letzte Ölung erhalten. Aus der Nachttischschublade kramte sie eine Stumpenkerze hervor. Das war gewiss keine geweihte Sterbekerze, mitgebracht von einer großen Wallfahrt, und auch eine Weißstickerei fehlte. Sie musste einfach improvisieren. Immerhin symbolisierte das Wachslicht die Nähe Gottes. Und ihre Gebete würden schon dafür sorgen, dass der Jockel einen Sterbeablass gewann.

Sie weinte jetzt ein wenig und betete dann wieder*: Herr, gib ihm die ewige Ruhe und das ewige Licht leuchte ihm.*

Dann schaute Walburga den Jockel an und staunte, wie freundlich der Tod war. Jockel lächelte. Und sah so friedlich aus. Sanft entschlafen.

War es das Herz, das nicht mehr mitspielte? Oder hatte der Teufel nach ihm gegriffen, der Teufel, diese Bocksgestalt?

Gehörnt. Mit Augen aus glühenden Kohlen. Und aus seinem riesigen Maul heulte ein Wolf. So zumindest hatte der Jockel ihr den Teufel beschrieben. Aber passte dazu dieser freundliche Tod?

Sie und der Jockel hatten ja auch gesündigt. Mehr als einmal. Und manchmal ganz heftig. Vor allem, wenn sie von den Pilzen gegessen hatten oder ein Schlückchen genommen hatten von diesem süßen Zeugs. Dann war sie seine Habergeiß. Oder seine Dienerin. Sie war ja gerne seine Dienerin, und die Schläge taten nicht weh. Nur manchmal. Da hoffte sie doch, dass er nicht zu viel von ihr forderte. Auch wegen der Sünde.

Sie schaute den Jockel auf seinem Totenbett an. Und trauerte noch ein wenig. Dann blickte sie aus dem Fenster und suchte die Baumkronen nach Krähen ab. Aber da waren keine. Vielleicht später auf dem Friedhof.

Auf dem Nachtkästchen lag kein Totenschein. Also musste sie das auch noch erledigen. Den Hausarzt anrufen. Und dann das Beerdigungsinstitut. Die würden auch die Traueranzeige schalten. Oder die Schwester anrufen, damit die das alles erledigt. Oder sonst wen anrufen.

Jetzt sah der Jockel friedlich aus. Friedlicher als im Leben. Sanft entschlafen. Und das bei all den Sünden. Sie hatte ja auch gesündigt. Zur Genüge. Mit ihm. Eine ausgiebige Beichte würde gewiss reichen. Und als Buße jede Menge *Vaterunser* und jede Menge *Gegrüßet-seist-Du-Maria.*

In den Bäumen noch immer kein Vogel. Also noch sieben Gebete, damit der Jockel den Sterbeablass gewinnt. Und dann jemanden anrufen. Diesen Kommissar vielleicht, der alles so genau wissen wollte. Soll der sich doch darum kümmern. Auch um die Beerdigung. Die Seele ist ohnehin weg. Die hatte es eilig, jetzt, mit dem Sterbeablass in der Tasche.

5

»Ich habe es dir gleich gesagt. Das Bild ist nichts wert. Vielleicht für die Vertriebenen aus dem Altvatergebirge. Aber nicht auf dem Kunstmarkt.«

Vadim schaute ein wenig ratlos drein. Schulterzuckend entgegnete er: »Aber der Kerl war doch ganz wild darauf!«

»Jemand hat ihm einen Floh ins Ohr gesetzt. Und derjenige hatte halt auch keine Ahnung«, antwortete Daniel und grinste und quakte: »Aber sich deswegen gleich aufhängen?«

Vadim stieß ihm in die Rippen. »Du darfst es nicht übertreiben.«

»Du aber auch nicht«, lachte Daniel und machte dabei eine obszöne Handbewegung.

Sie gingen jetzt Richtung Messe. Dort stand Vadims BMW oder besser gesagt, der BMW eines Freundes, der Vadim sein Auto geliehen hatte.

»Hier in München ist es deutlich kälter«, bemerkte Daniel.

»Du weißt nicht, was Kälte ist«, lachte Vadim. »Bei uns im Dorf fiel in manchen Wintern eine Kälte über uns her, die viele hinwegraffte. Die Männer aber, die stark genug waren, sich gegen die Kälte zu behaupten, gingen nach wie vor ihrer Arbeit nach und schlugen Holz im Walde. Es war bei dieser Kälte unmöglich, etwas zu essen oder zu trinken. Selbst der Wodka in der Flasche gefror, und der Mund gefror bei dem Versuch, den Wodka zu trinken. Da gingen die robusteren Frauen mit ins Holz. Die trugen die Flüssigkeit, welche die Männer am Leben hielt, in sich. Sie ließen sie unter die schweren Röcke kriechen. Und wenn ein Mund sich durch alle Tücher durchgekämpft hatte, ließen die Frauen los.«

»Sie pinkelten den Männern in den Mund?«

»Damit die Männer am Leben blieben, wenn die das Holz schlugen.«

»Und die Frauen?«

»Waren robust und hatten ansonsten nur leichtere Arbeit.«

Daniel schüttelte den Kopf. »Du hast Geschichten auf Lager!«

»Und einen Führerschein«, grinste Vadim zurück. Damit wedelte er, während Daniel schon auf dem Beifahrersitz Platz nahm.

»Wohin fahren wir?«, fragte er, als Vadim den Wagen startete.

»In mein Dorf«, antwortete der.

Daniel räkelte sich in den Sitz, als Vadim den Wagen wendete, und richtete sich auf eine längere Autofahrt ein.

6

Die ersten Silvesterknaller hatten es eilig. Und plötzlich wurde auch eine Rakete auf dem Münsterplatz in einen Wolkenhimmel entsandt, der regenschwer über der Stadt hing. Und wieder Knallfrösche, als Vorhut eines Feuerwerks, das alle vorherigen Silvesterfeuerwerke übertreffen sollte.

Lott hatte die letzte Dienstbesprechung in diesem Jahrtausend auf 16 Uhr anberaumt. Als er im Neuen Bau erschien, war der innere Kern der Soko bereits im kleinen Konferenzraum versammelt. Während Schwegler noch mit seinen Bankunterlagen zugange war, um endlich seine Bombe platzen zu lassen, rückte Brauchle gleich damit heraus, dass dieser Ansgar sich seit November in den Staaten aufhielt und dort in einem Institut an einem Projekt mit der mysteriösen Bezeichnung 2012 arbeitete, was immer das sein sollte. Für die laufende Ermittlung, so Brauchles Aussage, war Ansgar also nicht von Bedeutung. Josefas Notizen in dem Heft, das Jahr 2012 betreffend, zeugte lediglich von einem gewissen Interesse, das sie ihrem damaligen Freund entgegenbrachte.

In Solnikovs Wohnung hatte man dessen DNA genommen und zum Abgleich an das KTI geschickt. Deckte sich die mit der DNA, die man bei Ursa Wagenseil gefunden hatte, wäre zumindest klar gewesen, wer Ursa vergewaltigt hatte. Das Ergebnis stand freilich noch aus. Und dann war da ja noch der Wolfskopf. Diese scheußliche Maskerade, mit der er seinen Opfern vielleicht ein Astralwesen vorgegaukelt und sie in einen Schockzustand versetzt hat.

Als Petra die Eckdaten der Ermittlungsschritte in der Hypnose-Akademie mit dem Hinweis, dass der vollständige Bericht folgen würde, den Kollegen mitteilte, meldete sich Simone Czech übers Haustelefon und verlangte Lott.

»Eine Walburga Tetzner möchte sie sprechen«, sagte sie.

Lott übernahm das Gespräch. »Frau Tetzner?«

»Ja, sind Sie der Kommissar, der bei dem Jockel Knecht war?«

»Der bin ich. Warum rufen Sie an?«

»Der Jockel ist tot und Sie müssen sich darum kümmern.«

Lott blieb die Spucke weg. Und das im wahrsten Sinne des Wortes. Sein Mund war plötzlich trocken, und er sehnte sich nach einem Schluck Wasser. Als er sich wieder gefasst hatte, fragte er: »Sind Sie in Herrn Knechts Wohnung?«

»Ja.«

»Warten Sie dort. Wir kommen.«

Die Kollegen hatten Lotts Mimik bei seinem Telefongespräch interessiert beäugt. Jetzt harrten sie dessen, was er ihnen sagen würde.

»Der Knecht ist tot«, teilte Lott ihnen lapidar mit.

Betretenes Schweigen machte sich breit.

»Wie, tot?«, platzte es aus Petra heraus.

»Ja, wie schon?«, fragte Marlies kopfschüttelnd nach.

»Könnte ja sein, dass der einmal eines natürlichen Todes gestorben ist«, verteidigte sich die Kollegin. Und Lohner half ihr: »Ein Herzinfarkt, Schlaganfall, das ist doch wirklich nicht gar so abwegig.«

Über Lotts Lippen huschte ein bitteres Lächeln: »Das glaubt ihr doch selbst nicht.«

»Noi, des glaub i jetzt ao net«, meldete sich Brauchle mit schier bebender Stimme. »Wenn zur Zeit jemand stirbt, dann hotn wer ombrocht.«

Lott beendete, trotz Schweglers Protest, die Dienstbesprechung und ordnete an, dass sich Lohner und Marlies unbedingt in Bereitschaft halten sollten, während er mit der Kollegin Mai der Aufforderung Walburga Tetzners folgen würde, sich um den toten Joachim Knecht zu kümmern. Minuten später saßen sie im Wagen und fuhren Richtung Söflingen.

Frau Tetzner erwartete sie schon.

»Kommen Sie schnell«, sagte sie. »Er liegt in seinem Bett!«

Petra schaute den Kollegen verwundert an. *Warum denn die Eile, wenn er bereits tot in seinem Bett liegt?*

Sie folgten Frau Tetzner in die Wohnung. Das Zimmer von Jockel Knecht lag am Ende des Flurs. Sie öffnete die Tür wie einen Schrein. Und benahm sich dann auch so. Sie machte einen Knicks und bekreuzigte sich.

Joachim Knecht lag aufgebahrt in seinem Bett. Den Kopf hochgebettet, die Hände zum Gebet auf der Bettdecke gefaltet. Auf dem Nachtkästchen brannte eine Kerze.

»Haben Sie ihn so aufgebahrt?«, fragte Lott.

»Nein, er lag schon so da, als ich gekommen bin. So friedlich.«

»Haben Sie einen Arzt gerufen?«

Frau Tetzner schüttelte den Kopf. »Sie hab ich angerufen.«

Lott signalisierte Petra, was sie jetzt zu tun hatte. Petra verstand, ging vor die Tür und rief im Neuen Bau an. Hier wurden ein Arzt und die Spurensicherung gebraucht.

Lott betrachtete den Toten. An der Schläfe fiel ihm eine Schramme auf, die von einem Sturz herrühren konnte. Ansonsten aber schien es, als wäre er eines natürlichen Todes gestorben.

Als hätte Walburga Lotts Gedanken erraten, seufzte sie: »Sanft entschlafen.« Und wollte dem ein Gebet folgen lassen: *Herr, gib ihm die ewige Ruhe …*

Plötzlich fiel Lott ein eigenartig süßlicher Geruch auf, der von dem Toten ausging. Irgendetwas stimmte hier nicht. Er unterbrach das Gebet der Trauernden: »Frau Tetzner, wer in aller Welt hat ihn denn so aufgebahrt, wenn nicht Sie?«

Die Angesprochene schaute Lott entrüstet an. »Ich weiß es nicht!«, sagte sie so laut, dass es ihr im nächsten Augenblick schon peinlich war und sie glaubte, sich dafür entschuldigen zu müssen. »Es sind halt die Nerven«, erklärte sie.

»Frau Tetzner, ich muss Sie bitten, hier nichts mehr anzufassen.«

Frau Tetzner nickte. Sie hatte inzwischen ihr Friedhofsgesicht angelegt, bekreuzigte sich noch einmal und verließ dann mit Lott zusammen das Zimmer.

7

Der Maichel Bernd stellte den Totenschein aus. Und diagnostizierte: »Herr Knecht ist an einer Vergiftung, die ein Herzversagen ausgelöst hat, gestorben. Ob es sich dabei um einen Suizid oder ein Gewaltverbrechen handelt, dies herauszufinden liegt an dir, mein lieber Schulkamerad«, sagte er zu Lott.

»Wir bringen ihn in die Rechtsmedizin«, entschied Lott und beauftragte einen Kollegen damit, das in die Wege zu leiten.

Die Spurensicherung war bereits vor Ort. Die Männer und Frauen in ihren Ganzkörperkondomen, wie die Schutzanzüge, ohne die ihre Arbeit keinen Sinn machte, scherzhaft genannt wurden, nahmen Fingerabdrücke von den Türklinken und der Bettumrandung sowie auch im Bad und in der Küche. Sie hofften vor allem auf DNA-Spuren, also auf Material für einen genetischen Fingerabdruck, der ein Hinweis auf den oder die Täter sein könnte. Vorausgesetzt freilich, sie trafen in den Computerdatenbanken auf registriertes Vergleichsmaterial oder konnten sie mit dem Profil eines Verdächtigen abgleichen. Zur DNA-Bestimmung ist zellkernhaltiges Material erforderlich, also Blut, Sperma, Speichel, Schweiß, Vaginalsekret, Urin, Haare mit Haarwurzeln, Haut, Körpergewebe und Knochen. Die meisten Kollegen, vor allem die älteren, hatten ihr Staunen darüber, wie sehr sich die Forensik seit der Entdeckung des genetischen Fingerabdrucks im Jahre 1984 verändert hatte, noch nicht verloren.

Nachdem die Arbeit der Spurensicherung getan war, meldete Marlies Kaupper: »Der Tatort ist jetzt rein, sollten der oder die Täter etwas hinterlassen haben, dann haben wir das dabei.«

Es muss hier etwas zu finden sein, was uns weiterbringt. Lott war sich da ganz sicher.

Da die Leiche erst jetzt abtransportiert wurde und die Spurensicherung bis vor kurzem noch beschäftigt gewesen war, hatte man zunächst den Keller inspiziert. Dort hatte man zur Verwunderung aller eine nicht unerhebliche Anzahl von Friedhofskreuzen entdeckt.

»Was um aller Welt hat denn das nun wieder zu bedeuten!« Lohner schlug die Hände über dem Kopf zusammen, nahm sich dann aber gleich wieder zurück und meinte amüsiert: »Naja, heutzutage sammeln die Leute ja alles Mögliche.«

In den beiden Wohnräumen im Erdgeschoss, die die Schwester Knechts bewohnte, sowie in der Vorratskammer, die in einem kleinen Anbau untergebracht war, wurde nichts gefunden, was von Belang hätte sein können. Zuletzt durchsuchten sie das Zimmer, in dem der Tote gelegen hatte.

In einem Bücherregal standen und lagen etliche okkulte Schriften. So das *Siebente und achte Buch Moses,* eine *Enzyklopädie der Mythologie* und *Das Geheimnis der*

Wolfsnächte. Darinnen Zettel und Notizen. Lohner ordnete an, dies alles mitzunehmen. Während die Kollegen sich nun Knechts Wäsche und Kleidung vornahmen, entdeckte Lohner in der hintersten Ecke des Schrankbodens einen Schuhkarton. Er öffnete ihn und ließ dann Lott einen Blick hineinwerfen.

»Bingo«, triumphierte Lohner, ehe Lott einen Kommentar abgeben konnte.

»Nun müssen wir nur noch herausfinden, was der Knecht damit zu tun hatte«, sagte Lott, während er eines der Täfelchen aus dem Schuhkarton nahm. Es war nicht das erste Mal, dass er eins von dieser Sorte in der Hand hielt, auf dem in Sütterlin-Schönschrift zu lesen war: *Ich bin mein eigener Richter, mein eigener Henker. Möge Gott mir verzeihen.*

8

»Wie weit ist es noch bis zur Grenze?«

»Nicht mehr weit.«

»Weißt du noch eine Geschichte?«

»Es gibt immer eine Geschichte, die erzählt werden muss. Wer in Sibirien lebt und keine Geschichten hört, der erfriert.«

»Dann erzähl!«

»Es ist noch nicht kalt genug für eine Geschichte wie diese.«

»Dann eben eine andere!«

»Ich hab dir schon einmal von dem alten Mann in unserem Dorf erzählt. Er hieß übrigens Grigori. Von Grigori habe ich das Hypnotisieren gelernt, noch bevor ich auf die Akademie gegangen bin. Grigori beherrschte die Kunst des Hypnotisierens wie kein anderer vor ihm und wie kein anderer nach ihm. Die Lehrer auf der Akademie waren gegen Grigori Waisenknaben. Sein größtes Kunststück, das er mir gezeigt hat, war, dass er dem alten Wasbi, der im Krieg einen Arm verloren hatte, den wieder hat nachwachsen lassen.«

»Du flunkerst, Vadim!«

»Glaub es oder glaub es nicht. Der Wasbi aber hat so fest an seinen wieder nachgewachsenen Arm geglaubt, dass er damit ein Glas mit Wodka hat halten können. Ja, er hat es mit seiner nicht vorhandenen Hand gehalten und daraus getrunken.«

Daniel lachte laut. Und bewunderte den Geschichtenerzähler.

Plötzlich aber hörte Vadim auf zu erzählen.

»Was ist los?«, fragte Daniel.

»Eine Polizeistreife.«

»Wo?«

»Hinter uns. Sie verfolgen uns. Ich muss Gas geben.«

Daniel starrte in den Rückspiegel. Der Polizeiwagen kam näher. Vadim versuchte, ihn abzuhängen, aber der Verkehr wurde jetzt dichter, und plötzlich wurde ein Stau daraus. Kurz darauf überholte der Polizeiwagen und hielt Vadim an.

»Fahren Sie bitte rechts ran und steigen Sie aus. Und zeigen Sie uns Ihre Papiere.«

Vadim folgte der Aufforderung des Polizisten.

»Ich habe einen Führerschein, wenn Sie das meinen«, sagte Vadim und zeigte ihn her.

Der andere Polizist hatte inzwischen die Beifahrertür geöffnet und Daniel herausgebeten. Kaum war der draußen, wurden ihm Handschellen angelegt. Vadim ging es genauso. Während einer der Polizisten per Funk um Verstärkung rief, raunte Vadim Daniel zu: »Schade, dass ich nicht so gut wie Grigori bin, der hätte die Polizisten so schnell hypnotisiert, dass sie gackernd wie Hühner das Weite gesucht hätten. Aber gegen Grigori bin auch ich ein Waisenknabe.«

9

Brauchle empfing die Kollegen mit der Nachricht, dass die Fahndung nach Daniel Spreng und Vadim Solnikov einen ersten Erfolg verzeichnen konnte. Vor Solnikovs Wohnung wurde ein Mann aufgegriffen, der angab, er habe Solnikov seinen Wagen geliehen. Der Mann hieß Boris Klim und stammte wie Solnikov aus Sibirien.

»Der hädd den Karra aber jetzt selber braucht. Hot zwar koin Führerschei, aber sei Vetter. Ond der müsst an Onkel vom Flughafa abhola.«

Petra Mai schmunzelte. Brauchles Art sich auszudrücken erheiterte sie immer wieder aufs Neue.

Lohner ergänzte: »Klims Aussage zufolge wollte Solnikov nach München. Geschäftlich, wie er meinte, was immer das für Geschäfte sein werden.«

Brauchle hatte sofort alle Fahndungshilfen und Informationssysteme der Polizei in Gang gesetzt. Also INPOL, SIS und ZEVIS. Nun mussten sie sich in Geduld üben und warten, ob die Maßnahmen fruchteten.

Der nächste Punkt der Dienstbesprechung waren die bei Knecht gefundenen Papptafeln, dieselben, die man bei den Leichen von Agnes Winter, Benjamin Stiller und Manfred Richter gefunden hatte. Auch Patricia Wagenseil und Bruni Kölbl hatten sie bekommen. Josefa dagegen hatte, wie auch Detlef Glauser, ihren Abschiedsbrief eigenhändig geschrieben. Der von Josefa war am ausführlichsten, und sie hatte das Wort *MÖRDER* als Hinweis und Anklage darin versteckt.

»Diese Nachricht muss noch eine andere Bedeutung haben«, meinte Lohner. »Es ist vielleicht ein Schlüssel. Vielleicht ein Teil der Hypnose.«

»Aber warum lagen die alle bei Knecht?«, warf Petra ein.

»Das weiß gewiss seine Freundin, die Walburga Tetzner. Wir hätten sie das gleich fragen müssen.« Lott ärgerte sich über das Versäumnis.

»Ich glaube, die wäre zu verwirrt für eine vernünftige Antwort gewesen«, tröstete Petra ihn.

Plötzlich fiel Lott ein, was Teichmann, der Hypnoselehrer, ausgeführt hatte: *Ein einzelnes Wort oder eine Wortkombination kann als Hypnose-Auslöser dienen.*

Und dann, was Bruni ihm gesagt hatte: *Der Daniel hat mich beruhigt, ich solle mir keine Sorgen machen. Und mir geraten, das nur oft genug zu lesen. Dann verschwindet die Angst davor ganz von selbst.*

Waren diese Abschieds-Botschaften nichts weiter als der Teil eines perfiden Spiels, bei dem mittels Hypnose Macht an Wehrlosen demonstriert werden sollte?

Lott schauderte vor dem Gedanken, so sehr er auch nahelag. Aber warum fanden sie diese Hypnose-Auslöser, sofern es denn welche waren, bei Knecht? Er musste das herausfinden.

»Lass uns schauen, ob die Tetzner noch in der Wohnung Knechts ist«, schlug Lott vor und richtete seinen Blick dabei auf Petra.

»Ich ruf an«, sagte sie und ließ sich über die Zentrale verbinden.

»Hier Tetzner, bei Knecht.«

»Frau Tetzner, wir hätten noch ein paar Fragen.«

»Ich müsste nach Hause.«

»Fünf Minuten, Frau Tetzner, dann sind wir bei Ihnen.«

Petra legte auf, ehe Frau Tetzner noch einen Einwand hätte vorbringen können, und gab Lott zu verstehen, dass es keine Zeit zu verlieren gab, denn Knechts Freundin hatte doch noch ziemlich verwirrt geklungen.

Schwegler schaute brüskiert. Sein leiser Einwand aber, dass sich hier anscheinend niemand für seine Recherchen interessierte, prallte erneut ab. Allerdings schlug Lott vor, er solle doch zunächst einmal Brauchle informieren.

Im nächsten Moment waren Lott und Petra Mai bereits unterwegs. Petra hatte, kaum dass sie im Wagen saßen, das Martinshorn gesetzt und losheulen lassen, so dass es wirklich nur Minuten dauerte, bis sie an Knechts Haus klingeln konnten.

Walburga Tetzner öffnete ihnen. Man sah ihr die Ungeduld an. Sie tappte von einem Bein aufs andere und vergaß dabei, die beiden Polizisten hereinzubitten.

»Dürfen wir reinkommen?«, fragte Petra mit Nachdruck.

Frau Tetzner nickte und ging voraus. Im Wohnzimmer begann Lott ohne Umschweife: »Frau Tetzner, wir haben in einem Schuhkarton in Herrn Knechts Schrank eine ganze Anzahl von den Papptafeln gefunden, deren Aufschrift Ihnen gewiss bekannt sein dürfte.«

Walburga Tetzner nickte und sagte: »*Ich bin mein eigener Richter, mein eigener Henker, möge Gott mir verzeihen.*«

»Frau Tetzner, wer hat die geschrieben?«

»Der Jockel.«

»Und warum?«

»Er hat die schreiben müssen. Für den Jäger zu Fuß.«

Lott schluckte. Petra verdrehte die Augen.

»Können Sie uns das genauer erklären?«

»Einmal hat er mir gesagt, ich hätte die schönere Schrift, aber das stimmt nicht. Deshalb hat er das Urteil schreiben müssen, so wie es der Jäger zu Fuß verlangt hat.«

Petra wurde ungeduldig: »Wer ist denn nun dieser Jäger zu Fuß?«

»Er hat vierundzwanzig wilde Hunde bei sich«, antwortete Walburga entrüstet, als müsste das jedermann unbedingt wissen. »Und er folgt dem Wode, der auf einem Schimmel reitet.«

»Waren Sie dabei, als er die geschrieben hat?«, fragte nun Lott.

Walburga schüttelte entsetzt den Kopf.

»Sie waren nie dabei?«, hakte Lott nach.

»Der Jäger zu Fuß hätte das nie und nimmer geduldet. Der kam nur, wenn ich weg war. Ich habe ihn nie gesehen. Aber der Jockel hat es mir erzählt.«

»Aber beim Verteilen waren Sie doch dabei!«

»Zweimal vielleicht. Bei der Patricia und … es fällt mir nicht mehr ein. Ich war ja seine Habergeiß.«

»Und wie ist das genau vor sich gegangen?«, fuhr Petra mit der Befragung fort.

»Einfach hingehängt haben wir den bei der Wagenseil und sind dann wieder gegangen. Mehr hat der Wode nicht verlangt, und der Jäger zu Fuß auch nicht.«

»Sie waren aber ein zweites Mal noch mit dabei, erinnern Sie sich, vielleicht bei der Agnes?«

»Bei der Agnes bestimmt nicht. Beim Benjamin vielleicht. Aber da war der Sturm, da hat der Wode getobt und die Zwölften und es war schrecklich.«

»Ist der Jockel auch zu den andern Frauen gegangen?«, Petra horchte.

»Zu der Bruni vielleicht einmal. Aber sonst war nur ich seine …«

»… Habergeiß«, ergänzte Petra.

»Gesündigt haben wir halt. Manchmal ganz heftig«, gestand Walburga verschämt.

Lott übernahm: »Zu der Agnes ist er nicht gegangen?«

»Mit hat er nichts davon gesagt.«

»Frau Tetzner, hat der Jockel Sie auch geschlagen?«, fragte nun Petra wieder.

Walburga nickte verschämt und flüsterte: »Aber danach war man sündenfrei.«

Petra und Lott schauten einander an und gaben sich zu verstehen, dass sie die Befragung damit als beendet betrachteten.

»Frau Tetzner, wir wollen Ihre Zeit nun nicht länger beanspruchen. Haben Sie vielen Dank, dass Sie auf uns gewartet und unsere Fragen so ehrlich beantwortet haben«, sagte Lott und reichte ihr die Hand.

Walburga Tetzner nahm sie und verabschiedete sich dann auch von Petra Mai. Sie schaute den beiden nach, wie sie ins Auto stiegen, und winkte, als sie wegfuhren.

Mittlerweile war im Neuen Bau die Nachricht eingegangen, dass Vadim Solnikov und Daniel Spreng in der Nähe von

München gefasst worden waren. Sie waren jetzt auf dem Weg nach Ulm und würden dort gleich dem Haftrichter vorgeführt werden.

Während Brauchle, Lohner und die anderen Kollegen der Soko 2412 sich ihren Silvesteraktivitäten hingeben durften, saßen Lott und Petra noch im Neuen Bau, um die letzten Berichte zu schreiben. Irgendwann verabschiedete sich dann auch Petra, wünschte Lott einen guten Rutsch, umarmte ihn und prophezeite, dass sie angesichts ihrer Müdigkeit das Silvesterfeuerwerk wohl verschlafen würde.

Lott blieb noch am Schreibtisch. Er wollte alles, Personen und Ereignisse, jedes Steinchen ihrer Ermittlung zusammenfügen, dass daraus ein stimmiges Mosaik würde. Nur Agnes Winter passte da nicht hinein.

Plötzlich schlug die Münsterglocke halb zwölf. Lott sprang förmlich vom Schreibtischstuhl hoch und eilte, schnell noch die Jacke greifend, die Treppe hinunter zum Wagen. Wenige Minuten später war er bereits in seinem neuen Zuhause, an das er sich noch nicht so recht gewöhnt hatte.

Elli hatte schon eine Sektflasche und zwei Gläser eingepackt. Und wartete auf ihn, in Mantel, mit Stirnband und gestiefelt.

Lott hatte den Motor erst gar nicht abgestellt. Er rief und winkte Elli zu sich. Sie stieg ein und küsste ihn.

»Da hast du ja noch einmal Glück gehabt«, feixte sie. »Denn wehe, du hättest das neue Jahrtausend ohne mich angefangen.«

Lott konnte da nur lachen. Erleichtert aber war er schon, dass er wenigstens das nicht vermasselt hatte. Er fuhr zum Hochsträß hoch und parkte hinter der ehemaligen HfG. Von hier hatte man den besten Blick auf die Stadt und auf das Donautal. Dass sie nicht die Einzigen waren, die diese Idee hatten, bekamen sie gleich zu spüren. Kaum war der letzte Glockenschlag verhallt, floss der Sekt in rauen Mengen, und die Menschen, die den Weg hier herauf gewählt hatten, hielten sich mit den Neujahrswünschen nicht zurück. Als wäre die ganze Menschheit in diesem Moment zu einer einzigen Familie zusammengewachsen, schüttelten sie sich die Hände und umarmten sich. Lott und Elli waren ein wenig ins Abseits geflohen, um wenigstens ungestört den ersten Atem in dieses neue Jahrtausend zu pusten. Elli hatte schon vorher die Sektgläser gefüllt. Jetzt stießen sie miteinander an, während tausende Feuerwerkskörper die Nacht in gleißendes farbiges Licht tauchten.

Samstag, 1. Januar 2000

1

Auf dem ersten Kalenderblatt stand ein Haiku:

Schritte im Neuschnee
Kann jemand darin gehen
Ohne zu stolpern

Lott dachte darüber nach, welche Spuren er in seinem Leben bereits hinterlassen hatte. Noch etwas mehr als ein Jahr, dann würde er fünfzig sein und das letzte Jahrzehnt bis zu seiner Pensionierung starten. Und er dachte daran, dass ihm in seiner Jugend fünfzigjährige Männer stets sehr alt vorgekommen waren, infarktgefährdet und überhaupt empfänglich für alle denkbaren Gebrechen. Mit einem Fuß schon in Grabesnähe.

Er betrachtete diesen ersten Tag des neuen Jahrtausends argwöhnisch vom Fenster des noch immer fremden Badezimmers aus. Im Garten lagen die Reste des Feuerwerks, das die Nachbarn abgebrannt hatten. Morgen würden die Zeitungen darüber berichten, wie viele Unfälle diese pyromanische Silvesterleidenschaft verursacht hatte.

Nun war es also da, dieses neue Jahrtausend. Und er dachte an das Wort, das seit Monaten durch die Gesellschaft geisterte: *Millennium*. Und dann dachte er daran, dass er derzeit in einer ganz anderen Zeit ermittelte.

Elli kam ins Bad und putzte sich die Zähne.

»Bist du so weit?«, fragte sie, mit der Zahncreme im Mund und kaum verständlich.

Lott nickte nur, als hätte auch er Sprachprobleme. Aber er war schlichtweg noch nicht bereit, irgendwelche Wörter, geschweige denn ganze Sätze, in diese Welt zu werfen, die mit einem so ehrfurchtheischendem Datum aufgewacht war.

Wortlos überließ er Elli das Bad. Dann setzte er sich an den Frühstückstisch und wartete, bis sie sich dazugesellte.

»Nun ist auch diese Wolfsnacht vorüber«, brummte er ein wenig ironisch, mehr in den eigenen Bart als zu Elli. Und er hoffte, während er in seine Kaffeetasse stierte, dass diese Nacht keine neue Schreckenstat hinterlassen hatte. Vadim Solnikov und Daniel Spreng saßen hinter Gittern. Die Auswahl an möglichen Opfern gab ja nicht mehr viel her. Bei dem Gedanken lachte er bitter.

Auf dem Tisch lag noch das kleine Büchlein mit dem Titel: *Wolfsmonde – Ein hilfreicher Wegweiser durch die zwölf Wolfsnächte.* Er griff danach, blätterte und las darin.

»Lass heute Morgen nur kein altes Weib zuerst ins Haus«, sagte er dabei schmunzelnd zu Elli, »sonst gehen die Geschäfte das ganze Jahr über schlecht. Ein Kind oder eine Jungfrau dagegen bedeuten Glück.«

Er nahm noch einen Schluck, während er weiterblätterte und las und sagte: »Wusstest du, dass ein Knochen vom Rückgrat eines in der Neujahrsnacht gesottenen Katers einem Zauberkraft verleiht?«

Elli schüttelte sich angewidert. »Pfui Teufel! Ich hoffe doch nicht, dass das heute noch praktiziert wird.«

»In Harthausen vielleicht schon noch«, sagte er augenzwinkernd und schaute dabei auf die Uhr. »Ich muss los. In die Rechtsmedizin.« Und während er schon in seine Jacke schlüpfte, bemerkte er: »Der arme Banzhaf.«

»Naja, dir gehts ja auch nicht besser.« Sie küsste ihn und ließ ihn dann gehen.

Zehn Minuten später war Lott in der Prittwitzstraße. Banzhaf erwartete ihn schon. Sie wünschten sich gegenseitig ein gutes neues Jahr.

»Und?« Lott horchte.

»Stechapfel, in einer Dosis, mit der man noch zwei Leute hätte unter die Erde bringen können.«

»Mord?«

»Ich kann mir nicht vorstellen, dass er das freiwillig genommen hat.«

»Warum nicht? Er lag aufgebahrt in seinem Bett, und es gab weit und breit niemand, der das hätte tun können. Also hat er sich selbst aufgebahrt und dann den Schierlingsbecher getrunken.«

Banzhaf lächelte: »Stechapfel ist süßer. Zumindest glaubt das derjenige, der ihn trinkt. In der Gerichtsbarkeit einiger afrikanischer Stämme wird der Stechapfel übrigens dazu verwendet, ihn Wiederholungstätern in einer genau berechneten Menge zu verabreichen, dass diese wie Zombies weiterleben müssen. Es heißt dort: Der Stechapfel reißt einem die Seele aus dem Körper. Sie haben auch keinen eigenen Willen mehr und tun, was ihnen gesagt wird.«

Lotts Bauchgefühl regte sich. Er spürte, dass er etwas spürte. Schließlich dachte er laut und sagte: »Stechapfel und Hypnose.«

»In dieser Mischung ist alles denkbar«, seufzte Banzhaf.

»Ich glaube, wir haben den Schlüssel. Nun müssen wir nur noch rausbekommen, wer, wem und warum.«

Lott war sichtlich erregt, und er triumphierte ein wenig.

»Jetzt, da Solnikov und Spreng in U-Haft sind, hat der Spuk hoffentlich ein Ende«, sagte er.

»Ich wills hoffen, ab Dreikönig hab ich Urlaub«, antwortete Banzhaf gelassen.

Wortlos drückte Lott dem Mediziner die Hand und steuerte dem Ausgang zu. Mit der Türklinke in der Hand drehte Lott sich noch einmal um und sagte: »Du hörst von mir.«

Mit schnellen Schritten ging er zum Wagen und fuhr zum Neuen Bau.

2

Solnikov lächelte. Und sah zufrieden wie ein gut genährtes Kind aus. Lott fragte sich, warum dieser Mensch angesichts der Tatsache, dass er hier saß, so ungetrübt vergnügt sein konnte. Solnikov wurde die Täter- oder Mittäterschaft an der Ermordung von Agnes Winter und Joachim Knecht sowie die Vergewaltigung von Ursa Wagenseil zur Last gelegt. Hinzu kam Nötigung, die zum Tode von Josefa Pfäffle und Manfred Richter geführt hatten.

Und jetzt, da Lott den Verhörraum betrat, stand dieser Mensch auf und grinste dem Kommissar entgegen.

Lott grüßte. Und fragte sich gleich, welche Vernehmungsstrategie und taktische Varianten hier angebracht waren, um das Ziel der Vernehmung zu erreichen. Eigentlich war es Aufgabe des Vernehmenden, um eine aufgeschlossene, unverkrampfte, von gegenseitiger Achtung geprägten Atmosphäre bemüht zu sein, um in dieser ersten Kontaktphase Gesprächsbereitschaft zu erzeugen. Aber hatte Solnikov ihm diese Aufgabe nicht bereits abgenommen?

Zunächst begann Lott mit den rechtlichen Belehrungen, so, wie er das bei jeder Beschuldigtenvernehmung praktizierte: »Ich belehre Sie darüber, dass Sie das Recht haben, die Aussage zu verweigern, einen Rechtsanwalt zu beauftragen oder Beweiserhebungen zu beantragen.«

»Ein Schnaps wäre mir jetzt lieber«, antwortete Solnikov.

Lott reagierte nicht.

»Oder ein Kaffee.«

»Später. Sie möchten keinen Rechtsanwalt?«

»Nein! Wenn Grigori hier wäre, dann ja, oder Piotr, der alte Mann aus unserem Dorf, der durch die falsche Tür gegangen ist. Von denen ließe ich mich verteidigen. Aber deutsche Rechtsverdreher, nein danke.«

»Herr Solnikov, Sie stehen im Verdacht, Agnes Winter und Joachim Knecht ermordet zu haben, ferner wissen wir, dass Sie Ursa Wagenseil vergewaltigt haben. Und zu guter Letzt haben Sie mittels Drogen und Hypnose Josefa Pfäffle und Manfred Richter in den Selbstmord getrieben.«

»Ich habe niemanden ermordet, Herr Kommissar, und niemanden in den Selbstmord getrieben. Und das Mädchen, das wollte das so, das ist nicht vergewaltigt worden.«

»Welche Verbindung haben Sie zu Daniel Spreng?«

»Er ist ein guter Junge. Er hat dafür gesorgt, dass ich den Führerschein zurückbekomme. Aber er kennt keine Grenzen, oder – er ist durch die falsche Tür gegangen, wie Piotr, der alte Mann aus unserem Dorf.«

»Was soll das heißen, er ist durch die falsche Tür gegangen?«, fragte Lott verwundert.

»In unserem Dorf wohnte ein Mann, der hieß Piotr. Aber alle nannten ihn nur: *Die falsche Tür.* Er erzählte nämlich jedem, ob der das hören wollte oder nicht, dass er durch eine falsche Tür gegangen wäre. *Ich wollte dieses Leben nicht, dieses Leben war ein Irrtum.* Immer wieder hat er so lamentiert. *Ich habe die falsche Tür erwischt.* Und jedem erklärte er, dass jede Seele die Tür zum nächsten Leben selber wählt. Aber freilich kann es passieren, so wie es ihm passiert ist, dass sich die Seele vertut und die falsche Tür wählt.«

»Und Sie meinen, Daniel Spreng ist das auch passiert?«

»Es sieht ganz danach aus. Er will einfach immer zu viel.«

»Was zum Beispiel?«

»Ein Führerschein hat seinen Preis.«

»Wie darf ich das verstehen?«

»In Deutschland bist du ohne Führerschein wie eine Katze mit drei Füßen. Für Grigori aus unserem Dorf wäre das kein Problem. Er hätte der Katze das vierte Bein wieder nachwachsen lassen. Ohne etwas dafür zu verlangen. Daniel hat meinen Führerschein nachwachsen lassen, wenn Sie verstehen, was ich meine.«

»Ich kann Ihnen folgen.«

»Ich habe ihn als Gegenleistung in die Kunst der Hypnose eingeweiht.«

»Wir haben bei Ihnen das Zertifikat Ihrer Hypnose-Akademie gefunden. Wir schließen daraus, dass Sie ein Meister Ihres Faches sind.«

Solnikov lachte. »Das war alles sehr brav, was wir dort lernen durften. Die wahre Kunst der Hypnose aber habe ich bei Grigori in unserem Dorf gelernt. Grigori konnte, und das war wohl sein Meisterstück, dem alten Wasbi, der im Krieg einen Arm verloren hatte, den durch Hypnose wieder nachwachsen lassen. Der Wasbi hat dann ein Glas mit Wodka mit seiner nicht vorhandenen Hand gehalten und daraus getrunken.«

Lott hörte zu, ohne einen Kommentar dazu abzugeben.

»Daniel ist gierig. Zu gierig. Er will die Welt regieren. Nicht mehr und nicht weniger. Die junge Frau, die sich in dem Stall erhängt hat, das war kein Meisterstück. Eine Stümperei war das. Aber Daniel wollte gelobt werden. Aber eine Stümperei lob ich nicht. Da ist er ehrgeizig geworden. Diese Josefa ist ihm nicht wirklich freiwillig gefolgt, er hat ihre Seele nicht erfasst. Nur ein Zauberstückchen hat er gezeigt. Und da kann man ihn nicht loben.«

»Sie behaupten aber schon, dass Herr Spreng diese junge Frau durch Hypnose dazu gebracht hat, sich zu erhängen.«

»Der Stechapfel hat sie gefügig gemacht. Allein durch Hypnose? Nicht der Daniel. Der Daniel ist nicht Grigori. Ich hätte zwar auch diese Fähigkeit. Aber ich würde sie nicht anwenden. Wozu auch? Und das habe ich Daniel auch gefragt: Wozu?«

»Sie haben es aber nicht verhindert und sich dadurch mitschuldig gemacht.«

»Ich fühle mich nicht schuldig. Ich kenne eure Gesetze.«

»Dabei wird man es kaum belassen. Eher Beihilfe zum Mord, oder auch Mord.«

Lott schwieg ein paar Sekunden, ehe er fortfuhr: »Warum musste Manfred Richter sterben?«

»Das fragen Sie auch besser den Daniel. Es ging einerseits um ein Bild, das wohl wertvoll hätte sein sollen, es aber nicht war. Der Daniel wollte ja auch Geld. Den Frauen hat er es leicht abgeschwatzt. Da haben seine hypnotischen Kenntnisse gerade so ausgereicht. Aber da war auch noch etwas anderes im Spiel, glaube ich.«

»Und Sie haben wieder nur zugeschaut?«

»Ich gebe zu, ich habe Daniel etwas geholfen dabei. Sie wissen ja, der Führerschein. Und dieser Manfred war ja nicht bereit, und einen Auslöser hatten wir noch nicht in ihn eingepflanzt.«

»Erklären Sie das bitte genauer!«

»Wenn wir jemanden in Trance versetzen, dann geben wir ihm einen Auslöser mit, damit wir jederzeit den Zustand dieser Trance wieder herstellen können. In den anderen Fällen waren es die drei kleinen Sätze, die Sie bei den Toten gefunden haben: *Ich bin mein eigener Richter* und so weiter. Das war übrigens Daniels Idee. Grigori hätte das kürzer gehandhabt: ein einzelnes Wort, bestehend aus mindestens vier Silben. Aber Daniel bestand ja immer auf die große Inszenierung, als wollte er eines Tages wirklich die Welt beherrschen!«

»Warum haben Sie ihm nicht Einhalt geboten?«

»Daniel hat mich überrollt. Ich gebe es zu. Es hat mich fasziniert, mit welcher dunklen Energie er seine Aufgaben gelöst hat. Ich war zwar sein Lehrer, aber ich habe auch viel von ihm gelernt. Dieser eiserne Wille, zum Ziel zu gelangen.«

»Was war mit Joachim Knecht? Warum musste er sterben?«

»Daniels bestes Pferd!« Solnikov lachte wieder.

»Wie darf ich das verstehen?«

»Sie kennen doch Frankenstein?«

»Ja, sicher.«

»Daniel wollte einen Homunkulus, oder besser noch, ein Frankenstein-Monster. Und der Jockel, wie ihn Daniel nannte, war so etwas in der Art. Zumindest glaubte Daniel das. Und das war er ja auch. Zumindest ansatzweise. Aber nicht Daniel, sondern ich habe ihn erschaffen.«

»Ich höre«, sagte Lott und war wirklich neugierig, was jetzt folgen würde.

»Das Rezept war einfach. Ihn in einen somnambulen Zustand zu versetzen, war ein Kinderspiel, denn er war empfänglich dafür. Und er selbst konnte in diesem Zustand seine dunkle Seite voll und ganz leben. Frauen demütigen und bestrafen. Im Auftrag des Herrn. Genährt durch den Stechapfel, der ihm die Seele wegnahm. Und ich lieferte zudem die Maskerade. Ich war der Jäger zu Fuß, der mit seinen 24 wilden Hunden umherzieht im Gefolge des großen Wode. Das allerdings war wieder Daniels Einfall. Lass denen doch ihr Ammenmärchen Wirklichkeit werden.«

»Aber warum musste er sterben?«

»Daniel sagte, ich bin der Herr über Leben und Tod. Ich habe den Jockel erschaffen, ich werde ihn töten. Aber das war nicht die Wahrheit. Der Jockel ist aufgewacht und hat sich befreit. Daniel hat versagt. Und ich habe nicht länger den Jockel für ihn in Trance gehalten, damit er damit angeben kann.«

»Wer hat ihn getötet?«

»Er hat sich selbst getötet. Aber ich gebe zu, ich habe es ihm leicht gemacht. Ich habe ihn nach dem Stechapfel dürsten lassen, und er fand dann kein Ende. Zuvor hat er sich noch selbst aufgebahrt. Diesen letzten Schliff hat ihm der Daniel gegeben. Weil der immer noch glaubte, es wäre sein Werk.«

»Und die Reste des Stechapfels haben Sie wieder mitgenommen?«

»Ja, man lässt nichts verkommen.«

»Herr Solnikov, Agnes Winter ist auf bestialische Weise ermordet worden. War das Daniel Sprengs Werk oder das Ihre, oder war es das gemeinsame Werk von zwei zutiefst kranken Menschen?«

Vadim Solnikov blieb ruhig. Und diesmal ernst. Nach einer kurzen Schweigepause sagte er dann: »Weder ich noch Daniel haben etwas damit zu tun, da lege ich auch für den

Daniel meine Hand ins Feuer. Ich glaube, da hat jemand eine bereits vorhandene Situation für seine Zwecke benutzt. Und auch für den Jockel Knecht lege ich meine Hand ins Feuer, der hätte niemanden getötet.«

Lott stutzte und staunte: Was Solnikov da eben von sich gegeben hatte, klang so überzeugt, dass er ihm das augenblicklich glauben wollte. Andererseits war es das einzige Verbrechen in diesem ganzen Deliktedickicht, bei dem man nicht auf ein mildes Urteil hoffen durfte.

Lott ließ den Fall Agnes Winter im Raum stehen und kam auf Ursa Wagenseil zu sprechen.

»Herr Solnikov, Sie behaupten, das Mädchen nicht vergewaltigt zu haben?«

»Sie hat sich mir hingegeben, freiwillig, als eine Art Opfergabe, die sie dem Jäger zu Fuß hat bringen wollen.«

»Das medizinische Gutachten sagt etwas anderes aus.«

»Die wollte das, Herr Kommissar. Und die wollte das auf diese Weise.«

»Hören Sie auf. Sonst muss ich kotzen.«

Lott stand auf und ging ein paar Schritte. Als er sich nochmals setzte, schien er sich wieder gefangen zu haben, sagte dann aber: »Das können Sie dem hohen Gericht versuchen weiszumachen, aber nicht mir. Das Verhör ist hiermit beendet. Man wird Sie in Ihre Zelle zurückbringen.«

3

Lott holte sich eine Tasse Kaffee. Ging nach draußen und schnappte so viel von dieser Winterluft, wie er nur kriegen konnte. Das bevorstehende Verhör mit Daniel Spreng hätte er jetzt lieber jemand anderem überlassen. Lohner oder Schwegler oder der Kollegin Mai. Aber da er sich bereits Vadim Solnikov vorgenommen hatte, konnte er jetzt nicht kneifen. Die beiden schienen bei diesen von ihnen begangenen Verbrechen ein eingespieltes Duo zu sein. Und er musste heraushören, wer von den beiden ihn hinters Licht führen wollte. Also ließ er Spreng in den Verhörraum bringen, wo er einige Minuten später dazukam.

Daniel Spreng gab sich wieder höflich. Oder *artig*, wie bei der ersten Vernehmung. Er stand auf und reichte Lott die Hand.

»So trifft man sich wieder«, sagte er dann, nun schon eine Spur koketter, wenn nicht überheblich. Lott kam, nachdem er Spreng über dessen Rechte unterrichtet hatte, gleich zur Sache.

»Herr Spreng, Vadim Solnikov sagt aus, Sie hätten Josefa Pfäffle, Manfred Richter und Joachim Knecht mittels Hypnose und Rauschdrogen in den Selbstmord getrieben.«

Spreng grinste: »Ach, der Vadim. Was redet der denn. Das wäre zu viel der Ehre für mich. Schließlich ist er der Meister und ich nur sein Schüler. Ich habe vielleicht etwas mit den Opfern experimentiert. Die wollten sich aber alle das Leben nehmen. Ich habe, wie soll ich sagen, sie lediglich dabei unterstützt. Unter Vadims Anleitung natürlich.«

»Es gab kein erkennbares Motiv für einen Suizid. Bei keinem der Opfer.«

»Und ihre Abschiedsbotschaften?«

»Halten Sie mich jetzt für blöd? Es handelt sich dabei um einen Hypnose-Auslöser, das wissen Sie doch ganz genau.«

»Und Sie glauben wirklich, das funktioniert?«

»Es spielt keine Rolle, ob ich das glaube oder nicht.«

»Wir haben keines der Suizid-Opfer angefasst. Kein Gericht der Welt wird uns dafür verurteilen, wenn die, und sei es auf unser Zureden hin, diesen Schritt aus dem Leben dann wirklich gemacht haben.«

Lott stutzte. Der ist kaltschnäuzig, dachte er. Und von sich überzeugt. Und er überlegte, welche Verhörtaktik ihm hier angemessen schien, um *Aussagen eines mutmaßlichen Täters im Rahmen einer planvoll vorbereiteten Anhörung und Befragung zu erlangen.* Im Lehrbuch klang das plausibel. Die Realität war eine andere. Da war man allzu häufig versucht, zu den weniger erlaubten Mitteln zu greifen. Vor allem, wenn man Leuten wie diesem Daniel Spreng gegenübersaß. Man provozierte dann mit spitzfindigen Bemerkungen, man drangsalierte, beleidigte, um zu einem Ergebnis zu kommen.

Lott musste sich zusammenreißen. Ganz korrekt sein konnte er dennoch nicht: »Herr Spreng, Sie haben diese Leute, die sich *Hüter der Wolfsnächte* nennen, an der Nase herumgeführt. Sie haben sie benutzt, für Ihre perfiden Experimente. Und mich noch angelogen, dass Sie selbst dem Wode begegnet wären. Zudem haben Sie mit Ihren Methoden zwei dieser Frauen ihre Ersparnisse abgeschwatzt.«

»Die waren doch froh, endlich das zu erleben, was sie sich bisher nur eingebildet haben. Ihren Wode und ihren Jäger zu Fuß samt der 24 Hunde. Und was das Geld betrifft – ich habe mir gerade die Geizigsten in der Truppe herausgesucht. Die Winter und die Kölbl. Und ich habe ihnen das Geld nicht abgeschwatzt. Ich habe sie in einen Zustand versetzt, in dem sie mir alles Geld nachgeschmissen hätten. Ich war ihr Gott in diesem Augenblick. Ihr Gebieter. Sie haben sich mir hingegeben. Mit Haut und Haaren.«

»Übertreiben Sie jetzt nicht ein wenig?«

»Nicht im Geringsten. Ich war der Regisseur, der keinen Widerspruch duldet. Ich habe sie an der kurzen Leine gehalten. Und ihnen gleichzeitig etwas geboten. Diese Wolfsnächte. Humbug das Ganze. Ich habe dem Ganzen erst eine Form gegeben. Ich und Vadim. Ich, der Wode, und er, der Jäger zu Fuß. Und der Teufel in Bocksgestalt. Aber all das, lieber Herr Kommissar, ist nicht strafbar.«

Lott staunte, wie schnell Daniel Spreng sich aus der Reserve hatte locken lassen.

»Abgesehen davon besteht dringender Tatverdacht gegen Sie, Agnes Winter ermordet zu haben.«

»Sie wissen genau, dass das nicht der Fall ist.«

»Vielleicht haben Sie auch Jockel Knecht dazu gebracht, das für Sie zu erledigen. Als eine Art Experiment: Wie kann ich einen Menschen dazu bringen, einen anderen Menschen zu töten.«

Daniels hervorstehendes Kinn hatte jetzt wieder dieses Herrische, das Lott bei der ersten Begegnung schon aufgefallen war und das im krassen Gegensatz zu dem blonden, bis zum Halsansatz fallenden Haar stand. Und auch die Augen, graugrün, die jetzt Lotts Blick erneut standhalten wollten, strahlten wieder diese Kälte aus. Bei der Zeugenvernehmung hatte Lott bereits gespürt, dass mit der Psyche dieses Mannes etwas nicht in Ordnung war. Jetzt wusste er, dass sein Bauchgefühl von damals ihn nicht getäuscht hatte. Damals hatte er noch nicht einordnen können, was ihm an Daniel Spreng missfiel.

Lott dachte darüber nach und schwieg eine Weile.

Schließlich fragte er: »Ihr Freund Vadim hat erzählt, dass Sie aus Joachim Knecht so eine Art Frankensteins Monster erschaffen wollten?«

Spreng antwortete in der derselben überheblichen Weise wie zuvor: »Ich habe dem Jockel die Möglichkeit gegeben, sein Inneres nach außen zu kehren. Die Möglichkeit gegeben, auch die dunkle Seite seiner Seele voll auszuleben.«

»Mit Hilfe von Stechapfel und Hypnose.«

Daniel schwieg.

»Ohne den Stechapfel, den Herr Solnikov für Sie besorgt hat, und ohne Herrn Solnikovs Anleitung wären Sie doch hilflos dagestanden.«

»Stopp, Herr Kommissar! Joachim Knecht war mein Werk!«

»Ach ja?«, provozierte Lott.

Und Daniel Spreng kam in Fahrt: »Endlich durfte der Jockel bestrafen. Frauen bestrafen. Das wollte der doch schon immer. Ich hab das aus ihm herausgelesen. Und die Frauen durften sich als Magd des Herrn begreifen und die Strafen erdulden.«

»Sie sind also der Ansicht, dass es das ist, was jede Frau sich insgeheim wünscht, oder habe ich Sie da falsch verstanden?«

»Wir spielen ein archaisches Spiel. Da gelten die alten Regeln. Und ich bin ihr gnadenloser Regisseur.«

»Wie haben Sie es nur geschafft, Josefa Pfäffle in den Selbstmord zu treiben?«

»Oh nein, das war ganz allein Josefas Entscheidung. Josefa hat mich verlassen. Und hat damit Schuld auf sich geladen. Mit dieser Schuld ist sie nicht klargekommen.«

»Sie sind nicht klargekommen damit, dass sie Ihnen den Laufpass gegeben hat!«

»Josefa hat einen Abschiedsbrief hinterlassen. Das sagt doch alles.«

»Von Ihnen diktiert. Ihnen ist aber nicht aufgefallen, dass Josefa das Wort MÖRDER für uns in diesem Brief chiffriert hat.«

»Das ist kein Beweis. Josefa tendierte schon immer zum Drama.«

»Vadim hat gemeint, Sie hätten da Pfuscharbeit geleistet.«

»Der soll ganz ruhig sein. Hat von Anfang an nichts anderes im Sinn gehabt, als die junge Wagenseil zu vögeln. Und hat behauptet, sie hätte sich ihm hingegeben, weil er so ein großartiger Hypnotiseur wäre. Die hat gebibbert vor Angst, wie der mit seinem Wolfsmaul daherkam. Die hat sich ihm nicht hingegeben. Er hat sie vergewaltigt.«

»Im Gegensatz zu Bruni Kölbl, die sich Ihnen hingegeben hat?«

Daniel lächelte süffisant. »Dazu bedurfte es nicht einmal der Hypnose. Eine simple Verführungstaktik hat da genügt. Die Bruni rumzukriegen ist kein Hexenwerk.«

»Wie war das mit Agnes Winter? Sie hat Ihnen zehntausend Mark überwiesen. Ein Darlehen? Ein Geschenk? Oder der Lohn für irgendetwas?«

»Die Agnes war reich, und ich brauchte das Geld. Und warum sollte ich die Kuh, die ich nach Belieben hätte melken können, schlachten?«

»Sagen Sie es mir!«

»Das ist Blödsinn. Ich habe mit dem Tod der Agnes Winter nichts zu tun!«

»Und mit dem Tod von Joachim Knecht?«

»Auch nichts!«

»Er ist an einer Überdosis Stechapfel gestorben, die Sie oder Herr Solnikov ihm verabreicht haben.«

»Warum hätte ich das tun sollen? Er war schließlich mein, wie sagten Sie, Frankenstein-Monster und mir in jeder Form dienlich.«

»Es hat nicht mehr funktioniert. Knecht ist aufgewacht und hat alles durchschaut.«

»Lüge!«, schrie Daniel jetzt. »Lüge! Dieser Solnikov lügt, wenn er sein Maul aufreißt. Sein albernes, kindisches Wolfsmaul!«

Lott ließ Daniels Ausbruch eine Weile im Raum stehen. Und dachte im nächsten Augenblick, dass er dem Ziel ganz nahe war. Ein Geständnis, *das* erstrebenswerte Ziel kriminalistischer Vernehmungen. Hieß es doch zur Zeit seiner Ausbildung noch: Das Geständnis gilt als Königin der Beweise. Naja. Damit dürfte man heutzutage nicht mehr kommen.

Spreng riss Lott aus seinen Gedanken: »Ich möchte einen Rechtsanwalt hinzuziehen.«

In Daniels Blick lag harsche Feindseligkeit. Dann schlug er mit der Faust auf den Tisch und polterte: »Herr Kommissar, ohne meinen Anwalt sage ich kein Wort mehr.«

4

Schwegler wartete schon. Und ließ sich diesmal nicht abweisen. Kaum hatte Lott die Dienstbesprechung, bei der Simone Czech das Protokoll führte, eröffnet, ließ er seine Bombe platzen: »Es geht um diese Mandy Fischer«, leitete er ein. »Ich bin da auf etwas Interessantes gestoßen.«

Die Kollegen horchten gespannt. Oder taten zumindest so, denn die meisten waren doch eher an den Protokollen der Verhöre von Solnikov und Spreng interessiert als an Schweglers Recherchen zu Mandy Fischer. Schließlich waren sich alle sicher, dass es sich bei den beiden um die gesuchten Täter handelte. Lott gab Uwe Schwegler grünes Licht, so dass Schwegler endlich loslegen konnte: »Diese Mandy war bis vor zehn Jahren mit einem Hajo Fischer verheiratet. Vor zehn Jahren ist der bei einer Bergtour verunglückt. Das Pikante dabei, er hatte seine Frau Mandy mit auf diese Bergtour genommen. Es wurde auch damals gegen sie ermittelt, weil er an der Stelle, an der er in den Abgrund gestürzt ist, eigentlich nicht hätte abstürzen dürfen. Mandy hat damals behauptet, ihm sei plötzlich schwindlig geworden. Aber sowohl der Richter als auch der Staatsanwalt haben Mandys Aussage damals angezweifelt. Was Mandy letztendlich den Arsch gerettet hat, war, dass sie eigentlich kein Motiv für eine solche Tat hatte, denn einen Liebhaber gab es weit und breit nicht und ihr Mann war zu diesem Zeitpunkt so arm wie eine Kirchenmaus. Der hatte sich verspekuliert und nicht allein seine Ersparnisse plus Bausparvertrag und Lebensversicherung in den Sand gesetzt, sondern zudem noch Kredite für einen Aktienankauf aufgenommen. Er hat also seiner Frau Schulden im sechsstelligen Bereich hinterlassen, an denen diese noch jahrelang zu knabbern hatte. Die Frage war damals nur, hat Mandy von diesem finanziellen Desaster gewusst?«

Uwe Schwegler schaute erwartungsvoll in die Runde. Lohner reagierte als Erster.

»Uwe, was soll das? Ist die Fischer jetzt verdächtig, weil sie vor Jahren eventuell ihren Mann in den Tod geschubst hat?«

»Zumindest kann man ihr eine gewisse kriminelle Energie nicht absprechen. Außerdem hat sie gelogen, was ihre Beziehung zu dem Vincent Winter angeht. Die waren schon Wochen, wenn nicht Monate vorher ein Paar.«

»Es basst aber trotzdem net zamma, wenn da mi frogsch«, bruddelte Brauchle. »Jetzt losat mr erst amol, was dr Lott über die zwoi Glufamichel zum saga hot.«

Lott wehrte zunächst ab, während Petra signalisierte, dass sie kein Wort von dem, was Brauchle da dahergeschwätzt hatte, verstanden hatte, und um Übersetzung bat. Lohner versuchte es mit wenigen Worten, bis er von Schwegler unterbrochen wurde, der nun nicht hinterm Berg hielt und einen weiteren Trumpf aus der Tasche zog: »Ich habe außerdem herausbekommen, dass die Winter die Scheidung eingereicht hat.«

Jetzt horchten doch alle auf.

»Seit wann weißt du das?«, wollte Lott wissen.

»Seit gestern, mehr oder weniger zufällig. Ihr Anwalt ist bei uns in der Vorstandschaft, von dem weiß ich das. Er war in den Weihnachtsferien, sonst hätte er sich schon früher bei uns gemeldet. Aber er hat erst jetzt von der Ermordung seiner Klientin erfahren.«

»Ond was hoißt des für ons?«, fragte Brauchle und blickte Lott dabei an.

Jetzt lag es am Leiter der Soko 2412, seine Zweifel, was die Täterschaft von Solnikov und Spreng bei der Ermordung von Agnes Winter betraf, den Kollegen mitzuteilen.

»Wie ihr dem Protokoll gleich entnehmen werdet, bestreiten Spreng wie auch Solnikov die Tat. Das mit den Selbstmorden ist eine andere Sache. Da hatten beide auf perfide Art und Weise ihre Finger im Spiel.«

»Im Falle einer Scheidung ginge Vincent Winter übrigens leer aus. Haus und Hof hat sie mit in die Ehe gebracht«, fügte Schwegler an.

»Ich hatte auch vor der Vernehmung der beiden Hypnotiseure schon meine Zweifel. Der Mord an Agnes Winter passt einfach nicht ins Bild«, erklärte Lott.

»Und was jetzt?«, fragte Lohner.

»Wir brauchen den Vincent Winter hier zum Verhör. Es gibt zu viele Ungereimtheiten«, sagte Lott und beauftragte die Kollegen, den Aufenthaltsort des Tatverdächtigen ausfindig zu machen.

»Wenn er nicht in Harthausen ist, dann bei seiner Mandy. Und wenn wir ihn dort nicht antreffen, müssen wir die Fahndung nach ihm einleiten«, fuhr Lott fort, während Petra und Brauchle bereits die Telefonnummern der beiden wählten.

»Koiner drhoim«, sagte Brauchle. Petra kam zum gleichen Ergebnis.

»Dann lasst uns die Fahndung nach Vincent Winter einleiten.«

»Am beste glei nach boide«, brummte Brauchle.

Petra schmunzelte, während Lott mit zerfurchtem Gesicht Anstalten machte, die Sache auch selbst in die Hand zu nehmen.

»Komm, wir fahren nach Harthausen«, forderte er die Kollegin auf.

5

Die Dämmerung hatte eingesetzt. Ein leichter Schneeregen fiel auf die Windschutzscheibe des Dienstfahrzeugs, das Petra Mai chauffierte. Im Schlepptau folgten ihnen drei weitere Einsatzwagen, deren Sirenen die Dorfidylle, die Harthausen trotz der Vorkommnisse noch immer dem Betrachter vorgaukelte, auf unangenehme Weise störte. Die heimeligen Lichter der drei nostalgischen Straßenlaternen, aber auch die Weihnachtsbeleuchtung in den Gärten schienen diesem Störfaktor entgegenzuwirken und hielten an der Idylle fest.

Im Haus der Winters brannte kein Licht.

»Der ist ausgeflogen«, murrte Lott.

»Was hast du denn gedacht?«, wunderte sich Petra. »Der hätte sich doch sonst am Telefon gemeldet.«

Sie gingen ums Haus herum, schauten in die Fenster. Nichts.

Vom unweit gelegenen Rainbauerhof drang ein Lichtschein. Lott hatte ihn zuerst bemerkt. Er forderte zwei der Streifenbeamten auf, das zu prüfen. Sie sollten melden, wer sich dort aufhielt. Die anderen uniformierten Kollegen waren derweilen ins Haus eingedrungen. Und das ohne richterlichen Beschluss. Lott würde das auf seine Kappe nehmen. Er hatte das Gefühl, ganz nahe vor dem Durchbruch zu stehen. Ein Bauchgefühl zwar nur, aber das rumorte derart, dass er es nicht ignorieren durfte. Die Beamten durchsuchten alle Räume, fanden aber nichts, was auf den derzeitigen Aufenthaltsort Winters hätte schließen können. Mittlerweile war ein Funkspruch des Fahndungsleiters bei Lott eingegangen, dass in Mandy Fischers Wohnung niemand angetroffen worden war. Auch hier hatte man sich, mit Hilfe des Hausmeisters, Zutritt zu der Wohnung verschafft. Jedoch war man auch dort nicht fündig geworden. Einzig der Durchschlag eines Kündigungsschreibens, gerichtet an die Hausverwaltung, gab Auskunft darüber, dass Mandy Fischer zum 31. Januar ausziehen würde.

»Das bringt uns im Augenblick nicht weiter«, war Lotts launischer Kommentar. Kurze Zeit später teilte einer der Beamten, die er zum Rainbauerhof geschickt hatte, mit, dass ein Ehepaar Heiler sich dort aufhalte.

»Statten wir ihnen einen Besuch ab?« Lotts Frage war an Petra gerichtet. Die nickte nur, schloss den Mantelkragen dichter und folgte Lott, den sie bald eingeholt hatte.

»Was versprichst du dir davon?«, fragte Petra.

»Wenn hier jemand Bescheid weiß, dann die Heilers, denen entgeht doch nichts, was hier passiert.«

Vom Grund Winters bis zum Rainbauerhof war es ein Katzensprung. Die Heilers standen bereits an der Tür und beobachteten wie auch die anderen Nachbarn das Spektakel der Polizeiaktion.

Lott grüßte das Ehepaar freundlich. Die beiden waren nach ihrem Geständnis die Verlegenheit noch nicht losgeworden.

»Haben Sie den Herrn Winter heute schon gesehen?«, fragte Lott.

Herr Heiler verneinte.

»Aber in seiner Hütte brennt ein Feuer«, sagte Frau Heiler.

»Welche Hütte ist das?«

»Die oberste in der Gartensiedlung. Es ist das größte Grundstück. Die Hütte ist ein wenig abseits aufgebaut worden, schon beinahe am Wald.«

Sie trat einige Meter in den Hof hinaus und zeigte in Richtung Schönstattkapelle.

»Da raucht der Kamin ja noch immer«, stellte sie fest.

»Danke, Frau Heiler, Sie haben uns sehr geholfen«, bedankte sich Lott überschwänglich. Und rannte zurück zu den Fahrzeugen.

»Herr Winter scheint sich in seiner Gartenhütte aufzuhalten. Man kommt mit dem Auto bis zur Schönstattkapelle. Also los!«

Im nächsten Moment hatte Petra den Wagen gestartet und war losgefahren, gefolgt von den drei Streifenwagen der Ulmer Schutzpolizei.

6

Sie stürmten die Gartenhütte, was nicht notwendig gewesen wäre. Vincent Winter saß oder besser gesagt, er lag fast auf dem Tisch, zumindest seine obere Körperhälfte. Sein Kopf auf der Tischplatte schien wie dort abgelegt. Seine Hand krallte eine zur Hälfte geleerte Flasche Ramazzotti. Ein Glas stand daneben, ebenso ein Döschen mit Tabletten, Schlaftabletten vermutlich.

Die entsicherten Pistolen wirkten jetzt deplatziert. Lott drängte sich an den Polizisten vorbei und brach den Einsatz ab.

»Herr Winter, gehts Ihnen gut?«, fragte Lott und ergriff dabei das Handgelenk Winters, um dessen Puls zu prüfen. Der Puls war normal, das Tablettendöschen, wie Lott gleich feststellte, noch unversehrt.

»Herr Winter, hören Sie mich?«

Vincent hob den Kopf und lallte: »Nix als ein fetter Arsch.«

Dann ließ er den Kopf wieder auf die Tischplatte sinken.

»Wir nehmen ihn mit«, ordnete Lott an.

Zwei Schutzbeamte packten ihn. Im selben Augenblick aber schien Vincent Winter wieder klar und überhaupt nicht mehr betrunken zu sein.

Er drängte zu dem Wasserkanister, der im Spülbecken stand. Die Polizisten ließen ihn. Er schüttete sich Wasser auf die Handfläche und wusch sein Gesicht damit ab.

Dann ging er zum Tisch zurück, ließ sich auf den Stuhl plumpsen, auf dem er zuvor gesessen hatte.

»Ich will ein Geständnis machen«, sagte er, noch immer mit schwerer Zunge.

Lotts Blick war eine Aufforderung. Er setzte sich neben Vincent und wollte nur noch zuhören. Petra signalisierte, dass er das Geständnis besser auf der Polizeidienststelle ablegen sollte; hier und in diesem Zustand wäre das doch Makulatur.

Lott ignorierte Petras Einwand und ließ Vincent Winter reden.

»Ich hab die Mandy vor mehr als einem Jahr kennengelernt. Wir sind schon vorher eine Weile umeinander herumgeschlichen. Sie mehr um mich. Ich habe ihr gefallen. Der Agnes hab ich schon lang nicht mehr gefallen. Irgendwann hat mich Mandy dann mit in ihre Wohnung genommen. Ich kam gleich zur Sache. Und das hat ihr gefallen, obwohl sie gemeint hat, dass man sich vorher erst näher hätte kennenlernen müssen. Aber da war es eben schon passiert.«

Vincent unterbrach, wollte nach der Likörflasche greifen, Lott rückte sie von ihm weg.

»Erzählen Sie weiter«, bat er.

Vincents Stimme wurde klarer. »Wissen Sie, was ich an meiner Mandy am meisten geliebt habe? Das, was sie vor mir verstecken wollte: Ihre wirklich breiten Hüften und ihre fetten Schenkel. Ihren nicht gerade kleinen Hintern, dazu passten ihre Brüstchen überhaupt nicht. Und ihr viel zu langer Hals. Das sah manchmal so aus, als würde sie ihren Kopf darauf balancieren. Ihre Nase mit diesem Höcker und überhaupt dieses spitze Gesicht, das wirklich nur schön war, wenn ich es von oben betrachtete. Also wenn ich auf ihr lag. Und sie unter mir zerging. Aber verliebt, wie ich war, war ich von allem angetan. Vielleicht habe ich sie mir auch nur schöngeredet. Um sie wertvoll zu machen. Für mich. Und auch für sie. Damit sie sich was wert war. Und ich wusste ja damals noch nicht, wie berechnend sie sein konnte. Ich dachte, sie meinte mich, wenn sie mich lobte, ich hätte die genialste Zunge der Welt. Und wenn es ihr gekommen war, dann sagte sie immer, es wäre gigantisch gewesen. Gigantisch, verstehen sie. Nicht einfach schön, sondern gigantisch. Vielleicht hat sie mich ja auch nur schöngeredet.«

Vincents Mund wurde trocken. Er bat um ein Glas Wasser. Petra schüttete aus dem Kanister ein Glas voll und reichte es Winter.

»Erzählen Sie weiter«, bat Lott

Vincent nahm einen Schluck, behielt das Glas in der Hand und redete weiter: »Ich wohnte nun fast schon bei ihr, drei, vier Nächte in der Woche war ich bei ihr. Die Agnes hat geschluckt, aber es geduldet. Ich weiß nicht warum. Einmal hat sie gesagt, die liebt dich nicht. Und sie hätte Geduld, bis das wieder vorüber ist. Diese Frau kann überhaupt nicht lieben, hat sie gesagt. Sie wäre mit den anderen Menschen nicht vernetzt, was immer das bedeuten soll. Und sie kennt kein Mitgefühl oder Mitleid. Eine Wahrsagerin hat das wohl in ihren Karten gelesen. Agnes hat immer daran geglaubt, was die Karten ihr sagten. Und dass nach einem Jahr das alles wieder vorbei sein wird und Mandy sich das nächste Opfer sucht, daran hat sie sich anfangs festgehalten. Im November aber ist die Agnes dann komisch geworden. Ist mir aus dem Weg gegangen. Hat ihren Körper vor mir versteckt. Und einmal sah ich ihren Rücken voller roter Striemen. Ich hab das der Mandy erzählt. Von dem Augenblick an hat sie plötzlich von Umstrukturierungsmaßnahmen gesprochen. Das wurde ihr Lieblingswort: Umstrukturierungsmaßnahmen. Ich konnte mir ein Leben ohne Mandy schon nicht mehr vorstellen. Ich fand es deshalb nicht falsch, alles umzustrukturieren. Wir waren jetzt häufig hier in der Gartenhütte. Mandy mochte die Oberfeldsiedlung nicht. Das ist keine Gegend für eine Bittesheimer, hat sie einmal gesagt. Bittesheimer, so hieß sie als Mädchen. Sie sprach übrigens oft von sich in der dritten Person. Das ist wieder typisch Mandy. Und wenn sie unter ein Glas Wasser ein Stück Zeichenpapier legte, auf dem ihr Name stand, dann nannte sie es Mandy-Wasser. Agnes kam nie in die Hütte, hat sie nie betreten, auch früher nicht, als ich Mandy noch nicht kannte. Der Garten und die Hütte, das war immer mein Reich gewesen. Und ich dachte, es könnte auch Mandys Reich sein. Bis sie einmal gesagt hat, die Agnes, deine Furie, thront im Herrschaftshaus, und wir hocken hier in der Gartenhütte aufeinander. Da war ihr dieses Leben plötzlich nicht mehr genug. Da fiel dann wieder das Wort: Umstrukturierungsmaßnahmen. Wenn die Agnes sich scheiden lässt, gehört mir nicht einmal mehr die Gartenhütte, hab ich gesagt. Und ich dachte, das macht nichts. Schließlich haben wir ja uns, und ich habe die genialste Zunge der Welt und kann ihr einen Orgasmus bescheren, der gigantisch ist. Da redet sie davon, dass man als Schreiner bei Inhofer nichts verdient, und sie will auch nicht ein Leben lang in diesem Büro ihre Zeit absitzen. Schließlich will man ja auch was vom Leben haben. Umstrukturierungsmaßnahmen. Schade, dass wir nicht im Gebirge wohnen, hat sie einmal gesagt und dann gelacht, aber so, dass ich Angst bekommen habe. Es kann ja wie ein Unfall aussehen, hat sie weitergelacht. Und dann haben wir wirklich und ganz ernsthaft darüber Pläne geschmiedet, wie wir Agnes aus dem Weg räumen könnten, ohne auf etwas verzichten zu müssen. Ich hab gedacht, vorstellen kann man sich das ja. Jemand in Gedanken um die Ecke bringen. Nie habe ich ernsthaft mit dem Gedanken gespielt, Agnes umzubringen. Sie aber schon. Mandy ist kein Engel, hat sie gesagt. Man muss doch kein Engel sein, wenn man keinen umbringt. Da gibt es doch Grauzonen zwischen Gut und Böse. Zwei Tage vor Weihnachten haben wir dann fürchterlich miteinander gestritten. Sie wollte jetzt eine Auszeit, plötzlich noch einmal über alles nachdenken, ob sie mich denn wirklich noch liebt. Sie kann nicht länger mit einem Mann zusammen sein, der nicht frei ist, hat sie gesagt. Die Liebe schwindet bei mir da ganz schnell, hat sie gedroht. Und ich: Die Agnes will sich scheiden lassen. Da hat sie nur schrill gelacht: Das sieht ihr ähnlich, das würde der so passen.

Tags darauf haben wir uns wieder versöhnt. In der Gartenhütte: Kaminfeuer. Glühwein, es war alles so romantisch.«

Plötzlich fing Vincent Winter an zu weinen. Er schluchzte Unverständliches.

»Wir können gerne eine Pause machen«, schlug Lott vor.

Aber Vincent Winter überhörte das und redete, nun wieder gefasst, weiter: »Am späten Nachmittag des Heiligen Abends habe ich Agnes dabei ertappt, wie sie vor diesem Schild: *Ich bin mein eigener Richter. Mein eigener Henker. Möge Gott mir verzeihen*, hockt und darauf stiert. Da hat das Telefon geklingelt, die Agnes ist hin und hat keinen Ton von sich gegeben, hat nur zugehört und dann aufgelegt. Und hat sich wieder vor das Schild gehockt und es angestiert. Mich hat sie dabei überhaupt nicht wahrgenommen. Das hat eine ganze Weile gedauert. Plötzlich ist sie aber losgegangen, rauf in den Wald. Mandy hat in der Gartenhütte auf mich gewartet. Ich weiß nicht, was Mandy gedacht oder geplant hat. Sie hat aber komisch geschaut, fast so verrückt wie Agnes, als sie das Papptäfelchen angestarrt hat. Ich habe ihr das erzählt. Wir sind ihr dann hinterher. Heimlich gefolgt. Agnes hatte nicht einmal eine Jacke an. Wie in Trance ist die dem Wald zugestürmt. Und hat dann irgendwo gewartet. Das hat wieder gedauert. Dann haben die Kirchenglocken geläutet. Plötzlich kam der Jockel dazu und ist zu der Agnes getreten. Die hat sich ausziehen müssen und er hat ihr mit einem Gürtel auf den Rücken gepeitscht. Mandy und ich haben uns nur angeschaut. Was dann kam, da haben wir unseren Augen nicht getraut: Plötzlich drückt dieser Mensch meiner Agnes eine Dornenkrone aufs Haupt, dass sie blutet. Aber geschrien hat die Agnes nicht, sie hat es erduldet, ohne zu schreien, als ob sie keinen Schmerz dabei empfinden würde. Die Prozedur hat sich hingezogen. Dann war der Jockel plötzlich verschwunden. Mandy sagte nichts. Hat mich nur an die Hand genommen und mich zu der still und mit geschlossenen Augen auf dem Rücken liegenden Agnes geschleppt. Und dann geflüstert, eine bessere Gelegenheit kriegen wir nicht mehr. Ich weiß nicht, woher sie plötzlich das Messer hatte. Als wir vor der Agnes standen, hat sie es mir in die Hand gedrückt und gesagt, ein Stich ins Herz und alles ist gut. Aber ich hab das nicht gekonnt. Aber dann hab ich es wohl doch getan. Ich hab das Messer an ihr Herz gehalten und die Mandy hat mir wohl geholfen, dass es auch bis ins Herz dringt.«

»Wo ist die Tatwaffe?«, fragte Lott.

»Im Holzstapel an der Hütte haben wir es versteckt«, antwortete Winter. »Ich kann es holen.«

»Nachher. Erzählen Sie jetzt bitte weiter.«

»Wir können die Agnes hier nicht liegenlassen, hat Mandy gesagt und mir angeschafft, dass wir sie zur Kapelle tragen, damit jeder Verdacht von uns abfällt. Dort hat sie ihr dann noch die Wundmale Christi zugefügt. In die toten Füße gestochen und in die toten Hände. Und ihr das Papptäfelchen umgehängt. Sie war nicht wie im Rausch dabei, sondern so sorgfältig, wie bei ihrer Büroarbeit: Alles musste irgendwie seine Ordnung haben. Dann sind wir zu ihr ins Oberfeld gefahren. Und sie wollte mit mir schlafen, hat gesagt, sie wäre jetzt wuschig … als ob nichts gewesen wäre.«

Vincent trank einen Schluck Wasser. Dann starrte er aus dem Fenster der Hütte, hinaus in die Dunkelheit.

»Die ersten Stunden danach habe ich überhaupt nicht realisiert, was ich da getan habe. Mandy aber hat gleich Pläne gemacht. Endlich konnte sie umstrukturieren. Und ich habe zu trinken angefangen. Sie hat mir von ihren früheren Männern erzählt, dass die alle Schlappschwänze waren, und dass ich doch aus ganz anderem Holz geschnitzt wäre. Aber in ihrem Blick war kein Hauch mehr von einer Liebe zu spüren. Als hätte diese Tat alles weggespült. Das habe ich nicht begriffen. Sie wollte ja schließlich alles so haben. Aber auch ich konnte mir Mandy plötzlich nicht mehr schönreden. Ihr langer Hals, auf dem dieser arrogante Kopf saß, missfiel mir mit einem Male, ihre dicken Schenkel und ihre Orangenhaut genauso, eigentlich alles, was sie vor mir immer schon verstecken wollte und was ich schöngeredet habe. Und ich fragte mich, was von dieser großartigen Liebe übrig geblieben ist. Und die Antwort war: Nix als ein fetter Arsch!«

Vincent Winter vergrub sein Gesicht in den Händen. Er weinte. Dann schrie er seine Klage heraus. Und dann hauchte er mehr als er es aussprach, für die Umstehenden kaum verständlich: »Nix als ein fetter Arsch.«

»Wo ist Mandy Fischer jetzt?«, fragte Lott

»In Kelkheim, bei ihrer Mutter«, antwortete Vincent.

7

In Frankfurt musste sie umsteigen. Und eine halbe Stunde lang auf den Zug nach Kelkheim warten. Sie kannte das von früher. Am Fahrplan hatte sich nichts geändert. Und würde sich wohl auch in den nächsten Jahren nichts ändern. Wie früher vertrieb sie sich auch jetzt diese Wartehalbestunde am Zeitschriftenstand. Dann suchte sie das entsprechende Gleis auf, wartete, bis der Zug einfuhr, stieg ein, ergatterte einen

Fensterplatz und starrte die ganze Fahrt über hinaus. Alles war ihr vertraut und fremd zugleich. Die Mutter wohnte noch immer im gleichen Haus, nahe dem Bahnhof. Dorthin war die Familie gezogen, nachdem ihr Haushaltwarengeschäft, das ihnen zu einem gewissen Wohlstand verhalf, mehr und mehr florierte. Es war das Haus ihrer Kindheit. Sie hatte sich nie wohl darin gefühlt; im Garten immer. Selbst als ihre Mutter alle Bäume dort hatte fällen lassen, damit ihr der Blick auf die Bahnhofsuhr nicht länger verwehrt wurde.

Den Namen Mandy hatte die Mutter nie über die Lippen gebracht. So hieß eine Bittesheimer einfach nicht. Schließlich wurde sie auf den Namen Amanda getauft. Und an dem hielt sie fest. Auch wenn sie die Einzige war, die sie noch so rief.

Der Bruder stand am Bahnsteig und holte sie ab. Willi. Der nahm sie in die Arme und drückte sie. »Mandy«, sagte er. Das genügte. Nun war der Platz geschaffen für die Witze, die er zum Besten gab. Alle in der hessischen Mundart, die sie längst abgelegt hatte. Im Haus wartete der andere Bruder, Markus, der einen noch längeren Hals hatte als sie selbst. Den ließ er von Zeit zu Zeit knacksen, um seine Kopfschmerzen, wie er sagte, in Schach zu halten. Auf dem Esstisch stand das Geschirr, das sie noch aus ihren Kindertagen kannte. Es gab Hähnchenschenkel mit Reis. Wie jedes Mal, wenn die ganze noch übrig gebliebene Familie hier zusammenkam.

Die Mutter nahm sie bei der Begrüßung kurz in den Arm. Mehr Nähe wäre beiden peinlich gewesen. Aber dann interessierte sich die Mutter doch, wie das Leben der Tochter denn so verlaufe. Und sie erzählte von Vincent, dass er der Richtige sei. Da hatte die Mutter aber bereits das Interesse verloren und selbst erzählt. Wie viel sie beim letzten Kartenspiel gewonnen oder auch verloren hatte. Und dass die Vorbereitungen für den Rosenmontagszug jetzt schon anstünden.

Sie würde im Zimmer ihrer Kindheit schlafen, im selben Bett, da hatte sich nichts verändert. Nicht einmal die Tapete.

Der tote Vater spukte noch immer in einigen Zimmern. Den würde sie hier nie loswerden. Ihr Vater, der Voyeur, der Lustmolch, der sie auf Schritt und Tritt im Visier hatte, ein Loch in die Badezimmerwand gebohrt hatte, um sie nackt zu sehen. Später hat er um Zärtlichkeit gefleht, ohne die er nicht wieder gesund werden könne, wie er ihr erklärte. Zu seiner Beerdigung ist sie nicht gegangen. Hat lieber geheiratet, um von hier wegzukommen. Den Hajo, der sie gerammelt hat wie ein Kaninchen.

An den Tapeten kleben Erinnerungen. Fotos, auf denen immer alle in bester Laune sind. Lügenbilder. Und jetzt serviert die Mutter ihren selbstgemachten Brombeerlikör. Der eine Bruder findet mit seinen hessischen Witzen kein Ende und der andere kämpft weiterhin gegen seine Kopfschmerzen an. So lange, bis unten die Polizeisirene die Familienidylle stört. Die Brüder rennen zum Fenster. Die Mutter denkt, dass das alles nichts mit der Familie Bittesheimer zu tun hat. Sie aber weiß es besser. Was passiert ist, läuft wie ein Film vor ihr ab. Vincent hat gestanden. Oder er hat Selbstmord begangen und ein Geständnis zurückgelassen. Ein Abschiedsbrief vielleicht. An sie gerichtet. Mit Bedauern. Aber alle Schuld auf sich genommen. Ein Versager mehr in der Kette ihrer wertlosen Beziehungen.

Als sie in Handschellen abgeführt wird, ist es der Mutter peinlich; die Brüder finden es aufregend. Ihre große Schwester in Handschellen.

Doch die ist in ihren Gedanken schon einen Schritt weiter: Im Film deines Lebens spielst du immer die Hauptrolle, denkt sie, doch jetzt gilt es auch, die Regie zu übernehmen.

Sonntag, 2. Januar 2000

1

Dieser Tag will einfach nicht beginnen. So oft Lott auch auf die Uhr schaute, es war immer noch zu früh, um aufzustehen. Als er dann doch wieder eingeschlafen war, schrillte der Wecker. Und gleich fühlte er sich gehetzt. Elli drehte sich zu ihm, wollte noch einige Augenblicke in seinen Armen verbringen. Dann war es aber sie, die zuerst aufstand. Kaffee kochen. Frühstück richten. Ins tägliche Hamsterrad steigen. Lott tapste ins Bad, entschloss sich wieder einmal zu einer Notwäsche und schaute dem Morgen ins Sonntagsgesicht. Wieder leichter Schneefall. Flocken, die sich noch unschlüssig waren, wo es denn hinging.

Ein wenig ging es ihm genauso. Mandy Fischers Vernehmung, für die er Petra Mai eingesetzt hatte, eine letzte Dienstbesprechung, dann würde die Ermittlung fürs Erste abgeschlossen sein. Das Ergebnis der DNA-Analyse würde nicht vor Mitte Januar vorliegen. Überraschendes war da allerdings nicht zu erwarten.

Danach war es Sache des Gerichts, die Schuldverteilung in ihren Urteilen festzulegen. Ihn selbst erwartete jede Menge Bürokratie, die sich auf seinem Schreibtisch in den letzten beiden Wochen angesammelt hatte. Neben der Straffung der Dezernate würde ab dem heutigen Tag auch eine internationale Schwerverbrecher-Datei, die sich ViCLAS – Violant Crime Linkage Analysis System – nennt, in Gang gesetzt werden. ViCLAS geht von der Erfahrung aus, dass Gewalttäter oft mehrere Delikte begehen, zwischen denen jeweils Gemeinsamkeiten bestehen. Ziel des ViCLAS ist es, solche Gemeinsamkeiten systematisch zu erfassen, um Tatzusammenhänge zu erkennen. Dabei geht es vor allem um Gewaltdelikte mit sexuellem Hintergrund. Lott fragte sich, ob Solnikov und Daniel Spreng in dieser Datei ihren Platz finden würden. Und er fragte sich, welche Dezernatsleiter im Neuen Bau ihren Platz würden räumen müssen.

Lisa erschien zum Frühstück und machte den Eltern den Vorschlag, den Hund fürs Erste wieder mitzunehmen.

»Er sollte erst erzogen werden«, erklärte sie. Und da sie schon einmal damit angefangen habe, sei das für alle Beteiligten doch die beste Lösung.

»Und wann kriegen wir ihn wieder?«, fragte Lott scherzhaft.

»Ich bleib ja auch nicht ewig in Freiburg«, wehrte Lisa ab.

Elli und Lott sahen sich an und lachten.

Als die Kirchenglocken von Mariä Himmelfahrt die Gläubigen zur Messe riefen, machte Lott sich auf, um zur Arbeit zu fahren. Ihm war irgendwie leichter ums Herz. Er war froh, dass er die Kollegin Mai gebeten hatte, die Vernehmung der Beschuldigten Amanda Fischer, geborene Bittesheimer, zu übernehmen.

2

Petra Mai kaute noch an ihrem Frühstücksbrot. Sie grüßte die Kollegen der Wache und nahm, immer gleich drei Stufen auf einmal, den Weg hoch in den zweiten Stock, wo das Morddezernat untergebracht war, das ab heute Kriminalinspektion 1 hieß und neben Kapitalverbrechen auch für die Jugendkriminalität, die Sitte und den Staatsschutz zuständig war.

Sie hatte vor dem Verhör mit Mandy Fischer ein wenig Lampenfieber. Eine planvoll vorbereitete Anhörung würde das nicht werden. Dazu war die Zeit zu knapp gewesen. Und allzu große Erfahrungen mit diesem einseitig veranlassten Zwangskommunikationsprozess hatte sie auch nicht. Die Theorie war eine Sache: Vernehmungspsychologische

Kenntnisse wie Kommunikationsfähigkeit, psychologisches Einfühlungsvermögen, Menschenkenntnis und verbale Ausdrucksfähigkeit hatte sie sich zwar in etlichen Fortbildungen angeeignet und in Tests und Prüfungen unter Beweis gestellt. Sie hatte sich Fachkompetenz erworben, und das nicht allein in den straf- und strafprozessrechtlichen Fragen. Ihre Persönlichkeitseigenschaften waren vorzeigbar: Sie hatte Geduld und Ausdauer, war beweglich im Denken, war konzentrations- und anpassungsfähig. Was also sollte passieren? Aber Petra Mai wusste, dass eine reale Beschuldigtenvernehmung in einem Mordfall nicht mit einem Rollenspiel bei Seminaren zu vergleichen war.

Ihre Nervosität war also nicht grundlos. Dennoch betrat sie selbstbeherrscht, mit der Absicht, Ruhe auszustrahlen, den Verhörraum. Dort wartete Mandy Fischer bereits. Sie saß, der Tür zugewandt. Und weinte. Ein Häuflein Elend, dachte Petra Mai. Es wird nicht einfach sein, die zu vernehmen. Eine graue Maus, die nun in die Krallen der Justiz geraten ist. Und sie erinnerte sich, wie sie Mandy Fischer im Oberfeld befragt hatte, wie scheu die da gewesen war und wie echauffiert dann wieder bei der Frage, ob sie Vincent liebe. Als ob das Wort Liebe so gar nicht in ihr Weltbild passte. Ein Wort, das sie erschreckt hatte.

Petra Mai versuchte, locker zu sein. Die Kontaktphase, das wusste sie, hat einen entscheidenden Einfluss auf den Verlauf der Vernehmung. Es galt, Gesprächsbereitschaft zu erzeugen. Und dazu musste sie das Vertrauen von Mandy gewinnen.

»Frau Fischer, darf ich beginnen, sind Sie bereit?«

Die Angeklagte wischte sich die Tränen aus dem Gesicht und nickte.

»Frau Fischer, Sie werden als Beschuldigte gemäß §163 a, Abs. 4; 136 Abs. 1 StPO vernommen. Ihnen wird zur Last gelegt, Agnes Winter ermordet beziehungsweise gemeinsam mit Vincent Winter dessen Ehefrau ermordet zu haben. Oder Beihilfe bei der Ermordung von Agnes Winter geleistet zu haben. Ich belehre Sie darüber, dass Sie das Recht haben, die Aussage zu verweigern, einen Rechtsanwalt zu beauftragen oder Beweiserhebungen zu beantragen.«

Mandy Fischer reagierte nicht.

»Haben Sie mich verstanden, Frau Fischer?«

»Ich habe kein Glück mit Männern«, antwortete Mandy mit einem Trauergesicht. »Erst der Hajo, den ich geheiratet habe, dann dieser Jürg und jetzt auch der Vincent. Alle Männer nur Enttäuschungen.«

Sie hatte, während sie das gesagt hatte, in eine nicht vorhandene Ferne geblickt. Jetzt schaute sie Petra direkt in die Augen: »Hat der Vincent denn gestanden? Das finde ich gut. Hätte er es nicht getan, dann ich. Auch ich hätte nicht länger mit dieser Schuld herumlaufen können. Ich hatte Probleme, in den Spiegel zu schauen. Aber was hätte ich tun sollen? Der Vincent hat mich gezwungen. Ich hatte keine Wahl. Wir brauchen kein Haus und keinen Garten und keinen Wald. Wir haben uns, habe ich ihm gesagt. Aber der Vincent war stur. Der wollte alles haben. Und nichts mehr tun. Als ob er sich bereits zur Ruhe setzen wollte.«

»Zu was hat er Sie denn gezwungen?«

»Zu allem. Alles musste ich für ihn tun. Aber ich habe das auch alles gern getan. Bis auf das mit der Agnes. Der Vincent konnte einen auch belohnen. Nicht wie die Männer, die ich vor ihm hatte. Ich sage nur Jürg.«

»Was war mit ihm?«, hakte Petra nach.

»Er hat sich partout geweigert, mich zu lecken. Der hatte sie doch nicht alle.«

Mandy Fischers Gesichtsausdruck hatte sich mit einem Male verändert. Wut war an Stelle der Trauer in ihre Mimik gewandert.

»Kriegt seinen Kopf nicht zwischen meine Beine. Nicht in all den Jahren, in denen wir zusammen waren. Aber wenn einer schon Jürg heißt. Der war so bieder wie ein Trachtenjäckchen. Ich hätte es mir denken können. Wenn einer schon Jürg heißt. Ein halber Name! Nicht einmal Jürgen konnte der sich nennen. Der Erste rammelt wie ein Karnickel und setzt mich vor die Glotze, dass ich mir einen Pornofilm vorher anschaue, damit er seiner Karnickelmethode nichts hinzusetzen muss. Und sein Nachfolger hat nichts als Fußball im Kopf und ekelt sich davor, seinen Kopf mir zwischen die Beine zu stecken. Beiden hab ich den Krieg erklärt, und dass beide den verlieren würden, war klar.«

Petra Mai errötete. Diese Offenheit hatte sie überrumpelt.

»Und glauben Sie, einer von den beiden hätte mir je *Ich liebe dich* gesagt? Nicht ein einziges Mal. Der Ehemann nicht und sein Nachfolger, dieser Idiot, schon gar nicht. Der Vincent hat mir jeden Tag gesagt, dass er mich liebt. Zehnmal am Tag: *Ich liebe dich*. Und geleckt, bis mir die Ohren geklingelt haben. Ich warn dich, ich hab eine lange Leitung, hab ich gesagt. Und der Vincent: Ich geh jetzt an meinen Arbeitsplatz. Und ist mir zwischen die Beine gekrochen und hat nicht aufgehört, bis ich fertig war. Bei dem hat in dieser Hinsicht alles gepasst. Ich habe ihn wirklich geliebt.«

Petra: »Jetzt nicht mehr?«

»Kann man einen Mörder lieben?«

»Haben Sie ihn nicht dazu angestiftet?«

Mandy Fischer lachte schrill. »Das ist jetzt nicht Ihr Ernst?«

»Überzeugen Sie mich vom Gegenteil.«

»Ich bin nicht der Typ für eine Affäre, habe ich ihm zu erklären versucht. Trenn dich von deiner Frau. Du musst ein freier Mann sein, wenn ich dir ganz gehören soll. Du musst dich von ihr lösen. Wenn du das nicht hinkriegst, bin ich weg. Meine Liebe hält das nicht durch. Ich weiß das, ich kenn mich. Und jetzt war schon mehr als ein Jahr vergangen, und es ist nichts passiert. Aber der Vincent wollte halt alles, die Agnes und mich. Und wenn nicht die Agnes, so doch ihren Besitz. Das Haus, den Garten, seine Gartenhütte, den Wald vor allem. Ein Gutsbesitzer wollte der sein. Und kein Schreinerlein bei Inhofer, wo du einen Dreck verdienst. Ihm hat ja nichts gehört. Und bei einer Scheidung wäre er leer ausgegangen. Aber für alles Geld der Welt kann man doch keinen umbringen. Und schon gar nicht die eigene Frau.«

»Frau Fischer, was genau ist an diesem 24. Dezember geschehen?«

»Er hat mich angerufen, obwohl wir uns verabredet hatten, den Heiligen Abend in seiner Gartenhütte zu feiern. So richtig romantisch. Er hatte sogar einen kleinen Christbaum besorgt. Und da hat er am Telefon gesagt, dass die Agnes ganz komisch wäre und dass es ihm ganz unheimlich wäre. Da bin ich schon früher losgefahren und habe in der Gartenhütte, gewiss eine Stunde lang, auf ihn gewartet. Ganz aufgeregt ist er dann zur Hütte gelaufen und hat mich mitgezogen. Das musst du dir anschauen. Wie Indianer haben wir uns dann angeschlichen.«

»Und was haben Sie da gesehen?«

»Einen Mann, der die Agnes auspeitscht. Der hatte so eine Laterne dabei. Es sah ja irgendwie geil aus, weil die Agnes ganz in sich versunken war. Und der Mann hat sich Zeit gelassen. Hat ausgesehen, als wäre er auch nicht ganz da. Aber plötzlich hat er der Agnes eine Christuskrone mit Dornen aufgesetzt. Man hat richtig das Blut spritzen sehen. Aber die Agnes hat überhaupt nicht reagiert, als ob ihr das nicht wehtut. Der Vincent ist aber wütend geworden. Hat die Agnes eine Schlampe geheißen und dass so eine nichts mehr bei ihm zu suchen hätte.«

Mandy Fischer schwieg plötzlich.

Petra ließ nicht locker: »Was ist dann passiert?«

Mandy schluchzte. Und brachte kein Wort heraus.

»Frau Fischer, reden Sie!«

»Mit einem Male war dieser Mann, der die Agnes gequält hat, verschwunden.«

Mandy weinte jetzt richtig. Und zog ein Taschentuch aus ihrer Jacke und schnäuzte sich.

»Und dann?«, hakte Petra Mai nach.

»Der Vincent hat plötzlich ganz böse Augen gekriegt. Und dann hat er gesagt: Jetzt wird richtig umstrukturiert. Ich weiß nicht, wo der plötzlich das Messer her hatte. Eine bessere Gelegenheit bekommen wir nie wieder, hat er gesagt und mich mitgezogen. Die Agnes hat immer noch so dumpf vor sich hin gestiert. Er hat sie angesprochen, aber sie hat nicht reagiert. Da hat er das Messer genommen und hat auf sie eingestochen. Immer wieder.«

Mandy Fischer konnte nicht weiterreden. Sie hatte einen Kloß im Hals. Räusperte sich. Und schluchzte dann wieder.

»Ich sagte, was hast du da getan! Vincent, warum?! Er hat aber gar nicht zugehört. Nur mich angeschrien, ich soll jetzt nicht so heilig tun. Das ist es doch, was du wolltest. Umstrukturieren. Aber nicht auf diese Weise, hab ich protestiert. Wir schaffen sie zur Kapelle, dann fällt kein Verdacht auf uns. Die Agnes mit einer Christuskrone, da kommen doch nur die Verrückten in Frage. Da musste ich die Agnes bis zur Kapelle schleppen. Mir war eiskalt, so viele Stunden schon draußen. Es ging bereits auf Mitternacht zu. Da ist mir dann aber warm geworden. Dann sind wir zurück zur Hütte, dort hat er das Messer versteckt und das Feuer ausgemacht. Und mir gesagt, er will jetzt mit mir schlafen, aber nicht hier, sondern bei mir daheim. Dann sind wir zu mir gefahren. Und da hat sich der Vincent gleich auf mich gestürzt. Nicht mehr zärtlich, wie sonst immer, sondern wie ein Tier.«

»Was war am nächsten Morgen?«

»Wir haben beide so getan, als wäre das gestern Nacht einfach nicht passiert. Wir haben das ausgeklinkt. Und erst später besprochen, was wir der Polizei sagen werden. Der Ehemann ist ja immer verdächtig. Und ich musste dem Vincent ja ein Alibi geben.«

»Aber Sie haben sich doch in jedem Falle mitschuldig gemacht.«

»Ich hasse den Vincent!«

»Frau Fischer, eine Frage noch: Sie haben Ihre Wohnung im Oberfeld zum 31. Januar gekündigt. Warum?«

»Ich wollte da nicht mehr bleiben. Das ist kein Ort für mich. Gleichzeitig war das ein Zeichen für den Vincent. Eine Art Ultimatum. Dass wir dann zusammenziehen. Und wenn nicht, würde ich ganz wegziehen. Weiter weg. In eine andere Stadt.«

3

Petra saß am Schreibtisch. Und arbeitete am Vernehmungsprotokoll. Noch immer folgte die Protokollierung traditionellen Verfahrensweisen. Auf Vordrucken. In früheren Jahren hatten sich die Protokolle im formellen Teil auf Personalangaben beschränkt. Das war anders geworden. Der formelle Teil ist heute sehr umfänglich. Die Vorteile: Wichtige Angaben werden nicht vergessen und sie vermitteln den Strafverfolgungsorganen eine schnelle Übersicht über bestimmte Fakten. Der Nachteil: Es besteht die Gefahr, die vielen auf Rechtsgrundlagen bezogenen Aussagen nicht mehr überblicken zu können. Petra Mai dachte darüber nach, für welche Art und Weise der Protokollierung sie sich entscheiden sollte. Abhängig von der gewählten Form der Vernehmungsführung blieb ihr keine große Auswahl. Wie ihr Lehrbuch so schön sagte: *Taktische Aspekte und psychologische Elemente der fließenden Gesprächsführung wirken sich schließlich auf die Protokollierung der Aussage aus.* So wäre es unklug gewesen, Frau Fischers Redefluss zu unterbrechen. Sie musste eigentlich nur darauf achten, den Verlauf der Vernehmung nachvollziehbar widerzuspiegeln. Dazu gehörte vor allem, Mandy Fischers deftige Ausdrucksweise nicht in eine *stilistisch homogene Wortwahl* umzuwandeln. Petra Mai schrieb und merkte nicht, dass Lott plötzlich hinter ihr stand und ihr über die Schulter guckte.

Als sie ihn bemerkte, sagte sie genervt: »Du kannst das gleich lesen.«

»Ich will nur wissen, welchen Eindruck du aus dem Verhör mitgenommen hast«, wehrte Lott ab.

»Einen anderen als bei unserer ersten Befragung im Oberfeld«, antwortete die Kollegin. »Mandy Fischer war unglaublich offen und hat mir die intimsten Dinge anvertraut. Die war so unglaublich, vor mir ihr ganzes verkorkstes Sexualleben auszubreiten.«

»Dann war es wohl richtig, dass du, als Frau, das übernommen hast.«

»Danke«, empörte sich Petra.

»Versteh mich nicht falsch. Zu mir hätte sie nicht das Vertrauen gehabt.«

»Ich weiß nicht, manchmal hatte ich auch den Verdacht, sie zieht mich über den Tisch. Vielleicht sehe ich jetzt, bei der Niederschrift, klarer.«

»Hat sie eine Mittäterschaft eingestanden?«

»Vincent hat den Mord begangen. Und auch geplant. Sie hat nur geholfen, die Leiche zur Kapelle zu tragen. Aber die Messerstiche, das wäre alles der Vincent gewesen.«

»Das war ihre Aussage?«

»Ja! Sie ist ein Opfer ihrer Liebe, hat sie behauptet. Nicht wörtlich, aber so kams raus.«

Lott verdrehte die Augen.

»Was mich allerdings stutzig gemacht hat«, fuhr Petra fort, »ist das Ultimatum, das sie ihrem Liebhaber gestellt hat. Wonach der bis zum 1. Februar ein gemeinsames Nest für die beiden gebaut haben sollte. Weil sie im anderen Fall sonst weg wäre.«

Lott schüttelte nur den Kopf.

»Sie hat zum 31. Januar ihre Wohnung gekündigt«, fuhr Petra fort.

»Ich trau ihr nicht.«

»Einen Mord aber traust du ihr zu?«

Lott zuckte mit den Achseln. »Ich traue fast jedem einen Mord zu«, sagte er. Und lächelte entwaffnend.

»Dir ist der Vincent nur sympathischer, gib es zu.«

»Was er gesagt hat, klang doch glaubwürdig, oder nicht?«

»Sicher, aber vergiss nicht, es geht um Mord. Vielleicht spielen uns beide nur eine Rolle vor, mit der sie einigermaßen ungeschoren davonkommen.«

»Zumindest einer von beiden«, stimmte Lott der Kollegin halbherzig zu.

»Diese Wehleidstour, die dieser Vincent fährt, ist doch auch nicht echt. Er sieht sich doch als Opfer. Und schuld an allem Unglück ist seine Mandy mit dem dicken Arsch.«

»Er wollte sich das Leben nehmen«, entgegnete Lott.

»Und warum hat er es nicht getan?«

»Wir sind ihm zuvorgekommen.«

»Der ist nicht der Typ, der sich umbringt. Aber lass mich jetzt die Niederschrift fertigkriegen, dass der Brauchle die zu Gesicht bekommt«, sagte Petra und schmunzelte: »Als verantwortlicher Sachbearbeiter darf man ihn doch nicht übergehen.«

»Da gebe ich dir allerdings recht«, lächelte Lott und ging an den eigenen Schreibtisch zurück. Von dort aus rief er ihr zu: »Die KT untersucht noch die Tatwaffe. Um 17 Uhr habe ich die hoffentlich letzte Dienstbesprechung der SOKO 2412 anberaumt.«

Petra nickte und schrieb weiter.

Lott, dem inzwischen das schriftliche Geständnis von Vincent Winter vorlag, hielt es nicht länger hier drinnen. Er musste raus. Raus an die Luft. Egal wohin. Er griff sich die Jacke und verabschiedete sich.

Er ging über den Münsterplatz. Und glaubte, dass das jetzt eine andere Luft war als die Tage vorher. Frühlingsluft, am 2. Januar? Er musste sich das einbilden. Das Thermometer war kaum in die Plusgrade gestiegen. Er ging am Münster entlang, vorbei an den sonntäglichen Spaziergängern, und wollte nichts anderes mehr als dieses Glück mit ihnen teilen: ein absichtsloses Umherwandern, ohne ein ersichtliches Ziel.

4

»Die Tatwaffe, ein Fleischmesser aus der Metzgerei Prenkart, das sich Agnes Winter wohl angeeignet hatte, wurde als solche zweifelsfrei identifiziert. Auf ihm wurden Fingerabdrücke, sowohl von Vincent Winter als auch von Mandy Fischer, gefunden. Beide hatten also die Tatwaffe in der Hand. Wer von den beiden Agnes Winter den tödlichen Stich verabreicht hat, bleibt Spekulation.«

Mit Lohners Tatwaffenanalyse nahm der informative Teil der Dienstbesprechung, die Lott zuvor mit ein paar launigen Bonmots in die Wege geleitet hatte, seinen Lauf. Nun lag es an Brauchle, alle Detailkenntnisse in ihrem Zusammenhang wiederzugeben, um auch mit Pressesprecher Sievers abzuklären, was davon an die Öffentlichkeit gelangen durfte.

Die Aussagen von Mandy Fischer und Vincent Winter konnten gegensätzlicher nicht sein. Während Vincents Version den medizinischen Befund bestätigte, hatte Mandy ausgesagt, dass er seine Frau mit mehreren Messerstichen getötet habe. Tatsächlich aber war es ein einziger Stich ins Herz gewesen.

Schwegler wirkte aufgekratzt. Als das Vernehmungsprotokoll von Petra Mai auf dem Tisch lag, wollte er dann auch von jedem gelobt werden. Für ihn war klar, dass Mandy Fischer, die er von Anfang an des Mordes verdächtigt hatte, die treibende Kraft bei der Ermordung der Agnes Winter gewesen war. Ein Schulterklopfen genügte da nicht. Schwegler forderte Bewunderung.

»Du bisch a Käpsele, Uwe, des wissa mr doch«, brummte Brauchle und gab damit Schweglers Forderung nach Anerkennung nach.

Staatsanwalt Adrian Mollenkopf hielt sich bedeckt, wohl wissend, welche Arbeit da auf ihn in den nächsten Wochen zukommen würde. Und Polizeichef Lander standen, aus ganz ähnlichen Gründen, die Haare zu Berge.

Lott ließ es sich nicht nehmen, noch einmal aufzuzählen, mit wie viel Delikten sie es in den letzten zwölf Tagen zu tun gehabt hatten. Und dass die fast alle in dem Hundertseelendorf Harthausen begangen worden waren. Ein Dorf, das seiner Größe wegen längst eingemeindet worden war. Abschließend bedankte er sich bei den Kollegen aus Biberach und Krumbach, mit denen die Soko aufgestockt worden war, für deren vorbildliche Arbeit. Zuletzt bei Petra Mai, die sich nahtlos in die Reihe der Ulmer Kripo eingefügt hatte.

»Und so tut, als wäre sie schon immer eine von uns gewesen.«

5

Was willst du auf keinen Fall mehr mit dir herumschleppen?
Was hast du aus den Begebenheiten gelernt?
Wozu hat diese Sache gedient?
Was braucht noch einen Segen oder einen Abschluss?
Was gibt es noch zu vergeben?

Inge Mader räucherte. Weihrauch bringt Segen. Und die Angelikawurzel macht alles hell. Und was brauchen wir mehr als Helligkeit in diesen Tagen, die wie Nächte sind. Und in diesen Nächten, in denen die Tore der Anderswelt für alle dunklen Kräfte geöffnet wurden. Salbei reinigt. Myrrhe gibt Ruhe. Und Wacholder vertreibt Krankheitsgeister und Dämonen.

Edith war bei ihr und half. Die beiden waren die letzten der *Hüter der Wolfsnächte*. Alle anderen hatten sich abgewandt, saßen im Gefängnis oder waren tot.

Und wer hält den Wode jetzt im Zaum, stellt sich dem Jäger zu Fuß samt seinen 24 Hunden in den Weg? Wer den schwarzen Hunden, die die Eingänge in die Welt der Toten und Untoten bewachen? Wer hört jetzt ihr Hundegebell zur

Mitternachtsstunde, die den Tod eines Freundes ankündigen? Wer fängt die Gedanken der unerlösten Seelen, die als Nebelfetzen umherziehen, um Erlösung zu finden? Wer weist den Irrlichtern den Weg? Wer den Nebelfrauen? Wer hält sie auf bei ihrem Tun, andere ins Verderben zu führen? Wer beschert die Wichtel und Winterelfen? Wer gibt dem wilden Heer eine Kupfermünze als Weggeld, damit es weiterziehen kann? Wer legt den Hausgeistern Dankesgaben in den Garten? Und wer hört den *Karmischen Rat* der aufgestiegenen Lichtwesen, die über die Menschheitsgeschichte wachen?

»Nur wir noch«, sagte Edith.

»Wir sind die Übriggebliebenen«, stimmte Inge Mader ihr zu.

»Und zur Mitternachtsstunde werden wir auf dem Kreuzweg gehen. Und den Wölfen zuhören, wie sie heulen.«

»Dieser aufgeregt blinkende Sternenhimmel zeigt uns den Weg«, sagte Edith und zeigte zum Himmel. »Dann wird der kommende Morgen uns näher sein als der vergangene.«

Montag, 8. Mai – Mittwoch, 24. Mai 2000

1

Ein Frühlingstag war das wieder, so trocken und heiß; der gab den Staffelstab der Jahreszeiten im fliegenden Wechsel an den Sommer weiter, der längst seinen Startblock verlassen hatte. Hinterm Maienwald aber zogen jetzt dunkle Wolken auf. Ein Gewitter drohte. Lott schaute argwöhnisch zum Himmel, während er über den Söflinger Friedhof ging.

Elli hatte die Friedhofsnähe ja auf die Habenseite gesetzt, als sie sich für die Wohnung in der Käthe-Kollwitz-Straße entschieden hatten. Das Grab der Eltern hatte er dennoch nicht öfter besucht als früher, als er viel weiter weg gewohnt hatte. Lott mochte den Friedhof nicht mehr. Er würde irgendwann noch genug Zeit auf ihm verbringen müssen. Er erinnerte sich jetzt daran, dass er als Kind immer gerne auf diesem Friedhof unterwegs gewesen war. Die Grabinschriften studierend, wie alt die Bewohner hatten werden dürfen, bevor sie hier einzogen. Die Rechnerei an einem Grab hatte er beibehalten. Er konnte schon gar nicht mehr anders als rechnend vor einem Grab verweilen.

Elli hatte ihn am frühen Morgen gleich gebeten zu gießen. Angesichts des drohenden Unwetters sah er keinen Sinn mehr darin. Doch er wollte Ellis Auftrag nicht widersprechen. Er nahm sich eine der bereitstehenden Gießkannen. Vielleicht zog das Wetter ja vorüber, die Donau hinunter und verschonte Söflingen und die Weststadt. Die eine Gießkanne, die er leerte, diente ohnehin nur als Alibi.

Als er die Kanne zurückstellte, machte er einen Umweg zum Grab von Jockel Knecht. Es war noch mit Holz eingefasst. Blumen waren gepflanzt, so ordentlich aneinandergereiht, dass das Ganze ein Muster ergab. Auf dem Holzkreuz sein Name: Jockel Knecht. Es berührte ihn, dass sie Jockel und nicht Joachim geschrieben hatten. Das Geburts- und Sterbedatum darunter: 1930–1999. Lott rechnete. Knecht war 69 Jahre alt geworden.

Der DNA-Abgleich hatte Übereinstimmungen der Spuren an Agnes Winter mit Knechts Blut ergeben. Wäre die Ermittlung anders verlaufen, wäre das KTI in der Lage gewesen, die DNA früher zu bestimmen, das Gericht hätte Knecht aufgrund von Indizien wohl für schuldig befunden und wegen Mordes verurteilt. Insofern war es vielleicht gut, dass die Mühlen der Forensik nicht schneller mahlten.

Auf dem Heimweg fielen die ersten Regentropfen. Kaum hatte er die Haustür hinter sich ins Schloss fallen lassen, ging ein Wolkenbruch nieder. Lott berichtete, dass er das Grab gründlich gegossen habe. Elli schmunzelte. Und hatte gleich eine Weisheit parat: *Man muss gießen, damit es regnen kann.*

Am frühen Nachmittag fuhr Lott zum Neuen Bau. Brauchle wartete schon auf ihn. Sie waren beide als Zeugen geladen. Sie gingen zu Fuß zum Justizgebäude. Vor dem Landgericht wurde gegen Vadim Solnikov verhandelt. Heute war der erste Verhandlungstag.

Lott und Brauchle hatten noch immer einen dicken Hals, wenn sie sich an den Tag erinnerten, an dem Mollenkopf dem engeren Kreis des ehemaligen Soko-Teams 2412 eröffnete, dass er nicht gedenke, gegen Daniel Spreng Anklage zu erheben.

Die Ermittler waren wie vor den Kopf geschlagen. Brauchle bruddelte: »Für was hemmer denn do so lang an der Hypnosegeschichte rumdoktert? Und des soll jetzt alles für d Katz gewese sei?«

Lott versuchte noch, den Staatsanwalt umzustimmen. Der legte ihnen aber glasklar dar, dass die Tatsachenbeweise in den Fällen der dubiosen Selbstmorde einfach nicht ausreichten, um Spreng dafür hinter Gitter zu bringen. Spreng hatte zwar ziemlich aufgeschnitten, was für ein toller Hypnotiseur er sei, aber nie konkret zugegeben, Josefa Pfäffle, Manfred Richter oder Jockel Knecht den direkten Befehl zum Selbstmord gegeben zu haben. Und dass die Opfer ihre Hexendrogen nicht freiwillig eingenommen hatten – dafür gab es weder Zeugenaussagen noch irgendwelche Sachbeweise. Auf dieser Basis wäre der Prozess von vorneherein aussichtslos gewesen.

So kam es, dass schon am gleichen Tag Daniel Spreng, gegen die feste Überzeugung der Ermittler, wieder auf freien Fuß gesetzt wurde. Natürlich konnte Mollenkopf Solnikov, was diese Fälle betraf, ebenfalls nichts anhängen.

Anders sah es im Fall der Vergewaltigung von Ursa Wagenseil aus. Nach Abschluss der polizeilichen Ermittlung waren medizinische sowie toxikologische und psychiatrische Gutachten erstellt worden. Dies alles geschah in dem vorgeschriebenen Zeitrahmen, der es ermöglichte, dass in einem Schwurgerichtsverfahren vor dem Landgericht in Ulm verhandelt werden konnte. Hätte man die vorgeschriebene Halbjahresfrist verstreichen lassen, wäre das Verfahren ans Oberlandesgericht weitergereicht worden.

Die Anklage gegen Solnikov lautete auf sexuellen Missbrauch Widerstandsunfähiger. Hier hatte sich Solnikov, auch in den Augen Mollenkopfs, ausreichend selbst belastet. Allen Beteiligten aber war daran gelegen, dass die Sache in Ulm blieb. Dort strebte man eine prozessökonomische Verhandlung mit einem revisionssicheren Urteil an. So gab es im Vorfeld bereits Absprachen zwischen Staatsanwalt, der Verteidigung und dem Richter, um den Prozess zu beschleunigen und vor allem um zu verhindern, dass die junge Frau über ihr schreckliches Erlebnis noch einmal öffentlich aussagen musste. Die Absprachen sicherten dem Angeklagten einen gewissen Strafrahmen zu, der dann nicht überschritten würde, wenn er die Tat gestand und während der Verhandlung nicht zusätzlich belastende Tatsachen zutage kamen. So konnte Solnikov zumindest mit einer milderen Strafe rechnen.

2

Vincent Winter schaute durch das hohe Gitterfenster seiner Zelle. Das Stück blauer Himmel erschreckte ihn. Dann machte es ihn rasend. Vor Schmerz und vor Sehnsucht nach draußen. Wenn es regnete, war alles erträglicher. Nicht viel, aber doch etwas. Jetzt verkroch er sich unter die dünne, graue Decke und dachte an Mandy. Er dachte an sie mit einer Sehnsucht, gegen die er hilflos war und die ihn auffraß. Längst hatte er sie wieder für sich schöngeredet. Und schöngedacht. Sein Leben, so schien es ihm, war nur noch erträglich, wenn er fest an Mandy dachte. An Mandy, wie er sie in Erinnerung behalten wollte. An die Stunden mit ihr, die Tage und Nächte, die sie miteinander verbracht hatten.

Jetzt sieht er ihren Kussmund, diese geschürzten Lippen, die sich ihm entgegenstrecken.

Er versuchte, sich an alle möglichen Situationen, die mit Mandy zu tun hatten, zu erinnern. Aber da kam ihm Agnes in die Quere. Mit Dornenkranz und gottergeben, wie sie ihre Strafe klaglos über sich ergehen ließ. Wofür nur hatte sie sich bestrafen lassen. Das Bild, wie der Gürtel auf ihren Rücken peitschte, nahm ihm den Atem. An alles, was danach folgte, konnte er nicht denken. Er warf die Decke von sich. Der blaue Himmel war jetzt weg. Eine Wolke hatte sich über der Stadt breitgemacht. Er stand auf, ging an den Tisch, holte Schreibzeug her. Plötzlich hatte er den Wunsch zu schreiben. Und er schrieb einen Brief an Mandy:

Geliebte Mandy,
die 24 ist keine Glückszahl mehr.
Es würde mich nicht wundern, wenn die Welt an einem 24. untergehen würde. Unsere Welt habe ich bereits an einem 24. untergehen lassen. Am Heiligen Abend! Verzeih mir! So wie ich Dir Deine Skrupellosigkeit verzeihe und Deine Kälte, die nur ein Schutz gegen eine kalte Welt sein kann, denn in

der Tiefe Deines Herzens bist du hilflos, wie ein verletztes Tier.
Ich hätte Dir eine andere Perspektive zeigen müssen. Nicht Haus und Hof und Wald und Feld, die der Agnes gehörten. Wir wären noch jung genug gewesen, uns eine eigene Welt zu schaffen. Aus der Tretmühle bei Inhofer aussteigen, um neu zu beginnen. Wegzuziehen! Als Möbelschreiner hätte ich mich selbstständig machen können. Du hättest das Büro erledigt. Du kannst das ja. Rechnungen schreiben und das alles. Und ich wäre in meiner Werkstatt meiner Berufung gefolgt: Möbel schreinern! Solche, von denen meine Kunden begeistert gewesen wären, weil man die ein Leben lang hat, wie eine Frau, die man wirklich liebt.
Warum hatten wir nicht den Mut! Warum waren wir so verblendet, nur die Agnes zu sehen! Als ob die unserem Glück hätte im Weg stehen können. Alles wäre einfacher gewesen, als mit dieser Schuld weiterzuleben. Auch wenn der Jockel schuldig gesprochen worden wäre, die Agnes hätte ich nicht aus meinem Kopf bekommen. Ich hoffe, dass Du den Brief über meinen Anwalt bekommst. Und ich hoffe, dass dieser Albtraum für Dich bald ein Ende hat.
Ich liebe Dich (Nur Dich!)
Dein Vincent

Er faltete den Brief zusammen und legte ihn beiseite.

3

Winters zweiter Brief an Mandy Fischer, fünf Tage später geschrieben.

Geliebte Mandy,
mein Leben ist ein einziger Schmerz. Nicht, weil ich eingeschlossen bin, sondern weil Du unwiederbringlich fort von

mir bist. Ich fliehe in den Tag und ich fliehe in die Nacht und bin erleichtert über jede Stunde, die vergangen ist.
Kein Tag ohne Mandy! Weißt du noch? Wie wir uns das geschworen haben, als wir beieinanderlagen und die Welt um uns herum nicht mehr existierte. Eine Insel hatten wir uns gewünscht, ein Paradies. Aber in jedem Paradies wohnt auch eine Schlange. Die unsere hieß Gier. Nicht Agnes, wie Du immer behauptet hast. Agnes, mit ihrem Geld und Gut, auf das Du nicht verzichten wolltest. Und ich irgendwann auch nicht mehr. Plötzlich hatte alles andere mehr Gewicht als unsere Liebe.
Klarheit, eines Deiner Lieblingswörter. Schaffe klare Verhältnisse, so hast Du geredet. War unsere Liebe nicht Klarheit genug?
Du bist so weit von mir weg, weiter, als ich mir das je hätte vorstellen können.
Ich wünschte Dich hier. Oder nein, ich wünschte uns fort. Uns beide. Auf unsere Insel. Ins Paradies ohne Schlange.
In Liebe
Dein Vincent

4

Mandy Fischers Anwalt hatte Haftbeschwerde eingereicht, die zurückgewiesen wurde. Bis zur Verhandlung würde sie also in der U-Haft des nächstliegenden Frauengefängnisses ausharren müssen. Was danach kam, stand in den Sternen.

Sie teilte die Zelle mit einer Kroatin, deren Verhandlung bereits terminiert war. Sie hieß Gordana, war in Mandys Alter und sehr hübsch. Sie hatte dunkles, schulterlanges Haar, große Brüste, war von kräftiger Statur und äußerst gesprächig. Warum sie allerdings hier war, das verschwieg sie. Mandy Fischer war auch nicht neugierig. Sie mochte keine Frauen. Und solche, die ihr zu nahe kamen, gleich gar nicht. Jede

Vertrautheit mit der Kroatin lehnte sie von vorneherein ab. Was immer Gordana fragte, Mandy schwieg.

Sie hatte Vincents Briefe erhalten, sie gelesen und weggesteckt. Vincent zählte nicht mehr, was immer auch passieren würde. Obwohl sie vor Langeweile schier verrückt wurde, las sie die Briefe kein zweites Mal. Gefühle sind Spielzeug, dachte sie. Und sie machte auch keine Anstalten, Gordanas Kontaktbemühungen nachzugeben. Stattdessen schlief sie. Sie schlief so lange, bis kein Schlaf mehr möglich war. Und das konnte dauern. Das Schlafen hatte sie schon immer beherrscht, schon, als sie noch in Kelkheim wohnte, als ihre Ehe nur noch schlafend zu ertragen war. Sie konnte schlafen, ohne müde zu sein.

Sie dachte jetzt an Vincent, der eine Option gewesen war. Diese Rechnung war nicht aufgegangen. Doch jeder Verlust ist zu verkraften, solange man die Kontrolle behält. Die Kontrolle über alles zu behalten, war ihr schon immer wichtig gewesen. Jetzt war Kontrolle wichtiger als jemals zuvor. Sie hatte Vincents Briefe erhalten, gelesen und weggesteckt. Es war nicht die Zeit für Sentimentalitäten. Vincent war gelaufen. Wie Hajo und Jürg. Auch nur eine Drohne, die man am Ende frisst. Sie wird auf die Briefe nicht antworten. Gefühle sind Spielzeug! Und die Spielzeugkiste ist verschlossen. Jetzt geht es darum, bei der Verhandlung alles im Griff zu behalten.

»Bist du krank?«, fragte Gordana und berührte Mandys Arm dabei.

»Lass mich in Ruhe«, zischte Mandy.

Gordana wandte sich kopfschüttelnd ab.

5

Er hörte dem Regen zu. Maienregen. Davon wächst man. So hatte die Großmutter immer gesagt. Vincent Winter lag auf dem Rücken und starrte an die Decke. Und hörte zu, wie der

Regen auf die Stadt fiel. Auf dem Land hatte der Regen einen anderen Klang. Und er roch anders. Nach Wiese und Feld roch er. Und im Mai nach den Blüten der Bäume. Nach dem ersten Grün der Birken, nach dem Flieder.

Er hatte heute das Abendessen verweigert, hatte vorgegeben, dass ihm übel sei, um einer Rüge des Vollzugsbeamten aus dem Wege zu gehen. Die wurden hellhörig, wenn einer nicht aß, dachten gleich, dass da einer nicht spurte.

Er hatte die Zelle für sich, musste sie nicht teilen. Es war ihm recht. Obwohl er manchmal gerne ein Wort gewechselt hätte. Aber schließlich wusste man ja nicht, mit wem die einen zusammensteckten. Am Ende mit einem Ausländer, der kein Wort Deutsch sprach. Oder mit einem, der einen nötigte, Dinge zu tun, die er abscheulich fand. So war es ihm recht, dass er allein war. Er stand jetzt auf und kniete sich nieder, betete. Dann ging er zum Tisch, holte sich Schreibzeug her, um Mandy einen letzten Brief zu schreiben.

Geliebte Mandy,
Du hast die Welt schön gemacht. Für mich. Dass sie jetzt hässlich ist, ist nicht Deine Schuld. Sie schön sein zu lassen, wäre meine Aufgabe gewesen. Du fehlst mir. Zuweilen ganz. Zuweilen ein Stück nur. Jeden Tag ist es ein anderer Teil. Heute Dein Kussmund, Dein spielerisches Flehen: Nicht aufhören. Morgen wird es etwas anderes sein, an das meine Gedanken sich klammern.
Was kann ich Dir nur wünschen, neben allem Glück.
Ein Wimpernschlag vielleicht, der Dich freispricht von aller Schuld?
Und Liebe, die von Vergänglichkeit nichts weiß?
Ich liebe Dich! Nur Dich!
Leb wohl!
Dein Vincent

Er nahm ein zweites Blatt und schrieb ein Geständnis. Dann war er bereit zu sterben.

6

Lott ging den Blauweg entlang. Als Kind war er den häufig gegangen. Sein Schulweg war das gewesen. Und später der Weg, diese ersten paar hundert Meter, die ihn raus aus der Enge der Vorstadt führten. Trotz allem Fernweh, ein Heimweg war es immer gewesen.

Lott wusste nicht, warum es ihn gerade heute da hinzog. Das hatte er in den letzten Jahren doch nie getan. War es nur deshalb, weil er jetzt wieder in Söflingen wohnte, wie damals als Kind und Jugendlicher, wenn auch in einem anderen Teil der Vorstadt?

Er ging zu seinem Elternhaus, in dem längst fremde Leute wohnten. Der Garten war geschrumpft. Früher einmal ging dieser bis zur Blau. Mein Gott, wie viel Zeit war seither vergangen!

Nun war man in ein neues Jahrtausend gepurzelt. Aber das eine Fenster, hinter dem sich sein einstiges Kinderzimmer verbarg, schien unberührt von aller Zeit. Wahrscheinlich hausten darin noch immer dieselben Spinnen, vor denen er sich immer gefürchtet hatte.

Während er den Rückweg über das Clarissensträßle antrat, roch es nach Flieder und Maiandacht. Dann schob er alle Kindheitsgedanken zur Seite, startete den Wagen, den er vor dem Pfarrheim geparkt hatte, und fuhr zum Neuen Bau.

Das Hamsterrad wartete.

Brauchles Blick sprach Bände. Aber Lott musste nicht erst raten, welche Laus ihm soeben über die Leber gekrochen war.

»Aufghängt hot er sich«, bruddelte Max Brauchle.

»Wer?«

»Vincent Winter, in seiner Zelle. Grad hot a Vollzugsbeamter vom Frauagraba agrufa. Mir sollad sofort komma.«

Brauchle instruierte noch Lohner und Marlies. Die mussten mit ihrem Handwerkszeug den Wagen nehmen. Lott und Brauchle gingen zu Fuß. Die Haftanstalt lag keine fünf Minuten vom Neuen Bau entfernt.

Der Notarzt hatte bereits den Totenschein ausgestellt und war wieder gegangen. Vincent Winter lag ausgestreckt auf dem Boden der Zelle. Das Strangulationswerkzeug, ein in Streifen gerissenes Leintuch, lag noch locker um seinen Hals. Die Augen waren einen Spaltbreit geöffnet und seine Zunge klemmte zwischen den Zähnen. Er sah friedlich, geradezu glücklich aus.

Lohner, der mit dem Leichenthermometer die Temperatur rektal gemessen hatte, um den Todeszeitpunkt festzustellen, kam zu dem Ergebnis, dass der vermeintliche Suizid vor maximal zwei Stunden erfolgt wäre. Die Leichenstarre war noch nicht voll ausgebildet. Das deckte sich mit der Aussage des Vollzugsbeamten, der kurz davor seinen letzten Kontrollgang absolviert hatte.

Brauchle beschlagnahmte jetzt die Leiche, die er mit dem entsprechenden Anhänger dafür versehen hatte, und veranlasste, dass diese in die Rechtsmedizin gebracht wurde. Dort würde man die Leiche unter Verschluss halten, bis der Staatsanwalt sie freigab.

Auf dem Tisch fand Lott zwei Schriftstücke. Es war zum einen ein verschlossener Brief, der an Mandy Fischer gerichtet war; das andere Schriftstück lag ungefaltet auf dem Tisch. Es war Vincent Winters Geständnis:

Geständnis
Ich, Vincent Winter, gestehe hiermit, meine Frau Agnes ohne jede Beihilfe ermordet zu haben. Der Mord geschah aus niederen Beweggründen. Ich wollte weder auf den Hof noch auf die gemeinsam geschaffene Existenzgrundlage verzichten. Agnes hatte nicht das Recht, mir das wegzunehmen. Ich habe diesen Mord nicht geplant. Die Situation hat mir die Möglichkeit in die Hände gespielt. Ich konnte der Versuchung, auf

diese Weise alle Schwierigkeiten aus dem Weg zu räumen, nicht widerstehen. Ich wollte Mandy und mir ein Leben ermöglichen, das wir verdient hatten. Die Tat selbst geschah wie im Rausch. Ich war nicht mehr Herr meiner Sinne. Mandy hatte versucht, mich daran zu hindern. Es ist ihr nicht gelungen. Auch nicht, dass ich Agnes mit den Wunden Christi gezeichnet habe.

Ich habe Mandy gezwungen, mir zu helfen, Agnes' Leiche zur Schönstattkapelle zu schleppen. Sie hat sich dagegen gewehrt. Mit Schlägen und Drohungen habe ich sie schließlich so weit gebracht. Alles, was ich bisher zu meiner Verteidigung gesagt habe, war gelogen. Mandy ist unschuldig. Mein letzter Wunsch ist, dass sie mir verzeiht.

Mein Geständnis soll Mandy Fischer in vollem Umfang entlasten.

Vincent Winter
Ulm, den 24. Mai 2000

Ich bin mein eigener Richter, mein eigener Henker, möge Gott mir verzeihen.

Als die Arbeit getan war, verließ Lott, ohne noch ein Wort über diese neue Ermittlung zu verlieren, die Haftanstalt. Er dachte an Vincent Winter. Dass auch der diese obskure Abschiedsbotschaft, die Solnikov und Spreng als Hypnoseauslöser gedient hatte, quasi als Postskriptum verwendete, empfand er als zynisch oder zumindest von einem beißenden Humor beseelt. Lott fragte sich, wie sehr Vincent dieser Mandy Fischer verfallen war, einer Frau, von der er gedacht hatte, dass man wegen so einer nicht Haus und Hof verlässt. Er hatte sich getäuscht.

Lott ging über den Münsterplatz und floh geradezu ins Münster, wie so häufig, wenn sein Innerstes sich nach außen kehren wollte. Vincents Geständnis entsprach nicht der Wahrheit. Da war er sich sicher. Mandy Fischer hatte den

Mord begangen. Oder war zumindest die treibende Kraft bei diesem Kapitalverbrechen gewesen

Jetzt zog es Lott zum Chorgestühl, diesem bewunderten Kunstwerk, das Jörg Syrlin, ein Söflinger wie er, für lächerliche 33 Gulden geschaffen hatte, und in dem einst Pfarrer, Kaplane und die Prominenz der Stadt gesessen hatten.

Es zog ihn dorthin, doch mehr zu den weissagenden Frauen, den Sybillen, als Stuhlwangen angebracht, und den weiblichen Gestalten aus dem Alten und Neuen Testament als zu den gegenüber thronenden männlichen Heiligen.

Ein hölzernes Schwurgericht, dachte Lott.

Und war dann doch wieder froh, als er draußen die milde, nicht mehr heiße Maienluft, mit der der Frühling dem Sommer schon fast zuvorkam, in sich aufsog. Und er dachte: Das neue Jahrtausend, vielleicht konnte es jetzt endlich beginnen.

7

Mandy Fischer wurde noch am selben Tag aus der Haft entlassen, weil Vincent Winter aus *vernehmungstechnischen Gründen* nicht mehr vernommen werden konnte und das Gegenteil seines Geständnisses nicht zu beweisen war.

So galt für Mandy Fischer: *In dubio pro reo.* Im Zweifel für den Angeklagten.

Das Verfahren gegen sie wurde eingestellt.

Ihr Zug fuhr kurz nach 14 Uhr in Ulm ab. In Frankfurt musste sie wieder umsteigen. Und wie bei jeder Heimfahrt musste sie dort erst eine halbe Stunde lang auf den Zug nach Kelkheim warten. Diesmal ging sie nicht zu den Zeitschriften, sondern harrte auf der Bank am entsprechenden Bahngleis aus, bis der Zug nach Kelkheim einfuhr. Sie stieg ein und setzte sich auf den nächstbesten freien Platz. Die ganze Fahrt über schaute sie nicht aus dem Fenster. Auf dem Bahnhof stand niemand, der sie abholte. Die Brüder hatten es vorgezogen, im Haus zu bleiben. Vielleicht hatten sie auch nur vergessen, mit welchem Zug sie kommen wollte. Sie ging die wenigen Schritte zum Haus und klingelte. Die Mutter öffnete. Sie nahm die Tochter kurz in ihre Arme und flüsterte: »Ich hab doch gleich gewusst, dass das alles ein Irrtum war.«

Auf dem Esstisch stand wieder das Geschirr, das sie noch aus ihren Kindertagen kannte. Und auch diesmal gab es Hähnchenschenkel mit Reis. Wie jedes Mal, wenn die ganze noch übrig gebliebene Familie hier zusammenkam.

Den Brüdern musste sie erzählen, wie das so ablief im Knast. Das Essen und so. Und ob man sie dort schlecht behandelt hätte. So schlecht wie in manchen Filmen. Die Mutter sagte während des Essens ein paarmal noch, dass sie von Anfang an kein rechtes Vertrauen zu diesem Mann gehabt hatte. Dann aber konnte sie es doch nicht lassen, von ihrer Kartenrunde zu erzählen, wie viel sie da gewonnen oder auch verloren hatte.

Sie hörte der Mutter zu, ohne ihr zuzuhören, und half noch den Tisch abzuräumen.

Dann gab sie vor, müde zu sein, und verschwand in ihr Zimmer. Sie ließ sich aufs Bett fallen, vergrub ihr Gesicht im Kopfkissen und dachte an Vincent. Es war das erste Mal in ihrem Leben, dass sie um einen anderen Menschen weinte.

Nachbemerkung

Dieses Buch ist ein Roman. Handlung und Personen sind frei erfunden. Selbst Harthausen ist im Grunde genommen ein fiktiver Ort, der mit dem real existierenden Ulmer Vorort lediglich den Namen gemeinsam hat. Faktische Freiheiten gehören nun einmal zum Roman. So kann eine Wohnsiedlung ganz woanders sein, und eine Kapelle muss nicht dort stehen, wo sie eigentlich steht.

Folgende Bücher über die *Raunächte* habe ich als Quelle benutzt:

Ruland, Jeanne: Das Geheimnis der Rauhnächte

Bausinger, Hermann: Deutsche Sagen, Sitten und Gebräuche aus Schwaben

Früh, Sigrid: Rauhnächte – Märchen, Brauchtum, Aberglaube

Prokofieff, Sergej O.: Die zwölf heiligen Nächte und die geistigen Hierarchien

Stiehle, Reinhardt: Das Rätsel der Rauhnächte

Birlinger, Anton: Volkstümliches aus Schwaben

Diese Titel dienen auch als Empfehlung, für alle, die tiefer in die Mythologie der *Raunächte* einsteigen wollen.